梁衡红色经典散文选

增订本

梁 衡 著

中国人民大学出版社
·北京·

目 录

上 篇

下　篇

上篇

特利尔的幽灵

《共产党宣言》的第一句话就是："一个幽灵，共产主义的幽灵，在欧洲游荡。"我不知道德文的原意，中文翻译时为什么用了"幽灵"这个词。中国人的习惯，幽灵者，幽远神秘，缥缈不定，威力无穷。看不见，摸不着，似有似无，信又不信，几分敬重里掺着几分恐惧，冥冥中看不清底细，却又摆不脱对它的依赖。大概这就是幽灵。

或许就是这幽灵的魅力，我一到德国就急着去看马克思的故居。马克思出生在德国西南部的特利尔小城。那天匆匆赶到时已近黄昏，我们在一条小巷里找到了一座灰色的小楼，在清静的街道上，在鳞次栉比的住宅区，这是一处很不引人注意的房舍。落日的余晖正为它洒上一层淡淡的金黄。我推门进去，正面一个小小的柜台，陈列着说明书、纪念品，门庭很小，窗明几净，散发出一种家庭式的温馨。最引人注目的是墙上的一张马克思像，不是照片，也不是绘画，是一幅用《共产党宣言》的文字组成的肖像。连绵不断的英文字母排成长长的线，勾勒出马克思的形象，我们所熟悉的大胡子、宽额头和那深邃的目光。我在这张特殊的肖像前默站了好大一会儿。一个人能用自己驰名世界的著作来标志和勾勒自己的形象，这真是难得的殊荣。

故居的小楼共分三层，环形，中间有一个小小的天井。一层原是马克思父亲从事律师职业时的办公室，现在做了参观的接待室。二层是马克思出生的地方，现在陈列着各种资料，介绍马克思的生活情况和当时国际共运的背景。三层陈列马克思的著作。其实，马克思出生后在这里只住了一年半，他

马克思故居

父亲1818年4月租下这座房子，5月5日马克思出生，第二年10月全家便搬走了。马克思于此地可以说毫无记忆，他以后也许再没有来过，但是后人记住了它。1904年，这座房子被特利尔一位社会民主党人确认为就是马克思的出生地，党组织多次想买下它，限于财力，未能如愿。到1928年才用10万金马克从私人手中买下并进行修复，计划在1931年5月5日开放。但接着政治形势恶化，希特勒上台，1933年5月，房子被没收，并做了法西斯地方组织的党部。直至第二次世界大战结束，社会民主党才重新收回了这座房子，1947年5月5日终于第一次开放。

世事沧桑，从马克思1818年在这座房子里出生到现在已过了170多年，其间世界变化之大，超过了这之前的1 800年，但是世界仍然在马克思的脑海里运行。陈列馆里有一张当年马克思投身工人运动和为研究学问四处奔波的路线图，一条条细线在欧洲大地来回穿梭，织成一张密网。英国伦敦是细线交会最集中的地方。我目光移驻在这个点上，自然想到那个著名的故事：马克思在大英博物馆读书、写作，时间长了脚下的地板给蹭出了一条浅沟。就像少林寺石板上留下了武僧的脚窝一样，不管是文功还是武功，都是要下功夫的。马克思从一开始就把整个地球，把地球上的经济形态、生产关系、科学技术、人的思维，及这个世界上的哲学，等等，全部做了他的研究对象。他要为世界究出个道理，理出个头绪。他是如阿基米德或者像中国的老子那样的哲人。他看到了工人阶级的贫困，但他绝不只是想改变一时一地工人的境况。他不是像欧文那样去搞一个具体的慈善试验，就是巴黎公社，他一开始也不同意。他是要从根本上给这个乱糟糟的世界求一个解法。这座楼里保存最多的资料是马克思的各种手稿和著作的版本。我们最熟悉的当然是《共产党宣言》和《资本论》了。这里有最珍贵的《共产党宣言》第一版。在这之前还没有哪一本书能这样明确地告诉人们换一种活法，能在全世界范围内掀起一场持续百年而不衰的运动。我们只要看一看这橱窗里所陈列的从 1848 年首次出版以来，各地层出不穷的《共产党宣言》版本，就知道它的生命力。它怎样为世界所接受，又怎样推动着世界。据统计，《共产党宣言》共出版过 70 多种文字的 1 000 多种版本。它传到中国是 1920 年，由陈望道先生译出第一个中文本。从此，起起落落经历了两千年农民起义的神州大地卷起了一种崭新的风暴——共产主义的风暴。那些在油灯下捧读了麻纸本《共产党宣言》的泥腿子，他们再不准备打倒皇帝做皇帝，而是头戴斗笠，肩扛梭镖，高喊着“全世界无产者，联合起来”，呼啸着冲过山林原野。三楼的第 22 展室是专门收藏和展出《资本论》的。最珍贵的版本是《资本论》第一卷的平装本。《资本论》是一部最彻底地教人认识社会的巨著，全书 430 万字，马克思为它耗费了 40 年的心血，为了写作，前后研究书籍达 1 500 种。在这之前谁也没有像他这样讲清资本和劳动的关系。恩格斯在马克思的墓前说，马克思一生有两大发现：一是发现物质生产是精神活动的基础；二是发现了资本主义的生产规律。这本书不只是教人认清剥削，消灭剥削，它还教人认识生产力和生产关系，组织经济，发展经济。甚至它的光焰逼得资本家也不得不学它，不得不承认劳资对立，设法缓和矛盾。《资本论》是一个海，人类社会的全部知识，经过了在历史河床上的长途奔流，又经过了在各种学科山林间的吸收过滤，最后都汇到了马克思的脑海里来，汇到了这本大书里来。我看着这些发黄的卷了边的著作和各种文字的密密麻麻的手稿，看着墙上大段的书摘，还有规格大小不一，出版时间、地点不同的各种版本，一种神圣的感觉爬上心头。我仿佛是从大海里游上来，长途跋涉，溯流而上来到青藏高原，来到了长江、黄河的源头，这时水流不多，一条条亮晶晶的水线划过亘古高原，清流漫淌，纯净透明，整个世界静悄悄的，头上是举手可触的蓝天白云。夕阳从天井里折射进来，给室内镀上了一层灿烂的金黄。

150年前马克思宣布了“共产主义幽灵”的出现，欧洲一切反动势力真是茫茫然，吓得手忙脚乱。150年后，当我站在特利尔这座小房子里时，西方人已经不怕马克思了，这窗户外面就是资本主义世界。这个世界完整地保存了这座房子，还在它的旁边开辟了马克思纪念图书馆。在对马克思主义的幽灵进行了那个“神圣的围剿”后，现在已不得不承认它的存在，并认真地从中汲取着养分。1983年马克思逝世100周年时，当时的联邦德国曾专门发行832万枚铸有马克思头像的硬币，其中35万枚专供收藏。而在此前，联邦德国马克上只铸历届总统的头像。联邦政府国务秘书就此事在议会答辩说：“马克思的政治观点在西方虽有争论，但他无疑是一位重要的学者，应该受到人民的尊敬。”牛津大学希腊文教授休·劳力埃德琼斯说：“现有的大量文献，包括一部分很有价值的，都是在马克思主义的基础上产生的。不仅在历史、政治、经济和社会各门学科中，而且在美学和文学批评领域中，马克思主义都是每个有常识的读者必须与之打交道的一种学说。”他们就像一位输在对方剑下的武士，恭手垂剑，平心静气地讨教技艺。

从留言簿上看，来这里参观最多的是中国人。马克思主义于中国有太多太多的悲欢。这个幽灵在中国一登陆，旧中国的一切反动势力立即学着欧洲的样子对这个幽灵进行“神圣的围剿”。就是共产党内，在经历了十月革命一声炮响送来马克思主义的一刹兴奋之后，接着便有无穷的磨难。这个幽灵一入国门，围绕着怎样接纳它、运用它，便开始了痛苦的争论。幽灵是万灵之药，是看不见的，是来自遥远欧洲的提示，是冥冥中的规定，是马克思的在天之灵。中国这个封建文化深厚、崇神拜上、习惯一统的国度，总是喜欢有一个权威来简化行动的程序，省却思考的痛苦。中国历次农民起义总要先托出一个神来。陈胜吴广起义托狐仙传话，刘邦起义假斩蛇树威，直到洪秀全创拜上帝会自称上帝的代言人。总之，要从幽冥之处借来一个威严的声音，才好统一行动。于是传播共产主义幽灵的书一到中国，便立即有了革命的“本本主义”，这种借天上的声音来指导地上的革命所造成的悲剧，择其大者有两次。一次是土地革命战争时期，王明的“左”倾路线，导致根据地和红军损失殆尽。是毛泽东摒弃了洋本本，包括摒弃了共产国际派来的那个马克思的老乡、军事指挥官李德，而只用其神，只用其魂。他不要德国的、欧洲的外壳，他用中国语言，甚至还带点湖南味道大声说：打得赢就打，打不赢就走，农村包围城市。一下就讲清了中国革命的战略问题。幽灵才真的显灵了，革命重又“六盘山上高峰，红旗漫卷西风”。第二次是新中国成立后，对生产关系的错误估计导致了“大跃进”、人民公社化对生产力的破坏，直至全面崩溃的“文化大革命”。是邓小平再次摒弃了洋本本，他再一次甩开强加给共产主义幽灵的沉重的外壳，用中国语言，甚至还有点四川味道说了一声“不管黄猫黑猫，抓住老鼠就是好猫”，并大胆问了一句：“什么是社会主义?”一下子就使中国这个老大社会主义跳出了共产主义的狂想，跳出了红色纯正的封闭。

当我们这几年逐渐追上了发展着的世界时，回头一看，不禁一身冷汗，一阵后怕。马克思当年批评大清帝国说，一个人口几乎占人类三分之一的大帝国，不顾时势，安于现状，人为地隔绝于世，并因此竭力以天朝尽善尽美的幻想自欺。这样一个帝国注定最后要在一场殊死的决斗中被打垮。如果我们还是那样封闭下去，将要重蹈大清帝国的覆辙。

读了几十年马克思的书，走了几十年曲曲折折的路，难得有缘，来到马克思最初降临人间的地方，观看这些最早出现在人世的福音珍本。但这时我已不像当年在课堂里捧读时那样，面前一片空白。心中的思考有如眼前这些藏书一样沉重。我注视着墙上用《共产党宣言》文字组成的马克思肖像，他像佛光中的佛祖一样，忽然清晰，又忽然模糊。一会儿浮现出来的是马克思的形象，他的宽额头、大胡子，一会儿人不见了，只是一行行的字母，字里行间是百年工运的洪流和席卷全球的商业大潮。我想，我们还是不了解马克思，许多年来我们对他若即若离、似懂非懂。这几年，我们也曾急切地追问：资本主义为什么腐而不朽、打而不倒呢？这个幽灵为什么不灵了呢？但是就在这个房间里，打开这尘封色褪的书稿，马克思老人早在1859年就指出：无论哪一个社会形态，在它所容纳的全部生产力发挥出来以前，是决不会灭亡的；而新的更高的生产关系，在它的物质存在条件在旧社会的胞胎里成熟以前，是决不会出现的。过去我们也曾认真地对照马克思的书，计算过雇几个工人就算是资本主义，数过农民家养几只鸡，就算是资本主义。但是我们又忽略了，仍然在这些书稿里，马克思面对人们急切地询问他社会主义的步骤时说：现在提出这个问题是虚无缥缈的。恩格斯说得更明白：我们不打算把什么最终规律强加给人类。关于未来社会组织方面的详细情况和预定看法吗？您在我们这里连它们的影子也找不到。马克思是一个伟大的思想家，而我们却硬要把他降低为一个行动家。共产主义既然是一个幽灵，就幽深莫测，它是一种思想而不是一个方案。可是我们急于对号入座，急于过渡，硬要马克思给我们说个长短，强捉住幽灵要显灵。现在回想我们的心急和天真实在让人脸红，这就像一个刚会走路说话的毛孩子嚷嚷着说“我要成家娶媳妇”。马克思老人慈祥地摸着他的头说：“孩子，你先得吃饭，先得长大。”到一个半世纪后，中国共产党在北京召开十五大，认真地总结20世纪以来的经验教训，指出党决不能提什么超越现阶段的任务和政策。这就是历史唯物主义。中国俗话讲：日久见人心。心者，思想也。常人之心，年月可观；哲人之心，世纪方知。马克思实在是太高深博大了，在过去的岁月里，无论是东方的还是西方的学者，无论是资本主义的还是社会主义的实践者，其实都才刚刚从皮毛上理解了他的一小部分，便就立即或好或恶地注入感情，生吞活剥地付诸行动。他们经过许多跌跌撞撞、磕磕碰碰之后，再又来到他的肖像前、他的故居、他的墓旁、他的著作里重新认识马克思。

从故居出来，天已擦黑。特利尔很小，只有10万人口，却是德国一个古老的城市。街上灯火辉煌，我们找了一家很有现代味道的旅馆，便匆匆住下了。如今我从东半球飞到西半球，就像唐僧非得要到释迦牟尼的老家去一趟不可，跋涉万里，终于还了这个愿。我带着圣地给我的兴奋和沉思慢慢进入梦乡。第二天早晨一醒来，满屋阳光。推开窗户，惊奇地发现街对面竟是一座古罗马的城堡，一座完整的城门和向两边少许延展的残墙，距今已2 400

特利尔

年。城堡全由桌子大小的石块砌成，石面已长满绿苔，石缝间也已长出了手臂粗的小树。就像一位已经石化了的罗马老人，好一派幽远的苍凉，我感觉到了历史的灵魂。而越过城堡的垛口向南望去，还有一座尖顶的古教堂，据说也已经 1 400 年。沉重的红墙，窄窄的窗口，里面安置着主的灵魂。城堡和教堂只隔几条街，历史却跋涉了 1 000 年，咫尺方寸地，岁月 2 000 年啊。我注视着这个宁静的历史的港湾，不禁想到，凡先驱者的思想，总是要留给我们一段长时间的理解和等待。就在离特利尔不远的乌尔姆还诞生了德国的另一个大哲人爱因斯坦，他的相对论发表之初，据说全欧洲只有 8 个人懂，到 40 年后第一颗原子弹爆炸，人们才信服了他。而就是现在，许多人对其深奥也还是似懂非懂。我又想起一件事。也是马克思的老乡，天文学家开普勒经过 16 年的呕心沥血，终于发现了行星运行规律，他欣喜若狂，在实验笔记上大书道：大事告成，书已写出，可能当代就有人读它，也可能后世才有人读它，甚至可能要等一个世纪才有读者，就像上帝等了 6 000 年才有信奉者一样，这我就管不着了。

思想家只管想，具体该怎么做，是我们这些后人的事。既然是灵魂，它就该有不同的躯壳，它就会有永远的生命。

（1997年3月记于特利尔，载《光明日报》1997年10月18日）

一个大党和一只小船

中国共产党现在是一个拥有6 500万党员的大党，是一个掌管着960万平方公里国土、12亿多人口国度的执政党。可是谁能想到，当初她却是诞生在一只小船上。在建党80周年之际，我特地赶到嘉兴南湖瞻仰这只小船。这是一只多么小的船啊，要低头弯腰才能进入舱内，刚能容下十几个人促膝侧坐。它被一条细绳系在湖边，随着轻风细浪，慢慢地摇荡。我真不敢想，我们轰轰烈烈、排山倒海的80年就是从这条船里倾泻出来的吗?

因为它是党史的起点，这条船现在被称为红船。1921年7月23日，中国共产党第一次全国代表大会在上海法租界的一栋房子里召开，但很快就被巡捕监视上了。不得已，立即休会转移。代表之一李达，他的夫人王会悟是嘉兴人，是她提议到这里来开会。8月1日，王会悟、李达、毛泽东先从上海来到嘉兴，租好了旅馆，就出来选“会场”。他们登上南湖湖心岛上的烟雨楼，见四周烟雨茫茫，水面上冷冷清清地漂着几只游船，不觉灵机一动，就租一只船来当“会场”。当时还计划好游船停泊的位置，在楼的东北方向，既不靠岸，也不傍岛，就在水中来回漂荡。第二天，其余代表分散行动，从上海来到南湖，来到这只小船上。下午，通过了最后两个文件，中国共产党就这样诞生了。

今天，我重登烟雨楼，天明水静，杨柳依依。这烟雨楼最早建于五代，原址是在湖岸上。明嘉靖年间，当地知府赵瀛疏浚南湖，用挖起的土在湖心垒岛，第二年又在岛上砌楼。有湖有岛有楼，再加上此地气候常细雨蒙蒙，

中国共产党第一次代表大会旧址（位于当时的上海法租界）

南湖烟雨便成了一处绝景。清乾隆皇帝曾六下江南，八到烟雨楼，至今岛上还有御碑两通。现在楼头大匾上“烟雨楼”三个大字，是当年的一大代表董必武亲笔所书。历史沧桑，烟雨茫茫，我今抚栏回望，真不敢想象我们这样一个大党，当初是那样的艰难。那时百姓穷无立锥之地，要想建一个代表百姓利益的党，当然也就没有可落脚之处。列宁说：群众分为阶级，阶级有党，党有领袖。当时这 12 个领袖是何等的窘迫，举目神州，无我寸土。我眼看手摸着这只小船，这些小桌小凳，这竹棚木舷。我算了一下，就是把舱里全摆满，顶多只能挤下 14 个小凳，这就是现在有6 500万党员的中共一大会场吗？但这个会场仍不安全，王会悟同志是专管在船头放哨的。下午，忽有一汽艇从湖面驶过，她疑有警情，忙发暗号，船内就立即响起一片麻将声。他们是一伙租了游船来玩的青年文人啊！汽艇一过，麻将撤去，再低声讨论文件，同时也没有忘记放开留声机做掩护。但不管怎样，工农的党在这条小船的襁褓里诞生了。距南湖不远是以大潮闻名的钱塘江，当年孙中山过此，观潮而叹曰："世界潮流浩浩荡荡，顺之者昌，逆之者亡。"共产党在此顺潮流而生，合乎天意。

西方人信上帝，我们认马克思主义。也许是马克思在冥冥中的安排，专门让我们这个大党诞生在一只小船上。于是党的肌体里就有了船的基因，党的活动就再也离不开船。

宋人潘阆有一首写大潮中行船的名词："来疑沧海尽成空，万面鼓声中。弄潮儿向涛头立，手把红旗旗不湿。"共产党就是敢立于涛头的弄潮儿。一大之后，毛泽东一出南湖便买船西行到湖南组织农民运动。大革命失败，他振臂一呼，发动秋收起义，上了井冈山。这时全国正处在白色恐怖之中，许多人不知革命希望在何方。他挺立井冈之巅大声说道：革命高潮"是站在海岸遥望海中已经看得见桅杆尖头了的一只航船"。这时，周恩来也领导了南昌起义，兵败后南下广州，只靠一只小木船，深夜里偷渡香港，又转道上海，再埋火种。谁曾想到，惊涛骇浪中，那只小木船上坐着的就是未来共和国的总理。蒋介石曾希望借中国大地上的江河阻灭革命，但革命队伍却一次次地利用木船突围决胜。天险大渡河曾毁灭了石达开的10万大军，但是当蒋介石围追红军于此，只见到远去的船影和岸边的草鞋。抗战时期，共产党在陕北聚积了力量，然后东渡黄河，问鼎北平。而东渡黄河靠的还是老艄公摇的一只木船，船仍然不大，以至于连毛泽东心爱的白马也没能装上。中国革命的整个司令部就这样在一只木船上实现了战略大转移。不久就有百万雄师乘着帆船过大江，解放全中国。中国历史上秦皇汉武们喜欢说他们是马上得天下，中国共产党真正是船上得天下，是船上生、浪里走而夺得天下的啊。英雄造时势，时势造英雄。历史长河的巨浪也颠簸着最早上船的12名领袖。第一个为革命牺牲的是邓恩铭，这位从贵州南部大山中走出来的水族革命家，在山东从事工人运动，两次被捕，1931年被杀害。接着是何叔衡，红军长征后，他在一次突围中，为不连累同志跳崖而死。以后脱党的有刘仁静，叛党的有陈公博、周佛海、张国焘。毛泽东则成了党最长期的领袖。12个人中只有董必武再回过故地。毛泽东1958年到杭州时，专列经过南湖，他急令停车，在路边凝望南湖足有40分钟。想伟人当时胸中涛翻云涌，其思何如？

中国古代有一个最著名的关于船的寓言故事：刻舟求剑，是讲不实事求是，不会发展地、辩证地看问题。我们不讳言曾犯过错误，也曾做过一些刻舟求剑的事。我们曾急切地追求过新的生产关系，追求那些在本本里看到的模式，硬要在我们自己的刻舟之处去找主观上想要的东西。因此也曾有几次尽兴放舟，“争渡，争渡”，“误入藕花深处”。最危险的一次是“文化大革命”，险些翻船。但是我们也敢于承认错误，改正错误。这时中国共产党早已是一只大船，都说船大难掉头，但是邓小平成功地指挥它掉了过来。在我们干社会主义数十年后，又敢于重新问一句“什么是社会主义”，敢于说社会主义初级阶段至少需要 100 年。这勇气不下于当年在南湖烟雨中问苍茫大地，船向何处。

红船自南湖出发已经航行了 80 年。其间，有时“春和景明，波澜不惊”，有时“阴风怒号，浊浪排空”。80 年来，党的领袖们时时心忧天下，处处留意行船的规律。历史上第一个以舟水关系而喻治国驭世者，大概是荀子，后来魏徵也把这个比喻说给唐太宗。他说：水可载舟，亦可覆舟。当我们这只小船航行到第 24 个年头，时在 1945 年 7 月 1 日，中国共产党开过七大，胜利在即，将掌天下。民主人士黄炎培赴延安，与毛泽东有一次著名的谈话。黄问如何能逃出新政权“其兴也勃，其亡也忽”的周期律，毛泽东答：“靠民主，靠相信人民群众。”依靠人民群众，我们打造出一只共和国的大船。后来，红船航行到第 71 个年头，1992 年，邓小平南方视察再指航向：“逆水行舟，不进则退”，“发展才是硬道理”。我们扬起中国特色社会主义的风帆，又一次勇敢地冲上浪尖。当这只航船行到第 79 年，2000 年，江泽民视察浙江——历史巧合又是红船的出发地。他指出：党要永葆青春活力，就必须时刻坚持“三个代表”重要思想。浪里飞舟 80 年，心忧天下三代人。我们的事业蒸蒸日上，兴旺发达，中国共产党已是一个伟大的、成熟的党。

南湖边上现在还停着这只小小的木船，烟消雨停，山明水静。游人走过，悄悄地向它行着注目礼。这已经是一种政治的象征和哲学意义的昭示。6 500 万党员的大党就是从这里上岸的啊。从贫无寸土，漂泊水上，到神州万里，江山红遍。党在船上，船行水上，不惧风浪，不忘忧患，顺乎潮流，再登彼岸。

（《人民日报》2001 年 6 月 21 日）

南湖红船赋

红船者，嘉兴南湖上的一普通小船，为当年中共一大之会场。以一只小船而造就大党九千万，吞吐岁月近百年，古今中外唯此一船。

红船为建党之证，本该尊为文物，储于馆堂，永受细心之呵护，享国宝之典藏。然，今随意漂泊于湖畔，广接游人，栉风沐雨，敞对青天，是别有寓意，寄情悠长。

船之名“红”，借红色以言志，其意深远。当年长夜如磐，红烛此处破黑暗，星火遍燃不夜天。从此，红色象征革命、象征进步、象征改革，代表民心、代表希望。今革命虽已成功，初心不敢忘，大业路还长。红旗立潮头，飞舟举风帆，舟前还有万重浪。

今船仍留湖上，任水拍浪打，轻轻摇荡，是为不忘古训：水可载舟，亦可翻船。登舟望湖，叹烟波浩渺，知来路之修远；抚舷临风，望峰回路转，更觉任重路长。船、船、船，想当年千帆齐发，金戈铁马曾渡江，一统江山；后又杀条血路去改革，船大掉头破冰坚；再后来，船到中流，壮士断腕，反腐倡廉，焕然一个新时期的中国共产党。船借水力，水助船航，掌船人最懂水与船。建党如同造船，同舟共济聚中坚；治国又如远航，几多风浪几多险。望湖兴叹，珍惜胜利，谨行吾船。

船静停于湖心岛上，依风雨楼前，是取居安思危、高瞻远瞩之意，勿忘前车之鉴。南湖虽小，映照古今，不让八百里洞庭；小船如箭，一箭光阴，射穿两千年画卷。贾谊过秦、魏徵谏唐，毛泽东延安窑洞答客问，灯下细说

嘉兴南湖红船

治国方；陈胜揭竿、天朝末路，五大领袖览罢青史，一辞太行，西柏坡赴京赶考，相约不做李闯王。多少英雄，毕恭毕敬，拜谒红船，历史空前。船、船、船！对小舟一叶、窗明几净，怎不叫人细思默想？

呜呼！树高有根，水长有源。今党率众十数亿，国有版图九百万，不敢忘我九尺小船。南湖红船，永泊水面，年年拜祭，岁岁观瞻。不忘宗旨，续写新篇，辉煌大业，两个“一百年”。唯愿中华崛起，国泰民安。

（《人民日报》2011年7月1日）

红毛线，蓝毛线

政治者，天下之大事，人心之向背也。向来政治家之间的斗争就是天下之争、人心之争。孙中山说："天下为公。"一个政治家总是以他为公的程度、以他对社会付出的多少来换取人民的支持度，换取社会的承认度。有人得天下，有人失天下。中国从有纪年的公元前841年算起，不知有多少数得上名的君臣、政客，他们也讲操守，也讲牺牲，以换取人心，换取天下。唐太宗爱玩鹞子，魏徵来见，忙捏在手里背在身后，话谈完了，鹞子也死在手中。王莽篡位前为表明不徇私情，甚至将自己的儿子处死。汪精卫年轻时也曾有行刺清廷大臣的壮举。人来人去，政权更替，这种戏演了几千年，但真正把私心减到最小最小，把公心推到最大最大的只有共产党和她的领袖们。当历史演进到20世纪40年代末，又将有一次政权大更替时，河北平山县西柏坡这个小山村，再次为我们提供了这个证明。

如今，在西柏坡村口立着五位伟人的塑像，他们是当时党的五大书记：毛泽东、刘少奇、周恩来、朱德、任弼时。五大领袖刚从村里走出来，正匆匆忙忙像是要到哪里去。这时中国革命已到了最关键的时候。曾经对中国的河山觊觎并蹂躏了长达半个世纪之久的日寇终于心衰力竭，无可奈何地举手投降了，中国大地上突然又只剩下两大势力集团：毛泽东为首的共产党和蒋介石为首的国民党。20年前，蒋介石就"剿共"，现在日本人走了，蒋介石又重做这个梦，你看"东北剿总""华北剿总"，又到处扯起"剿"字旗，他想在北方重演一场当年在江西的戏。但这时，早已南北易位，时势相异。毛泽东从从容容地将五位书记一分为二，他说，我和恩来、弼时在陕北拖住胡宗南，少奇和朱老总可先到河北平山去组织一个工作班子。平山者，晋陕与北平间一块过河的踏石，此石一收天下之势已明矣。

西柏坡伟人塑像

虽然已经有人马数百万，土地数千里，就要开国进京了，但是当五大领袖住进这个小村时，并没有什么金银细软。他们和其他所有的干部一样只有一身灰布棉制服。刘少奇带着那只跟随了他多年的文件箱，那是一个如农家常用的小躺柜，粗粗笨笨，一盖上盖子就可以坐人。这箱子后来进了北京，在“文化大革命”抄家中，幸亏保姆在上面糊了一层花纸才为我们保存了这件文物。现在这小木箱又按原样放在少奇同志房间的右角，而左角则是一个只有二尺宽、齐膝高的小桌，这是当时从老乡家借来的。少奇同志就是伏在这张小桌上起草了《中国土地法大纲》。他写好大纲后，就去村口召开全国土改工作会。露天里搭了一个白布棚算是主席台，从各边区来的代表就搬些石头块子散坐在棚前。

座中一位最年轻的代表，是毛泽东的长子毛岸英。这将是一次要把全国搅得天翻地覆、有里程碑意义的大会啊。会场没有沙发，没有麦克风，没有茶水，更没有热毛巾。这是一个真正的会议，一个舍弃了一切形式、只剩下内容、只剩下思想的会议。今天，当我们看这个小桌、这个会场时，才顿然悟到，开会本来只有一个目的，那就是工作，大家来到一起是为了接受新思想，通过交流碰撞产生新思想，其他都是多余的，都是附加上去的。可惜后来这种附加越来越多。这个朴素的会议讲出了中国农民 1 000 多年来一直压在心里的一句话：平分土地。这话经太行山里的风一吹，便火星四溅，燃遍全国。而全国早已是布满了干柴，这是已堆了 1 000 多年的干柴啊，从陈胜、吴广到洪秀全，这场火着了又熄，熄了又着，总没有着个透。现在终于大火熊熊，铺天盖地。土改极大地调动了农民的积极性。三大战役中民工支前参战就达 886 万人，800 多万啊，相当于国民党的全部陆海空军。陈毅说淮海战役是农民用小推车推出来的。只平山县，土改后，王震同志振臂一呼：保卫胜利果实！一次就参军 1 500 人，组成著名的三五九旅平山团，这个团一直打到新疆，现在还驻扎在阿克苏。解放战争实质上是 10 年土地革命战争的继续，是中国农民 1 000 多年翻身闹革命的总胜利，而土改则是开启这股洪流的总闸门。但开启这个闸门的仪式竟是这样的平静，没有红绸金剪的剪彩，没有鼓乐，没有宴会，摆在我们面前的只是这个木箱，这张二尺小桌和河滩里这一片曾作为会场的光秃秃的石头。

1948 年 5 月，毛泽东和周恩来、任弼时在陕北转战一年，拖垮了胡宗南后也来到了这里。五位书记又重新会合了。毛泽东决定在这里摆两着棋。第一着是打三大战役。他在隔壁的院子里布置了一间作战室，国共两党已经斗了 20 多年，他要在这里再最后斗一斗蒋介石。这是一间普通的农家房舍，不到 30 平方米，里面摆着 3 张大桌子。一张作战科用，一张情报科用，一张资料科用。大屋子里彻夜灯火通明（那时已开始有电灯，但又常离不开油灯）。来自全国各战场的电报汇集到这里，参谋们紧张地分析、研究、报告。讲解员说当时很难买到红蓝铅笔，为了节省使用，参谋们就用红毛线、蓝毛线在地图上标识敌我势态。虽然我们这时已在进行着百万大军的总决战了，但其实还穷得很呢。这时南京国防部的大楼里呢绒大桌、真皮沙发、咖啡香烟，他们也绝对想不到共产党会这样穷。其实到这时共产党还从来没有富过，尤其是党中央最不富。当年中央红军走到陕北时只剩万数人马，1 000 元钱，人均 1 毛钱。毛泽东只好向红二十五军去借，徐海东也没有想到中央会这么困难，忙从全军 7 500 元的积蓄中抽出 5 000 元。毛周留在陕北，晋察冀吃穿用都比陕北强。贺龙过河来看毛泽东，毛的警卫员看着贺老总警卫员身上的枪直眼馋。贺胡子也大吃一惊，他无论如何想不到中央机关会这么苦，赶快对警卫员说："换一下。"共产党是穷惯了，党的最高层是穷惯了。不是他们爱穷，他们守一个原则：只要中国的老百姓还穷，党就耻于高过百姓；只要党还穷，第一线还穷，中央机关、党的领袖就决不肯优于他们。这种生活的清贫，工作条件的清苦，清澈见底地表示着他们的一片心，这就是只有解放全人类才能最后解放自己。900 年前封建名臣范仲淹就提出"先天下之忧而忧，后天下之乐而乐"，但真正实现了这句名言的只有共产党。现在毛泽东和他的参谋班子就是在这间最简陋的指挥部里和蒋介石斗法。这反倒生出一种神秘，就像武侠小说上写的，突然有一个貌不惊人的高手随便抽出一把扇子或者一根旱烟管就挑飞了对方手中的七星宝刀。作战室旁那个有一盘小石磨的小院子里，毛泽东在石磨旁抽烟、踱步，不分日夜地草拟电报。据统计，三大战役毛泽东亲手写了 190 封电报，电报发出了，作战参谋们就在地图上用红毛线一圈一圈地去拴。先是拴住了沈阳，接着又套住了徐州、淮海，最后红毛线干脆套到了平津的脖子上。三大战役共歼敌 154 万。共产党的每个普通干部在延安大生产时就学会了纺毛线，想不到这毛线今天派上了这个大用场。黄维在淮海战役中被俘，改造出狱后坚持要来西柏坡看一看，当他看到这间简陋的作战室时，感慨唏嘘，连呼："蒋先生当败！蒋先生当败！"蒋介石怎么能不败呢？共产党克己为民，其公心弥盖天下，已经盖住并熔化了敌人的营垒，连蒋介石派来的谈判代表邵力子、张治中都服而不归了。

一着武棋下完，再下一着文棋。1949 年 3 月 5 日，著名的七届二中全会在中央机关的一间大伙房里召开了。现在会议室里还保留着原来主席台上的样子。说是主席台，其实没有台，就是在伙房一头的墙上挂一面党旗，旗下摆一张长方桌，后面放一把旧藤椅。"台"两侧各有一张桌子是记录席。会场没有麦克风，更没有录音机。出席会议的共 34 名中央委员，19 名候补中央委员，毛主席坐在长桌后面，其余的人都坐在台下。台下也没有固定的椅子，开会时各人就从自己的家里或办公室带个凳子。会议开了 8 天，委员们仔细地讨论军事、政治、党务、政权接收等大事。轮到谁发言时就走到那张长桌旁面向大家站着讲话，讲完后又回到自己的凳子上。毛泽东亲自记录，不时插话。领袖与代表咫尺之近，寸许之间。其实这已是老习惯了，许多人都见过一张照片，毛泽东在延安窑洞前站着做报告，黄土地上摆一个小凳子，凳子上放一只大瓷缸子。大家在木凳前席地而坐，据说前排的人口渴了，就端起毛泽东的茶缸喝一口水。不但是党内，就是领袖和百姓也亲密无间。西柏坡坡下有水，有稻田，毛泽东是从小干惯了稻田活的，工作之余就挽起裤腿去和农民插秧。朱老总一脸敦厚，在村头背着手散步，常被误认为是下地回来的老乡。任弼时全家人睡的土炕上至今还放着一架纺车。五大领袖走过雪山草地，到过东洋西洋，统率千军万马，熟悉中国的经济，遍读经史子集和马恩列斯，有的还坐过国民党的大牢，他们知识渊如海，业绩高如山，但是他们却这样自自然然地融在革命队伍中，做普普通通的一分子。伟人者，其思想、作风、境界、业绩已经自然地达到了一个高度，如日升高，如木参天，如水溢岸，你想让他降都降不下来，他当然不会再另外摆什么样子。1949 年春的中国共产党，她的五大领袖，她的 34 名中央委员就这样平平静静地坐在北方小山村的这间旧伙房里决定着中国的命运，也决定着党在历史的转折关头该怎么办。住了 20 多年山沟，现在要进城了，党没有忘记存在决定意识这条哲学的基本原理，没有忘记党员在改造客观世界的同时也要改造主观世界这个准则。在这间简陋的会议室里，共产党通过了自己的“陋室铭”。毛泽东说，要警惕“糖衣炮弹”，“夺取全国胜利，这只是万里长征走完了第一步”，“务必使同志们继续地保持谦虚、谨慎、不骄、不躁的作风，务必使同志们继续地保持艰苦奋斗的作风”。本来会议开始时主席台上并排挂着马恩列斯毛的像，到闭幕时就不这样挂了。会议过程中渐渐形成了一个共识，并通过五项决定：不以人名命名，不祝寿，中国同志不与马恩列斯并列，少拍巴掌，少敬酒。这真让人吃惊了，党的中央全会竟决定如此细小的事。战战兢兢，如履薄冰，其心之诚，其行之洁，天地可鉴。当年袁世凯筹备登基，光龙袍上的两颗龙眼珠就值 30 万大洋。而共产党为新共和国奠基却只借用了一间旧伙房。我们常说像真理一样朴素，只要道理是真的，裹着这道理的形式是无须

位于西柏坡村的七届二中全会会址

多讲究的。这话是用镀金的话筒说出来的还是扯着嗓子喊出来的，关系并不大。真理不要过多的形式来打扮，不要端着架子来公布，它只要客观真实，只要朴素。清皇室册封嫔妃是用金页写成，每页就用 16 两黄金。可她们的名字有哪一个被后人记住了呢？

红毛线、蓝毛线、二尺小桌、石头会场、小石磨、旧伙房，谁能想到在两个政权最后大决战的时刻，共产党就是祭起这些法宝横扫江北、问鼎北平的，真是撒豆成兵、指木成阵，怎么打怎么顺了。其实那时使用什么都已无关紧要了，因为我们的心早已到了，任何一件普通东西上都附着我们的理想、信念和为人民服务的宗旨，心诚则灵，天下来归，传檄而定，望风披靡。而蒋政权人心已去，好比一株树，水分跑光了，叶子早已枯黄，不管谁来轻轻摇一下都会枝折叶落的。

当参观结束后，几乎每一个人都要到村口和五大领袖合影一张。五位书记昂首向前，似将远行。到哪里去？当年在村口毛泽东说了一句风趣的话：我们上京赶考去，要考好，不要做李自成。周恩来说，要及格，不要被退回来。

（《人民日报》1997 年 1 月 23 日）

西柏坡赋

西柏坡乃冀中一普通山村。然其声沸海内，名传八方；瞻者益众，研者益广。天降大任，托国运于僻壤；小村何幸，成历史之拐点。

1948 年春，中国北方大地正寒凝将消，阳气初升，国共两党还胜负未分。时毛泽东方战罢陕北，过黄河，进太行，一路西来；刘少奇正经略华北，闹土改，分田地，发动群众。中央五大书记，自一年前延安分手，重又际会于此，设立中国革命之最后一个农村指挥部，将要夺取大城市，问鼎北平。

是时也，日寇甫败，蒋介石心气正盛，仍欲圆“剿匪”旧梦。于是设指挥部于南京，乃六朝古都，纸醉金迷之城。共产党则选定这个山沟，乃穷乡僻壤，无名无姓之村。当是时，势虽必胜，党却还穷。战事紧，参谋竟无标图之笔，而以红蓝毛线推盘演兵；文电急，领袖苦无办公之所，只就炕桌马灯草拟电文。借得民房一室三桌，是为情报、作战、资料三科；假小院石碾一盘，以供毛、周、朱选将、发令、点兵。虽军情火急，院门吱呀，不废房东荷锄归；指挥若定，读罢战报，还听窗外磨面声。谈笑间，一战而取辽沈，二战而收淮海，三战而下平津。全国解放，大局已定。

当此乾坤逆转、开国定都之时，中共高层却格外之冷静。一间大伙房里正在开党的中央全会。静悄悄，审时度势，析未来；言切切，防微杜渐，议党风。斯是陋室，无彩旗之张挂，无水茶之递送；甚而上无主席台之摆设，下无出席者之席尊。主持者唯一把旧藤椅，代表席即老乡家的几十个小柴凳。通过的决议却是不祝寿、不敬酒、不命名，务必艰苦朴素，务必谦虚谨慎。

其心之诚，直叫拒者降、望者归，大江南北，传檄而定；其风之严，令贪者收、贿者敛，军政上下，两袖清风。孟子言，先贤而后王；哲人曰，先忧而后乐。共产党人，未曾掌权，先受戒骄之洗礼；五大领袖，进京之前，相约不做李自成。

西柏坡中共中央旧址

中国革命乃土地革命，政权之争实民心之争。仰观自陈胜、吴广至太平天国，起起灭灭，热血空洒黄土旧，悲歌唱罢王朝新。只有共产党，地契旧约照天烧，彻底解放工与农。党无己利，人无私心，决心走出人亡政息周期律；言也为民，行也为民，载舟覆舟如履薄冰。西柏坡，一块丰碑，一面铜镜，一声警钟；二中全会，两个务必，两个预言，再三提醒。自古成由艰辛败由奢，谦则受益满招损。正西风烈，柏松翠，坡草青，精神在，长久存。

（《人民日报》2011 年 6 月 29 日）

马列公园赋

与颐和园只一路之隔，还有一座园子，也极大、极美，且又极静。论风景，在北京西郊也是一个数得上的去处。她的正式名字叫中共中央党校，但这严肃的称谓并不能掩盖她美丽的容颜。我从心里叫她马列公园。

说是公园，是因为她有山、有水、有湖，有亭、有桥、有榭，但最多的是花、草、树。这里的花从春到秋是相连不断的。春寒未尽时便有迎春，灰褐的枝条上还未及吐叶，就先缀上一串串黄黄的花瓣。还有玉兰，干硬的枝干还没有被春风吹软，便爆出了一个个拳头大的花朵。让人想到那接力赛中跑第一棒的运动员，人还未到便急着将棒伸出，就抢这一刹那的春光，好个春的使者。接着是紫牡丹、红芍药、丰腴的木槿、恬静的桂花，直到秋霜已降，黄色的菊花才用它那细嗅又无的寒香一收全年的色味。花之外便是草，一色碧绿铺满除却房和路的各处。草地上有树：杨可参天，柳拂人面，松柏、银杏、古槐及核桃、柿子等果木，或随路延伸，或依山起伏，或在湖畔水边成林。总之是一片海绿的波涛，翻腾着一直溢到园子的外面。

这绿色波涛间屹立着两座岛，就是门前的主楼和广场前的礼堂。主楼是用一色青石起座，直上七层，石条又故意不打磨平整，粗犷凝重，像一个巨人敞露出结实的胸膛和坦荡的襟怀。顶层却用黄色琉璃制成柱檐，夕阳中与对面万寿山上的佛香阁交相辉映。这是一座极富民族特色的建筑，城堡式的厚重，宝塔式的庄严，殿宇式的高朗，两侧的附属建筑又是曲折而成廊式的天井。礼堂则一色黄砖，中高三层，两翼平展，全用拱顶，敞亮大方。这是

中共中央党校风光

全校上课和集会的中心。主楼与礼堂外便是散布于园中各处的楼，都不高，大多是三层，就更被埋在绿荫之中，像是海面上时隐时现的礁岩。楼中间的路其实是看不见的，你只要找到一行白杨、一行垂柳，或一行白蜡、一行银杏，你便知道这下面必藏着一条路了。

到这里学习的人都是来自紧张的第一线，难得有这样一个环境对过去做一番反思。因此，在园子里散步便是最好的享受。四周繁花压枝，绿柳拂面，鸟雀并不怕人，在枝头和草坪上自由地嬉戏。这恬静使人舒坦、使人松弛，人们的思维得到了充分的回旋余地。每当我在园子里，头发触着轻柔的柳丝，或仰面感慨白杨的伟岸时，我就想起，我们曾经有过那么一个时候，将树砍了、锅砸了去炼钢，“左”得多么可笑，那是新中国成立后我们摔的第一个大跟头啊。第二个当然是“文化大革命”了。我默默地徘徊在主楼下，抚摸着那凸凹不平的青色石面，这个屹立的巨人曾经历了多少风和雨！至今两侧漂亮的墙面上还依稀可见“文化大革命”标语的痕迹。那是一个除红色以外什么都不要的时代啊，连自然界的绿树花草都要砍光拔尽的。我们这些人都是从那个红海洋中走出来的，痛定思痛，现在终于走到这一片绿荫中来了。

文武之道一张一弛，大动之后必有大静。革命需要刀枪箭火，需要流血流汗，但更需要理论，更需要思考。只有 1848 年的欧洲革命而没有大英博物馆里被马克思的双脚磨下的沟痕，便没有马克思主义；只有太行山上呼啸的大刀、江南新四军的枪声而没有延安窑洞里的整风学习，便没有中国革命的胜利。革命离不开思考，思考离不开安静，安静不能没有绿荫。美术家早有定义：红是暖色，是亢奋，是激烈，是胜利；绿是冷色，是沉着，是冷静，是思考。所以这处园子里的绿绝不是一般公园的柳浪闻莺，供情人掩身，供儿童嬉戏。她已超出物而有了理的含义。相对于火热，她表现为冷静；相对于喧闹，她表现为沉思。春天，当大地还没有苏醒自己冻僵的身子，园子里的垂柳便在河边、楼旁似有似无地描出一条条绿线，指示着理想，预告着生机。夏日，暑热蒸腾，沿着几条主要的路，白杨挺起伟岸的身躯，筑起一道道绿墙，如墨如黛，这时你在树下漫步会感到沉稳坚实。但最耐人寻味的是松柏的绿了。当秋阳中落叶树只剩下一片静劲的疏枝时，油松、雪松、龙柏、冷杉等便一起收紧它们的针叶，仿佛将这园子里四季的绿色都收在它们身上，在秋的萧疏与冬的料峭中显出一种刚毅的气质。特别是主楼后面广场上的那一片翠柏，更有一种庄严的肃穆笼着那深深的凝绿。如果说绿色是生命的结晶，这片翠柏简直是思维的凝聚。它们盘地而起，每一棵都如塔如钟，贮满沉思，然后又渐渐收拢枝叶，束成一长矛似的尖顶，带着一种神圣的启示直向云天刺去。欧洲著名的哥特式教堂便是以它特有的尖顶把人的思想引向天界，我不知那建筑师是否受过这种树的启发，只是我一到树下便真的做着天上之想了。我想到马克思的在天之灵可知道他的伟大理论在中国的成功，可知道这理论与实际结合的艰苦与不易。这时隔着树林，透过这层肃穆的绿，再看主楼那庄严的青，更感到路虽漫漫兮，我们终将胜利。

多么美丽的园子啊，一片圣洁的绿海里藏着一块红色的理论阵地，这大约正是辩证的统一。一个人经过几天的劳累，尚且希望到公园的绿椅上小憩一会儿，何况我们一个伟大的党呢？她风尘仆仆，领导全国人民进行一程又一程的长征，是该有一处浓荫能让她和她的儿女们歇歇脚，擦把汗，想想来路，再计划一下前程。马列公园，你该有这么多的鲜花、这么多的绿。

（《光明日报》1986 年 3 月 30 日）

德胜楼记

1947年春三月，乍暖还寒。蒋介石突然进攻解放区，一时硝烟弥漫，乌云压城。毛泽东与中央机关被迫撤离延安。彭德怀、习仲勋率西北野战兵团与敌周旋。其时，国共双方在陕北的兵力对比是24万比2.5万，大约10比1，形势异常危急。毛化名李得胜，周恩来化名胡必成。得胜、必成，可知毛、周临危不乱，成竹在胸。而百姓亦坚壁清野拒顽敌，箪食壶浆迎亲人。随之，毛、周运筹于后，彭、习拼杀于前。借黄土高原之深沟大壑，连布奇阵，四战告捷。一年后，毛与中央东渡黄河，进驻西柏坡；再一年，横扫全国，定都北京城。

毛泽东转战陕北，在佳县先后转移居住15个村庄，凡99天。在这里发布了《中国人民解放军宣言》《中国土地法大纲》等重要文献，指挥全局，扭转乾坤。1947年，成为中国革命走向最后胜利之拐点。而时势造英雄，毛泽东从1927年秋收起义、星火湘江，到1947年转战陕北、饮马黄河，20年间，也从一介书生成长为一个伟大的军事家和人民领袖。毛痛感党和军队离不开人民，遂就地题词："站在最大多数劳动人民的一面"。2017年，当往事越70周年之际，佳县于黄河西岸、高山之巅，修德胜楼一座，以记其事、壮其举、思其理。

德胜者，得胜也，有德者胜。今登德胜楼，西眺昆仑，东望沧海，大河奔流，不舍昼夜。想3 000年青史，改朝换代，胜败几何。70年前蒋坐拥800万大军，四面出击，其势何凶，瞬间灰飞烟灭。而我于1947年大转折之后，迅即建国，百废俱兴，前程似锦。谁料这之后又迭遭挫折，痛遇“文革”，教训殊深。是知凡事，危则如履薄冰，慎心怀德，德而必胜；胜则纵情傲物，骄离民心，德失政亡。而今走伟大复兴路，更知民为重。

德胜楼者，非记一人一事之胜，是记一党一国之理。政德在民，民心是天。德存德失，载舟覆舟。高山峣峣，顶天柱地；大河滔滔，逝者如斯；往事历历，天地可鉴。

（《人民日报》2017 年 8 月 30 日）

假如毛泽东去骑马

一

毛泽东智慧超群，胆识过人，一生无论军事、政治都有出其不意的惊人之笔，让人玩味无穷。但有一笔更为惊人，只可惜未能实现。

1959 年 4 月 5 日，在上海召开的中共八届七中全会上，毛说："如有可能，我就游黄河、游长江。从黄河口子沿河而上，搞一班人，地质学家、生物学家、文学家，只准骑马，不准坐卡车，更不准坐火车，一天走 60 里——骑马 30 里，走路 30 里，骑骑走走，一路往昆仑山去。然后到猪八戒去过的那个通天河，从长江上游，沿江而下，从金沙江到崇明岛。国内国际的形势，我还可以搞，带个电台，比如，从黄河入海口走到郑州，走了一个半月，要开会了我就开会，开了会我又从郑州出发，搞它四五年就可以完成任务。我很想学明朝的徐霞客。"

1960 年，毛的专列过济南，他对上车看他的舒同、杨得志说："我想骑马沿着两条河考察，一条黄河，一条长江……你们若赞成，帮我准备一匹马。" 1961 年 3 月 23 日，毛在广州说："在下一次会议或者什么时候，我要做点典型调查，才能交账。我很想恢复骑马的制度，不坐火车，不坐汽车，想跑两条江。从黄河的河口，沿河而上，到它的发源地，然后跨过山去，到扬子江的发源地，顺流而下。不要多少时间，有三年时间就可以横过去，顶多五年。" 1962 年，他的一个秘书调往陕西，他说："你先打个前站，我随后骑马就去。”1972 年，毛大病一场，刚好一点，他就说：“看来，我去黄河还是有希望的。”可见他对两河之行向往的热切。

自从看到这几则史料，我就常想，要是毛泽东真的实现了骑马走江河，该是什么样子？

这个计划本已确定下来，大约准备 1965 年春成行。1964 年夏天，从骑兵部队调来的警卫人员也开始在北戴河训练，也已为毛泽东准备了一匹个头不太大的白马，很巧合，他转战陕北时骑的也是一匹白马。整个夏天，毛的运动就是两项：游泳和骑马。

但是，1964 年 8 月 5 日，突发“北部湾事件”，美军入侵越南。6 日晨，毛遗憾地说：“要打仗了，我的行动得重新考虑。黄河这次是去不成了。”

这实在是太遗憾了，是一个国家的遗憾、民族的遗憾，中国历史失去了一次改写的机会。按毛的计划是走三到五年，就算四年吧，两河归来，已是 1969 年，那个对国家民族损毁至重的“文化大革命”至少可以推迟发生，甚至避免。试想一个最高领袖深入民间四年，将会有多少新东西涌入他的脑海，又该有什么新的政策出台，党史、国史将会有一个什么样的新版本？一个伟大的诗人，用双脚丈量祖国的河山，“目既往还，心亦吐纳”，又该有多少气势磅礴的诗作？

我们再看一下 1965 年的形势，那是新中国成立后最好的年份。正是成绩已有不少，教训也有一些，党又一次走在将更加成熟的十字路口。当时我们已犯过的几个大错误是：反右派斗争扩大化，1958 年的“大跃进”、人民公社化运动，1959 年的“反右倾”斗争，1959 年到 1961 年的三年困难。这时全党已经开始心平气和地看问题。在 1962 年的七千人大会上，中央承认了“三分天灾，七分人祸”的错误，毛泽东也做了自我批评。形势已有了明显好转。原子弹爆炸，全国学大寨、学大庆、学雷锋、学焦裕禄，国力增强，民心向上。但是从深层来看，对这些错误的根源还没有从思想上彻底解决。就像遵义会议时，从行动上和组织上已停止了“左”倾的错误，但真正从思想和路线上解决问题，还得等到延安整风。急病先治标，症退再治本。当时党和国家正是“症”初退而“本”待治之时。毛泽东就应是在这样的背景下深入基层调查研究、骑马走两河的。

二

我们设想着，当毛泽东骑马走江河时，对他触动最深的是中国农业的落后和农村发展的缓慢。

毛是农民的儿子，他和农民天然地血脉相通。他最初领导的秋收起义，十年的土地革命是为农民翻身。他穿草鞋，住窑洞，穿补丁衣服，大口吃茶叶叶子，捡食掉在桌子上的米粒，趴在水缸盖上指挥大战役，在延安时还和战士一块儿开荒，在西柏坡时还下田插秧；还包括江青看不惯的大口吃红烧肉、吃辣椒，他简直就是一个农民，一个读了书、当了领袖的农民。毛泽东一生的思维从没有离开过农民。只不过命运逼得他新中国成立前大部分时间在研究战争；新中国成立后，又急于振兴工业，以至于1953年发生了与梁漱溟的争吵，被梁误以为忘了农民。他1958年发起的“大跃进”、人民公社化运动也是为了农业的尽快翻身，有点空想，有点急躁，被彭德怀说成“小资产阶级狂热性”。那一句话真的刺伤了他的心，但没有人怀疑他不是为了农民。

他打马上路了，行行走走，一个半月后到达郑州。因为是马队，不能进城住宾馆，便找一个依岸傍河的村庄宿营，架好电台，摊开文件、书籍。一如战争时期那样，有亲热的房东打水、烧炕，有调皮的儿童跑前跑后，饭后他就挑灯读书、办公。但我猜想毛这天在郑州的黄河边肯定度过了一个不眠之夜。

河南这个地方是当年人民公社化运动的发祥地。这里诞生了全国第一个人民公社——信阳地区遂平县的“嵖岈山卫星人民公社”。1958年8月6日晚，毛泽东到郑州，7日晨就急着听汇报，当他看到《嵖岈山卫星人民公社试行简章》时，如获至宝，连说：“这是个好东西!”便喜而携去，接着又去视察山东，8月就在北戴河主持政治局扩大会议，正式通过了《关于在农村建立人民公社问题的决议》。公社遍行全国，河南首其功，信阳首其功。但是全国第一个饿死人的“信阳事件”也是发生在这里，成了三年困难时期的一个标志性事件。刘少奇说，饿死人这是要上史书的啊。毛不得不在1960年10月23日到26日专门听取“信阳事件”的汇报，全国急刹车，实行“调整、巩固、充实、提高”的方针，才渡过难关。

这次，毛沿途一路走来，看到了许多1958年“大跃进”留下的半截子工程，虽经调整，农村情况大有好转，但社员还是出工不出力。房东悄悄地对他说“人哄地皮，地哄肚皮”。这使他不得不思考“大跃进”和人民公社这种形式对农村生产力到底是起了解放作用还是破坏作用。为什么农民对土地的热情反倒下降了呢？想解放战争时期，边打仗边土改，农民一分到地就参军、支前，热情何等的高！

离开郑州之后，毛溯流而上，他很急切地想知道1960年完工的大工程——三门峡水库现在怎么样了。这工程当时是何等的激动人心啊。诗人贺敬之的《三门峡——梳妆台》曾传唱全国：

> 展我治黄河万里图，先扎黄河腰中带——神门平，鬼门削……责令李白改诗句：“黄河之水‘手中’来！”银河星光落天下，清水清风走东海。

这些句子直到现在我还能背得出，那真是一个充满了革命浪漫主义的时代。毛很想看看这万年的黄河，是不是已“清水清风走东海”，很想看看他日思夜想的黄河现在变成了什么样子。他立马高坡、极目一望时，这里却不是他想象中的高原明镜，而是一片湿地，但见水雾茫茫，芦花荡荡。原先本想借这座水库拦腰一斩，根治黄河水害，但是才过几年就已沙淤库满，下游未得其利，上游反受其害，关中平原和西安市的安全受到威胁。他眉头一皱，问黄河上游每年来沙多少，随行专家答：“16亿吨。”又问：“现库内已淤沙多少？”答：“50亿吨。”这就是再修十个水库也不够它淤填的啊。当初上上下下热情高涨，又相信苏联专家的话，并没有精细地测算和科学地论证，就匆匆上马。看来建设和打仗一样，也是要知己知彼啊。不，它比战争还要复杂，战场上可立见胜负，而一项大的经济建设决策，牵涉的面更广，显示出结果的周期更长。

毛打马下山，一路无言。他想起了一个人，就是黄炎培的儿子黄万里，水利专家，清华大学教授。当年三门峡工程上马，上下叫好，只有一人坚决反对，这就是黄万里。1955年4月，周恩来主持70多人的专家论证会，会开了7天，他一人舌战群儒大呼：不是怎么建，而是三门峡根本就不宜建坝！下游水清，上游必灾啊。果然，大坝建成第二年，上游就受灾农田80万亩。

黄的意见没人听，他就写了一首小词，内有“春寒料峭，雨声凄切，静悄悄，微言绝”句。1957 年 6 月 19 日的《人民日报》第 6 版登出了这首词，黄一夜之间就成了“大右派”。毛泽东记起自己说过的一句话：“真理有时在少数人手中。”不觉长叹了一口气。

我猜想毛这次重到西北，亲见水土流失，一定会让他重新考虑中国农业发展的大计。解放后，毛大多走江南，再没有到过黄河以西。但他阅读了大量史书，无时不在做着西行考察的准备。1958 年，在成都会议上，山西省委书记陶鲁笳向他汇报引黄济晋的雄心壮志，他说：“你这算什么雄心壮志，你们查一下《汉书》，那时就有人建议从包头引黄河过北京东注入海。当时水大，汉武帝还能坐楼船在汾河上航行呢，现在水都干了，我们愧对晋民啊。”20 世纪 80 年代，赵紫阳任总理时到山西视察，山西领导又重提引黄之事，当时我以记者身份在场，听到赵又转述毛的这番话。大约 1958 年成都会议毛、陶对话时，赵亦在场。多年来，我们愧对的岂止是晋民，陕、甘、宁之民也都很愧对啊。这块中国西北角的红色根据地，当年曾支撑了中共领导的全民抗战，支持了解放战争的胜利，但是自解放以后就再也摆不脱黄风、黄沙、黄水的蹂躏。晋陕之间的这一段黄河，毛泽东曾经两次东渡。第一次是 1936 年由绥德过河东征抗日，留下了那首著名的《沁园春·雪》；第二次是由吴堡过河到临县，向西柏坡进发，定都北京。当时因木船太小，跟他多年的那匹老白马只好留在河西。他登上东岸，回望滔滔黄水，激动地讲了那句名言：“你可以藐视一切，但不能藐视黄河。”据他的护士长回忆，毛进城后至少 9 次谈起黄河，他说：“这条河与我共过患难”，“每次看黄河回来心里就不好受”，“我们欠了黄河的情”，“我是个到了黄河也不死心的人”。

这次毛重访旧地，我猜想米脂县杨家沟是一定要去的。1947 年 11 月 22 日到 1948 年 3 月 21 日他一直住在这里，这是他转战陕北期间住得最久的一个村子，并在这里召开了具有里程碑意义的准备打倒蒋介石、建立新中国的“十二月会议”。但现在这里还是沟深路窄，仅容一马，道路泥泞，一如 20 年前。农民的住房，还没有一间能赶上过去村里地主的老房子。而当年毛的指挥部，整个党中央机关就借驻在杨家沟一家马姓地主的宅院里，他就是在这里胜利指挥了全国的战略大转折啊。我去看过，这处院子就是现在也完好如初，村里仍无其他民房所能出其右。这次毛重回杨家沟，还住在当年他的那组三孔相连的窑洞里，心中感慨良多。当年撤出延安，被胡宗南追得行无定所，但借得窑洞一孔，弹指一挥，就横扫蒋家百万兵。现在定都北京已 10 多年了，手握政权，却还不能一扫穷和困，给民饱与暖。可怜 20 年前边区月，仍照今时放羊人。发展迟缓的原因到底何在？

米脂县杨家沟的革命纪念馆

向最基层的普通人学习，是毛一向所提倡的。调查研究成了毛政治品德和工作方法中最鲜明的一条。斯诺在他的《西行漫记》里曾写到对毛的第一印象是：“毛泽东光着头在街上走，一边和两个年轻的农民谈话，一边认真地在做手势。”毛曾说：“当年是一个监狱的小吏让我知道了旧中国的监狱如何黑暗。”毛在 1925—1933 年曾认真做过农村调查，1941 年又将其结集出版，他在《〈农村调查〉的序言和跋》里写道：“实际工作者须随时去了解变化着的情况，这是任何国家的共产党也不能依靠别人预备的。所以，一切实际工作者必须向下作调查。”那时他十分注意倾听基层呼声。有一个很有名的故事：延安一个农民，天打雷劈死了他的毛驴，他就说：“咋不劈死毛泽东？”

边区保卫部门要以反革命罪逮捕这个农民。毛说，他这样说必有他的理由。一问是边区农民负担太重。毛就让减税。所以，当时边区地域虽小，生活虽苦，但领袖胸如海，百姓口无忌，上下一条心，共产党终得天下。

这次，毛一路或骑马或步行又重新回到百姓中间，所见所闻，隐隐感到民间积怨不少。他想起1945年在延安与黄炎培的“窑洞对”谈话，那时虽还未得天下，但黄已问到他将来怎样治天下。他说，只要坚持民主，让老百姓监督政府，政权就能永葆活力。想到让人民监督，毛忽然忆起一个人，此人就是户县农民杨伟名。杨是一普通农民，在村里任大队会计，他关心政治，以一点私塾的文化底子，苦学好读，“处江湖之远则忧其君”，在1962年曾向中央写万言书，系统分析农村形势，提出许多尖锐而又中肯的意见：如允许单干；敞开自由市场；不要急于过渡，再坚持一段新民主主义；要防止报喜不报忧；等等。现在看来，这些话全部被不幸言中。这篇文章的题目叫《一叶知秋》，意即从分析陕西情况即可知全国农村形势之危。其忠谏之情溢于言表。毛批曰：“什么一叶知秋，是一叶知冬。”其时，党内也早有一部分同志看到了危机，并提出了对策，比较有名的就是邓小平的“黄猫黑猫”论。这篇文章在1962年的北戴河会议上被毛点名批评。从此，逆耳忠言渐少。而黄河之滨这个朴素的农民思想家杨伟名则被大会批、小会斗，后在“文化大革命”中自杀（2002年，陕西曾开研讨会纪念杨伟名，并为他出版文集。2005年，我曾访其故居，秋风小院在，柿树叶正红。这是后话）。这次毛重走黄河，又到陕西，看到当年的许多问题依旧没有结果，就想起这个躬耕于关中的奇才，便着人把他接来，做彻夜之谈。毛像当年向小狱吏请教狱情、在延安街头光着头向农民恭问政情一样，向这个农民思想家问计于国是。这是20世纪60年代中共领袖与一位普通农民的对话。不是《三国演义》中卧龙岗的“隆中对”，也不是1945年延安的“窑洞对”，而是在黄河边的某一孔窑洞里的“河边对”。杨伟名一定侃侃而谈，细算生产队的家底，纵论国家大势。毛会暗暗点头，想起他自己常说的“群众是真正的英雄，而我们自己则往往是幼稚可笑的”，又想起1948年他为佳县县委题的字“站在最大多数劳动人民的一面”。当时他转战到这里，部队要打佳县，仗要打3天，需12万斤粮，但粮食早让胡宗南抢掠一空。他问佳县县长张俊贤有没有办法。张说：“把全县坚壁的粮挖出来，够部队吃上一天；把全县地里未成熟的玉米、谷子收割了，还可吃一天；剩下的一天，把全县的羊和驴都杀了！”战斗打响，群众拉着粮、驴、羊支前，自己吃树叶、树皮。战后很长时间，这个县见不到驴和羊。那时候，政府和百姓，真是鱼水难分啊。看来这些年离群众是远了一点。（毛是性情中人，他或许还会当场邀杨到中央哪个政策研究部门去工作，就像后面要谈到的，他听完就三峡问题的“御前辩论”后，当场邀李锐做他的秘书。况且杨本来就一直是西北局的特聘编外政策研究员。而以杨的性格则会说，臣本布衣，只求尽心，不求闻达，还是躬耕关中，位卑不敢忘国，不时为政府上达一点实情。）送走客人，毛点燃一支烟，仰卧土炕，看着窑洞穹顶厚厚的黄土，想起自己 1945 年在延安说过的那句话：我们共产党人好比种子，人民好比土地。我们到了一个地方，就要同那里的人民结合起来，在人民中间生根、开花。现在早已生根开花，但却要将忘其土了啊。

总之，还不等走完黄河全程，在晋、陕、宁、甘一线，毛的心情就沉重复杂起来。在这里，当年的他曾是“六盘山上高峰，红旗漫卷西风”，“原驰蜡象，欲与天公试比高”。可现在毛无论如何也高兴不起来，他立马河边，面对滔滔黄水，透过阵阵风沙，看远处那沟沟坡坡、梁梁峁峁、塄塄畔畔上俯身拉犁、弯腰点豆、背柴放羊、原始耕作的农民，不禁有一点心酸。“大跃进”、人民公社化运动这样轰轰烈烈，怎么就没能解放出更多的生产力，改善农民的生活，改变他们的境遇呢？

毛继续沿黄河前行，北上河套，南取宁夏，绕了一个大弯后西到兰州。在这里向北沿祁连山麓就是通往新疆的河西走廊，向南沿黄河就将进入上游的青海、四川。他决定在兰州休整一周。这兰州以西是历代流放钦犯和谪贬官员的地方。他想起林则徐虎门销烟之后就是经过这里而贬往新疆的。毛泽东出行，电台、文件、书籍三件宝，常读之书和沿途相关之书总要带足。现在韶山毛泽东遗物馆里存有他出行的书箱，足有一米见方。林则徐是他敬仰的人物，他长夜难眠，便命秘书找出林的《云左山房诗钞》挑灯阅读，卷中有不少是林则徐在河南奉旨治完黄河后又一路继续戴罪西行，过兰州，出玉门的诗作，多抒发他的报国热情和记述西部的山川边情。林诗豪放而深沉，毛性刚烈而浪漫，把卷在手，戈壁古道长无尽，窗外黄河呜有声。此时，两个伟人跨越时空，颇多共鸣。毛有抄录名人诗作练字的习惯，他读得兴起，便再披衣下床，展纸挥毫，抄录了林的一首《出嘉峪关感赋》（部分）：

东西尉侯往来通，博望星槎笑凿空。
塞下传笳歌敕勒，楼头倚剑接崆峒。
长城饮马寒宵月，古戍盘雕大漠风。
除是卢龙山海险，东南谁比此关雄！①

这幅书法，借原诗的气势，浓墨酣情，神采飞扬，经放大后至今仍高高挂在人民大会堂甘肃厅的东墙上。书罢林诗，毛推窗北望，想这次只能按原计划溯黄河而上，祁连山、嘉峪关一线是去不了啦，不觉有几分惆怅。新疆是他的胞弟毛泽民牺牲的地方。那个方向还有两件事让他心有所动。一是当年西路军在这里全军覆没，徐向前只身讨饭走回延安，这是我军史上的极悲惨的一页。二是1957年反右派斗争之后一大批右派发配西部，王震的兵团就安排了不少人，这其中就有诗人艾青等文化人。现时已10年，这些人中似可起用一些，以示宽慰。他在这里休整一周，接见了一些仍流散在河西走廊的老红军，听取了右派改造工作的汇报，嘱咐地方上调研后就这两事提出相应的政策上报。

离开兰州，毛一行逆黄河而上，又经月余到达青、甘、川三省交界处的黄河第一弯。他登上南岸四川阿坝境内的一座小山，正是晚霞压山、残阳如血，但见黄河北来，蜿蜒九曲，明灭倏忽，如一道闪电划过高原，不禁诗兴大发，随即吟道：

九曲黄河第一弯，长河落日此处圆。
从来豪气看西北，涛声依旧五千年。

他想，我们一定要对得起黄河，对得起黄河儿女。

① 尉侯，汉代设在西域的官。博望，张骞通西域，封博望侯。星槎，神话中来往于海上或天上的木筏。崆峒，甘肃东部的名山。卢龙，长城东部古要塞，在河北喜峰口。山海，山海关。这首诗的大意是：自从张骞凿通遥远的西域之路后，东西古道上的官员就往来不断。笳歌声中，我倚剑遥望，嘉峪关连绵直接崆峒山。长城下将士乘着月色去饮马，戍楼上苍鹰在盘旋。除了卢龙、山海两关，在这以东还有何处能比得上雄伟的嘉峪关？

这里已近黄河源头，海拔 4 000 米以上，他们放慢速度，缓缓而行，数十天后终于翻过巴颜喀拉山，到达长江的源头沱沱河，这便进入长江流域。

九曲黄河第一弯

三

接下来，毛泽东走长江与走黄河的心境不同。在黄河流域，主要是勾起了他对战争岁月的回忆和对老区人民的感念，深感现在民生建设不尽如人意，得赶快发展经济。而走长江一线更多的是政治反思，是关于在这里曾发生过的许多极左错误的思考。

顺沱沱河、通天河而下，入金沙江，便进入贵州、四川界。这里是中央部署的大三线基地。毛泽东不愧为伟大的战略家，他从战争中走来，总担心天下不稳，国家遭殃。在原子弹研制成功后，他又力主在长江、黄河的上游，建设一个可以支持原子战争的大三线基地。他还把自己的老战友、新冤家彭德怀派来任基地三把手。毛彭二人，可以说是合不来又离不开。历史上许多关系到党的命运和毛的威信的大仗、硬仗，都是彭帮毛来打的。最关键的有三次，红军长征出发过湘江、解放战争时的转战陕北和新中国刚成立时的朝鲜战争。尤其是出兵朝鲜，中央议而不决，彭从西北赶回，投了支持毛的关键一票，而在林彪不愿挂帅出征的情况下，彭又挺身而出，实现了毛的战略。但是自从进城之后，毛彭之间渐渐生分。战争时期，大家都称毛为“老毛”，进了北京，渐渐改称“主席”。有一天彭突然发现中南海里，只有他一人还在叫“老毛”，便很不好意思，也悄悄改口。这最后一位称“老毛”的角色由彭来扮演，从中也可以看出他们的交往之深和彭性格的纯真率直。但1959年在庐山上，两个战友终于翻脸。其时毛正醉心于“大跃进”、人民公社，雄心勃勃，自以为找到了迈向共产主义的好办法。彭却发现农村公共食堂里农民吃不饱，老百姓在饿肚子，“大跃进”破坏了生产力。“谷撒地，禾叶枯，青壮炼钢去，收禾童与姑，来年日子怎么过”，他要为民“鼓与呼”。这场争论其实是空想与实事求是之争。结果是彭被打为“右倾机会主义”，并又扩大为“彭黄张周反党集团”，全国“大反右倾”，株连300多万人。后来黄克诚说：“这件事对我国历史的发展影响巨大深远，从此党内失去了敢言之士，而迁就逢迎之风日盛。”但是，直到下山时毛还说，我要写一篇大文章《人民公社万岁》，向全世界宣布中国的成就，并已让《人民日报》和新华社为他准备材料。但还不到年底，农村就败象渐露，这篇文章也就胎死腹中。1965年9月，毛对彭说：“也许真理在你那边。”便派他到三线来工作。

未想，两位生死之交的战友，庐山翻脸，北京一别，今日相会却在金沙江畔，在这个30多年前长征经过的地方，多少话真不知从哪里说起。明月夜，青灯旁，白头搔更短，往事情却长。毛泽东盖世英雄，向来敢翻脸也敢认错。他在延安整风时对被“抢救运动”错整的人脱帽道歉；1959年感谢陈云、周恩来在经济工作方面的冷静，说“国难识良将，家贫思良妻”；1962年在七千人大会上对“大跃进”的错误认错。现在毛经三年来的沿河考察，深入民间，所见所闻，许多争论已为历史所印证。他也许会说一声：“老彭，看来是你对了！”

行至四川境内，毛还会想起另一个人，即他的秘书田家英。庐山会议前，毛提倡调查研究，便派身边的人下去了解情况，田家英被派到四川。田回京后给他带去一份关于农民吃不饱、农业衰退的实情报告，他心有不悦。加之四川省委投毛之好又反告田一状，田在庐山上也受到了批评，从此就再不受信任（“文化大革命”一起，田即自杀，这是后话）。这时他一定会想起田家英为他拟的那篇很著名的中共八大开幕词——“虚心使人进步，骄傲使人落后”，不觉怅然若失。看来自己过去确实是有点好大喜功，下面也就报喜不报忧，以至于造成许多失误。长夜静思，山风阵阵，江水隆隆。他推窗望月，金沙水拍云崖暖，惊忆往事心犹寒。

解放后毛出京工作，少在北方，多在南方，所以许多做出重要决策的在党史上有里程碑意义的会议多在长江一线。如，1958 年 3 月毛继续批判反冒进，周恩来、陈云被迫做检讨的成都会议；4 月再次确立了“大跃进”思路的武汉会议；1959 年 3 月至 4 月检讨“大跃进”的上海会议（就是在这次会上，他第一次提出骑马走两河）；1959 年 7 月“反右倾”的庐山会议；1961 年纠正“左”的错误的第二次庐山会议，等等。总的来讲，这些会议都是毛说了算，反面意见听得少。

但有一次毛是认真听了不同意见，并听了进去。这就是关于建三峡水库的争论。自孙中山时，就有修三峡水库的设想，毛也曾畅想“高峡出平湖”，但到底是否可行，毛十分慎重。1958 年 1 月，他曾在南宁组织了后来被称为“御前辩论”的两派大对决，也就在这次他很欣赏反对派李锐，当场点名要李做他的秘书。毛曾在 1958 年 3 月 29 日自重庆上船，仔细考察了长江三峡，至 4 月 1 日到武汉上岸。他对修三峡水库一直持慎重态度，他说：“最后下决心确定修建及何时开始修建，要待各个重要方面的准备工作基本完成之后，才能作出决定。”这次毛骑马从陆路过三峡一定会联想到那个当年轻易上马，现已沙淤库满的三门峡水库。幸亏当时听了不同意见，三峡水库才成为“大跃进”中唯一没有头脑发热、轻易上马的大工程。现在想来都有点后怕。看来科学来不得半点虚假。（24 年后，1992 年 4 月七届全国人大五次会议通过兴建三峡工程的决议。在这个过程中因为有反对意见，才有无数次的反复论证，人们说三峡工程上马，反对派的功劳比支持派还大。这是后话。）

毛从四川入湖北，过宜昌到武汉。这次因是带着马队出行，当然不住上次毛住过的东湖宾馆，他就选一依山靠水之处安营扎寨，这倒有了一点饮马长江的味道。毛不禁想起他1956年在这里的诗作："才饮长沙水，又食武昌鱼。万里长江横渡，极目楚天舒。不管风吹浪打，胜似闲庭信步，今日得宽余。"又想起1958年4月在这里召开的武汉会议，在鼓动"大跃进"的同时，毛给那些很兴奋的省委书记也泼了一点冷水。但全党的狂热已被鼓动起来，想再压下去已不容易。他想，那时的心态要是"不管风吹浪打，胜似闲庭信步"，再从容一点，继续给他们降降温，结果也许会好一点。

离开湖北进入江西不久就到庐山。这庐山堪称是中国现代政治史上的一个坐标点。1886年，英国传教士李德立在这里首先买地盖房，开发庐山。从1928年到1947年，前后20年，蒋介石在这里指挥"剿共"、抗日。1927年，瞿秋白在这里起草"八一"起义提纲。1937年，卢沟桥枪声骤响，正在山上举办的国民党庐山军官训练团提前结业，直接奔赴抗日前线。1948年蒋介石败退，泪别庐山。蒋离去10年后，1959年，毛第一次登上庐山，住在蒋介石和宋美龄住过的"美庐"别墅，看见工人正要凿掉"美庐"二字，忙上前制止，说这是历史。就是这一次在山上召开了给党留下巨大伤痛的庐山会议。1961年，毛欲补前会之错，又上山召开第二次庐山会议。他借用《礼记》里的一句话"未有先学养子而后嫁者也"，痛感革命事业不可能有人先给你准备好成熟的经验。这一次毛在山上说，他此生有三愿：一是下放，搞一年工业、一年农业、半年商业；二是骑马走一次长江、黄河；三是写一本书，把自己的缺点、错误统统写入，让世人评说。他认为自己好坏七三开就满足了。1970年，毛又三上庐山召开九届二中全会，敲山震虎，与林彪已初显裂痕。还有一件事少有人知，蒋介石去台多年，自知反攻无望，愿意谈判回归。1965年7月，已初步达成六项协议，其中有一条：蒋回大陆后所选的"汤沐之地"（封地）就是庐山。惜"文化大革命"一起，此事告吹。

到了庐山，毛的两河之行已完成四分之三。他决定在这里休整数日，一上山便放马林间，让小白马也去自由自在地轻松几日。他还住"美庐"，饭后乘着月色散步在牯岭小街上，不远处就是当年庐山会议时彭德怀、黄克诚合住的176号别墅，往西30米是张闻天的别墅，再远处是周小舟的别墅。此方寸之地，却曾矗立过中共党史上的几个巨人。除周小舟资格稍差外，彭、黄、张都是井冈山时期和毛一起的"绿林好汉"，想不到掌权之后他们又到这座山上来吵架。毛忆想那次论争，虽然剑拔弩张，却也热诚感人，大家讲的都是真话。他自己也实在是有点盛气凌人。现在人去楼空，唯余这些石头房子，门窗紧闭，苔痕满墙，好一种历史的空茫。如果当时这庐山之争也能像三峡工程之争一样，允许发表一点不同意见，后果也不会这样。后来虽有1961年二次庐山会议的补救之举，但创痛实深，今天想来，他心中生起一种隐隐的自责。回到“美庐”，刚点燃一支烟，一抬头看见墙上挂着1959年他一上庐山时的那首豪迈诗作：

一山飞峙大江边，跃上葱茏四百旋。
冷眼向洋看世界，热风吹雨洒江天。
云横九派浮黄鹤，浪下三吴起白烟。
陶令不知何处去，桃花源里可耕田？

他在自己的这幅放大的手迹前伫立良久，光阴似箭，不觉就是10年啊。他沉思片刻口中轻轻吟道：

安得倚天转斗柄，挽回银河洗旧怨。
二十年来是与非，重来笔底化新篇。

这诗，虽是自责，却椽笔墨海，隐隐雷鸣，仍不失雄霸之气。他抽完一支烟，又翻检了一下当日收到的电报、文件，办了一会儿公，便用铅笔将这首诗抄在一张便笺上，题为《三上庐山》，放入上衣口袋，准备明天在马背上再仔细推敲，然后就上床歇息。（毛二上庐山时也写有诗，就是那首《七绝·为李进同志题所摄庐山仙人洞照》。）毛泽东下山后，一路过安徽，下江苏，走扬子江、黄浦江，直往长江的出海口上海市而去。

两河之行结束，大约是1969年的9月，正是国庆20周年的前夕。毛泽东回顾整理了一下4年来两河调查的思绪，便将中央政治局的委员们召集到上海，开了一次扩大的中央工作会议，通过了三项决议。一是今后一段时间内要重点抓一下经济建设，暂不搞什么政治运动（这比后来1978年底十一届三中全会通过的党的中心工作的转移早9年）；二是转变党的作风，特别戒假话、空话，加强调查研究和党内民主（这是1942年延安整风之后的又一次的全党思想大提高）；三是总结教训，对前几年的一些重大问题统一认识（这比1981年十一届六中全会通过的《关于建国以来党的若干历史问题的决议》早12年）。三个决议通过，局面一新，当然也就没有什么“文化大革命”，没有彭德怀等一批老干部的损失，也没有田家英等一批中年精英的夭折。如果再奢望一点，还可能通过一个关于党的领导干部退休的决议（这比1982年中央《关于建立老干部退休制度的决定》早13年）。因为到这年年底毛就满76岁，两河之行，四年岁月，一万里路云和月，风餐露宿，鞍马劳顿，他一定感到身体和精力大不比当年长征之时，毕竟年龄不饶人。而沿途，考察接谈，视事阅人，发现无数基层干部，有经验，有知识，朝气向上，正堪大任，要放手起用新人。这几个决议通过，全党欢呼，全民振奋。国家、民族又出现新的机遇。真如这样，历史何幸，国家何幸，民族何幸！

可惜时光不能倒流，历史不能重演。

四

2009年10月1日，新中国成立60周年，万民同庆，举国欢腾。当时我在天安门阅兵庆典的观礼台上，手机响了，收到这样一条信息：

> 中国医学科学院成功克隆毛泽东，各项生理指标处于其50岁水平。新闻发布后引起强烈反响。奥巴马立即声明：美国在三天之内废除与台湾关系，并撤走在亚洲的一切军事力量。日本首相于当天下令炸毁靖国神社，承认钓鱼岛是中国领土。国内24小时县级以上干部退缴赃款980万亿；全国股市一片红；房价下跌60%；13亿中国人民再次唱起了：东方红，太阳升，中国出了个毛泽东。祝大家节日快乐！

这是一个善意的调侃、红色的幽默，也包含着一种社会思考，一种对过去美好一面的怀念和对现在腐败一面的批判。过节了，而且不是一般的节庆，是共和国的生日，60岁的生日啊！人们忘不了开国领袖。他老人家要是还在多好啊，这天安门城楼本来就是他当年宣布中华人民共和国成立的地方。虽然他老人家后期搞“文化大革命”曾犯有大错，但前期对民族确有大功，所以人们总希望他还能一如前期那样的英明。这善良的愿望，反映了人们对那个美好时代的怀念，对未竟之业的遗憾。如果斗柄能够倒转，如果历史能够重写，如果那次骑马走两河能够成行，如果老人家在60年代能反思自己的错误，晚年不犯或少犯错误，这该多好。这一切当然都不可能，我们也知道这永不可能。但是后人想一想还不行吗？这样的假想，是对历史的复盘，也是对再后之人的提醒。历史不能重复，但是可以思考，在思考中寻找教训，捕捉规律，再创造新的历史。一个没有英雄的民族是悲哀的民族，一个犯了错误而又不知反思的民族是更悲哀的民族，一个学会在失败中思考的民族才是真正了不起的民族。不要忘了，正是“文化大革命”之后的大思考才成就了今天的复兴。

毛泽东是一本我们永远也读不完的书。

（《新华文摘》2010年第15期）

这思考的窑洞

我从延安回来，印象最深的是那里的窑洞。

照理说我对窑洞并不陌生，我是在窑洞里生、窑洞里长的。我对窑洞的熟悉，就像对一件穿旧了的衣服，已经忘记了它的存在。但是，当三年前，我初访延安时，这熟悉的土窑洞却让我的心猛然一颤，以至于三年来心系神往。因为这普通的窑洞里曾住过一位伟大的人，而那些伟大的思想也就像生产土豆、小米一样在这黄土坡上的土洞洞里奇迹般地生产了出来。

延安是中国共产党领导全国人民进行民族革命和民主革命斗争的心脏，是艰苦岁月的代名词。在大多数人的脑海里，延安的形象是战争，是大生产，是生死存亡的一种苦挣。但是当我见到延安时，历史的硝烟已经退去，眼前只有几排静静的窑洞，而每个窑洞门口又都钉有一块木牌，上面写明某年某月，毛泽东同志居住于此，著有哪几本著作。有的只有几十天，仍然有著作产生。这时，仿佛墙上的钉子不是钉着木牌，而是钉住了我的双脚，我久久伫立，不能移步。院子里扫得干干净净，几棵柳树轻轻地垂着枝条，不远处延水在静静地流。我几乎不能想象，当年边区敌伪封锁，无衣无食，每天都在流血牺牲，每天都十万火急，毛泽东同志却稳稳地在这里思考、写作，酿造他的思想，他的与中国实际相结合的马克思主义。

我看着这一排敞开的窑洞，突然觉得它就是一排思考的机器。在中国，有两种窑洞，一种是给人住的，一种是给神住的。你看敦煌、云冈、龙门、大足石窟存了多少佛祖，北岳恒山上的石洞里甚至还并供着孔子、老子和释迦牟尼。这实际上是老百姓在假托一个神贮存自己的思想、自己的信仰。彻底的唯物主义者不需要偶像，眼前这土窑洞里甚至连一张毛泽东的画像也没有，但是50年了，来这里的人络绎不绝，因为这窑洞里的每一粒空气分子中都充满着思想。我仿佛看见每个窑门上都刻着“实事求是”，耳边总是响着毛泽东同志那句话：“‘实事’就是客观存在着的一切事物，‘是’就是客观事物的内部联系，即规律性，‘求’就是我们去研究。”

1995年作者在延安

自党中央于1937年1月由保安迁到延安，毛泽东同志在延安先后住过四处窑洞。这窑洞首先是一个指挥部，毛泽东和他的战友在这里运筹帷幄，决胜千里。但为了这些决策的正确，为了能给宏伟的战略找到科学的理论根据，毛泽东在这里于敌机的轰炸声中，于会议的间歇中，拼命地读书写作。所以更确切点说这窑洞是毛泽东的书房。当我在窑洞前漫步时，我无法掂量，是从这里发出的电报、文件作用大，还是从这里写出的文章、著作作用大。马克思当年献身工人运动，当他看到由于理论准备不足、工人运动裹足不前时，就宣布要退出会议，走进书斋，终于写出了《资本论》这本远远超出具体决定、跨越时空、震撼地球、推动历史的名著。但是，当时毛泽东无法退出会议，甚至无法退出战斗和生产，他在延安期间每年还有300斤公粮的任务。他的房子里也不能如马克思一样有一张旧沙发，他只有一张旧木床，也没有咖啡，只有一杯苦茶。他只能将自己分身为二，用右手批文件，左手写文章。他是一个中国式的民族英雄，像古小说里的那种武林高手，挥刀逼住对面的敌人，又侧耳辨听着背后射来的飞箭，再准备着下一步怎么出手。当我们与对手扭打在一起，急得用手去撕、用脚去踢、用嘴去咬时，他却暗暗凝神，调动内功，然后轻轻吹一口气，就把对手卷到九霄云外。他是比一般人更深一层、更早一步的人。他是领袖，更是思想家。随着时间的推移，他这些文章的力量已经大大超过了当时的文件、决定。像达摩面壁一样，这些窑洞确实是毛泽东和他的战友修炼真功的地方，是蒋介石把他们从秀丽的南方逼到这些土窑洞里。四壁黄土，一盏油灯，这里已经简陋到不能再简陋。但是唯物质生活的最简最陋，才激励共产党的领袖们以最大的热忱、最坚忍的毅力、最谦虚的作风，去做最切实际的思考。毛泽东从小就博览群书，但是为了救国救民，他还在不停地武装自己。对艾思奇这个比他小16岁的一介书生，毛泽东写信说："你的《哲学与生活》是你的著作中更深刻的书，我读了得益很多，抄录了一些，送请一看是否有抄错的。其中有一个问题略有疑点（不是基本的不同），请你再考虑一下，详情当面告诉。今日何时有暇，我来看你。"记得在艾思奇同志逝世20周年时，在中共中央党校的展柜里我还见到过毛泽东同志的另一封亲笔信，上有"与您晤谈，受益匪浅，现整理好笔记送上，请改"等字样。这不是对哪个人的谦虚，是对规律、对真理的认同。中国历史上曾有许多礼贤下士的故事，刘备三顾茅庐，曹操倒屣相迎许攸。他们只不过是为了成自己的大事。而毛泽东这时是真正地在穷社会历史的规律，他将一切有志者引为同志，把一切有识者奉为老师。蒋介石，这个中国历史上的最后一个地主阶级的最高统治者，他何曾想到现时延安窑洞里这一批人的厉害。他以为这又是陈胜揭竿，刘邦斩蛇，朱元璋起事，他万没有想到毛泽东早就跳出了那个旧圈子而直取历史唯物主义和辩证唯物主义。

我在窑洞里徘徊，看着这些绵软的黄土，感受着这暖融融、湿润润的空气，不觉勾起一种遥远的回忆。我想起小时躺在家乡的窑洞里，身下是暖烘烘的土炕，仰脸是厚墩墩的穹顶，炕边坐着做针线的母亲，一种说不出的安全和温馨。窑洞在给神住以前，首先是给人住的，它体现着人与大地的联系。希腊神话里的英雄安泰只要脚不离地就力大无穷，任何敌人休想战胜他，而在一次搏斗中他的敌人就先设法使他脱离地面，然后击败了他。斯大林曾用这个故事来比喻党与人民的关系。延安岁月是毛泽东及我们党与土地、与人民联系最紧密的时期。他住在窑洞里，上下左右都是纯厚的黄土，大地紧紧地搂抱着他，四壁上下随时都在源源不断地向他输送着力量。他眼观六路，成竹在胸。在一孔窑洞前的木牌上注明毛泽东在这里完成了《论持久战》。依稀在孩童时我就听父亲讲过这本书的传奇，那时他们在边区，眼见河山沦陷，寇焰嚣张，愁云压心。一天发下了几本麻纸本的《论持久战》，几天后村内外便到处是歌声笑声，有如春风解冻一般。这个小册子在我家一直珍藏到“文化大革命”。后来读党史才知道当时连蒋介石都喜得如获至宝，发至全军每个军官一本。同时这本书很快又在美国出版。毛泽东为写这篇文章在窑洞里伏案工作九个日夜，连炭火烧了棉鞋也全然不知。第十天早晨，当他推开窑门，让警卫员把稿子送往清凉山印刷厂时，我猜想他的心情就像罗斯福签署了原子弹生产批准书一样激动。以后战局的发展果然都在他的书本之中。一个伟人的思想是什么？是客观存在的规律，是事物间本来的联系，所以真理最朴素，伟人其实与我们最接近。一次，在延安雷电击死一头毛驴，驴主人说：“老天无眼，咋不劈死毛泽东？”有人要逮捕这个农民，消息传到窑洞里，毛泽东说骂必有因，一了解，是群众公粮负担太重。于是他下令将每年的公粮由 20 万担减到 16 万担，又听从李鼎铭的建议精兵简政。毛泽东在这窑洞里领导了著名的延安整风，他的许多深刻的论述挽救了党，挽救了许多干部，但是当他知道有人被伤害时，就到党校礼堂做报告，说，今天我是特意来向大家检讨错误的，向大家赔个礼！并恭恭敬敬地把手举到帽檐下。1942 年，华侨领袖陈嘉庚访问延安，他刚在重庆吃过 800 元一桌的宴席，这时却在毛泽东的窑洞里吃两毛钱的客饭，但他回去后写文章说中国的希望在延安。1945 年黄炎培访问延安，他看到边区的兴旺，想到以后的中国，问一个政权怎样才能永葆活力。毛泽东说，办法就是讲民主，就是让人民来监督。我想他说这话时一定仰头环视了一下四周厚实的黄土。七大前后很多人主张提毛泽东思想，他坚决不同意。他说："这不是我个人的思想，是千百万先烈用鲜血写出来的，是党和人民的智慧。" "我这个人思想是发展的，我也会犯错误。"

延安，毛泽东居住过的窑洞

作家萧三要为他写传，他说还是去多写群众。他是何等的清醒啊！政局、形势、作风、对策，都装在他清澈如水的思想里。胡宗南进犯，他搬出了曾工作 9 年的延安窑洞，到米脂县的另一孔窑洞里设了一个沙家店战役指挥部。古今中外有哪一孔窑洞配得上这份殊荣啊！土墙上挂满地图，缸盖上摊着电报，土炕上几包烟、一个大茶缸，地上一把水壶还有一把夜壶。中外军事史上哪有这样的司令部，哪有这样的统帅？毛泽东三天两夜不出屋，不睡觉，不停地抽烟、喝茶、吃茶叶、撒尿、签发电报，一仗俘敌6 000余。他是有神助啊！这神就是默默的黄土，就是拱起高高的穹庐、瞪着眼睛思考的窑洞。大胜之后他别无奢求，推开窑门对警卫说，只要吃一碗红烧肉。

当你在窑洞前徘徊默想时，耳边会响起黄河的怒吼，眼前会飘过往日的硝烟。但是你一眨眼，面前仍只有这一排静静的窑洞。自古都是心胜于兵，智胜于力。中国革命的胜利实在是一种思想的胜利，是毛泽东思想的胜利，是毛泽东那几篇文章的胜利。延安的这些窑洞真不愧为毛泽东思想的生产车间。延安时期是毛泽东展示才华、思考写作的辉煌时期，收入《毛泽东选集》（四卷本）的大部分文章都是在这个时期写成的。毛泽东离开延安在陕北又转战了一年，胡宗南丢盔弃甲，哪里是他的对手。1947年12月的一天，毛泽东在陕北米脂县的一个窑洞里展纸研墨，他说："我好久没有写文章了，写完这一篇就要等打败蒋介石再写了。"他大笔一挥，写了《目前形势和我们的任务》，说我们要打正规战，要进攻大城市了。这是他在陕北窑洞里写的最后一篇文章，写罢掷笔，便挥师东渡黄河，直捣黄龙，为人民政权定都北京去了。他再没有回延安，只是在宝塔山下留下了这一排永远思考的窑洞。思想这面铜镜总是靠岁月的擦磨来现其光亮的，半个世纪过去了，作为政治家、军事家的毛泽东离我们渐走渐远，而作为思想家的毛泽东却离我们越来越近。

（《散文》1997年第1期）

韶山毛泽东图书馆记

到韶山参加一个纪念毛泽东诞生120周年的活动，意外地发现在离毛泽东故居不远处的山坡上，有一座“毛泽东图书馆”。为伟人、名人建纪念图书馆，在国外几成风气，美国每个退休总统通常都有一座，中国却极少见。关于毛的这座图书馆，未建在北京等大都市，而是在他家乡的小山冲里。我很好奇，便进去一看。

图书馆不大，实用面积只有680平方米，也就相当于一个有钱人家的别墅面积。这里只收三类书：一是毛写的书，各种选集、文集、单行本；二是毛看过和评点过的书；三是写毛的书，即各种研究毛泽东的书。图书馆的功能以收藏、陈列为主，兼有一点借阅，游人可免费参观。但因知道的人不多，来者寥寥，那天我去时，馆内十分清静。

一般无论博物馆、图书馆都有自己的镇馆之宝，我问接待我的刘馆长：“能不能看看你们的宝贝？”他自己先戴上一副薄薄的白手套，又递给我一副，然后让管理员捧出一个盒子，打开，是一本蓝皮黄纸的书，小32开本，约有1寸之厚。他说：“这就是我们的镇馆之宝，是已知的历史上出版的第一本《毛泽东选集》。”1942年延安整风时党中央成立了宣传委员会，毛泽东是主任，王稼祥是副主任。整风过后，为了推动干部的学习，晋察冀边区请示中央宣传委员会后决定编一本《毛泽东选集》。这个任务交给了时任《晋察冀日报》社长的邓拓。邓是党内的才子，是一个好学习、好收藏、好研究问题又很有政治眼光的知识分子。他平时尤好收集毛泽东的讲话、文章。边区党委

韶山毛泽东图书馆

1944年1月下文件，邓3个月后就编出了这本书。现在我们看到版权页上写着：编印：晋察冀日报；发行：晋察冀新华书店；定价：三百元（边币）；一九四四年五月初版。我俯下身子仔细观察，虽然手上也戴着一副白手套，却不敢去翻它一下，生怕碰碎那已经被岁月浸泡了70年的薄纸。全书分为五卷，实际上是一套五卷本毛选合订本。解放后正式出版毛选合订本是“文化大革命”后期的事，当时是四卷合订。我记得刚看到这种合订装帧时，有一种莫名的兴奋。想不到在抗日的漫天烽火中就曾诞生过毛选合订本，而且还是五卷。看着这本小书，你会明白什么是思想的力量，什么是领袖的魅力。而书籍就是在收集思想，收藏历史。以当时的条件，毛泽东的文章不可能收齐，比如《湖南农民运动考察报告》就只收了前两个部分。这本集子主要来源于邓拓个人的剪报资料。当时纸张奇缺，从书的封口上可以看出，纸质和

史上第一本《毛泽东选集》

色度都不一致。印装也有失误，如 124 页后就找不到 125 页。但它却有一个惊人的装帧——蓝色缎面精装。这是用缎被面手工改作的，这样的“精装本”只做了 10 本。我们现在看到的这个本子是 3 年前图书馆花了 30 万元从河北一个收藏者手里买来的。现在社会上还流传着另一本，品相比这还好一点，缎面上的一朵暗花正好在封面的中心，拍卖价已经出到 160 万元，主人还不肯出手。对毛选的编辑出版贡献最大者有两人：一个是邓拓，他在战火中编了第一本毛选。一个是田家英，他精心保存了毛的许多手稿，是解放后毛选编辑的主力。可惜这两人都在“文化大革命”中死于非命。

在珍品室还有这样几件藏品。一件是解放前国统区正申书局出版的小册子，封面书名为《孙中山先生论地方自治》，打开后里面却是毛泽东的文章选编。这是为了躲避国民党的检查。还有一本《六大以前》，落款是“中共中央书记处印，1942”。当时为配合整风，中央编了《六大以前》《六大以后》《两条路线》等几本书。因为是作为高级干部学习之用，印数很少，又赶上胡宗南进攻延安，撤离时大都销毁了，所以流传极少。这本《六大以前》现在全国仅存两本。

馆内收藏的毛泽东著作版本有 2 000 多种，1949 年以前的有 700 种。其中还有一些珍品。如 1945 年 7 月由江南根据地同志在芦苇荡里用芦苇制纸印刷出版的毛选，有陆定一曾签名收藏的中共晋察冀中央局 1947 年 3 月编的《毛泽东选集》1～6 卷，等等。

体积最小的《毛泽东选集》

最特别的是一种手抄本毛选。抄者大都是书法爱好者，且对毛泽东有特别的敬仰之情。一位河北沧州的退休干部用行书在宣纸上手抄了全部毛选四卷，每个字如小核桃之大，然后手工装裱成48册，并在1998年12月26日，亲自将书送到韶山。还有一个手抄本更为奇特，也是毛笔宣纸手抄四卷本，但一色蝇头小楷，每个字与毛选里的铅字一样大，每一页无论页码、标点、版式、字数都与原书相同。抄完后也手工装订成一套毛选四卷。这简直是一件以手工而夺现代印刷机器之工的稀世艺术珍品。这些手抄本都曾有人出天价收藏，但作者只捐赠这里，分文不取。

毛泽东一生酷爱读书。也许是一种巧合，他在中南海的寓所就命名为菊香书屋。读书是毛泽东生活的一部分、生命的一部分。他平时睡一张大木板床，半张床上却堆满了书。他在延安时说，假如只能再活10年，也要读9年零359天书。直到去世前7小时他还在阅读，真正是伴书食，伴书眠，伴书工作，伴书而终。毛去世后从菊香书屋清出9万多册书。这些书上有他大量的批注手迹，都一起移送中央档案馆了。而那张与书共眠的大木板床则被乡亲们运回了韶山，现保存在离图书馆不远的毛泽东遗物馆。毛晚年视力不好，阅读困难，他就用自己的稿费印了一批大字本的书，共119种。开始用三号、二号字印，后来视力再减退，干脆用标题字来印了。可想他当时想要读书的急迫之情和捧读之苦。毛的读书习惯是看一遍画一个圈，有的书上竟画了24个圈。他一生读过多少书，已经无法统计，从英文版的《共产党宣言》到

《红楼梦》，甚至还有《安徒生童话》等，古今中外无所不包。9万多册书啊，这是一个伟人为自己筑起的一座蜿蜒逶迤的知识长城。当然他最喜欢读的还是中国的史书，现馆内收有一套线装本《毛泽东评点二十四史》复制本。

馆藏书中最多的还是第三类，即后人研究毛泽东的书，有3万多种。这些书研究他的生平、思想、战例、战法、著作、讲话、家事、家谱、生活习惯等。有身边工作人员的回忆，有长期追随他的将军、书记、部长的追述，有学者的研讨，还有近年兴起的借毛的思想对经商、处世、治学的研究……毛去世已近40年，人们对他研究的热情并不稍减。这个研究经历了把他从神坛上请下来，又融入尘俗的微妙过程，真是“才下眉头，又上心头”。没有办法，历史抹不去毛泽东。毛走过了一个时代，创造了一个时代，也代表了一个时代。那个时代的人物事件，边边角角，时时处处，都折射着他的影子。在书架的长阵间浏览，你会看到许多这样的书名：《毛泽东与周恩来》《毛泽东与蒋介石》《毛泽东与斯大林》，还有《毛泽东与佛教》《毛泽东与戏曲》，以及《毛泽东与南阳》《毛泽东与城南庄》等，从大到小，从近到远，一草一木都无不与之相关。这真是一个毛泽东时代，普天之下的每一根神经都连着这一个中枢。这时你会突然明白什么是领袖。领袖就是他的思想、意志、魅力摆在那里，你不得不随他前行，而他离开这个世界后仍然定格在历史上。

从图书馆出来我又重游了毛的故居。真不敢想象，就是从这几间小土房子里走出了这样一位巨人。故居旁是毛8岁时开始上的第一个私塾——南岸私塾。他8年换了7个私塾，总是不停地发问。小山冲已经放不下他，他便到长沙求学，到北京大学工作，去见李大钊，见蔡元培。

从南岸私塾到毛泽东图书馆，一个伟人就这样走过了一条读书之路。这两处的空间距离只有一里地，而时间跨度是80年。80年的读书、思考、奋斗造就了一个伟人；而80年的血与火、情与泪、功与过又全部留在他的书里，藏在山坡上的这座图书馆中。

（《人民日报》2013年12月25日）

一棵怀抱炸弹的老樟树

一棵茂盛的古树用它的枝丫轻轻地托着一颗未爆的炸弹，就像一个老人拉住了一个到处乱跑、莽撞闯祸的孩子。炸弹有一个老式暖水瓶那么大，高高地悬在半空，它是从几千米高的天空飞落下来后被这棵树轻轻接住的，就这样在浓密的绿叶间探出头来，瞪大眼睛审视人世，已经整整 80 年。眼前是江西瑞金叶坪村的一棵老樟树。

樟树在江西、福建一带是常见树种，家家门前都有种植。民间习俗，女儿出生就种一棵樟树，到出嫁时伐木制箱盛嫁妆，三五百年的老树随处可见。但这一棵却不同。一是它老得出奇，树龄已有 1 100 多年，往上推算一下该是北宋时期了。透过历史的烟尘，我脑子里立即闪过范仲淹的庆历改革和他的《岳阳楼记》以及后来徽宗误国、岳飞抗金等一连串的故事。在这个世界上什么东西才有资格称古呢？山、河、城堡、老房子等都可以称古，但它们已没有生命。要找活着的东西唯有大树了。活人不能称古，兽不能，禽鱼不能，花草不能，只有树能，动辄百千年，称之为古树。它用自己的年轮一圈一圈地记录着历史，与岁月俱长，与山川同在，却又常绿不衰，郁郁葱葱。一棵树就是一部站立着的历史，站在我面前的这棵古樟正在给我们静静地诉说历史。第二个不寻常处，在于它和中国现代史上的一个伟人紧紧连在一起，这个人就是毛泽东。毛泽东也是一棵参天大树，他有 83 圈的年轮，1931 年当他生命的年轮进入第 38 圈时在这里与这棵古樟相遇。

那时中国大地如一锅开水，又恰似一团乱麻，2 000 年的封建社会已走到了尽头。地主与农民的矛盾、剥削与被剥削的矛盾、土地不均的矛盾已经到了非有个说法不可的时候。这之前从陈胜、吴广到洪秀全，已经闹过无数次的革命，但总是打倒皇帝坐皇帝，周而复始，不能彻底。这时出现了中国共产党，要领导农民来一次彻底的土地革命。共产党的总部设在上海，它的行动又受命于远在莫斯科的共产国际，他们对中国农村和农民革命知之甚少，又乱指挥，造成失误连连。毛泽东便自己拉起队伍上了井冈山，要学绿林好汉的样劫富济贫，又参照列宁的路子搞了个“苏维埃”政权。他在6个县方圆500里的范围内坚持了两年，后又不幸失利。1931年，他率队下山准备到福建重整旗鼓再图发展，当路过瑞金时邓小平正在这里任县委书记，就建议他在这里扎根。于是1931年11月7日苏俄十月革命胜利14周年这一天，在瑞金叶坪村的一个大祠堂里召开了全国代表大会。第一个全国性的红色政权中华苏维埃共和国中央临时政府宣告成立。毛泽东当选为中央执行委员会主席。后来被中国人称呼了近半个世纪的“毛主席”就是从这一天开始的。

中华苏维埃共和国临时中央政府旧址

虽是共和国的主席，毛泽东也只能借住在一户农民家里。这是一座南方常见的木结构土坯二层小楼，狭窄、阴暗、潮湿。小楼与祠堂之间是一个广场，是红军操练、阅兵的地方，广场尽头还有一座烈士纪念塔。这实在是一处革命圣地，是比延安还要老资格的圣地。共产党第一次尝试建立的中央政府就五脏俱全，有军事、财政、司法、教育、外交等九部一局，都设在那个大祠堂里。毛泽东等几个中央要人则住在广场南头的小楼上，楼后就是这棵巨大的樟树。一走近大树我就为之一震，肃然起敬。因为它实在太粗、太高、太大，我们已不能用拔地而起之类的词来形容，它简直就是火山喷出地面后突然凝固的一座石山，盘龙卧虎，遮天盖地。树干直径约有 4 米，树身苔痕斑驳、黝黑铁青，树纹起伏奔腾如江河行地。树的一半曾遭雷劈，外皮炸裂，木质外露，如巨人向天狂呼疾喊，声若奔雷。而就在炸裂后的树身上又生出新的躯干，干又生枝，枝再长叶，一团绿云直向蓝天铺去。好一棵不朽的老树，就这样做着生命的轮回。因地势所限，树身沿东西方向略成扁平，而墨绿的枝叶翻上天空后又如瀑布垂下，浓荫覆地，直将毛泽东住的后半座房子盖了个严实。那天，毛泽东正在二楼上看书，空中隐隐传来飞机的轰鸣。他并不在意，把卷起身，踱步到窗前看了一眼，又回到桌前展纸濡毫准备写文章。突然一声凄厉的嘶鸣，飞机俯冲而下，铁翅几乎刮着了屋顶，一颗炸弹从天而降。警卫员高喊“飞机”，冲上楼梯。毛停笔抬头，看看窗外，半天没有什么动静，飞机已经远去，轰鸣声渐渐消失。这时房后已经乱作一团，早拥来了许多干部、群众。很明显，这架飞机是冲着临时中央政府、冲着毛泽东而来的，只扔了一颗炸弹就走了，但炸弹并没有爆炸。大家围着屋子到处寻找，地上没有，又仰头看天，突然有谁喊了一声：“在树上！”只见一颗光溜溜的炸弹垂直向下卡在树缝里。好悬！没有爆炸。这时毛泽东已经走下楼来。人们早已惊出一身冷汗，齐向主席道贺，天佑神人，大难不死。毛泽东笑了笑说：是天助人民，该我新生的苏维埃政权不亡。毛泽东戎马一生，几遇危难，但总是化险为夷。胡宗南进攻延安，炮声已响在窑畔上，毛还是不走，他说要看看胡宗南的兵长什么样子。彭德怀没有办法，命令战士把他架出了窑洞。去西柏坡的途中，在城南庄又遇到一次空袭，他又不急，继续休息，是战士用被子卷起他抬进防空洞的。毛的性格坚定、沉着，又有几分固执、浪漫，从不怕死。唯此才能成领袖，成伟人，成大事业，写得大文章。

江西瑞金曾救了毛泽东一命的至今还怀抱炸弹的老樟树

历史的脚步已走过80年，这棵老樟树依然伫立在那里。枝更密，叶更茂，干更壮。树皮上的青苔还是那样绿，满地的树荫还是那样浓。那颗未爆的炸弹还静静地挂在树上。现在这里早已辟为旅游景点，人们都争着来到树下，仰望这定格在历史天空中的一瞬。古樟树像一个和蔼的老人正俯瞰大地，似有所言。1 100多年的岁月啊，它看过了改朝换代，看过了沧海桑田，看尽了滚滚红尘。远的不说，只从共产党闹革命开始它就站在这里看红军打仗，看第一个红色中央政府成立，看长征出发；又遥望北方，看延安抗日，北京建国。它的年轮里刻着一部党史、一部共和国的历史。它怀里一直轻轻地抱着那颗炸弹，这是一把现代版的“达摩克利斯之剑”，天将降大任于斯人也，必先试其定力，然后又戒其权力。它告诫我们，革命时要敢于牺牲，临危不乱；掌权后要忧心为政，如履薄冰。

（《人民日报》2012年12月3日）

大无大有周恩来

今年是周恩来诞生百年，他离开我们也已经22年。但是他的身影却时时在我们身边，至今，许多人仍是一提总理双泪流，一谈国事就念总理。陆放翁诗："何方可化身千亿，一树梅前一放翁。"是什么办法化作总理身千亿，人人面前有总理呢？难道世界上真的有什么灵魂的永恒？伟人之魂竟是可以这样地充盈天地、浸润万物吗？就像老僧悟禅，就如朱子格物，自从1976年1月国丧以来，我就常穷思默想这个费解的难题。20多年了，终于有一天我悟出了一个理：总理这时时处处的"有"，原来是因为他那许许多多的"无"，那些最不该、最让人想不到、受不了的"无"啊。

总理的惊人之无有六。

一是死不留灰。

周恩来是中国历史上第一个提出死后不留骨灰的人。当总理去世的时候，正是中国政治风云变幻的日子，林彪集团刚被粉碎，江青"四人帮"集团正自鸣得意，中国上空乌云压城，百姓肚里愁肠千结。1976年新年刚过，一个寒冷的早晨，广播里突然传出了哀乐。人们噙着泪水，对着电视一遍遍地看着那个简陋的遗体告别仪式。突然江青那副可憎的面孔出现了，她居然不脱帽鞠躬，许多电视机旁都发出了怒吼：江青脱掉帽子！过了几天，报上又公布了遗体火化，并且根据总理遗嘱不留骨灰。许多人都不相信这个事实，一定是江青这个臭婆娘又在搞什么阴谋。直到多少年后，我们才清楚，这确实是总理遗愿。1月15日下午追悼会结束后，邓颖超就把家属召集到一起，说总理在十几年前就与她约定死后不留骨灰。灰入大地，可以肥田。当晚，邓颖超找来总理生前党小组的几个成员帮忙，一架农用飞机在北京如磐的夜色中冷清地起飞，飞临天津，这个总理少年时代生活和最早投身革命的地方，又沿着渤海湾飞临黄河入海口，将那一捧银白的灰粉化入海空，也许就是这一撒，总理的魂魄就永远充满人间，贯通天地。

但人们还是不能接受这一事实。多少年后还是有人提问，难道总理的骨灰就真的一点也没有留下吗？中国人和世界上大多数民族都习惯修墓土葬，这对生者来说，以备不时之念，对死者来说，则希望还能长留人间。多少年来越有权的人就越下力气去做这件事。世界上许多著名的陵寝，如中国的十三陵、印度的泰姬陵、埃及的金字塔，还有一些埋葬神父的大教堂，我都看过。共产党主张无神论，又是以解放全人类为己任，当然不会为自己的身后事去费许多神。所以一解放，毛泽东就带头签名火葬，以节约耕地，但彻底如周恩来这样连骨灰都不留却还是第一次。你看一座八宝山上，还不就是存灰为记吗？历史上有多少名人，死后即使无尸，人们也要为他修一个衣冠冢。老舍先生的追悼会上，骨灰盒里放的是一副眼镜、一支钢笔。纪念死者总得有个念物，有个引子啊！

没有灰，当然也谈不上埋灰之处，也就没有碑和墓，欲哭无泪，欲祭无碑。魂兮何在，无限相思寄何处？中外文学史上有许多名篇都是碑文、墓志或在名人墓前的凭吊之作，有许多还发挥出炽热的情和永恒的理。如韩愈为柳宗元写的墓志痛呼“士穷乃见节义”，如杜甫在诸葛亮祠中所叹“出师未捷身先死，长使英雄泪满襟”，都成了千古名言。明代张溥著名的《五人墓碑记》中的“扼腕墓道，发其志士之悲”，简直就是一篇正义对邪恶的檄文。就是空前伟大如马克思这样的人，死后也有一块墓地，恩格斯在他墓前的演说也选入马恩文选，成了国际共运的重要文献。马克思的形象也因这篇文章更加辉煌。为伟人修墓立碑已成为中国文化的传统、中国百姓的习惯。你看明山秀水间、市井乡村里，还有那些州县府志的字里行间，有多少知名的、不知名的故人墓、碑、庙、祠、铭、志，怎么偏偏轮到总理，这个前代所有的名人加起来都不足抵其人格伟大的人，就连一个我们可以为之扼腕、叹息、流泪的地方也没有呢？于是人们难免生出一丝丝的猜测，有的说是总理英明，见“四人帮”猖狂，政局反复，不愿身后有伍子胥鞭尸之事；有的说是总理节俭，不愿为自己的身后事再破费国家钱财。但我想，他主要的就是要求一个干净：生时鞠躬尽瘁，死后不留麻烦。他是一个只讲奉献，献完转身就走的人，不求什么纪念的回报和香火的馈饷。也许隐隐还有另一层意思。以他共产主义者的无私和中国传统文化的忠君，他更不愿在身后出现什么“僭越”式的悼念，或因此又生出一些政治上的尴尬。果然，地球上第一个为周恩来修纪念碑的，并不是在中国，而是在日本。第一个纪念馆也不是建在北京，而是在他的家乡。日本的纪念碑是一块天然的石头，上面刻着他留学日本时写的那首《雨中岚山》。1994 年，我去日本时曾专门到樱花丛中去寻找过这块诗碑。我双手抚石，不觉泪水涟涟。天力难回，斯人长逝已是天大的遗憾，而在国内又无墓可寻，叫人又是一种怎样的惆怅？一个曾叫世界天翻地覆的英雄，一个为民族留下了一个共和国的总理，却连一点骨灰也没有留下，这强烈的反差，让人一想，心里就有如坠落千丈似的空茫。

总理的二无是生而无后。

中国人习惯续家谱，重出身，爱攀名人之后也重名人之后。刘备明明是个编席卖履的小贩，却在攀了个皇族之后，被尊为皇叔，诸葛亮和关、张、赵、马、黄等一批文武，就捧着这块招牌，居然三分天下。一般人有后无后，还只是个人和家族的事，名人无后却成了国人的遗憾。不孝有三，无后为大。纪念故人也有三：故居、墓地、后人，后人为大。虽然后人不能尽续其先人的功德才智，但对世人来说，有一条血缘的根传下来，总比无声的遗物更惹人怀旧。要不我们现在的政协委员中为什么要安排一些名人之后呢？连孔子这个 2 000 多年前的老名人，也要一代代地去细寻其脉，找出几个世孙来去做人大、政协的代表委员。人们尊其后，说到底还是尊其人。这是一种纪念、一种传扬，要不怎么不去找出个秦桧的几世孙呢？清朝乾隆年间有位叫秦大士的名士过岳坟，不由感叹道：“人从宋后羞名桧，我到坟前愧姓秦。”可见前人与后人还是大有关系，名人之后更是关系重大。越是功高德重为民族做出牺牲的逝者，人们就越尊重他们的后代，好像只有这样才能表达对他们的感激，赎回生者的遗憾。总理并不脱俗，也不寡情。我在他的绍兴祖居，亲眼见过抗战时期他和邓颖超回乡动员抗日时，恭恭敬敬地续写在家谱上的名字。他在白区经常做的一件事，就是搜求烈士遗孤，安排抚养。他常说："不这样，我怎么能对得起他们的父母？"他在延安时亲自安排将瞿秋白、蔡和森、苏兆征、张太雷、赵世炎、王若飞等烈士之子女送到苏联好生教育、看护，并亲自到苏联去与斯大林谈判，达成了一个谁也想不到的协议：这批子弟在苏联只求学，不上前线（而苏联国际儿童院中其他国家的子弟，在战争中上前线共牺牲了 21 名）。这恐怕是当时世界上两个最大的人物，达成的一个最小的协议。总理何等苦心，他是要为烈士存孤续后啊。六七十年代，中日民间友好往来，日本著名女运动员松崎君代，多次受到总理接见。当总理知道她婚后无子时，便关切地留她在京治病，并说有了孩子可要告诉一声啊。1976 年总理去世，她悲呼道："周先生，我们已经有了孩子，但还没有来得及告诉您！"确实，子孙的繁衍是人类最实际的需要，是人最基本的情感。但是天何不公，轮到总理却偏偏无后，这怎么能不使人遗憾呢？是残酷的地下斗争和战争夺去邓颖超同志腹中的胎儿，以后又摧残了她的健康。但是以总理之权、之位、之才和倾倒多少女性的风采，何愁不能再建家室，传宗接代呢？这在解放初党的中高级干部中不乏其人，但总理没有。他以倾国之权而坚守平民之德。后来有一个厚脸皮的女人写过一本书，称她自己就是总理的私生女，这当然经不起档案资料的核验。举国一阵哗然之后，如风吹黄叶落，复又秋阳红。但人们在愤怒之余心里仍然隐隐存着一丝的惆怅。特别是眼见和总理同代人的子女，或又子女的子女，不少都官居高位名显于世，不禁又要黯然神伤。中国人的传统文化是求全求美的，如总理这样的伟人该是英雄美人、父英子雄、家运绵长的啊。然而，这一切都没有。这怎么能不在国人心中凿下一个空洞呢？人们的习惯思维如列车疾驶，负着浓浓的希望，却一下子冲出轨道，跌入了一个无底的深渊。

总理的三无是官而不显。

千百年来，官和权是连在一起的。官就是显赫的地位，就是特殊的享受，就是人上人，就是福中福，官和民成了一个对立的概念，也有了一种对立的形象。但周恩来作为一国总理则只求不显。在外交、公务场合他是官，而在生活中，在内心深处，他是一个最低标准甚至不够标准的平民。他是中国有史以来的第一个平民宰相，是世界上最平民化的总理。一次他出国访问，内衣破了送到我驻外使馆去补、去洗。当大使夫人抱着这一团衣服回来时，伤心得泪水盈眶，她怒指着工作人员道："原来你们就这样照顾总理啊！这是一个大国总理的衣服吗?"总理的衬衣多处打过补丁，白领子和袖口是换过几次的，一件毛巾睡衣本来白底蓝格，但早已磨得像一件纱衣。后来我见过这件睡衣，瞪大眼睛也找不出原来的纹路。这样寒酸的行头，当然不敢示人，更不敢示外国人。所以总理出国总带一只特殊的箱子，不管住多高级的宾馆，每天起床，先由我方人员将这一套行头收入箱内锁好，才许宾馆服务生进去整理房间。人家一直以为这是一个最高机密的文件箱呢。这专用箱里锁着一个平民的灵魂。而当总理在国内办公时就不必这样遮挡"家丑"了，他一坐到桌旁，就套上一副蓝布袖套，那样子就像一个坐在包装台前的工人。许多政府工作报告、国务院文件和震惊世界的声明，都是在这蓝袖套下写出的啊。只有总理的贴身人员才知道他的生活实在太不像个总理。总理一入城就在中南海西花厅办公，一直住了25年。这座老平房又湿又暗，多次请示总理都不准维修。终于有一次工作人员趁总理外出时将房子小修了一下。《周恩来年谱》记载：1960年3月6日，总理回京，发现房已维修，当晚即离去暂住钓鱼台，要求将房内的旧家具（含旧窗帘）全部换回来，否则就不回去住。工作人员只得从命。一次，总理在杭州出差，临上飞机时地方上送了一筐南方的时鲜蔬菜，到京时被他发现，他严厉批评了工作人员，并命令折价寄钱去。一次，总理在洛阳视察，见到一册碑帖，问秘书身上带钱没有；没有钱，总理摇摇头走了。总理从小随伯父求学，伯父的坟迁移，他不能回去，先派弟弟去，临行前又改派侄儿去，为的是尽量不惊动地方。一国总理啊，他理天下事，管天下财，住一室、食一蔬、用一物、办一事算得了什么？多少年来，在人们的脑子里，做官就是显耀。你看，封建社会的官帽，不是乌纱便是红顶；官员的出行，或鸣锣开道，或静街回避，不就是要一个"显"字！这种显耀或为显示权力，或为显示财富，总之是要显出高人一等。古人一考上进士就要鸣锣报喜，一考上状元就要骑马披红走街，一当上官就要回乡到父老面前转一圈，所谓衣锦还乡，为的就是显一显。刘邦做了皇帝后，曾痛痛快快地回乡显示过一回，元散曲中专有一篇著名的《高祖还乡》挖苦此事。你看那排场："红漆了叉，银铮了斧，甜瓜苦瓜黄金镀。明晃晃马镫枪尖上挑，白雪雪鹅毛扇上铺。这几个乔人物，拿着些不曾见的器仗，穿着些大作怪的衣服。”西晋时有个石崇官做到个荆州刺史，也就是地委书记吧，就敢于同皇帝司马昭的小舅子王恺斗富。他平时生活“丝竹尽当时之精，庖膳穷水陆之珍”，招待客人，以锦围步幛五十里，以蜡烧柴做饭，王恺自叹不如。现在这种显弄之举更有新招，比座位，比上镜头，比好房，比好车，比架子。一次一位县级小官到我办公室，身披呢子大衣，刚握完手，突然后面蹿上一小童，双手托举一张名片。原来这是他的跟班。连递名片也要秘书代劳，这个架子设计之精，我万没有想到。刚说几句话又抽出“大哥大”，向千里之外的穷乡僻壤报告他现已到京，正在某某办公室，连我也被他编入了显耀自己的广告词。我不知他在地方上有多大政绩，为百姓办了多少实事，看这架子心里只有说不出的苦和酸。想总理有权不私、有名不显，权倾一国却两袖清风，这种近似残酷的反差随着岁月的增加倒叫人更加不安和不忍了。

总理的四无是党而不私。

列宁讲：群众是分为阶级的，阶级是由政党来领导的，政党是由领袖来主持的。大概有人类就有党，除政党外还有朋党、乡党等小党。毛泽东同志就提到过党外有党，党内有派。同好者为党，同利者为党。在私有制的基础上，结党为了营私，党成了求权、求荣、求利的工具。项羽、刘邦为楚汉两党，汉党胜，建刘汉王朝；三国演义就是曹、吴、刘三党演义；朱元璋结党扯旗，他的对立面除元政权这个执政党外，还有张士诚、陈友谅各在野党，结果朱党胜而建朱明王朝。只有共产党成立以后才宣布，它是专门为解放全人类而做牺牲的党，除了人民利益、国家民族利益，党无私利，党员个人无私求。无数如白求恩、张思德、雷锋、焦裕禄这样的基层党员，都做到了入党无私，在党无私。但是当身处要位甚至领袖之位，权握一国之财，而要私无一点、利无一分，却是最难最难的。权用于私，权大一分就私大一丈，失之毫厘差之千里。做无私的战士易，做无私的官员难，做无私的大官更难。像总理这样军政大权在握的人，权力的砝码已经可以使他左偏则个人为党所用，右偏则党为个人所私，或可为党员，或可为党阀了。王明、张国焘不都是这样吗？而总理的可贵正在于党而不私。

1974 年，康生被查出癌症住院治疗。周恩来这时也有绝症在身，还是拖着病体常去看康。康一辈子与总理不和，总理每次一出病房他就在背后骂。工作人员告诉总理，说既然这样您何必去看他。但总理笑一笑，还是去。这种以德报怨、顾全大局、委曲求全的事，在他一生中举不胜举。周总理同胞兄弟三人，他是老大，老二早逝，他与三弟恩寿感情很好。恩寿解放前经商为我党提供过不少经费，解放后安排工作到内务部，总理指示职务要安排得尽量低些，因为他是自己的弟弟。后恩寿有胃病，不能正常上班，总理又指示要办退休，说不上班就不能领国家工资。曾山部长执行得慢了些，总理又严厉批评说："你不办，我就要给你处分了。""文化大革命"中总理尽全力保护救助干部。一次范长江的夫人沈谱（著名民主人士沈钧儒之女）找到总理的侄女周秉德，希望能向总理转交一封信，救救长江。周秉德是沈钧儒长孙媳妇，沈谱是她丈夫的亲姑姑。范长江是我党新闻事业的开拓者，又是沈老的女婿，总理还是他的入党介绍人。以这样深的背景，周秉德却不敢接这封信，因为总理有一条家规：任何家人不得参与公事。

如果说总理要借在党内的力量谋大私、闹独立、闹分裂、篡权的话，他比任何人都有更多的机会、更好的条件。但是他恰恰以自己坚定的党性和人格的凝聚力，消除了党内的多次摩擦和四次大的分裂危机。50 多年来他是党内须臾不可缺少的凝固剂。第一次是红军长征时，当时周恩来身兼五职，是中央三人团（博古、李德、周恩来）成员之一、中央政治局常委、书记处书记、军委副主席、红军总政委。在遵义会议上，只有他才有资格去和博古、李德争吵，把毛泽东请了回来。王明派对党的干扰基本排除了（彻底排除要到延安整风以后），红一、四方面军会师后又冒出个张国焘。张的兵力远胜中央红军，是个实力派。有枪就要权，不给权就翻脸，党和红军又面临一次分裂。这时周恩来主动将自己担任的红军总政委让给了张国焘。红军总算统一，得以继续北上，扎根陕北。第二次是"大跃进"和三年困难时期。1957 年底，冒进情绪明显抬头，周恩来、刘少奇、陈云等提出反冒进，毛泽东大怒，说不是冒进，是跃进，并多次让周恩来检讨。甚至说到党的分裂。周恩来立即站出来将责任全部揽到自己身上，几乎逢会就检讨，目的只有一个，就是保住党的团结，保住一批如陈云、刘少奇等有正确经济思想的干部，留得青山在，为党渡危机。而他在修订规划时，又小心地坚持原则，实事求是。他藏而不露地将“15年赶上英国”，改为“15年或者更多的一点时间”，加了9个字。将“在今后10年或者更短的时间内实现全国农业发展纲要”一句删去了“或者更短的时间内”8个字。不要小看这一加一减八九个字，1959年以后，经济凋敝，毛泽东说，国难识良将，家贫思良妻。搞经济还得靠恩来、陈云，多亏恩来给我们留了三年余地。第三次是“文化大革命”中，林彪骗取了毛主席的信任。这时作为二把手的周恩来再次让出了自己的位置。他这个当年黄埔军校的主任，毕恭毕敬地向他当年的学生，现在的“副统帅”请示汇报，在天安门城楼上、在人民大会堂等公众场合为之领座引路。林彪的威望，或者就以他当时的投机表现、身体状况，总理自然知道他是不配接这个班的，但主席同意了，党的代表大会通过了，总理只有服从。果然，九大之后只有两年多，林彪自我爆炸，总理连夜坐镇人民大会堂，弹指一挥，将其余党一网打尽，为国为党再定乾坤。让也总理，争也总理，一屈一伸又弥合了一次分裂。第四次，“林彪事件”之后总理威信已到绝高之境，但“四人帮”的篡权阴谋也到了剑拔弩张的境地。这时已经不是拯救党的分裂，而是拯救党的危亡了。总理自知身患绝症，一病难起，于是他在抓紧寻找接班人，寻找可以接替他与“四人帮”抗衡的人物，他找到了邓小平。1974年12月，他不顾危病在身飞到长沙与毛泽东商量邓小平的任职。小平一出山，双方就展开拉锯战，这时总理躺在医院里，就像诸葛亮当年卧病军帐之中，仍侧耳静听着帐外的金戈铁马声。“四人帮”唯一忌惮的就是周恩来还在世。这时主席病重，全党的安危系于周恩来一身，他生命延缓一分钟，党的统一就能维持一分钟。现在他躺在床上，像手中没有了弹药的战士，只能以重病之躯扑上去堵枪眼了。癌症折磨得他消瘦、发烧，常处在如针刺刀割般的疼痛中，后来连大剂量的镇痛、麻醉药都已不起作用。但是他忍着，他知道多坚持一分钟，党的希望就多一分。因为人民正在觉醒，叶帅他们正在组织反击。他已到弥留之际，当他清醒过来时，对身边的人员说：“你去给中央打一个电话，中央让我活几天，我就活几天！”就这样一直撑到1976年1月8日。这时消息还未正式公布，但群众一看医院内外的动静就猜出大事不好。这天总理的保健医生外出办事，一个熟人拦住问：“是不是总理出事了，真的吗?”他不敢回答，稍一迟疑，对方转身就走，边走边哭，最后放声大哭起来。9个月后，百姓凭心中的这股怨气，一举掀翻了“四人帮”。总理在死后又一次救了党。

宋代欧阳修写过一篇著名的《朋党论》，指出有两种朋党：一种是小人之朋，“所好者禄利也，所贪者财货也”；一种是君子之朋，“所守者道义，所行者忠信，所惜者名节”。而只有君子之朋才能万众一心，“周武王之臣，三千人为一大朋”，以周公为首。这就是周灭商的道理。周恩来在重庆时就被人称周公，直到晚年，他立党为公、功同周公的形象更加鲜明。“周公吐哺，天下归心。”周公不过是“一饭三吐哺”，而我们的总理在病榻上还心忧国事，“一次输液三拔针”啊。如此忧国，如此竭诚，怎么能不天下归心呢？

总理的五无是劳而无怨。

周总理是中国革命的第一受苦人。上海工人起义，“八一”起义，万里长征，三大战役，这种真刀真枪的事他干；地下“特科”斗争，国统区长驻虎穴，这种生死度外的事他干；解放后政治工作、经济工作、文化工作，这种大管家的烦人杂事他干；“文化大革命”中上下周旋，这种在夹缝中委曲求全的事他干。他一生的最后一些年头，直到临终，身上一直佩着的一枚徽章是：“为人民服务”。如果计算工作量，他真正是党内之最。周恩来是1974年6月1日住进医院的，而据资料统计：1—5月共139天，他每天工作12～14小时有9天；14～18小时有74天；19～23小时有38天；连续24小时有5天；只有13天工作在12小时之内。而从3月中旬到5月底，两个半月，日常工作之外，他又参加中央会议21次，外事活动54次，其他会议和谈话57次。他像一头牛，只知道负重，没完没了地受苦，有时还要受气。1934年，因为王明的“左”倾路线和洋顾问李德的指挥之误，红军丢了苏区，血染湘江，长征北上。这时周恩来是军事三人团之一，他既要负失败之责，又要说服博古恢复毛泽东的指挥权，惶惶然，就如《打金枝》中的皇后，劝了金枝，回过头来又劝驸马。1938年，他右臂受伤，两次治疗不愈，只好赴苏联求医。医生说为了彻底好，治疗时间就要长一些。他却说时局危急，不能长离国内，只短住了6个月，最后还是落下个臂伸不直的残疾。而林彪也是治病，也是这个时局，却在苏联从1938年住到了1941年。“文化大革命”中，周恩来成了救火队队长，他像老母鸡以双翅护雏防老鹰叼食一样，尽其所能保护干部。红卫兵要揪斗陈毅，周恩来苦苦说服无效，最后震怒道：“我就站在大会堂门口，看你们从我身上踩过去!”这时国家已经瘫痪，全国人除少数造反派外大多数都成了逍遥派，就只剩下周恩来一个苦撑派，一个苦命人。他像扛着城门的力士，放不下，走不开。每天无休止地接见，无休止地调解，饭都来不及吃，服务员只好在茶杯里调一点面糊。当时干部一层层地被打倒，他周围的战友、副总理、政治局委员已被打倒一大片，连国家主席刘少奇都被打倒了，但偏偏留下了他一个。他连这种“休息”的机会也得不到啊。全国到处点火，留一个周恩来东奔西跑去救火，这真是命运的捉弄。他坦然一笑说：“我不下地狱，谁下地狱?”大厦将倾，只留下一根大柱。这柱子已经被压得吱吱响，已经出现裂纹，但他还是咬牙苦撑。由于他的自我牺牲、他的厚道宽容、他的任劳任怨，革命的每一个重要关头，每一次进退两难，都离不开他。许多时候他都左右逢源，稳定时局，但许多时候，他又只能被人作为平衡的棋子，或者替罪的羔羊。历史上向来是一朝天子一朝臣，共产党的领导人换了多少，却人人要用周恩来。他的过人才干“害”了他，他的任劳任怨的品质“害”了他，多苦、多难、多累、多险的活，都由他去顶。

1957年底，我国经济出现急功近利的苗头，周恩来提出反冒进。毛泽东大怒，连续开会发脾气。1958年1月初杭州会议，毛主席说：“你脱离了各省、各部。”1月中旬南宁会议，毛主席说：你反冒进，我是反“反冒进”的。这时柯庆施写了一篇升虚火的文章，毛主席说：“恩来，你是总理，你能写出这样的文章吗?”3月成都会议，周恩来做检查，毛主席还不满意，表示仍然要作为一个犯错误的例子再议。从成都回京之后，一个静静的夜晚，西花厅夜凉如水，周恩来把秘书叫来说：“我要给主席写份检查，我讲一句，你记一句。”但是他枯对孤灯，常常五六分钟说不出一个字。冒进造成的险情已经四处露头，在对下与对上、报国与忠君之间，他陷入了深深的矛盾、深深的痛苦。他对领袖的忠诚与服从绝不是封建式的愚忠。他是基于领袖是党的核心、是党统一的标志这一原则和毛主席的威信这一事实，从唯物史观和党性标准出发来严格要求自己的。连毛主席都说过，真理有时在少数人手中，卑贱者最聪明。但是你必须等待多数人或高贵者的觉醒。为了大局，在前几次会上他已经把反冒进的责任全揽在了自己身上，现在还要怎样深挖呢?而这深深游走的笔刃又怎样才能做到既解剖自己又不伤实情、不伤国事大局呢?天亮时，秘书终于整理成一篇文字，其中加了这样一句：“我与主席多年风雨同舟，朝夕与共，还是跟不上主席的思想。”总理指着“风雨同舟，朝夕与共”八个字说，怎么能这样提呢？你太不懂党史。说时眼眶里已泪水盈盈了。秘书不知总理苦，为文犹用昨日辞。几天后，他在八大二次会上做完检讨，并委婉地请求辞职。结论是不许辞。哀莫大于心死，苦莫大于心苦，但痛苦更在于心虽苦极又没有死。周恩来对国对民对领袖都痴心不死啊，于是，他只有负起那让常人看来无论如何也负不动的委屈。

总理的六无是死不留言。

1976 年元旦前后，总理已经到了弥留之际。这时中央领导对总理病情已是一日一问，邓颖超同志每日必到病房陪坐。可惜总理将去之时正是中央领导核心中鱼龙混杂、忠奸共处的混乱之际。奸佞之徒江青、王洪文常假惺惺地慰问却又暗藏杀机。这时忠节老臣中还没有被打倒的只有叶剑英了。叶帅与总理自黄埔时期起便患难与共，又共同经历过党史上许多是非曲直。眼见总理已是一日三厥，气若游丝，而“四人帮”又趁危乱国，叶帅心乱如麻，老泪纵横。一日他取来一叠白纸，对病房值班人员说，总理一生顾全大局，严守机密，肚子里装着很多东西，死前肯定有话要说，你们要随时记下。但总理去世后，值班人员交到叶帅手里的仍然是一叠白纸。

当真是总理肚中无话吗？当然不是。在会场上，在向领袖汇报时，在与“四人帮”斗争时，在与同志谈心时，该说的都说过了，他觉得不该说的，平时不多说一字，现在并不因为要撒手而去就可以不负责任，随心所欲。总理的办公室和卧室同处一栋，邓颖超同志是他一生的革命知己，又同是中央高干，但总理工作上的事邓颖超自动回避，总理也不与她多讲一字。总理办公室有三把钥匙，他一把，秘书一把，警卫一把，邓颖超没有，她要进办公室必须先敲门。周总理把自己一劈两半，一半是公家的人、党的人，一半是他自己。他也有家私，也有个人丰富的内心世界，但是这两部分泾渭分明，绝不相混。周恩来与邓颖超的爱可谓至纯至诚，但也不敢因私犯公。他们两人，丈夫的心可以全部掏给妻子，但绝不能搭上公家的一点东西；反过来，妻子对丈夫可以是十二分的关心，但绝不能关心到公事里去。总理与邓大姐这对权高德重的伴侣堪称是正确处理家事国事的楷模。诗言志，是为说心里话而写。总理年轻时还有诗作，现在东瀛岛的诗碑上就刻着他那首著名的《雨中岚山》。皖南事变骤起，他愤怒地以诗惩敌："千古奇冤，江南一叶，同室操戈，相煎何急!?"但解放后，他除了公文报告，却很少有诗。当真他的内心情感之门关闭了吗？没有。工作人员回忆，总理工作之余也写诗，用毛笔写在信笺上，反复改。但写好后又撕成碎片，碎碎的，投入纸篓，宛如一群梦中的蝴蝶。除了工作，除了按照党的决定和纪律所做的事，他不愿再表白什么，留下什么。瞿秋白在临终前留下一篇《多余的话》，将一个真实的我剖析得淋漓尽透，然后昂然就义，舍身成仁。坦白是一种崇高。周恩来在临终前只留下一叠白纸。"菩提本无树，明镜亦非台"，本来就无我，我复何言哉？不必再说，又是一种崇高。

周恩来的六个"大无"，说到底是一个无私。公私之分古来有之，但真正的大公无私自共产党始。1998 年是周恩来诞生百周年，也是划时代的《共产党宣言》发表 150 周年。是这个宣言公开提出要消灭私有制，要求每个党员只有解放全人类才能最后解放自己。我敢大胆说一句，150 年来，实践《共产党宣言》精神，将公私关系处理得这样彻底、完美，达到如此绝妙之境界者，周恩来是第一人，因为即使如马恩、列宁也没有像他这样长期处于手握党权、政权的诱惑和身处各种矛盾的煎熬。总理在甩脱自我、真正实现"大无"的同时却得到了别人没有的"大有"：有大智、大勇、大才和大貌——那种倾城倾国、倾倒联合国的风貌，特别是他的大爱大德。

他爱心博大，覆盖国家、人民及整个世界。你看他大至处理国际关系，小至处理人际关系，无不充满浓浓的、厚厚的爱心。美帝国主义和中国人民、中国共产党曾是积怨如山的，但是战争结束后，1954 年周恩来第一次与美国代表团在日内瓦见面时就发出友好的表示，虽然美国国务卿杜勒斯拒绝了，或者是不敢接受，但周恩来还是满脸的宽厚与自信。就是这种宽厚与自信，终于吸引尼克松在 1972 年横跨太平洋到中国来与周恩来握手。国共两党是曾有血海深仇的，蒋介石曾以巨额大洋悬赏要周恩来的头。但是当西安事变发生，蒋介石成为阶下囚，国人皆曰可杀，连曾经向蒋介石右倾过的陈独秀都高兴地连呼"打酒来"，蒋介石必死无疑。但是周恩来只带了 10 个人，进到刀枪如林的西安城去与蒋介石握手。周恩来长期代表中共与国民党谈判，在重庆，在南京，在北平，到最后，这些敌方代表为他的魅力所吸引，投向了中共。只有团长张治中说别人可以留下，从手续上讲他应回去复命。周却坚决挽留，说西安事变时已对不起一位姓张的朋友（张学良），这次不能重演悲剧，并立即通过地下党将张的家属也接到了北平。他的爱心征服了多少人，温暖了多少人，甚至连敌人也不得不叹服。宋美龄连问蒋介石，为什么我们就没有这样的人？美方与他长期打交道后，甚至后悔当初不该去扶植蒋介石。至于他对人民的爱，对革命队伍内同志的爱，则更是如雨润田、如土载物般的浑厚深沉。曾任党的总书记、犯过“左”倾路线错误的博古，可以说是经周恩来亲手“颠覆”下台的，但后来他们相处得很好，在重庆博古成了周的得力助手。甚至像陈独秀这样曾给党造成血的损失的人，当他对自己的错误已有认识，并有回党的表示时，周恩来立即着手接洽此事，可惜未能谈成。恩格斯在马克思墓前讲话：“他可能有过许多敌人，但未必有一个私敌。”这话移来评价周恩来最合适不过。当周恩来去世时，无论东方西方，同声悲泣，整个地球都载不动这许多遗憾、许多愁。

他的大德，再造了党，再造了共和国，并且将一个共产主义者的无私和儒家传统的仁义忠信糅合成一种新的美德，为中华文明提供了新的典范。如果说毛泽东是中国共产党和中华人民共和国的缔造者，周恩来就是党和国家的养护人。他硬是让各方面的压力、各种矛盾将自己压成了粉，挤成了油，润滑着党和共和国这架机器，维持着它的正常运行。50 年来他亲手托起党的两任领袖，又拯救过共和国的三次危机。遵义会议他扶起了毛泽东，“文化大革命”后期他托出邓小平。作为两代领袖，毛、邓之功彪炳史册，而周恩来却静静地化作了那六个“无”。新中国成立后他首治战争创伤，国家复苏；二治“大跃进”灾难，国又中兴；三抗林彪江青集团，铲除妖孽。而他在举国欢庆的前夜却先悄悄地走了，连一点骨灰也没有留。

周恩来为什么这样地感人至深、感人至久呢？正是这“六无”“六有”，在人们心中撞击、翻搅和掀动着大起大落、大跌大荡的波浪。他的博爱与大德，拯救、温暖和护佑了太多太多的人。自古以来，爱民之官受人爱。诸葛亮治蜀 27 年，而武侯祠香火不断 1 700 年。陈毅游武侯祠道：“孔明反胜昭烈（刘备），其何故也？余意孔明治蜀留有遗爱。”遗爱愈厚，念之愈切。平日常

1976 年，北京群众自发向周总理献花圈

人相处尚投桃报李，有恩必报，而一个伟人再造了国家，复兴了民族，泽润了百姓，后人又怎能轻易地淡忘了他呢？我们是唯物论者，但我心里总觉得大概有一天还是会有人来为总理修一座庙。庙是神的殿堂，神是后人在所有的前人中筛选出来的模范，比若忠义如关公，爱民如诸葛亮。周总理无论在自身修养还是在治国理政方面，功德、才智、民心等都很像诸葛亮。诸葛亮教子很严，他那篇有名的《诫子书》，教子“静以修身，俭以养德，非淡泊无以明志，非宁静无以致远”。他勤俭持家，上书后主说，自己家有桑树 800 棵，薄田 15 顷，供给一家人的生活，余再无积蓄。这两件事都常为史家称道。呜呼，总理何如？他没有后，当然也没有什么教子格言；他没有遗产，去世时，家属各分到几件补丁衣服做纪念；他没有祠，没有墓，连骨灰都不知落在何方；他不立言，没有一篇《出师表》可以传世。他越是这样的没有没有，后人就越感念他的遗爱，那一个个没有也就越像一条条鞭子抽在人们

的心上。鲁迅说，悲剧是把人生有价值的东西撕裂给人看。是命运从总理身上一条条地撕去许多本该属于他的东西，同时也在撕裂后人的心肺肝肠。那是永远无法弥补的遗憾，这遗憾又加倍转化为深深的思念。22年渐渐过去了，思念又转化为人们更深的思考，于是总理的人格力量在浓缩，在定格，在凸显。而人格的力量一旦形成便是超越时空的。不独总理，所有历史上的伟人，中国的司马迁、文天祥，外国的马克思、列宁，我们又何曾见过呢？爱因斯坦生生将一座物理大山凿穿而得出一个哲学结论：当速度等于光速时，时间就停止；当质量足够大时，它周围的空间就弯曲。那么，我们为什么不可以再提出一个“人格相对论”呢？当人格的力量达到一定强度时，它就会迅如光速而追附万物，穹庐空间而护佑生灵。我们与伟人当然就既无时间之差又无空间之别了。

这就是生命的哲学。

周恩来还会伴我们到永远。

（写于1998年1月8日，载《新华文摘》1998年第2期）

周恩来为什么不翻脸

在中国现代政治史上毛泽东和周恩来两个伟人，是一种很特殊的合作关系。两人才华出众又风格各异，长期合作，又和而不同。毛大气磅礴，开天辟地；周缜密严谨，滴水不漏。毛于党于国，功比天高，但难免霸气逼人，后又铸成大错；周为国为民，竭尽绵薄，总是隐忍负重。于是在长期的斗争与合作中，就有一种怪现象，党外朋友与毛拍案相争者有之，如马寅初、梁漱溟；党内高干与毛据理相抗者有之，如彭德怀、张闻天。而自遵义会议之后，周作为毛长期的实际上的第一助手，无论毛如何行事，都唯命是从，逆来顺受。

毛、周早已作古，离我们也已渐行渐远。但人们总还在问一个问题：面对毛的错误指责，周恩来为什么不翻脸？年轻人问得最多，而如季羡林先生这样阅世甚深的百岁老人，也爱问这个问题。我们多次见面，总不离这个话题。可见，这是国人心中解不开的一个结。我自1998年总理诞生100周年纪念时发表《大无大有周恩来》以来，总有人在向我提这个问题。细想起来，这里有作风、性格、策略、政治智慧诸多因素，而且这也不只是毛、周之间特有的现象，古今中外的政治史上大有其例，也都离不开这种组合。

一、翻脸要有条件和资格

一般老百姓所说的"翻脸"之事，大都是指新中国成立之后现已被历史证实了的毛错周对的事情，如经济方针之争、"文化大革命"之争。但其时，周虽手握真理却无实权，已失去与毛翻脸力争的条件和资格。

翻脸是什么？就是其一，痛感对方之错，决不苟同，毫不忍让；其二，如不能认同和解就一刀两断，分道扬镳，各奔东西。当两个人的力量、地位平等时，这好办，当断就断，再不见面，顶多只是感情损失；但是当两个人的力量相差很大时又另当别论。如一个小孩子对父亲，要翻脸就不大容易。虽事有所悖，理所不容，甚至到了恩断义绝的程度，但一个孩子既不能纠正家长的错误，又不能离家独立生存，翻了以后又将如何？只有隐忍。

毛泽东是开国领袖，是共和国的国父。新中国成立后他在全党全国的地位如一家之长。这个地位和势态是历史形成的。政治者，势也。如军事大势、经济大势，又如山洪、海潮等自然之势。事物凡一成势，任何个人之力都难挽回。而且往往你中有我，我中有你。一时很难看清、说清，更不用说坚持和反对了。我在《领袖如父》一文中曾谈到这种复杂的关系，兹录一段如下：

> 关于领袖、政党，列宁曾有一段著名论述：“谁都知道，群众是划分为阶级的……阶级是由政党来领导的；政党通常是由最有威信、最有影响、最有经验、被选出担任最重要职务而称为领袖的人们所组成的比较稳定的集团来主持的。这都是起码的常识。”一个党、一个国家不可能没有领袖，领袖缔造、领导这个国家，就像父亲在家庭里的地位，父亲是因血缘而形成统领地位，领袖是因思想之缘而形成领导地位。在长期的斗争中，领袖总结人民和社会的思想成果，形成一种思想，又将这种思想再灌输到人民中和事业中，再总结，再灌输，上下循环，如河川经地，似血脉布身，就与人民、国家、民族建立起一种千丝万缕、血脉相连的关系。一个国家、民族、政党必须统一在一种指导思想之下，这种思想常常就以领袖的名字来做标识。领袖属于这个群体，群体推举、选择和塑造一个领袖，然后再将群体在实践中所提炼出的思想交付给他，以之为灯塔、旗手，而旗手只能是一个。所以邓小平说，毛泽东思想不是毛泽东同志个人的思想，是全党在斗争实践中的思想总结。领袖与党、人民、国家、民族有了如此深的思想之缘，就如父亲与家庭的血缘一样，你中有我，我中有你，不可能一下子分清你我。

新中国成立之时，毛泽东走过万水千山，经历千难万险，已被全党接受为列宁所称的“领袖”。他所以能力排众雄，越过陈独秀、瞿秋白、王明、周恩来、张闻天，一路大踏步走来，独领风骚，只因一条：就是实践检验，在无数次的流血、失败中，只有他的意见屡屡正确，一试就灵。从具体的战斗、战役到与国民党斗法、与美国人斗法、与斯大林斗法，都无不铩其羽而扬我威。我曾问过一位追随毛从延安到西柏坡又到北京的老人，我说：“周恩来不是长期专管军事吗？转战陕北彭德怀不是打了几个大胜仗吗？”他直摇头道：“他们和毛还是不能比，不能比，相差太远。关键胜局都是毛亲自下手指挥。”逢毛必胜，有毛就灵，毛已成神，这是从1921年到1949年28年间血火炼成的信条，已成新中国成立初期周恩来这一班副手和全党全民的习惯思维。周从来没有想去挑战毛，历史上，周曾是毛的上级，在遵义会议前一直领导毛。而历史证明其时的中央，包括周都错了，而毛对了；遵义会议之后毛更是得心应手，战无不胜，直至最后摧枯拉朽，如风吹落叶般在中国大地上抹去蒋家王朝。这中间，虽还有一个张闻天是名义上的总负责人，但毛都是实际上的决策人。周作为副手，眼见毛指挥若定，出神入化，威信日增，更是心服口服。

新中国成立之后，时势变化，毛不熟悉经济，出现了错误，却不能自省自察，仍在挟历史之威，大刀阔斧地蛮干。周分管经济工作，已见祸苗，心急如焚，虽屡提不同意见，但已无力回天。一是毛威望在身，大权在手，绝不会听他的。二是这时全党、全国上下已视毛为神，任何一种反对意见，不用毛亲自来说什么，舆论就可将其压灭。三是由于个人崇拜的盛行，毛已开始喜听颂扬逢迎之词，于是我们最鄙视的、最不愿看到的历史上重复多次的“君侧不明”的现象出现了，康生、陈伯达、柯庆施，后来的林彪、江青集团，不断谗言蔽上，煽风点火。在毛周围已渐渐形成一个风气不正的小环境。这时，周就更没有去翻脸力争的外部条件和氛围了。

新中国成立之后，周与毛和而不同，表示自己的反对意见主要有两次，结果，周只是尽职责之守小提建议，就惹来毛的大翻脸。

第一次是1956年鉴于经济发展过热，周提出反冒进。应该说，这时周还是据实论理，大胆工作，大概还没有过多考虑毛的情绪，就像魏徵对唐太宗犯颜进谏那样。1956年2月8日，周主持第二十四次国务会议时说："超过现实可能和没有根据的事，不要乱提，不要乱加快，否则就很危险。"他说对群众不要泼冷水，"但领导者的头脑发热了的，用冷水洗洗，可能会清醒些"。4月，中央政治局会议，毛提出追加投资，周和大多数人都反对，会后又耐心劝毛，说我作为总理从良心上不能同意这个决定，毛就大不悦，离开北京。1957年10月9日，在八届三中全会上毛的发言的题目是《做革命的促进派》，说党委应该是促进委员会，你们那么多人要组织促退委员会，我也没办法。将领导层分成"促退""促进"两派，这就有点以分裂相威胁的味道，毛要翻脸了。他毫不客气地对周说：你反冒进，我是反"反冒进"的。接着就是一连串的追击。周也万没有想到毛会这样固执，这样情绪化地处理问题。就像唐太宗终于忍不住魏徵的一再进谏而大发脾气了。而在战争时期毛总是多听下级意见，比较各种方案，慎之又慎，现在却判若两人。

1958年1月杭州会议、南宁会议，3月成都会议，毛对周逢会必批。这期间给毛煽风点火的主要有柯庆施等人。其时全国上下都处在狂热兴奋之中，连一些严肃的科学家也在为毛的"跃进"奇迹找科学依据。毛正在兴头上，党的领导集团，甚至全国人民都在兴头上。只有周恩来、陈云等少数领导人清醒，他们能与毛翻脸而力挽狂澜吗？当然不能。周这时连话语权也没有了。在1月的南宁会议上，毛说周是"促退派"，影响了各部委、省委的情绪，并举着柯庆施的一篇鼓吹"跃进"的文章质问周："恩来，你是总理，你能写出这样的文章吗?"这已不只是翻脸，是很不给面子，甚至有点逼宫之态了。但是周忍了，回京之后就主动提出辞职，毛又不许。他只好再忍。结果是1958年的全国胡来。（时隔半个世纪，2008年胡锦涛总书记在纪念改革开放30周年大会上对党史上的这种头脑发热、自乱其政的现象用了一个新词："折腾"。）

经过从1959年开始的三年困难时期，最后那场"大跃进"的闹剧以毛错、周对收场；但并未见到毛有什么正式的自我批评，或对周的褒奖。经过这次较量，周已完全明白用翻脸的办法解决问题是根本不可取的。

周恩来与毛的第二次大分歧是关于"文化大革命"。这是政治路线之争。

自1956年毛与周恩来、陈云在经济思想上发生分歧后，渐渐又与刘少奇、周恩来等在政治路线上发生分歧，主要是对中国社会基本矛盾的分析和形势的估计。先是对城乡社会主义教育运动（“四清”运动）有分歧，直发展到对“文化大革命”意见相左。在“四清”运动之初，毛提“党内走资本主义道路的当权派”，刘少奇不理解，他说有个别人要走资本主义的路还可以，怎么会有一个“派”呢？他万没想到“文化大革命”事起，已不只是一个“派”的问题，而是全部打倒，连他这个主席也不能自保（叶剑英曾有一词咏“文化大革命”：“串联炮打何时了，罢官知多少？”）。最高层唯一保留下来还在工作的旧人就只有周一人了。

和1956年处理经济问题不一样，这次毛批准成立了一个“文革小组”，凌驾于党中央、国务院之上。周这个总理对“文化大革命”的反对已不能再有任何正面表达。他所能做的只能是借有限的权力办两件事：一是尽量保护老干部。红卫兵要揪斗陈毅，周就站在人民大会堂门口声色俱厉地说：我就站在大会堂门口，看你们从我身上踩过去！国务院各部长已被冲击得连生命都无保障，周就把他们分批迁到中南海里住，半是保护，半是办公。二是抓生产。周带着这支奇怪的“黑帮”部长队伍，艰难地维持着最低的生产秩序，以求不要弄到全国人无饭吃。但是对政治方针、对“无产阶级专政下继续革命”、对全国疯狂的个人崇拜、对极左的政策，周不用说翻脸，他甚至不能有一点明显的反对。因为，这时更不利的是已形成了两个反革命集团：林彪集团和江青集团。周的地位已排到林彪之后，而江青又因其特殊的身份常在毛面前拨弄是非，陷害、刁难周，甚至设计摧残他的身体。毛既离不开周，但又对周不放心，一度还曾掀起一个“批林批孔批周公”的小高潮。周对此心知肚明，但他更是连一点点翻脸的资格和条件也没有了。

二、翻脸要计算成本和效果

现在回头看，周的经济思想和对“文化大革命”的抵制都是对的。也许我们会说，梁漱溟不是在国务会议上因农村政策和毛拍桌子翻脸了吗？马寅初不是因人口政策与毛公开翻脸了吗？彭德怀不是因“大跃进”问题和毛在庐山吵架公开翻脸了吗？他们都落得一个铮铮铁骨的好名声。周当时为什么就不能也来个拍案而起、分道扬镳呢？省得后人一再议论，背一个逆来顺受或更有不理解者曰之为“虚伪”的骂名。周不是一个普通人，是一国总理，背负着一个国家，八亿人口。他要考虑后果。如果硬来也行，但那将是两种可以预见的结果。

第一，毛以绝对权威，像对刘少奇那样将周当即彻底打倒，甚至进行人身迫害。这样周那一点点仅有的合法身份和权力将被剥夺干净。人民、国家将会受到更大的痛苦和灾难。而且事实证明，前面所举梁、马、彭等人的翻脸，除留下人格的光环和对后人的启发之外，当时于事并无大补。他们个人的牺牲确实起到了揭露错误、倡导民主、改进党风、启迪历史的作用，殊可尊敬。但周恩来不行，他是一国总理，他首先考虑的是国家利益，是当时翻脸之后这个摊子怎么收场。政治需要妥协。

第二，周可以将自己的不同政见公布于社会，并说服一部分高级干部和群众追随自己，用票决的办法逼毛表态。以周的威信和能力也是能拉起一股力量，形成一派甚至一党的。但这样做的结果就是中国共产党的分裂，接着是国家政权的分裂，两派、两党甚至是两个政权长期的对峙斗争。因为，全国全民要从乱而后再治，重新统一到一种思想、一个方针，产生一个领袖，以中国这样幅员辽阔、人口众多的国度，没有半个世纪到一百年的争斗，甚至流血是不可能的。中国历史上多次大的分裂就是明证。汉之后经三国两晋五胡十六国南北朝的分裂到隋的重新统一经过了 361 年，唐之后经五代十国之乱到宋的统一，经过了半个多世纪。元明清是基本上做到了大一统的。进入民国从 1911 年辛亥革命到 1949 年新中国成立，用了近 40 年。历史的教训，每一次大分裂都要经过一个相当长的整合周期，才能出现新的平衡统一，这中间人民将遭受无穷的灾难。生命的摧残，经济的倒退，生产力的破坏，山河的破碎，历史上屡见不鲜。如果再有外敌乘机入侵，插手内斗，寻找代理人，就更加复杂。所以，我们可以设想，当时周如果真的大翻脸，一个刚建国十年左右的共和国又将蹈入四分五裂，民众处于水深火热之中。这不只是一种设想，事实上，有人曾问过总理，你为什么不站出来公开反对？周说那将会使党分裂，后果更坏。据说刘少奇也说过同样意思的话：在那种情况下只有积极建议，争取把错误降到最小，如果意见不能被采纳，就只能跟着走，一起犯错误，将来再一起改正。这比分裂的损失要小得多。

相信，当时的周、刘等一批革命家是认真考虑过翻脸的成本的。不翻脸，是两害相权取其轻，是不得已而为之。

三、隐忍克己，为国为民

有话不能说，或说出来无人听，只能忍，忍在肚子里。这在普通人已是一种煎熬，而一国总理，大任在肩，大责在心，忍则牺牲民利，眼看国家利益受损；争则得罪领袖，造成党的分裂。这种煎熬就比下油锅还难了。于是只有争中有忍、忍中有争；言语谦恭、行事务实。我们这一代人还清楚地记得“文化大革命”中周的形象，一身藏青色朴素庄重的中山服，胸前总是别着一枚毛泽东手迹“为人民服务”纪念章。他四处灭火，大讲要听毛主席的话，抓革命，促生产。这种复杂两难的心理可想而知。他只掌握一个原则：牺牲自己，保全国家。在“文化大革命”中周恩来有一句发自肺腑的名言最能体现他当时的心态：我不下地狱，谁下地狱？

于是我们看到两种情景。

一方面，周在毛的权威面前，不置一词，为毛留足面子；另一方面，又留得青山在，好为国为民多燃点光和热。在处理经济问题时，周利用总理身份尽量求实。连毛在1960年也不得不承认：1956年周恩来同志主持制定的第二个五年计划，大部分指标，如钢等，替我们留了三年余地，多么好啊！

“文化大革命”深入，毛要打倒刘少奇和一批老干部的想法已很明显。“四人帮”就又拿出当年刘少奇为保护党的高级干部，批准薄一波等61人公开登报后出狱一事来大做文章。周立即给毛写信说，表示反对，说这在当时是党的高层通过的。毛不理，并随之将刘也打成叛徒。后来又重翻“伍豪”旧案，借国民党报纸的谣言影射周当年在白区也曾自首。这两件事都是历史上早已搞清、定案的事。周极愤怒，但他还是忍了。

林彪的资历远在周之下，周深知他在历史上的表现并不堪任党的第一领袖，但毛把他选为接班人，把周排在林后，为林服务，这个周也忍了。

在高层中，刘、邓是“文化大革命”的阻碍，已陆续被搬开，下一个目标已是周，于是毛借“批林批孔”又加上一个“批周公”，其意直指总理。“文化大革命”一开始毛甚至说，不行他就重拉队伍再上井冈山，这与上次说“促进、促退委员会”一样，还是以分裂相威胁。这，周也忍了。江青更是亲自出马或发动亲信攻击和刁难总理，甚至要总理给她改诗，专趁总理输液时去谈工作，想尽办法折磨总理的身体。这些周都忍了。

一般人绝对受不得这种夹板气，早就甩手而去。但总理不能，他强忍恶气，强撑病体，另有大谋。只要不翻脸，不撕破面子，他这个总理就有合法的地位和权力，就能为国办一点事，就能挽狂澜、扶危局。正是：

且忍一腔无名火，咽下一口宰相气。
留得青山传薪火，强支病体撑危局。

能不能“忍”，是对政治家素质的更高一级要求。同时在人格上也是对为公为私、大度小量、远志近利的一种考验。中国历史上为国隐忍的著名的例子是蔺相如与廉颇的故事。廉是功勋卓著的老将，蔺是因才能而擢升为相的新秀。廉不服，常有意辱之，蔺每每相让。二人同住一巷。每天要上朝时，蔺就先让仆人打看廉是否出门，让其先行，如相遇于巷，蔺必自动回车让路。现邯郸还留有此地，就名“回车巷”。下人常为蔺相如羞愧，蔺说，我这样是为国家，只要我与廉团结，不闹分裂，国家强盛，秦就不敢小看赵，廉闻后大愧，遂有负荆请罪的故事。记录这个故事的是司马迁。他自己也遇上了一件麻烦事。他因言得罪，受了宫刑，遭奇耻大辱。他痛苦地思考着，到底是死还是活。他在那篇著名的《报任安书》里讲道：“人固有一死，或重于泰山，或轻于鸿毛，用之所趋异也。”这要看你为什么（所趋）而死。他为了完成《史记》，选择了“忍”，忍辱生存，忍辱负重。他列举了历史上许多王侯将相级的大人物强忍受辱的例子，还有孔子、屈原那样的学者忍辱著书。他说：“勇怯，势也；强弱，形也。”你的强弱、勇怯是客观形势所定，你不能为一时义愤或为一己之名而轻举妄动，而要想到身上的责任。周恩来的名位不知超过这些将相王侯几多倍，其所负之责更是重于泰山。所以他就更得“忍”。忍看朋辈半凋零，城头变幻造反旗。他勇敢坚韧地在夹缝中工作，在重负下前行。

现在回头看，在总理忍气吞声、克己为国的心态下确实为党为民族干了许多大事。举其要者，1958年“大跃进”后，他主持三年调整，医治狂热后遗症，拯救了国民经济。“文化大革命”中，他亲自指挥，处理林彪叛逃事件；他抓革命、促生产，维持了国民经济最起码的运转，并且还有一些较大突破，如大庆油田的开发等；他抓科技的进步，原子弹、氢弹、卫星试验成功；他抓外交的突破，“文化大革命”中中日、中美建交；等等。还有一项更大的成功是在召开四届全国人大时，他促成了邓小平的复出和一大批老干部的重新起用，为以后打倒“四人帮”、实行改革开放奠定了基础。这些都是总理在忍着一口气，没有闹翻脸的情况下，一点一点艰难地争取来的。

我们设想，如果1958年总理翻脸，甩手而去，也许三年困难时期那一道坎儿国家就迈不过去。而在“文化大革命”之乱中，如果总理翻脸而去，就正合林彪、江青之意，他们会更加大行其乱。等到人民已经觉悟，再重新组织力量，产生领袖，扭转乾坤，大约又要经过民国那样的大乱，没有三五十年，不会重归太平。那时中国与世界的差距早不知又落下多远了。

（《海燕》2009年第7期）

周恩来让座

——纪念周恩来诞生 110 周年

去年 9 月里因事过广东新会。新会是梁启超的家乡，又是元灭宋，丞相陆秀夫背着小皇帝跳海的地方，过去为县，现在是江门市的一个区。我万没有想到在这样一个小地方竟有一个资料丰富的周恩来纪念馆。当地的人也很自豪，他们说，周恩来任总理时，政务缠身，能下到一个县连住 7 天，一生仅此一例。我心里明白，哪里是周恩来有闲，是政局错位，一个历史的小误会。

1957 年下半年，全国出现冒进的苗头。掌国家经济之舵的周恩来提出反冒进，毛泽东不悦，说“我是反‘反冒进’”。1958 年 1 月南宁会议、3 月成都会议，周都受到批评，并做检查。7 月 1 日至 7 日，他便选了一个县——广东新会县来做调查研究。其时周公心里正受着煎熬，正是伟人不幸，小县有幸，留下了这样一处纪念地。

周恩来此行所以选中新会，有一点小起因。当年 6 月 19 日《人民日报》报道新会农民周汉生用水稻与高粱杂交获得一种优良水稻新品种。周总理很重视，专门带了一位专家于 6 月 30 日飞广州，又转来新会。在试验田旁周见到了这位农民。那个时代生活条件还很差，乡干部和农民一律都是赤脚，总理的穿着也就比他们多着一双布鞋，只是衣服稍整洁一些。接待人员找了一把小竹椅、一个小方竹凳放在地头，本意让总理坐小竹椅，不想总理一到就坐在小凳上，把小椅子推给周汉生，还说你长年蹲田头，太辛苦。这就是周恩来的作风，尽量为他人着想，绝不摆什么架子。当时拍下的照片挂在展室的墙上，成了现在人们难以理解的场景。按现在的习惯，官大一级，见面让座，起行让路，等级分明。一个大国总理来到地头已属不易，怎么能在座位上尊卑颠倒呢？我立即联想到，已逝全国记协主席吴冷西也是新会人。一次，我当面听他讲过这样一件事，50年代初，朝鲜工会代表团来访，总理接见并合影，他的座位本安排在前排正中。周恩来不肯，他要当时的全国总工会主席刘宁一与客人坐正中，他说你是正式主人，今天我是陪客，结果他真的坐在旁边，报上也就这样照发照片，那时大家觉得也很自然。我曾见过延安时期老同志的几幅合影，大家都随意或坐或站，有几次毛泽东都站在较偏的位置。无疑，以毛当时的地位，他是应该居首位的。现在当我们看这些老照片时，心里真说不清是陌生还是亲切。

座位这个东西是典型的物质与精神的结合。有把椅子，坐着好说话或办事，这是物质；坐上去，别有一种感觉，这是精神。坐椅子的人多了，就要排个次序，就有了等级。等级就是一种精神。等级不可没有，如军队指挥，无等级就无效率。但不可太严，太严了就成障碍，心理障碍，工作障碍。正如列宁所说，真理很灵活，所以不会僵化；又很确定，所以人们才能为之奋斗。现在我们对座次的设计是越来越精、越来越细，只僵化而不灵活了。不用说大会谁上主席台，台上又谁前谁后，有的单位开会，除分座次，还要特制一把大一点的椅子，供一把手坐。我又听过一个故事，一位新来的部长，很不习惯这种把他架在火上烤的坐法，每次到场自己先把这把大椅子撤去。但下次来时，大椅子又巍然矗立原地与他相对。他的务实作风拗不过笼罩四周的座次威严。

存在决定意识，在没有椅子坐时，当然没有座次。我看过西柏坡七届二中全会的会场。那是一间大伙房，没有座椅。所有中央委员、候补委员，随手从房东家带一个小板凳来就开大会。难的是有了椅子后怎样办？这里有个公心、私心之分。以公心论座，党内讲平等，是同志；党外讲服务，是公仆，何必争座？何敢争座？以私心论座，则私心无尽，锱铢必较，事事都要争个高低。周恩来的一生是为公的一生，这从他位次变化中可以看出来。他早年就坐到党内的第二把交椅。长征开始时，党务、军务大事由最高三人团负责：

博古、周恩来，还有一个外国人李德。遵义会议后他把军事指挥的椅子让给毛泽东，红一、四方面军会师，为团结红四方面军又把红军总政委的椅子让给张国焘。解放后他又有两次让位。第一次是 1958 年 6 月，就是这次到新会调查之前，因为几次受到批评，周就提出辞去总理职位，后来政治局不同意，算是让位未果。但后来经济困难立即证明周的意见对，他又毫无怨言，以总理的身份来收拾这个烂摊子。第二次是让位给林彪当副统帅，后林驾机出逃，自我爆炸。当晚，他把办公椅子搬到人民大会堂，整整一个通宵，坐镇指挥，力挽狂澜，化险为夷。

大位无形，不管周在历史上曾将位置让毛、让张，还是“文化大革命”中让位于林，或者还要对江青忍让三分，但在老百姓的心里他永远是国家的总管，是仅次于毛的二把手。这个位置是永远也变不了的。后来的年轻人不理解，总爱问周为什么要这样一让再让？为什么不敢与毛争一下呢？我听说一位领导同志当面问过周，周说，如果那样党就会分裂，局面更不可收拾。他是仔细权衡过利害的。“文化大革命”最困难的时期，他说过一句话，我不下地狱，谁下地狱？还是为公，为了国家利益。其实，共产党无论全党还是党员本人，都没有自己的私利。西安事变，抓蒋而不杀，反而还承认他的领袖地位，为抗日，为挽救民族危亡，这是党最大的忍让。周是代表党亲自到西安处理这件事的。周几次让位，也是出于党性的忍让。无论对内对外，若让而能利天下，他都义无反顾。

那么，周恩来争过椅子没有？争过，在西安、在重庆、在南京与国民党长达十年的谈判就是在争椅子，为党争，为民争。周恩来说，谈判都把人谈老了，但还是谈不成。周就甩手回延安，而蒋最后落得只能到台湾给自己安一把小椅子。从新中国成立到周去世凡 27 年，周主持外交，参加或指挥了所有重要的国际谈判，与美国人在朝鲜谈、在华沙谈，与苏联人谈，甚至在莫斯科与“老大哥”吵翻，拂袖而去，都是要为中国在国际上争一把交椅。而他自己却忙得坐不暖席。毛泽东出行用专列，周出行几乎全坐飞机，不是飞机的椅子好坐，是为省时，多一点时间去工作，去为民为国多争一点权利。最危险的一次是去出席万隆会议，他的座机为敌特所炸，幸亏他临时换机，免于一难。而身边的工作人员总不会忘记周的一个工作细节，每临大会，他要亲自到主席台或会场上看一下座席，特别是党外民主人士的座位摆得是否合适。最后又不会忘记检查一下毛主席的座椅，摇一摇，看稳不稳，再看看角度，视线清不清。这就是周恩来。他心里有一个座次，孰重孰轻，何让何争，明白见底。

在看这个纪念馆时，我很庆幸1958年周让位之未成，不然国家还要多一次悲剧。又想到“文化大革命”中周虽让位，林彪却不能久居，不是图位之人不想接，也不是接位之人不欲久坐。是他不能承受这轻，不能承受周的这轻轻一让；又不能承受这重，承受这国事民心之重。古人说：“先贤而后王。”从政者必得先有贤能之德、之力，才敢去接王位。王位是什么？就是一把办重要事情的椅子。历史上凡大让之人都有大公大仁之心，尧让天下于舜，舜让天下于禹，孙中山让总统位于袁世凯，华盛顿当了两届总统毅然让位，邓小平首开在位退休先例。他们都是大公大仁之人。我在新会看到的这两把小椅凳当然不是王者之椅，它实在太普通了，甚至在民间已很难找到。但纪念馆主人很郑重地对我说：“这两把椅凳，我们刚从主人家里征集到，已作为重要文物收藏了。”我想，西柏坡会议上的那些小木凳散落民间，也不知有没有人收藏。人们现在更关注的是怎样去制新椅子。前不久，我到北京一家专门开重要会议的宾馆里就会，吃饭时，座椅庞然而厚重，颇有几分威严，椅子围桌而立，远望如一圈逶迤的长城。用餐者入座挪椅很不方便。我忍不住对经理说，餐厅之椅还是以轻便为好，何用这样隆重？她说这是专门请人设计的，一把就2 000元。我说这种重椅只合主席台上用，放在这里讲错了排场，又枉费了许多钱。但设计者恐怕另有考虑。

新会的一个小型纪念馆让我联想频频，悟到一个大道理。座位这个东西有实在的物质和虚拟的精神两方面的含义。如果只从实用考虑，能坐、舒适就行，大可不必争什么座次；如果从精神方面考虑，每个人在众人心里的位置是他德与能的总和，争与不争都是一样的。相反，争则愈见其私，品位更低；让则愈见其公，品位更高。这是做人的道理。

（《南方》2006年第11期）

一个伟人生命的价值

前不久我参观了周恩来同志纪念展览。

展览就设在天安门广场的东侧，人民大会堂对面的历史博物馆里。展览举办以来虽已有两年的时间，但两年来参观的人从第一天起就云集门外，直到现在并不稍减。展品从总理学生时期在天津、北京搞五四运动开始，到他为革命事业战斗到最后一息，有上万件吧。这些文物忠实地记录了周总理的一生，一件件、一幅幅，静静地展示在人们的面前，默默地安慰着千千万万颗怀念的心。

总理功高盖天，这是人人称颂的，但是他到底有多少业绩却无法数清。展品中有一本《警厅拘留记》，书已旧得发黄，并已有一些剥损。这是周恩来同志五四时期因领导天津“觉悟社”的斗争而被捕后在监狱里编写的，它真实地记录了周恩来同志在中国革命的启蒙时期就勇敢坚定地冲杀在斗争的最前线。解放后有人在旧书摊上发现了这本书，就去请示总理，他却坚决不同意收购。还有一份周恩来同志亲自修改过的“八一”起义提纲。在“周恩来同志为首的前敌委员会”一句中“为首的”后面加上了“党的”二字。还有凡提到周恩来同志时，后面都改成了“等同志”或具体列出了朱德、贺龙、叶挺等同志。我不禁想起，当年八一电影制片厂的同志几次提出要拍“八一”起义的片子，总理都不批准，几次要为总理拍点资料镜头又都被拒绝。要不是总理伟大的谦虚，今天这个展览大厅里不知还会有多少珍贵的文物。

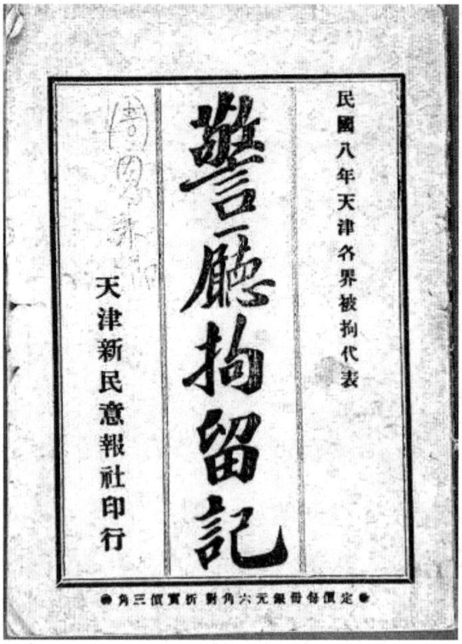

《警厅拘留记》

总理日理万机，昼夜操劳，这也是人所共知的，但这其中更深一层的艰辛，人们却极少知道。展品中有一个奇怪的小炕桌，四条细腿，桌面微斜，四围加边，这竟是总理批阅文件的办公桌子。原来，总理的工作是无时无处的。他极累时就靠在椅子上，倚在床上批阅文件。这时就往往在腿上垫几本书或一块三合板。后来邓颖超同志就亲自设计了这个小炕桌。总理住进医院后又在病床上用它来处理纷繁的政务。那些日子，我们从报上看到总理在医院里接见外宾，又哪能想到即使这时他还在用这个小炕桌顽强地工作呢？展墙上有这样一份文件，是 1975 年 3 月 1 日凌晨，新华社发“二二八”起义 27 周年的消息送请总理批示的。总理在重病中立即做了详细批示，并让迅速送当时主管报纸的姚文元。而这时姚文元却早已呼呼大睡了。就在这同一文件上，姚的办公室人员批着：“姚已休息，不阅了。”我看着这炕桌、这文件、这文件上不同的批语，心里有说不出的滋味。这时江青到总理住的医院里大嚼西瓜、寻事胡闹的场面，王洪文在总理输液时非要叫总理接电话的镜头，又一一浮现在我的眼前。鲁迅先生说过，他是腹背受敌进行“韧”的战斗。总理，您的晚年何尝不是这样呢？

总理，八亿人民的总理，手握重权，而又那样平易近人，艰苦朴素，竟是世人无法想象的。展览柜里有这样一张收据：“今收到高振朴（周总理）粮票肆两，人民币二角伍分。”后“二角伍分”又改为“三角”。原来是“文化大革命”中总理到一个学校去，就在学生食堂里就餐。炊事员特意为他做了一碗汤，他见同学们没有，就让同学们喝，自己却倒了一碗开水。饭后又让工作人员交了粮票、菜金。他见收据上没有汤钱就又让再补了伍分。这一张普通的收据，实实在在地说明，一个伟大的人物又是这样的普通。还有一件睡衣，是总理1951年做的，一直穿到逝世。说明牌上写着原来是白底蓝格的绒布。但我瞪大眼睛，怎么看也是雪白的纱布。啊，原来的蓝色哪里去了？原来的线绒哪里去了？总理忧国忧民，白天日理万机，晚上辗转难眠，20多年的岁月啊，那颜色和线绒哪能不被磨掉呢？啊，伟大的人物，非凡的才能，清贫的生活。总理，古今中外，哪里去寻您这样的伟人呢？

展览的最后一部分有一个橱窗，里面陈列着三件文物。一件是总理生前终日佩戴的“为人民服务”的毛主席像章，红底金字光彩照人；一件是总理办公用的台历，正翻在1976年1月8日；一件是总理生前戴的手表，这是一块极普通的“上海”表，尼龙表带已磨破多处，并少了一截儿，时针正指着9时58分。这是一个晴天炸响了霹雳的时刻，是一个至今还勾起人们心头创痛的时刻！我不禁热泪滚满了两颊。总理，您的巨手翻过了多少页裹着硝烟、浸满汗水的日历，您的心脏和着人民的脉搏跳过了近一个世纪。您立志救国不怕坐牢；您领导上海工人起义、南昌起义，不避炮火；您在重庆、南京深入虎穴，不畏敌焰；直到您重病在身后又一再嘱咐医务人员：“一定要把我的病情随时如实地告诉我，因为还有许多工作要做个交代。”啊，您是随时准备为人民献身的——终于您把一切都献出来了。

我步出展览大厅，总感到刚看完的不是一个人的生平展览，好像是读了一本书，上了一堂课，有许多哲理、许多问题，还在脑中萦回。我踏着天安门广场上的方砖，信步走着。突然想到《三国演义》中的一个故事，说诸葛亮死后还从容击退了魏兵的一次进攻。事情的真伪且不必考，但它反映了人们对贤能人的死去是感到多么遗憾。而这样的事情却在20世纪70年代，在这个广场，在英雄碑下，真正地发生了。总理离开我们后的第一个清明节，那时不是敌兵压境，而是乌云压城。但是人民却不畏强暴，聚集在这里，用鲜花、黑纱、诗词做武器，向“四人帮”猛烈开火，那种民心鼎沸、飞檄讨贼的场面是中国历史上空前未有的。是谁在指挥呢？没有任何一个人，只是由于人民对总理的爱，对“四人帮”的恨，是总理对人民的恩泽组织起这场空前的示威。我们是不信人的肉体死后还会有什么灵魂的，但是我们却坚信一个伟人的思想将会永存。总理，在他的心脏停止跳动之后，还在确确实实地发挥着领袖的作用，还在指挥人民去继续战斗，完成那未竟之业，还在推动着历史前进。

这就是一个伟人的生命的价值，无穷无尽的、无法估量的价值。

（1997 年 12 月 8 日）

周恩来的道德定律

周恩来离开我们已近40年，但是人们还是常常想起他说到他，其亲切自然如斯人还在眼前。以至于“总理”这个词几为周恩来专有，他之后虽有多任总理，但人们单称“总理”时多是指他。1998年，总理诞生百周年时我曾写过一篇《大无大有周恩来》说到“人格相对论”，伟人的人格是超时空的。要不然我们怎么解释：他虽是生活于那个时代，而后来的人也还在一代代地怀念他；他在政治上虽是代表一个国家、一个党派，而许多别的国家、别的党派也一样地尊敬他；和他同时期的还有一大批功业卓著的老革命家，而人们念叨最多、怀念最烈的却是他。周恩来是一个超越时代、超越政治、超越党派和国界，在人格上很有魅力的人。他的思想是对人类文明的贡献。一个民族出了一个全世界都能接受的人物是我们民族的骄傲。研究周恩来，小者可知怎样做官，大者可知怎样做人，再大者可知怎样构建一个社会。

周恩来人格魅力有多方面，其基本点有三：仁爱、牺牲和包容，而犹以仁爱为最。

一、仁爱——从仁心到爱民

我在《大无大有周恩来》中谈到周有六个“大有”，其中第一个就是“大爱”。在我们的文化史、思想史中，对“爱”有过误解、走过弯路。殊不知中国共产党是从同情被压迫者出发，热爱他们，因而产生革命的动机和动力，最后获得他们的拥护的。而除邪教外的一切宗教也都是以爱心来团结民众的。

基督讲上帝之爱，无分彼此；佛教讲普度众生，甚至爱一虫一草；儒家讲仁、义、礼、智、信，第一个就是“仁”，仁即是爱，强调“二人”，处世要为别人着想，不能自私。爱是人类的本性，是存在于人与人之间的磁场。人人需要爱，也需要贡献出自己的爱，才能沟通交流，才能生活生存。爱，先从最近处的身边做起，进而普爱天下。有情爱而成婚姻，有血缘之爱而成家庭，有团体之爱而成宗教、党派，有一族一国之爱而成社会，有人类之爱而普世同归。古人设想过大同世界，马恩设想过共产主义，其出发点都是平等、博爱。爱是人与人之间的纽带，也是政治家团结民众、改造社会、创造世界的动力之一。

爱是一粒善良的种子，佛教称为“善根”，依其背景和条件的不同可以结出不同的果。现在常有企业招收员工时，先考察其人对父母孝不孝。理由是对家人都不爱何能对团体和工作尽职。这是看其根观其成，有一定的道理。历史上许多著名人物都是先对家人尽其爱心，然后又将这份爱扩张到社会。岳飞是孝子，也是民族英雄。明末抗清英雄夏完淳有一篇著名的《狱中上母书》，讲自己别母而去，有不孝之罪；但为国而死，死得其所。辛亥革命义士林觉民很爱他的妻子，他在《与妻书》里说：“吾充吾爱汝之心，助天下人爱其所爱。”这就是孟子所讲的“老吾老，以及人之老；幼吾幼，以及人之幼”。周恩来是有“善根”的，其“善根”源于从小的家庭教育、私塾教育。周家的《家训》讲：“谦退和平、安分守己”，“以忍为第一要诀，以和为第一喜气”。投身革命后，周的这种爱心便扩充为对人民、对同志、对事业的爱，一种以天下为己任的非凡的大爱。

周恩来式的爱，有三种表现。

一是仁爱待人，即从人性出发的爱。他对所遇之人，只要不是战场上的敌我相见，在大是大非的前提下，都怀有一种人道主义的慈悲，给予真诚的帮助。因此政治、外交、统战、党的生活在他那里都有了浓浓的人情味。周的一生有很大一部分时间和精力都是用在与敌对方谈判，与国民党谈，与美国谈，后来与苏联谈，这是一件很烦心的事，周说把人都谈老了，但他始终真诚待人。1949 年国共胜负大局已定，国民党只是为争取时间才派张治中率团到北平与中共和谈，这当然不会有什么结果，最后连谈判代表都自愿留而不归了。但张治中说，别人可以不回，我作为团长应该回去复命。本来一场政治故事到此已经结束，周恩来也已完成使命，可以坐享胜利者的骄傲。但一场人性的故事才刚刚开始，周说：西安事变时我们已经对不起一位姓张的朋友（指张学良为蒋所扣），现在不能对不起另一位姓张的朋友。他亲自到六国饭店看望张治中，劝他认清蒋介石的为人，绝不可天真，并约好第二天到机场去接一个人。翌日，在西苑机场的张治中怎么也不敢相信，走下飞机的竟是他的夫人。原来，周早已通过地下党把和谈代表们在国统区的家属安全转移，谈判一有结果就立即接到了北平。

在党内斗争中周常处于两难境地，但他尽量对被伤害者施以援手或保护。1937 年陈独秀出狱后，中央曾有意让他重回党内，但由于当时的国际背景及王明、康生从中作梗，毛泽东和陈独秀又都个性很强互不让步，周就尽力斡旋，并登门慰问。陈说："恩来昨日来蓉，……此人比其他妄人稍通情理。"1962 年，习仲勋因小说《刘志丹》"获罪"，周上门安慰，又派人把习的妻子接回，叮嘱她日夜看顾，勿生意外。"文化大革命"中，张闻天被下放广东肇庆，1972 年，周多方周旋促成恢复了张的组织生活，后又安排他到无锡养病。钱三强是我国研制原子弹的头号科学家，曾在欧洲居里夫人实验室工作。他忠心报国，精于业务，但是对极左政治常有微词，不被领导喜欢，1957 年险些被打成右派，总理保他过了关。"文化大革命"初又要整他，总理赶忙安排他参加下乡工作队。这就是为什么第一颗原子弹爆炸的重要时刻，钱却不在现场。

二是善解人意，无论公私尽量多为对方考虑。我国一家乐团出国访问前擅改日程、自定曲目，周批示："我们完全不为对方设想，只一厢情愿地要人家接受我们的要求，这不是大国沙文主义是什么？"他告诉工作人员，会议的中间要安排休息，房间里有水果，要给客人留出享用的时间。他对别人的关怀，几乎是一种本能。朝鲜战争时，乔冠华是中方的谈判代表，他是只带了一件衬衫去前线的，没想到一谈就是两年。1952 年，周就派乔的妻子龚澎去参加赴朝慰问团，顺便探亲。1958 年，周从报上看到广东新会县一农民育种家育出一高产稻，便到当地视察。满是泥水的田头有一把小椅，周一到就把小椅推给农民专家，说：你长年蹲地头辛苦了，坐这个。至今那张总理与农民在田头泥水中的照片还悬挂在新会纪念馆里。

周的“六无”中有一无是“生而无后”，这是周恩来和邓颖超永远的痛。但是，痛吾痛以及人之痛，周更以一颗慈爱的心帮助每一个需要帮助的人。日本著名女运动员松崎君代婚后无子，周就安排她到北京来看病，终于得子。毛泽东一家为革命献出六位亲人，长子毛岸英在朝鲜战场牺牲，而二子毛岸青又长期无子。周就交给军方医院一个任务，一定要给他们治好病。毛泽东终于有了孙子，周十分高兴。毛却无所谓地说：“这个世界上又多了一张吃饭的嘴。”到他辞世也没有见已七岁的小孙子一面。周就是这样按照他的爱心、他的逻辑平平静静地办他认为该办的事。

人情这个饱含爱心的词，“文化大革命”以前是被当作资产阶级思想来批判的，而“人性化”是在经过半个多世纪的斗争之后，痛定思痛，才重新回归到我们的报纸上、文件中。周恩来却一直在默默地践行着，“我行我素”。该不该有人性？这实际上是到底该怎样做人，《三国演义》里曹操讲：“宁教我负天下人，不教天下人负我。”曹操只要功业，不要人情，所以后来追随他的陈宫心寒而去。细观察，我们就会发现社会上有两种人：有的人像一个刺猬，总是觉得别人欠他什么，争斗，忌妒，抱怨，反社会，永不满意；有的人像一个手持净瓶的观音，总是急人之急，想着为别人做点什么，静静地遍洒雨露，普度众生。周是第二种人的典型，这可以追溯到中国哲学的仁和世界宗教的爱，无关政治，无关党派，是一种核心价值、普世情怀。

三是大爱为民，把基于人性的爱扩大到对人民的爱，而成为一种政治模式。政治家的爱毕竟不同于宗教家、慈善家的爱，他不是施舍而是施政，是从人性出发的，是基于仁心去为大多数的人谋福利。中国古代政治中一直有民本、仁政的思想。孟子讲“政在得民”，范仲淹讲“居庙堂之高则忧其民”。虽然历史上所有进步力量的宗旨都是为人民，但将这个道理贯彻到底的是共产党，《共产党宣言》讲无产阶级先解放全人类，最后才能解放自己。中国共产党更把其宗旨概括为一句话：“为人民服务。”但是在众多的革命家中把对人民之爱落实得最彻底的是周恩来。

周恩来是新中国成立后在任最长的总理，是国家的“总管”，第一要考虑的是民生。1946 年，他说：“人民的世纪到了，所以应该像条牛一样努力奋斗，团结一致，为人民服务而死。”解放后，他常说：“我们的一切工作都是为了人民的。”“文化大革命”中，他的胸前始终佩戴“为人民服务”徽章，以此勉励自己永远把人民的利益放在最高位。1972—1973 年，甘肃定西连续 22 个月无雨，百万人缺粮，数十万人缺水，又值“文化大革命”大乱，病床上的周恩来听了汇报后伤心落泪：“解放几十年了，甘肃老百姓还这么困难，我当总理的有责任，对不起百姓。”刚做过手术的他用颤抖的手连批了 9 个“不够”，又画了 3 个叹号：口粮不够，救济款不够，种子留得不够，饲料饲草不够，衣服缺得最多，副业没有，农具不够，燃料不够，饮水不够，打井配套都不够，生产基金、农贷似乎没有按重点放，医疗队不够，医药卫生更差等，必须立即解决。否则外流更多，死人死畜，大大影响劳动力!!! 邢台地震，大地还没有停止颤抖，周就出现在灾区。一位失去儿子的老人泪流满面，痛不欲生，周握着他的手说：“我就是您的儿子。”他向聚拢来的群众讲话，却发现自己是站在背风一面，群众在迎风一面，他就立即换了过来。“文化大革命”前北京常有大型群众集会，一次散会时赶上下雨，他就让政府负责同志在广播里提醒各单位回去后熬一点姜汤给大家驱寒。他办公和居住的中南海西花厅墙外正好是 14 路公共汽车站，上下车很吵闹，有人建议把汽车站挪开。周说，我们办事要从人民方便着想，不同意挪。直到现在，14 路汽车站还设在那里。他的这些举动纯出于爱心，毫不作秀。我们可以对比一下，江青住庐山宾馆，嫌山涧流水的响声扰了她的睡眠，就下令将涧底全部铺一层草席；住广州，嫌珠江上汽笛声扰眠，就下令夜船停航。做人做官，如此大的差距。

同样是为人民服务，是以人民的名义干事业，仍可细分出几种类型：有的把这事业连同人民做了自己功业的道具，虽功成而劳民伤财；有的把自身全部溶化渗透到为人民的事业中，功成而身退名隐；而有的干脆就是骑在人民的头上作威作福。为人民服务，关键是真的有仁爱之心。

二、牺牲——我不下地狱，谁下地狱？

牺牲是一种自愿的付出，有爱才有牺牲。有各种各样的牺牲，如为情、为亲、为友、为理想、为主义、为事业的牺牲。有各种程度的牺牲，如时间、精力、健康，甚至生命。又有不同性质的牺牲，有的是激于一时的义愤或个人的争强好胜，如汪精卫刺杀清摄政王、中世纪的决斗、情人的殉情等；有的是出于对理想、事业的忠诚，冷静从容地牺牲，如文天祥的殉国、诸葛亮的殉职、谭嗣同的就义等。但是有一条，凡敢牺牲者都是基于义，源于爱，自私者不能牺牲。在中国传统文化中，牺牲属于义的范畴，大公无私，勇于牺牲是一种美德。马克思主义的道德观也弘扬这种精神，更又给予了新的含义。马克思在其早期著作《青年在选择职业时的考虑》中指出："历史承认那些为共同目标劳动因而自己变得高尚的人是伟大人物；经验赞美那些为大多数人带来幸福的人是最幸福的人；宗教本身也教诲我们，人人敬仰的理想人物，就曾为人类牺牲了自己——有谁敢否定这类教诲呢?"毛泽东更是从司马迁说到张思德，"张思德同志是为人民利益而死的，他的死是比泰山还要重的"。无论古今中外，无论是马克思学说还是中国共产党的思想都是把为社会公义而牺牲看作高尚。这是基于人类的本性。

大公无私，为别人牺牲自己，这是周的本性，一种生来具有的基因。陆定一在回忆录中讲了一件令他一生难忘的事。当年陆定一随周在重庆工作，常乘飞机往返于重庆和延安。一次遇坏天气，飞机表面结冰下沉。飞行员着急，让大家把行李全部抛出舱外，并准备跳伞。这时叶挺 11 岁的小女儿因座位上无伞急得大哭。周就将自己的伞让给她。他并没有觉得自己的命比一个孩子还重要。周当了总理，在一般人看来已显贵之极、荣耀之极，而他则真正开始了生命的磨难、消耗与牺牲。我们任选一天工作日记，看看他的工作量。1974 年 3 月 26 日——

> 下午三时：起床；
> 下午四时：与尼雷尔会谈（五楼）；
> 晚七时：陪餐；
> 晚十时：政治局会议；
> 晨二时半：约民航同志开会；
> 晨七时：在七号楼办公；

中午十二时：去东郊迎接西哈努克亲王和王后；

下午二时：休息。

这就是他的工作节奏。周恩来规定凡有重要事情，无论他是在盥洗室、办公室、会议室，还是在睡眠，都要随时报告。他经常坐在马桶上批阅要件；因为无时间吃饭，服务员只好把面糊冲在茶杯里送进会议室；已重病在身还要接见外宾、谈判、到外地向毛汇报工作。他绞尽脑汁地工作，砍光青山烧尽柴，一生都在毫无保留地消耗自己。很多人都记得他晚年坐在沙发上的那张著名的照片，枯瘦、憔悴，手上、脸上满是老年斑，唯留一缕安详的目光，真正已油灯耗尽，春蚕到死，蜡炬成灰，鞠躬尽瘁。

除了身累之外还有心累，即精神上的牺牲。中国政治长期形成了一个格局，毛泽东是决策者，周是执行者。周一方面要考虑亿万人的生计问题，国家的生存与发展；另一方面又要顾及毛泽东的态度与情绪。民以食为天，老百姓的事办不好，国家要翻船；决策者翻了脸，国家也要翻船。新中国成立后，周常处于两难境地。要么牺牲大局，要么牺牲毛泽东的权威，但这两样党和国家都承受不了。那么，就只有他自己一次次地做出牺牲。“文化大革命”中，有一次服务员送水进会议室，竟发现周恩来低头不语，江青等正轮流发言，开他的批判会。但是，走出会议室后周又照样连轴转地工作，尽力解放干部，恢复秩序。邓小平说：“我们这些人都下去了，幸好保住了他。”“文化大革命”中周说过一句让人揪心的话：“我不下地狱，谁下地狱？”这是把一切都置之度外的牺牲。

牺牲是讲个人与外部世界的关系，在社会上做事和与人相处总要舍得吃一点亏，这样人与人之间才能留出距离，才能合作。著名的六尺巷的故事就是讲这个道理。社会是一个互利共同体，一般人虽然做不到像周恩来那样彻底，但总要舍出一点，牺牲一点；作为官员，因为是人民用税收养着你，你就得全部舍出。而作为一种精神，无论古今中外，无私牺牲都是高尚的追求，儒家所谓舍身成仁，佛家更是舍身饲虎。

周恩来的牺牲精神还有一个更严格之处，我称之为“超牺牲”。他有“十条家规”，除了要求自己，也同样要求家属、部下和身边的人。这和现在官场上的一些人为家属谋利、提拔重用亲信，形成了强烈的反差。中国古代最忌讳但又最难根治的就是外戚政治与朋党政治。周深知这一点，他严于律己，勿使有一点灰尘，不留下一点遗憾，这样，亲属部下也要跟着做出牺牲，超常规的牺牲。就如我们常说要建一座抗百年一遇洪水的大坝，那99年也就跟着作陪了。夫荣妻贵是千百年来官场的铁定律。但是在周恩来这里有另一条定律：只要他当一天总理，邓颖超就不能进国务院。邓颖超在党内是绝对的老资格，1925年入党，出席莫斯科六大的代表，瑞金时期的中央机要局局长（相当于秘书长，后因病转由邓小平接任），长征干部，二次国共合作时的六位中共参政代表之一。论资格，新中国成立初组阁任一个正部长绰绰有余。周提名民主人士傅作义当了水利部部长，冯玉祥的夫人李德全当了卫生部部长，知名度不大的李书诚当了农业部部长，邓却无缘一职。张治中看不过，说："你这个周公不'周'（周到）啊，邓颖超不安排人不服。"周笑答："这是我们共产党的事，先生就不必多操心了。"党内老同志看不过，来说情。周说："她当部长，我当总理。国事家事搅在一起不利事业。只要我当一天总理她就不能到政府任职。"邓颖超不但不能进内阁，工资还要让。当时正部工资是三级，邓颖超任妇联副主席，资格老，完全够三级。但他们夫妇主动报告降两级，拿五级。批下来后，周说你身体不好上班少，又降一级，拿六级。国庆十周年上天安门的名单本有邓颖超，周审核时划掉。1974年12月，周抱病到长沙向毛泽东汇报四届全国人大的人事安排，毛泽东同意邓颖超任副委员长，可能是考虑到周恩来的性格，又亲自写了一个手令："政治局：我同意在四届人大安排邓颖超同志一个副委员长的职务。"周回来传达时却将此事扣下。到他去世后清理办公室，才在抽屉里发现这个"最高指示"。直到1980年华国锋才根据毛泽东生前意见提议增补邓颖超为副委员长。我曾有缘与周恩来的两代后人相熟，他们也都未脱此例而摊上了这种奉献。侄女周秉建"文化大革命"中带头到内蒙古草原插队，数年后应征参军。她很兴奋地穿着军装来看伯父，周说，让你去插队就要在那里扎根。结果她脱了军装重回牧区，嫁给一个蒙古族青年。国家恢复高考，周的侄孙女周晓瑾从外地考到北京广播学院。这时总理已经去世，侄孙女很兴奋地给邓颖超奶奶打电话，要去看她。邓颖超说不急，先让秘书到学院去查档案，看她是否真是靠成绩入学的，查过无事后才见面。周对身边人员的要求亦近苛刻。新中国成立之初，老秘书何谦定为12级，周问何，毛泽东的警卫李银桥多少级，答，13级。但何谦比李银桥资格老两年，周还是将何降为13级。周住的西花厅年久失修，特别是地板潮湿，对他的身体很不利。一次趁他外出，何主持将房间简单装修了一下。他回来后，何被调出西花厅。现在官场腐败，有一个词叫“利益集团”，而周的身边却有一个甘为国事牺牲的“牺牲集团”。当然，当年这样严格的不只是周恩来一人，这在中共第一代领袖中很普遍，毛泽东就主动不拿最高的一级工资，否则中国共产党也不可能得天下。不过周恩来做得更彻底一些。

对比现在官风日下，公权私用，不贪不官，周这种残酷的牺牲精神叫后人一想起就心中隐隐作痛。人心是肉长的，谁无感恩之心？当年总理去世时我正在外地一城市，从郊外入城忽见广场悬空垂下一黑色条幅，上书“悼念人民的好总理”，满城黑纱，万人恸哭。而在北京，泪水洗面万巷空，十里长街送总理成了共和国史上悲壮的一页。人们恨不能宁以我身换总理，当时已80岁高龄的胡厥文老人写诗道：“庸才我不死，俊杰尔先亡。恨不以身代，凄然为国伤。”遗体火化之日，火化工为使总理能平静入炉，竟以身试尸，躺在尸床上几次进出焚化炉，仔细体会进炉的感觉，调试尸床的速度和节奏。总理爱人民，人民爱总理，这绝不是简单的领袖与公民的关系，而是人心与人性的共鸣，已成历史的绝响。就像人与人之间的关系不到那一步，“亲爱”二字总叫不出口，“人民的总理人民爱”这样的句式自周恩来之后人民就很难再说出口了。

三、包容——宰相肚里撑大船

仁爱是讲人心的主观出发点，是“善根”；牺牲是讲处理个人与外部世界关系时的态度，是一种无私的境界；包容则是对爱心和牺牲精神的实践检验，是具体行动。当仁爱之心和牺牲精神变成一种宽大包容时自然就感化万物，不战而屈人之兵，施政则无为而治，为人则桃李不言下自成蹊。

不肯宽容别人，无法共事；不能包容不同意见、不同派别就不能成大事。包容精神既是政治素质也是人品素养。儒家讲仁，老子讲以德报怨，佛家讲戒嗔、讲放下，西方宗教讲忏悔、讲宽恕。周恩来以惊人的肚量和个人的魅力为中国共产党团结了不知多少朋友、多少团体、多少国家。这就是为什么在他去世后普天同悼，连曾经的敌人也唏嘘不已。李先念说："中国共产党确实因为有周恩来同志而增添了光荣，中国人民确实因为有周恩来同志而增添了自豪感。"一位党外人士说，长期以来，提起共产党，脑子里就浮现出周恩来的形象。美国《时代》周刊 20 世纪 40 年代驻华记者白修德说，一见到周恩来，自己的"怀疑和不信任几乎荡然无存"。解放初，亚洲、大洋洲国家的工人代表团应邀来中国参加工会大会，毛泽东、周恩来等领导人出现时会场喊"毛主席万岁"，一大洋洲代表不解，问为何不喊周万岁，等到周过来与他握手时他就喊"周恩来万岁"，周忙示意不要翻译。这是周的谨慎，但实际上就像人之间有一种暗恋一样，不知道有多少国内外的人早把周看作心中的偶像而向他敬礼。

周恩来的包容精神集中体现在如何对待反对过自己的人，甚至是曾经的敌人。20 世纪 30 年代初，国共两党第一次合作失败，周是中共"特科"的负责人，专门对付国民党特务，张冲是国民党的特务头子，中央组织部调查科（"中统"前身）总干事，两人曾经是死对头。张冲成功策划了"伍豪事件"，在报上造谣周已叛变，给周的工作造成极大的被动。西安事变后，为了民族存亡，国共二次合作，周、张各为双方谈判代表，周竭诚相待，两人遂成好友。抗战还未成功，张冲病逝，周提议为张冲的追悼会捐 3 万元，亲自前往哀悼并致送挽联"安危谁与共，风雨忆同舟"，并发表讲演，语不成声，满座为之动容。他在报上撰文说："先生与我，并非无党见者，惟站在民族利益之上的党见，非私见私利可比，故无事不可谈通，无问题不可解决。先生与我各以此为信，亦以此互信。"这件事在国民党上层的影响如同爆了一颗炸弹。后来他对张冲的两个子女又尽心关照。当时的重庆特务如林，周的一举一动都在监视之中，随时有生命危险。而他却以一颗真诚的心平静地广交朋友，编织了一张正义的大网，反过来弥盖整个重庆，戴笠也无可奈何。周代表共产党在重庆协调各方组织反法西斯统一战线，最大限度地调动了各方人士灵魂深处的良知，终形成团结互爱的统战大局。共产党的一个重要武器是统一战线，不管多少派别，在政治上找共同点；周恩来的一个重要武器是尊重别人，在人心深处找共同点，不管什么人都真诚相待。30 年后，为中美建交尼克松来访，在参观十三陵时，当地官员找了一些孩子穿着漂亮的衣服在现场点缀，美国记者认为造假。周对尼克松说："你们指出这一点是对的，我们不愿文过饰非，已批评了当事人。"尼克松后来评价说："他待人很谦虚，但沉着坚定。他优雅的举止，直率而从容的姿态，都显示出巨大的魅力和泰然自若的风度。在个人交往和政治关系中，他忠实地遵循着中国人古老的信条：绝不伤人情面。"此时，周手中的武器并不是党纲、政见、共产主义学说等，而是传统道德和个人魅力，是与人为善的赤诚之心这些普世认同的价值观。

周恩来的包容精神还体现在他处理党内关系上。中国共产党诞生于复杂的历史环境中，又经历了漫长的成长历程，党内高层人员文化背景复杂，有工人、中小知识分子、教授学者、留洋人员、旧军人，出身不同、性格各异。半个多世纪以来，能将这样一个党团结在一起，一靠毛泽东思想，二靠周恩来的人格，实际上也可称之为周恩来思想，只不过历史上没有这么叫，但它实际存在着。特别是新中国成立后毛泽东屡犯错误，更靠周恩来来补台。自陈独秀始，经过瞿秋白、向忠发、博古、张闻天直到毛泽东，周与六任书记全部合作过，并与毛泽东合作始终。靠什么？靠坦诚、谦虚、忍让、包容，靠宰相肚里能撑船，无论新中国成立前或后，无论在党或在政，无论在哪一朝书记任内，周都不是一把手胜似一把手，关系全局。长征中，周说服博古请毛出来工作，又把红军总政委一职让给张国焘，保住红军和党不分裂。转战陕北时，中央机关组成昆仑纵队被敌包围，任弼时是司令，周是政委，毛要向西，任要向东。任说我是司令听我的，毛说我是主席先撤了你这个司令，吵得不可开交。周协调，先北再西，化解了危机。解放后，因经济思想产生分歧，毛很任性，甚至威胁要重上井冈山，周主动让步，逢会就检讨并愿意辞职，又避免了一次分裂。"文化大革命"中，周更是碍着毛泽东的面子，受尽林彪和江青的气，但仍出来独撑危局。对外，他勇于承担责任，一次次地出面做红卫兵及各派的工作。周还亲自出面请被冲击、迫害的外国专家、家属吃饭，并赔礼道歉。一知名人士说如果不是因为有周恩来，他们实在没法原谅共产党在"文化大革命"中所犯的错误。我在《大无大有周恩来》中讲过："他硬是让各方面的压力、各种矛盾将自己压成了粉，挤成了油，润滑着党和共和国这架机器，维持着它的正常运行。"一部党史很有意思，毛泽东用了周恩来的才干，周恩来包容了毛泽东的缺陷。周是领导过毛泽东的，当他认识到毛泽东的才能后，遵义会议就请毛泽东出山，以后一直辅佐他。但一有意见不合，毛泽东就对周兴师问罪。1956 年后，他与毛泽东的经济思想不合，1958 年毛泽东在杭州会议、南宁会议、成都会议、八大二次会议等会上多次点名批评周是"促退派"，甚至挖苦奚落，说他离右派只差 50 米了，直至暗示要他辞职。他违心地检讨，主动辞职，但未通过，国家离不开他，毛泽东也离不开他。"文化大革命"中，他与毛泽东关于继续革命的思想不合，总是明里暗里保护老干部，抓生产，恢复秩序，毛泽东掀起了一场"批林批孔批周公"运动。在毛与周的关系中，毛是强者，周是弱者，但回头来看周又是强者，他以柔克刚，赢得了人心，"赢得生前身后名"。毛的霸气、江青的骄横，放在任何人身上都难以忍受（邓小平就是不能忍受而被二次打倒），但是周以他非凡的肚量和才能应付过来了。这种胜利不是政治派别的胜利，是人心深处真、善、美的胜利，是人格完善的胜利。他一袭斗篷收裹了时代的风雨，静静地驾驭着共和国这条大船。几十年后，我们讲改革开放的成就时常说船大难掉头，是小平带领我们和这条大船一起掉过来了。但是不要忘记，首先是总理当年竭尽全力保住了这条船，当年若翻船，何处去掉头？

包容是一种博大的胸怀，清澈见底，容纳万物，它使仇者和，错者悔，嗔者平，忌者静，使任何人都不可能有不接受的理由。《三国演义》是中国人熟悉的名著，以权术计谋闻名，有谚语"少不读《水浒》，老不读《三国》"。可就是在这样一部计谋书中，人性的诚实、坦白、宽容亦然在隐隐地流动。其开篇第一回就是桃园三结义，中间诸葛亮鞠躬尽瘁更是一条红线；在最后一回，全书 73 万字，叙述了绵延 60 年的血腥仇杀、阴谋算计之后，作者平静地讲述了晋、吴边境敌我主帅相互释疑、真诚为友的故事。两军在边境打猎后各自回营，晋帅羊祜命将对方先射中之猎物送归吴营。吴帅陆抗将私藏之酒回赠羊，部下说怕有毒，羊笑曰勿疑，倾壶而饮。陆卧病，羊赠药，部下说怕非良药，陆曰彼非毒人之人，服之，立愈。陆召集部

位于江苏省淮安市的周恩来纪念馆

下说：人家以德，我怎能以暴？边境遂平安无事。现实生活中最典型的例子是诺贝尔和平奖获得者、南非总统曼德拉，他年轻时推崇暴力，但 27 年的牢狱生涯让他悟到必须超越一己一族之仇去追求人性之光，终于实现了民族和解。他出狱时说："当我走出囚室，若不能把悲伤与怨恨留在身后，那么其实我仍在狱中。"他就职总统时请的嘉宾是曾看守过他的三位狱警。这么看来周恩来并不孤独，在历史的星空中，他们同属于那些让人们一仰望就灵魂澄净的星辰。

人类历史并不只是一部阶级斗争史，还是文化史、道德史、人格史。阶级斗争只是文化史中的一小部分，而无论怎样的历史也逃不出人的思想和道德。如马克思所说："我们的事业将默默地、但是永恒发挥作用地存在下去，而面对我们的骨灰，高尚的人们将洒下热泪。"这也应了康德的那句话：有两种东西我对它们的思考越是深沉和持久，心中越是充满不断更新的认识和有增无减的敬畏，这就是我头上的星空和心中的道德定律。

我们怀念周恩来，年复一年为他洒下热泪，默默地体悟着他那些源于人类本性的道德定律。

（本文其中一小部分曾发表于2014年3月20日的《人民日报》及2018年的《党建》《党的文献》，这里发表的是全文）

总理手植一品梅

中国人爱松、爱竹、爱菊、爱兰，而爱梅尤甚。松耐寒而无花，竹青翠而无香，菊经霜而不受雪，兰多香而少坚。唯梅有色有味，经霜耐寒，寿比松柏，香胜幽兰。而梅中之极品尤数蜡梅。

周恩来故居的蜡梅

淮安周恩来故居处有其手植蜡梅一株，现已逾百年，枝叶满院，高比屋肩。其一树六股，遒劲曲折，上下翻飞，如绳缠龙盘。每当盛夏之时，枝探墙外，四壁难禁勃勃生机；浓荫覆地，满院都是盈盈之情。晨风轻摇，碧叶向天奏有声之曲；皓月初上，疏影在墙写无声之诗。而当寒凝大地，北风过野，雪盖高原，这青瓦老宅中蜡梅怒放，忽如一座金山横空出世，灿若朝阳，满树黄花无一丝杂色，方圆数里，暗香浮动，荡气回肠。此周总理手植蜡梅之大观也。

周总理在时，此蜡梅静生默长，人们亦不觉有奇。墙外风雨墙内树，落叶飘飘送华年。花开花落，无论冬夏短长。然自1976年总理大去，举国同悲，万家悼伤，怀念之情与日俱长。虽开国总理，这960万之国土竟无一碑之立、一石之安，魂之所系不知何方，祭之所向一片空茫。今年是周总理诞生115周年，念神州大地，有何物曾与周总理同生同长，却仍在生命绽放？又有何物经总理手泽，却依然长此留香？唯此株手植蜡梅，玉树临风，山高水长！于是仰树怀人，对梅神伤，游人如织，默念忠良。念总理当代宰相，官居一品，却党而不私，官而不显，劳而无怨；念总理德高一品，却生而无后，死不留灰，去不留言。噫，大道无形，大德无声。其大智、大勇、大德、大才、大貌，齐化作这株一品古梅遗爱在人间。君不见这蜡梅铁干铜枝、曲节回环、伤痕斑斑，曾经多少辛酸仍挺身向天；君不见这故居青砖小院，每当大雪漫天，上下皆白，一梅出墙香清溢远。

呜呼，人去梅开，总理归来。叶落归根，香飘江淮。民族之魂，国之一脉。大无大有，周公恩来。

（《人民日报》2013年2月18日）

一座小院和一条小路

作为伟人的邓小平，一生不知住过多少宅院宾馆，但唯有这个小院最珍贵，这是“文化大革命”中他突然被打倒、被管制时住的地方。作为伟人的邓小平，一生转战南北，不知走过多少路，唯有这条小路最宝贵，这是他从中央总书记、国务院副总理任上突然被安排到一个县里当钳工时，上班走的路。在小平同志去世后两个月，我有缘到江西新建县拜谒这座小院和轻踏这条小路。

这是一座有六七百平方米的院子，原本是一所军校校长的住宅，“文化大革命”中军校停办。1969 年 10 月，小平同志在中南海被软禁，3 年之后和卓琳还有他的继母又被转到江西，3 个平均年龄近 70 岁的老人守着这座孤楼小院。仿佛是一场梦，他从中南海的红墙内，从总书记的高位上被甩到了这里，开始过一个普通百姓的生活，不，比普通百姓还要低一等的生活。他没有自由，要受监视，要被强制劳动。

我以崇敬之心，轻轻地踏进院门。现在单看这座院子，应该说是一处不错的地方。楼前两棵桂花树簇拥着浓绿的枝叶，似有一层浮动的暗香。地上的草坪透出油油的新绿。人去楼空，二层的窗户静静地垂着窗帘，储存着一段珍贵的历史。整个院子庄严肃穆，甚至还有几分高贵。但是当我绕行到楼后时，心就不由一阵紧缩，只见在青草秀木之间斜立着一个发黑的柴棚和一个破旧的鸡窝，稍远处还有一块菜地，这一下子破坏了小院的秀丽与平静，将军楼也无法昂起它高贵的头。小院的主人曾经是受到了一种怎样的屈辱啊。

当时3个老人中，65岁的邓小平成了唯一的壮劳力，因此劈柴烧火之类的粗活就落在他的身上。他曾经是指挥过淮海战役的直接统帅啊，当年巨手一挥收敌55万，接着又挥师过江，再收半壁河山。可是现在，他这双手只能在烟熏火燎的煤炉旁劈柴，只能弯下腰去，到鸡窝里去收那颗还微微发热的鸡蛋，到菜地里去泼一瓢大粪，好收获几苗青菜，聊补菜金的不足。要知道，这时他早已停发工资，只有少许生活费。就这样，还得节余一些捎给那一双在乡下插队的小儿女。这不亚于韩信的胯下之辱，但是他忍住了。士可杀而不可辱，名重于命固然可贵，但仍然是为一己之名。士之明大义者，命与名外更有责，是以责为重，名为轻，命又次之。有责未尽时，命不可轻抛，名不敢虚求。司马迁所谓："耻辱者，勇之决也。"自古能担大辱而成大事者是为真士，大智大勇，真情真理。人生有苦就有乐，有得意就有落魄。共产党人既然自许只有解放全人类才能最后解放自己，就能忍得人间所有的苦，受得世上所有的气。共产党从诞生那一天起就开始受挤压，受煎熬。有时一个国家都难逃国耻，何况一个人呢？世事沧桑不由己，唯有静观待变时。

一年后，他的长子，"文化大革命"中被迫害致残的邓朴方也被送到这里。多么壮实的儿子啊，现在却只能躺在床上了。他给儿子翻身，背儿子到外面去晒太阳。他将澡盆里倒满热水，为儿子一把一把地搓澡。热气和着泪水一起模糊了老父的双眼，水滴顺着颤抖的手指轻轻滑落，父爱在指间轻轻地流淌，隐痛却在他的心间阵阵发作。这时他抚着的不只是儿子摔坏的脊梁，他摸到了国家民族的伤口，他心痛欲绝，老泪纵横。我们刚刚站立不久的国家，我们正如日中天的党，突然遭此拦腰一击，其伤何重，元气何存啊？后来邓小平说，"文化大革命"，是他一生最痛苦的时刻。痛苦也能产生灵感，伟人的痛苦是和国家的命运连在一起的。作家的灵感能产生一部作品，伟人的灵感却可以产生一个时代。小平在这种痛苦的灵感中看到历史又到了一个拐弯处。

我在院子里漫步，在楼上楼下寻觅，觉得身前身后总有一双忧郁的眼睛。二楼的书橱里，至今还摆着小平同志研读过的《列宁全集》。楼前楼后的草坪，早已让他踩出一道浅痕，每天晚饭后他就这样一圈一圈地踱步，他在思索，在等待。他戎马一生，奔波一生，从未在一个地方闲处过一年以上。现在却虎落平川，闲踏青草，暗落泪花。如今沿着这一圈踩倒的草痕已经铺上了方砖，后人踏上小径可以细细体味一位伟人落难时的心情。我轻轻踏着砖路行走，前面总像有一个敦实的身影。“居庙堂之高则忧其民，处江湖之远则忧其君”，贬臣无己身，唯有忧国心。当年屈原在汨罗江边大概就是这个样子。现在，赣江边又出现一个痛苦的灵魂。

“小平小道”

但形势绝不会满足于就让小平在这座院子里种菜、喂鸡、散步，也不能让他有太多的时间去遐想。按照当时的逻辑，“走资派”的改造，是重新到劳动中去还原。小平又被安排到住地附近的一个农机厂去劳动。开始，工厂想让他去洗零件，活轻，但人老了，蹲不下去；想让他去看图纸，眼又花了太费神。这时小平自己提出去当钳工，工厂不可理解。不想，几天下来，老师傅伸出大拇指说：“想不到，你这活够四级水平。”小平脸上静静的，没有任何表情。他的报国之心、他的治国水平，该是几级呢？这时全国所有报纸上的大标题称他是：中国二号“走资派”（但是奇怪，“文化大革命”后查遍所有的党内外文件，却找不到任何一个对他处分的决定）。金戈铁马东流水，治国安邦付西风。现在他只剩下了钳工这个老手艺了。钳工就是他 16 岁刚到法国勤工俭学时学的那个工种，时隔半个世纪，恍兮，惚兮，历史竟绕了这么大一个圈子。工厂照顾小平年迈，就在篱笆墙上开了一个口子，这样他就可以抄近路上班，大约走 20 分钟。当时决定撕开篱笆墙的人绝没有想到，这一举措竟为我们留下一件重要文物，现在这条路已被当地人称为“小平小道”。工厂和住地之间有浅沟、农田，“小平小道”蜿蜒其间，青青的草丛中露出一条红土飘带。我从工厂围墙（现已改成砖墙）的小门里钻出来，放眼这条小路，禁不住一阵激动。这是一条再普通不过的乡间小路，我还是在儿时，就在这种路上摘酸枣、抓蚂蚱，看着父辈们背着牛腰粗的柴草，腰弯如弓，在路上来去。路上走过牧归的羊群，羊群荡起尘土，模糊了天边如血的夕阳。中国乡间有多少条这样的路啊。有三年时间，小平每天要在这条小路上走两趟。他前后跟着两个负监视之责的士兵，他不能随便和士兵说话，而且也无法诉说自己的心曲。他低头走路时只有默想，想自己过去走的路，想以后将要走的路。他脑子里已经装了太多太多的东西，他有许多许多的想法。他是与中国现代史、与中国共产党党史同步的人。五四运动爆发那年，他 15 岁就考入留法预备学校，中国共产党成立的第二年，他就在法国加入少年共产党。以后到苏联学习，回国领导百色起义，参加长征，太行抗日，淮海决战，新中国成立，当总书记、副总理。党和国家走过的每一步，都有他的脚印。但是他想走的路，并没有能全部走成，相反，还因此而受打击，被贬抑。他像一只带头羊，有时刚想领群羊走一条捷径，背后却突然飞来一块石头，砸在后脖颈上。他一惊，只好作罢，再低头走老路。第一次是 1933 年，“左”倾的临时中央搞军事冒险主义，他说这不行，挨了一石头，从省委宣传部部长任上一下被贬到苏区一个村里去开荒。第二次是 1962 年，“大跃进”、人民公社化运动严重破坏了农村生产力，他说这不行，要让群众自己选择生产关系，不管黄猫黑猫，抓住老鼠就是好猫。结果又挨了一石头，这次他倒没有被贬职，只是挨了批评，当然上面也没有接受他的建议。第三次就是“文化大革命”了，他不能同意林彪、江青一伙胡来，就被彻底贬了下来，贬到了江西老区——他第一次就曾被贬过的地方，也是他当年开始长征的地方。历史又转了一个圈，他重新踏到了这块红土地上。

小平同志在江西下放劳动时用的工作柜

这里地处郊县，还算安静。但是报纸、广播还有串联的人群不断传递着全国的躁动。到处是大字报的海洋，到处在喊“砸烂党委闹革命”，在喊“宁要社会主义的草，不要资本主义的苗”。疯了，全国都疯了。这条路再走下去，国将不国、党将不党了啊。难道我们从江西苏区走出去的路，从南到北长征万里，又从北到南铁流千里，现在却要走向断崖，走入死胡同了吗？他在想着历史开的这个玩笑。他在小路上走着，细细地捋着党的七大、八大、九大，我们到底出了什么问题？曾作为国家领导人，一位惯常思考大事的伟人，他的办公桌没有了，会议室没有了，文件没有了，用来思考和加工思想的机器全被打碎了，现在只剩下这条他自己踩出来的小路。他每天循环往复走在这条远离京都的小路上，来时 20 分钟，去时还是 20 分钟。秋风乍起，衰草连天，田园将芜。他一定想到了当年被发配到西伯利亚的列宁。海天寂寂，列宁在湖畔的那间草棚里反复就俄国革命的理论问题做着痛苦的思考，写成了《俄国社会民主党人的任务》，提出了一个著名的原理：没有革命的理论，就不会有革命的运动。那么，我们现在正遵从着一个什么样的理论呢？他一定也想到了当年的毛泽东，也是在江西，毛泽东被“左”倾的党中央排挤之后，静心思考写作了《中国的红色政权为什么能够存在?》。那是从这红土地的石隙沙缝间汲取养分而成长起来的思想之苗啊。实践出理论，但是实践需要总结，需要拉开一定的距离进行观察和反思。就像一个画家挥笔作画时，常常要退后两步，重新审视一番，才能把握自己的作品一样，革命家有时要离开运动的旋涡，才能看清自己事业的脉络。他从15岁起就寻找社会主义，从法国到苏联，再到江西苏区，直到后来掌了权，自己动手搞社会主义，搞合作化、“大跃进”、人民公社化，还有这“文化大革命”。现在离开了运动本身，又由领袖降成了平民，他突然问自己：到底什么是社会主义？中国需要什么样的社会主义？整整有三年的时间，小平就在这条路上来来回回地思索，他脑子里闪过一个题目，渐渐有了一个轮廓。就像毛泽东当年设计一个有中国特色的武装斗争道路一样，他在构思一个有中国特色的社会主义。这思想种子的发芽破土，是在10年后党的十二大上，他终于发出一声振聋发聩的呼喊：走自己的道路，建设有中国特色的社会主义，这就是我们总结长期历史经验得出的基本结论！伟人落难和常人受困是不一样的。常人者急衣食之缺，号饥寒之苦；而伟人却默穷兴衰之理，暗运回天之力。所谓西伯拘而演《周易》，仲尼厄而著《春秋》，屈原赋《离骚》，孙子论《兵法》，置己身于度外，担国家于肩上，不名一文，甚至生死未卜，仍忧天下。整整三年时间，小平种他的菜，喂他的鸡，在乡间小路上日出而作，日入而歇。但是世纪的大潮在他的胸中风起云涌，湍流激荡，如长江在峡，如黄河在壶，正在觅一条出路，正要撞开一个口子。可是他的脸上静静的，一如这春风中的田园。只有那双眼睛透着忧郁，透着明亮。

1971年秋季的一天，当他又这样带着沉重的思考步入车间，正准备摇动台钳时，厂领导突然通知大家到礼堂去集合。军代表宣布一份文件：林彪仓皇出逃，自我爆炸。全场都惊呆了，空气像凝固了一样。小平脸上没有表情，只是努力侧起耳朵。军代表破例请他坐到前面来，下班时又允许他将文件借回家中。当晚人们看到小院二楼上那间房里的灯光，一直亮到很晚。一年多后，小平同志回京。江西新建县就永远留下了这座静静的院子和这条红土小路。而这之后中国又开始了新的长征，走出了一条改革开放、为全世界所震惊的大道。

（《人民文学》1997 年第 10 期）

邓小平认错

一个时代的转型和国家的进步，是以其领袖的思想转变为标志的。当我们欢呼中国改革开放 30 年的成就时，不能不追溯到 30 年前的一个思想细节。

1978 年 10 月，邓小平访问新加坡。而这之前中国在极左时期一直称新为“美帝国主义的走狗”。当邓小平吃惊地看到新加坡的成就时，他承认对方实行的对外开放，引进外资的方针是对的。当谈到中国的对外方针时，李光耀说：“中国必须停止革命输出。”邓小平停顿片刻后突然问：“你要我怎么做?”这倒让李吃了一惊。他就大胆地说：“停止马共和印尼共在华南的电台广播，停止对游击队的支持。”李光耀后来回忆：“我从未见过一位共产党领袖，在现实面前会愿意放弃一己之见，甚至还问我要他怎么做。尽管邓小平当时已 74 岁，但当他面对不愉快的现实时，他还是随时准备改变自己的想法。”

这次新加坡之行，邓小平以他惊人的谦虚代表中国共产党和政府承认并改正了两个错误。一是改变保守自闭，实行对外开放，引进外资；二是接受建议，不再搞革命输出，大大改善了中国的对外关系。这是多么难能可贵的自我批评精神啊。

人孰能无错? 但并不是人人都能事后认错。普通人认错难，有光环笼罩和鲜花托举的伟人、名人认错就更难。但也正是这一点能考验出一个人的品格与能力。纵观历史，名人喜功、贪功的多，自责、担责的少。像邓小平这样，大功不自喜，大德不掩错，是真伟人。平时，我们看一个人的成功，总是说他发现了什么、创造了什么，其实同样重要的另一面是他承认了什么、改正了什么。当一个人承认并改正了前一个错误时，就为他的下一个正确创造准备了条件，铺平了道路。而当一个伟人这样做时，他就为国家民族的复兴铺平了道路。延安时期搞抢救运动，伤害了革命同志，毛泽东亲自到会道歉，脱帽鞠躬。1958 年犯了“大跃进”错误，第二年在庐山会议上毛泽东认错说：“去年犯了错误，每个人都有责任，首先是我。”当然，这次认错不彻底也为以后的“文化大革命”留下祸根。“文化大革命”之后，小平主政，总结历史教训，他没有诿错于人，而是代毛泽东认错，说：“讲错误，不应该只讲毛泽东同志，中央许多负责同志都有错误。‘大跃进’，毛泽东同志头脑发热，我们不发热？……在这些问题上要公正，……中央犯错误，不是一个人负责，是集体负责。”后来他又多次讲到，不争论，团结一致向前看。正是这种谦虚的实事求是的科学态度，保证了大转折时期的平稳过渡。一个领袖的英明，包括他的智慧、魄力，也包括他的谦虚、诚实。一个民族的幸福不只是领袖带领他们取得了什么成就，更是领袖带领他们绕开了什么灾难。领袖一念，国家十年。伟人多一点谦虚，国家就少一次失误，多一次复兴的机会。

认错是痛苦的，一个伟人面向全体人民和全世界认错，更要经受巨大的心灵痛苦。党犯了错误，总得有人出来担其责，重启新航；一个时代的失误，总得有人来画个句号，另开新篇。这不是喜气洋洋的剪彩，是痛定思痛、发愤图强的誓言。只有那些敢于担起世纪责任的人，才会有超时代的思考；只有那些出于公心为民造福的人，才能不图虚名，面对现实，实事求是。当我们今天沉浸在改革开放的喜悦中时，请不要忘记当年一代伟人痛苦的思考和艰难的抉择。

（《党建》2008 年第 10 期）

谁敢极言

我们平常讲到一个问题的重要，或者为引起重视，就说“极言之……”如何，如何。可见人们的思维习惯是要听要害之点，不愿听不痛不痒的套话。

我们现在纪念改革开放 30 周年，不能忘记小平同志在 1980 年 1 月的一段著名讲话：“近三十年来，经过几次波折，始终没有把我们的工作着重点转到社会主义建设这方面来……现在要横下心来，除了爆发大规模战争外，就要始终如一地、贯彻始终地搞这件事，一切围绕着这件事，不受任何干扰。……扭着不放，‘顽固’一点，毫不动摇。”当时为强调不受干扰，他还说了一句话：“我要买两吨棉花，把耳朵塞起来。”你看，横下心、不受干扰、始终如一、“顽固”一点、买两吨棉花，何等坚决，这就是“极言”，抓住问题的要点，以极其鲜明的态度，表达自己的意见。我们回首 30 年的大发展、大成功，不能不佩服邓小平这段话的精辟。什么叫振聋发聩？什么叫挽狂澜于既倒？什么叫力排众议？此言之谓也。

就像名医号脉、扎针，政治家、思想家之评事论政也是号脉扎针，不过取的是思想之穴，号的是时代之脉。回顾邓小平的这段话，又使我们想起马克思也有一句“极言之”的话，讲得更彻底：“无论哪一个社会形态，在它所能容纳的全部生产力发挥出来以前，是决不会灭亡的；而新的更高的生产关系，在它的物质存在条件在旧社会的胎胞里成熟以前，是决不会出现的。”“无论……决不……”，其口气之坚决，不容半点商榷。实践是检验真理的唯一标准，小平那段话，经 30 年的检验足见其真，而马克思的这一段话已过去

100 多年，我们是在栽了几个跟斗，吃了许多亏后才深刻理解的。

能极言，敢极言，除了深刻的洞察力，还要有坚持己见的勇气，自信是站在真理一边。彭德怀在庐山遭批判后 6 年不认输，1965 年毛泽东给他分配工作时说："也许真理在你那边。"近日读到一则史料。当年袁世凯要复辟称帝，大造舆论。梁启超毅然站出来写文章反对，其中有一段可谓极言，掷地有声："由此行之，就令全国四万万人中，三万万九千九百九十九万九千九百九十九人赞成，而梁某一人断不能赞成也。"当年马寅初因为提倡节制生育受到批判，他也是这样勇敢："老夫年过八十，明知寡不敌众，自当单枪匹马，出来应战，直到战死为止。决不向专以压制、不以理说服的那种批判者投降。"

极言，是指极准确、极深刻、极彻底，绝不是我们平时说的意气用事，故走极端。逞一时之快绝不算什么英雄。敢极言之人恰恰是深思熟虑，敢当大事、能为大事之人。中英香港遗留问题是个难题。1982 年 9 月，英国首相撒切尔夫人来华想再拖延交还香港。外交谈判一般是讲究方式、方法的，甚至用语还要圆滑一点。但邓小平却以一席直白的铁板钉钉、力不可撼的极言，敲定了香港回归的大局。他说："主权问题不是一个可以讨论的问题。""如果中国在一九九七年，也就是中华人民共和国成立四十八年后还不把香港收回，任何一个中国领导人和政府都不能向中国人民交代……如果不收回，就意味着中国政府是晚清政府，中国领导人是李鸿章！"就是这段态度极为明确的表态，让号称"铁娘子"的首相夫人一时头晕，走出人民大会堂时竟失态跌了一跤。当时有一高官失言，说香港回归后可不驻军。邓说，无知，立即将其撤职。极言的后面必有极坚决之立场和行动为证，当年梁启超讲了那段极言之后就与他的学生蔡锷联络，策划起兵反袁了。

"极"是什么？是极点，是思想的最深处，问题的最关键点。观察事物要能找到那个点，写文章要能说出那个点。福楼拜说："写一个动作，就要找到唯一的动词，写一件物体，要找到唯一的名词。"中国古代叫"推敲"。这是在语言层面求准确，而进一步求思想层次的准确，就是要找到那个问题的唯一的关节点，也就是极点、拐点。这样的文章才有个性，才有深度，才是一把开启人思想的钥匙，是一座照路的灯塔。

古今文章无不在追求两个极点，一是形式美的极点：字、词、音韵、格律、结构，如“落霞与孤鹜齐飞”之类；二是思想的极点，一言成名彪炳千古。我们还可举出一些著名的例子。如毛泽东在1930年革命低潮时讲的：“中国革命高潮快要到来，决不是如有些人所谓‘有到来之可能’那样完全没有行动意义的、可望而不可即的一种空的东西。它是站在海岸遥望海中已经看得见桅杆尖头了的一只航船，它是立于高山之巅远看东方已见光芒四射喷薄欲出的一轮朝日，它是躁动于母腹中的快要成熟了的一个婴儿。”还有林则徐那封关于禁烟的著名奏折：“鸦片不禁，几十年后将无可以御敌之兵，无可以充饷之银。若鸦片一日不禁，本大臣一日不回，誓与此事相始终。”还有当年左宗棠在湖南初露头角，遭人构陷，险掉脑袋。大臣潘祖荫等上书也有一句极言——“天下不可一日无湖南，湖南不可一日无左宗棠”，救了一个历史功臣。这一句话也成了名言。凡在历史上站得住的极言都成了思想的里程碑。可惜我们现在报纸上的套话太多，有思想光芒的极言难得一见。这是学风文风不振的表现，极言之，将是民族思想的萎缩，令人担忧。

我劝天公重抖擞，不拘一格降文章。

（《人民日报》2008年9月24日）

邓小平的坚持

被称为“新时期”的中国改革开放30年，无疑将作为共和国的“中兴”史载入史册。相信以后许多史家会来研究这一特殊历史现象。其中原因诸多，“文化大革命”的教训，时势使然；人民意志，时代潮流；时势造英雄，小平来掌舵；等等。这所有一切，当然都是多难之后兴邦的因素。但像一切领袖的成功一样，邓小平的性格、意志因素不容忽视，这就是他坚定果断，敢于坚持己见。

改革就是一场革命。既要能提出新的思想、新的方针，还要能力排众议，坚持这个新思想、新方针。二者缺一不可。历史上提出方案，未能坚持，虎头蛇尾而流产的改革实在不少。小平是中国改革的总设计师，其高瞻远瞩的战略设计思路已为人所熟知，而在战术实施中的坚定不移，则还不大为人注意。近读史料，发现其例甚多。

1977年8月，小平主持教育工作座谈会。大家主张恢复高考，但又觉得今年来不及，希望从明年开始，而且教育部的原招生方案报告也已送出。小平说，就从今年改！打破常规，冬季招生。让教育部追回发出的报告，他亲自修改。这一步棋改写了中国“文化大革命”十年的教育史。人才兴，国运兴。

“百科全书”，向来被称为“没有围墙的大学”，是提高民族素质和国家文化建设的基本工程。法国新兴资产阶级最早就是通过编译百科全书（史称百科全书派）进行思想启蒙、普及新知识而推动了1789年的法国资产阶级大革命，资产阶级登上历史舞台。以后百科全书随时增改，渐成一部世界性的知识总汇。中共十一届三中全会后，小平指示翻译出版美国《不列颠百科全书》（1768年英国初版，20世纪初转让给美国，1974年出到第15版）。消息传出，社会上议论纷纷：我们怎么能出版美帝国主义的书？小平不为所动，他接见美方人员说：几乎全世界都知道你们的不列颠百科全书在学术领域享有权威性的地位，……我们中国的科学工作者将把你们的百科全书翻译过来，这是很好的一件事。在小平的坚持下，中美双方组成联合编审委员会，历时十年，全书终于出版。

香港回归是一件大事，政策性强，处理起来较复杂。1983年5月，香港记者故意设套，问回归后我方可否不驻军。我一高级官员，含糊答道：也可不驻。港报纷纷登于头条。小平大怒，在一次招待香港记者的会上，本已散场，小平说：请你们回来，给我发一条消息。说可以不在香港驻军，胡说八道！英国人能驻，我们自己怎么反而不能驻？他给外交部批示：在港驻军一条必须坚持，不能让步！

1992年，小平视察南方，下面汇报时说："我们一定贯彻您的指示。"他说："我的话可能有点用，但我的作用就是不动摇。"

敢坚持，不动摇是领袖的基本素质。领袖一身而系天下，稍有犹豫就地动山摇。轻者是一件事的失败，大者影响民族命运、历史方向。我们常说时势造英雄，而特殊时刻竟是英雄一念铸就历史。朱可夫在回忆苏联艰难的卫国战争时说，许多时候我们实在顶不住了，但就是由于斯大林坚强的意志让我们转败为胜。坚持真理是政客与政治家的根本区别。政客是从私利出发，看着风向走。政治家是从国家民族利益出发，向着理想前进，他认准的事，就是再难、再险，杀头牺牲也不改变。毛泽东敢于坚持的典型例子是在井冈山革命低潮时，他敢说革命高潮就如一轮喷薄欲出的红日，这信念一直坚持到20多年后新中国成立。邓小平坚持最久的例子是1962年就提出，让农民自己选择生产关系，不管黄猫黑猫，抓住老鼠就是好猫。一直坚持到16年后，1978年中国开始全面的农村土地制度改革。坚持是意志力的表现，但意志力的背后是思想的穿透力。

两个摔跤手的坚持是谁压倒谁，两军对阵的坚持是谁吃掉谁，而一个领袖对正确方针的坚持则是一个民族的崛起、一个新时代的到来。

（《党建》2009年第4期）

觅渡，觅渡，渡何处

常州城里那座不大的瞿秋白纪念馆我已经去过三次。从第一次看到那个黑旧的房舍，我就想写篇文章。但是六个年头过去了，还是没有写出。瞿秋白实在是一个谜，他太博大深邃，让你看不清摸不透，无从写起但又放不下笔。去年，我第三次访秋白故居时正值他牺牲 60 周年，地方上和北京都在筹备关于他的讨论会。他就义时才 36 岁，可人们已经纪念了他 60 年，而且还会永远纪念下去。是因为他当过党的领袖？是因为他的文学成就？是因为他的才气？是，又不全是。他短短的一生就像一幅永远读不透的名画。

我第一次到纪念馆是 1990 年。纪念馆本是一间瞿家的旧祠堂，祠堂前原有一条河，河上有一座桥，叫觅渡桥。一听这名字我就心中一惊，觅渡，觅渡，渡在何处？瞿秋白是以职业革命家自许的，但从这个渡口出发并没有让他走出一条路。“八七会议”他受命于白色恐怖之中，以柔弱的书生之肩，挑起了统率全党的重担，发出武装斗争的吼声。但是他随即被王明、被自己的人一巴掌打倒，永不重用。后来在长征时又借口他有病，不带他北上。而比他年纪大身体弱的徐特立、谢觉哉等都安然到达陕北，活到了新中国成立。他其实不是被国民党杀的，是为“左”倾路线所杀；是自己的人按住了他的脖子，好让敌人的屠刀来砍。而他先是仔细地独白，然后就去从容就义。

如果秋白是一个如李逵式的人物，大喊一声：“你朝爷爷砍吧，二十年后又是一条好汉。”也许人们早已把他忘掉。他是一个书生啊，一个典型的中国知识分子，你看他的照片，一副多么秀气但又有几分苍白的面容。他一开始

瞿秋白

就不是舞枪弄刀的人。他在黄埔军校讲课，在上海大学讲课，他的才华熠熠闪光，听课的人挤满礼堂，爬上窗台，甚至连学校的老师也挤进来听。后来成为大作家的丁玲，这时也在台下瞪着一双稚气的大眼睛。瞿秋白的文才曾是怎样折服了一代人啊？后来成为文化史专家、新中国文化部副部长的郑振铎，当时准备结婚，想求秋白刻一对印，秋白开的润格是50元。郑付不起转而求茅盾。婚礼那天，秋白手提一手绢小包，说来送金50，郑不胜惶恐，打开一看却是两方石印。可想他当时的治印水平。秋白被排挤离开党的领导岗位之后，转而为文，短短几年他的著译竟有500万字。鲁迅与他之间的敬重和友谊，就像马克思与恩格斯一样的完美。秋白夫妇到上海住鲁迅家中，鲁迅和许广平睡地板，而将床铺让给他们。秋白被捕后鲁迅立即组织营救，他就义后鲁迅又亲自为他编文集，装帧和用料在当时都是第一流的。秋白与鲁迅、茅盾、郑振铎这些现代文化史上的高峰，也是齐肩至顶的啊，他应该知道自己身躯内所含的文化价值，应该到书斋里去实现这个价值。但是他没有，他目睹人民沉浮于水火，目睹党濒于灭顶，他振臂一呼，跃向黑暗。只要能为社会的前进照亮一步之路，他就毅然举全身而自燃。他的俄文水平在当时的中国是数一数二的，他曾发宏愿，要将俄国文学名著介绍到中国来，他牺牲后鲁迅感叹说，本来《死魂灵》由秋白来译是最合适的。这使我想起另一件事。和秋白同时代的有一个人叫梁实秋，在抗日高潮中仍大写悠闲文字，被左翼作家批评为“抗战无关论”。他自我辩解说，人在情急时固然可以操起菜刀杀人，但杀人毕竟不是菜刀的使命。他还是一直弄他的“纯文学”，后来确实也成就很高，一人独立译完了《莎士比亚全集》。现在，当我们很大度地承认梁实秋的贡献时，更不该忘记秋白这样的，情急用菜刀去救国救民，甚至连自己的珠玉之身也扑上去的人。如果他不这样做，留把菜刀做后用，留得青山来养柴，在文坛上他也会成为一个，甚至十个梁实秋。但是他没有。

如果秋白的骨头像他的身体一样的柔弱，他一被捕就招供认罪，那么历史也早就忘了他。革命史上有多少英雄就有多少叛徒。曾是共产党总书记的向忠发、政治局委员的顾顺章，都有一个工人阶级的好出身，但是一被逮捕，就立即招供。此外像陈公博、周佛海、张国焘等高干，还可以举出不少。而秋白偏偏以柔弱之躯演出了一场泰山崩于前而不惊的英雄戏。他刚被捕时敌人并不明他的身份，他自称是一名医生，在狱中读书写字，连监狱长也求他开方看病。其实，他实实在在是一个书生、画家、医生，除了名字是假的，这些身份对他来说一个都不假。这时上海的鲁迅等正在设法营救他。但是一个听过他讲课的叛徒最终认出了他。特务乘其不备突然大喊一声："瞿秋白!"他却木然无应。敌人无法只好把叛徒拉出当面对质。这时他却淡淡一笑说："既然你们已认出了我，我就是瞿秋白。过去我写的那份供词就权当小说去读吧。"蒋介石听说抓到了瞿秋白，急电宋希濂去处理此事，宋在黄埔时听过他的课，执学生礼，想以师生之情劝其降，并派军医为之治病。他死意已决，说："减轻一点痛苦是可以的，要治好病就大可不必了。"当一个人从道理上明白了生死大义之后，他就获得了最大的坚强和最大的从容。这是靠肉体的耐力和感情的倾注所无法达到的，理性的力量就像轨道的延伸一样坚定。一个真正的知识分子向来是以理行事，所谓士可杀而不可辱。文天祥被捕，跳水、撞墙，唯求一死。鲁迅受到恐吓，出门都不带钥匙，以示不归之志。毛泽东赞扬朱自清宁饿死也不吃美国的救济粉。秋白正是这样一个典型的已达到自由阶段的知识分子。蒋介石威胁利诱实在不能使之屈服，遂下令枪决。刑前，秋白唱《国际歌》，唱红军歌曲，泰然自行至刑场，高呼"中国共产党万岁"，盘腿席地而坐，令敌开枪。从被捕到就义，这里没有一点对死的畏惧。

如果秋白就这样高呼口号为革命献身，人们也许还不会这样长久地怀念他研究他。他偏偏在临死前又抢着写了一篇《多余的话》，这在一般人看来真是多余。我们看他短短的一生斗争何等坚决：他在国共合作中对国民党右派的批驳、在党内对陈独秀右倾路线的批判何等犀利；他主持"八七会议"，决定武装斗争，永远功彪史册；他在监狱中从容斗敌，最后英勇就义，惊天地，泣鬼神。这是一个多么完整的句号。但是他不肯，他觉得自己实在渺小，实在愧对党的领袖这个称号，于是用“解剖刀”，将自己的灵魂仔仔细细地剖析了一遍。别人看到的他是一个光明的结论，他在这里却非要说一说这光明之前的暗淡，或者光明后面的阴影。这又是一种惊人的平静。就像敌人要给他治病时，他说，不必了。他将生命看得很淡。现在，为了做人，他又将虚名看得很淡。他认为自己是从绅士家庭、从旧文人走向革命的，他在新与旧的斗争中受着煎熬，在文学爱好与政治责任的抉择中受着煎熬。他说以后旧文人将再不会有了，他要将这个典型、这个痛苦的改造过程如实地录下，献给后人。他说过：“光明和火焰从地心里钻出来的时候，难免要经过好几次的尝试，试探自己的道路，锻炼自己的力量。”他不但解剖了自己的灵魂，在《多余的话》里还嘱咐死后请解剖他的尸体，因为他是一个得了多年肺病的人。这又是他的伟大、他的无私。我们可以对比一下，世上有多少人都在涂脂抹粉、挖空心思地打扮自己的历史，极力隐恶扬善。特别是一些地位越高的人越爱这样做，别人也帮他们这样做，所谓为尊者讳。而他却不肯。作为领袖，人们希望他内外都是彻底的鲜红，而他却固执地说，不，我是一个多重色彩的人。在一般人是把人生投入革命，在他是把革命投入人生，革命是他人生试验的一部分。当我们只看他的事业，看他从容赴死时，他是一座平原上的高山，令人崇敬；当我们再看他对自己的解剖时，他更是一座下临深谷的高峰，风鸣林吼，奇绝险峻，给人更多的思考。他是一个内心既纵横交错又坦荡如一张白纸的人。

我在这间旧祠堂里，一年年地来去，一次次地徘徊。我想象着当年门前的小河，河上来往觅渡的小舟。秋白就是从这里出发，到上海办学，去会鲁迅；到广州参与国共合作，去会孙中山；到苏俄去当记者，去参加共产国际会议；到汉口去主持“八七会议”，发起武装斗争；到江西苏区去，主持教育工作。他生命短促，行色匆匆。他出门登舟之时一定想到“野渡无人舟自横”，那是一种多么悠闲的生活，是一个多么宁静的港湾。他在《多余的话》里一再表达他对文学的热爱。他多么想靠上那个码头。但他没有，直到临死的前一刻他还在探究生命的归宿。他一生都在觅渡，可是到最后也没有傍到一个好的码头，这实在是一个悲剧。但正是这悲剧的遗憾，人们才这样以其

秋白纪念馆前的文碑

生命的一倍、两倍、十倍的岁月去纪念他。如果他一开始就不闹什么革命，只要随便拔下身上的一根汗毛，悉心培植，他也会成为著名的作家、翻译家、金石家、书法家或者名医。梁实秋、徐志摩现在不是尚享后人之飨吗？如果他革命之后，又拨转船头，退而治学，仍然可以成为一个文坛泰斗。与他同时代的陈望道，本来是和陈独秀一起筹建共产党的，后来退而研究修辞，著《修辞学发凡》，成了中国修辞第一人，人们也记住了他。可是秋白没有这样做。就像一个美女偏不肯去演戏，像一个高个儿男子偏不肯去打篮球。他另有所求，但又求而无获，甚至被人误会。

一个人无才也就罢了，或者有一分才干成了一件事也罢了。最可惜的是他有十分才只干成了一件事，甚而一件也没有干成，这才叫后人惋惜。你看岳飞的诗词写得多好，他是有文才的，但世人只记住了他的武功。辛弃疾是

1996年拜访瞿秋白的女儿独伊老人

有武才的，他年轻时率一万义军反金投宋，但南宋政府不用他，他只能“醉里挑灯看剑，梦回吹角连营”，后人也只知他的诗才。瞿秋白以文人为政，又因政事之败而反观人生。如果他只是慷慨就义再不说什么，也许他早已没入历史的年轮。但是他又说了一些看似多余的话，他觉得探索比到达更可贵。当年项羽兵败，虽前有渡船，却拒不渡河。项羽如果为刘邦所杀，或者他失败后再渡乌江，都不如临江自刎这样留给历史永远的回味。项羽面对生的希望却举起了一把自刎的剑，秋白在将要英名流芳时却举起了一把“解剖刀”，他们都把行将定格的生命的价值又推上了一层。哲人者，宁肯舍其事而成其心。

秋白不朽。

（《中华儿女》1996年第8期）

一个尘封垢埋却愈见光辉的灵魂

从来的纪念都是史实的盘点与灵魂的再现。

中国共产党建党90周年了。这是一个欢庆的日子，也是一个缅怀先辈的日子。我们当然不会忘记毛泽东、邓小平这两位使国家独立富强的伟人；我们不该忘记那些在对敌斗争中英勇牺牲却未能见到胜利的战士和领袖；同时我们还不能忘记那些因为我们自己的错误，在党内斗争中受到伤害甚至失去生命的同志和领导人。一项大事业的成功从来都是由经验和教训两个方面组成的，一个政党的正确思想也从来都是在克服错误的过程中产生的。恩格斯说，一个苹果切掉一半就不是苹果。一个90年的大党，如果没有犯错并纠错的故事，就不可能走到今天。当我们今天庆祝90年的辉煌时，怎能忘记那些为纠正党的错误付出代价，甚至献出生命的人？

这其中的一个代表人物就是张闻天。

一把钥匙解党史

张闻天曾是中国共产党的总书记。1964年4月16日，毛泽东说，在他之前中共有“五朝”书记：陈独秀、瞿秋白、向忠发（实际主持工作的是李立三）、博古、张闻天。张算是“第五朝”了。毛泽东称张闻天是“明君”，并开玩笑叫张的夫人刘英为“娘娘”（毛还是长征时为张、刘二人牵姻缘的“红娘”）。因他在张领导下分管军事，就自称“大帅”。1935年1月遵义会议后，张接替博古做总书记，真正是“受任于败军之际，奉命于危难之间”。算到

1938年共产国际明确支持毛为首领，张任总书记是4年；算到1943年3月中央政治局正式推定毛为主席，在组织上完成交替，张任总书记是8年。无论4年还是8年，张领导的“第五朝”班子都处于中国共产党和中华民族命运的重要的转折期。因为中国共产党从1921年建党到1949年取得政权总共才28年。

位于上海浦东的张闻天生平陈列馆

现在回头看，张在第五任总书记任上干了3件影响中国历史的大事。一是把毛泽东扶上了领袖的位置，成就了一个伟人。遵义会议后毛的实权并没有一步到位，只是协助周恩来指挥军事。张闻天是总书记，知人善任，他说：“二次回遵义后，我看出周恩来同志领导战争无把握，故提议毛泽东同志去前方当前敌总指挥。”后来又决定毛分管军事，从此毛、周就调换了位置，周成了毛的军事助手。毛借军事方面的才能进而在全党一步步确立了权威。二是正确处理西安事变，抓住了这个千载难逢的机会实现了第二次国共合作，共产党得到了难得的喘息之机，并日渐壮大。三是经过艰苦工作实现了国内战争向民族抗日战争的转变，共产党取得了敌后抗战领导权，获得民心，从此步步得势，直至取得政权。可见这“第五朝”是从建党到建立新中国的关键一朝，就算这期间毛泽东在逐渐过渡接班，张这个“明君”至少也有半朝之功吧。但是在以往的宣传中，张却几无踪影。他生前被逐渐地闲置、淡化、边缘化，直到悄无声息地去世。可是东边日出西边雨，历史无情又有情。在他去世几十年后，终于潮落石出，他的功绩又渐渐显现出来，他的思想重又得到后人的认同。这不能不说是党史上的一个奇观，是历史唯物主义在“显灵”。

按毛泽东的说法，张是“第五朝”，毛就是“第六朝”。张与毛的交接既是党内政权五、六朝之间的交替，又是中共从夺权到掌权，还是张、毛这两个出身、修养、性格截然不同的领袖之间的交班。在“第五朝”时，张为“君”，毛为“臣”，瓦窑堡会议两人合作甚洽，完成了党的抗日统一战线策略的重大转变；到“第六朝”时倒了过来，毛为“君”，张为“臣”，两人吵架于“庐山会议”，党犯了“左”的错误，元气大伤。时势相异，结果不同，两人的合作或好或坏，党的工作局面就或盛或衰。可以说毛、张的恩恩怨怨、分分合合是解开党史、国史谜团的一把钥匙，也是留给后人的一笔文化财富。

张闻天与毛泽东都有强烈的革命理想和牺牲精神，但两人的出身、经历、知识结构和性格都差异很大。张闻天上过私塾，读过技术学校，留日、留美、留苏，系统研究并在大学讲授过马列，翻译过马恩作品。他爱好文学，写过诗歌、散文、小说，也译介过外国文学作品，发表过大量文艺批评文章。1922 年诗人歌德逝世 90 周年时他发表了 2 万字的长文，这是中国第一篇系统介绍歌德《浮士德》的论文。他有着开放型的知识结构，性格随和包容，与周恩来、邓小平、聂荣臻等同属党内的留洋开放派。毛泽东出身农家，受传统国学教育较深，几乎未出国门。他熟读史书，特别是熟知治国驭人的典故，虽思想高远，但性格刚烈、褊狭、好斗。他自己也知道这个缺点，曾讲其弟毛泽覃批评他说：“共产党员又不是你毛家祠堂。”张、毛两人这种不同的知识背景、性格基因决定了他们的命运甚至党和国家的命运。

惹人怨怒因红颜

毛泽东与张闻天（洛甫）曾有一段合作的蜜月期，即 1935 年遵义会议后到 1943 年延安整风前。这也正是前面所说张为党建树三大功劳的时期。据何方先生考证，1935 年 10 月红军长征到达陕北，到 1938 年 9 月六中全会，两人联名（多署“洛、毛”）发出的电报就有 286 件。这时期他们以民族利益为重，小心合作，互相尊重。如西安事变一出，毛主张“审蒋”，张主张和平处理，毛随即同意；红军到陕北后到底向哪个方向发展，张要向北，毛要东渡，后来张又同意了毛的意见，并率领中央机关随军，“御驾亲征”。向来历史上“明君”与“能臣”的合作都是国家的大幸，会出现政治局面的上升期，如刘备与诸葛亮、唐太宗与魏徵、宋仁宗与范仲淹的合作等。当毛称张为“明君”，自己为“大帅”的时候，也正是中共第五朝兴旺之时，总书记民主，将帅用心，内联国军，外御日寇，民心所聚，日盛一日。这时毛分管军事，随着局面的打开，其威信也水涨船高。张、毛合作的这一段蜜月期也正是全党政治局面的上升期。

但这时发生了一件不大不小的事。贺子珍与毛不和出走苏联，江青乘虚而入。但是党内高层几乎一片反对声，纷纷向张闻天这个总书记进言，就连远在敌后的项英也发来长电，他们实在不放心江青的历史和在上海的风流表现，认为这有损领袖形象。张无奈，便综合大家的意见给毛写了一信，劝其慎重考虑。谁知毛看后勃然大怒，将信撕得粉碎。说：“我明天就结婚，谁管得着!”他第二天就在供销社摆酒，遍请熟人，却不请张这个“明君”。时在 1938 年 11 月。这是毛与张的第一次结怨，毛记下了这个仇。

每一个历史事件，哪怕是一件小事，就像树枝上的一个嫩芽，总是在它必然要长出的地方悄悄露头，然后又不知会结出一个好果子还是坏果子。江青的出现恰到好处，从私生活上讲正值贺子珍出走之际，从政治上讲又正是毛泽东的地位已经初步确立之时（两个月前刚开过六届六中全会），他已有资格与上级和战友们拍桌子。要是在遵义会议前，毛正落魄之时，估计也不会这样发威。毛江结婚这个嫩芽后来结出了什么政治果子，这是大家都知道的。其实毛这一怒可能还有更深一层的原因。他是文化的本土派，从骨子里排斥留洋回来的人。瑞金时期对他的不公平让他痛恨从莫斯科回来的人，延安整风他大反宗派主义，其实他心里也是有一个“派”的。1938 年周恩来从苏联养伤回来，顺便转述共产国际负责人的话，说张闻天是难得的理论家，毛愤而说：“什么理论家，背回一口袋教条。”可知其芥蒂之深。

张闻天性格温和，作风谦虚，绝不恋权。他任总书记后曾有三次提出让位，第一次是遵义会议后党需要派一个人到上海去恢复白区工作，这当然很危险，他说“我去”，中央不同意，结果派了陈云。第二次是张国焘搞分裂，向中央要权，为了党的团结，张说“把我的总书记让给他”，毛说不可，结果是周恩来让出了红军总政委一职。第三次就是1938年的六中全会，会前王稼祥明确传达了共产国际支持毛为领袖的意见，张就立即要把总书记的位子让给毛。因为其时王明还在与毛争权（张国焘这时已经没有多大的力气了），毛的绝对权威也未确立，还需要张来顶这个总书记，毛就说这次先不议这个问题。张在后来的《反省笔记》中说：“六中全会期间我虽未把总书记一职让掉，但我的方针还是把工作逐渐转移，而不是把持不放。自王明同志留延安工作后，我即把政治局会议地点移到杨家岭毛泽东同志的住处，我只在形式上当主席，一切重大问题均由毛主席决定。”那时共产党很穷，政治局也没有个会议室，谁是一把手，就在谁的窑洞里开会。张把实权让掉后就躲开权力中心，到晋西北、陕北搞农村调查去了。而在毛的心里，也就再没有张这个“明君”。

忍辱负重20年

1945年日本投降后，张作为政治局委员要求去东北开展工作（就像当年要求到上海开展工作一样），这正合上意，立即得到批准。他先后任两个小省省委书记，而还不是政治局委员的李富春却任东北局的副书记。这样使用显然有谪贬之意，但张不在乎，只要有工作干就行。

早在晋西北、陕北调查时，张就对经济工作产生了极大的兴趣。这回有了自己的政权，他急切地想去为人民实地探索一条发展经济、翻身富裕的路子。而勤于思考，热心研究新问题，又几乎是张的天赋之性。1936年12月西安事变后，他和战友们成功地促成了从国内战争向民族战争的转变，这次他也渴望着党能完成从战争向建设的转身。他热心地指导农村合作社，指出不能急，先“合作供销”，再“合作生产”。合作社一定要分红，不能增加收入叫什么合作社？新中国将要成立，他总结出未来的6种经济形式，甚至提出中外合资。这些思想大都被吸收到毛泽东七届二中全会的报告中。东北时期是他工作最舒心的时光。

但是好景不长，1951年又调他任驻苏联大使，这显然有谪贬、外放之意。因为一个政治局委员任驻外大使这在中国和整个社会主义国家都是空前绝后的。这中间有一件事，1952年刘少奇带中共代表团出席苏共十九大，团员有中央委员饶漱石、陈毅、王稼祥，候补委员刘长胜，却没有时为政治局委员的驻苏大使张闻天，这是明显的政治歧视。试想，张以政治局委员身份为几个中央委员、候补委员服务，以大使身份为代表团跑前跑后，却又上不了桌面，是何心情？这就像当年林则徐被发配新疆，皇上命他勘测荒地。林则徐风餐露宿，车马劳顿，终于完成任务，但最后上呈勘测报告时，却不能署他的名字，因为他是罪臣。这些张闻天都忍了，他向陈云表示，希望回国改行去做经济工作。陈向他透露，毛的意思，不拿下他的政治局委员，不会给他安排工作。周恩来兼外长工作太忙，上面同意周的建议调他回来任常务副部长，但外事活动又不让他多出头。1956年党的八大，他作为一个从事外交工作的政治局候补委员要做一个外交方面的发言，不许。这种歧视倒使他远离权力中心，反而旁观者清。他在许多大事上都表现得惊人的冷静。1957年反右，他在外交部尽力抵制，保护了一批人。1958年“大跃进”，全国处在一种燥热之中，浮夸风四起，荒唐事层出。他虽不管经济，却力排众议，到处批评蛮干，在政治局会议上大胆发言。1958年8月，北戴河会议是个标志，提出钢铁产量翻一番，全国建人民公社，运动一哄而上。10月，他在东北考察，见土高炉遍地开花，就对地方领导说这样不行，回京一看，他自己的外交部大院也垒起了小高炉。他说这是胡来，要求立即下马。1958年10月13日的《人民日报》发表张春桥的文章《破除资产阶级的法权思想》，否定按劳分配，宣扬一步跨进共产主义。毛泽东很欣赏此文，亲自加按语。当人们被那些假马列弄得晕头转向时，他轻轻一笑说，这根本不是马列主义，恰恰违背了马列理论的最基本常识。按劳分配是社会主义阶段的分配原则，是唯一平等的分配标准，怎么能破除呢？而毛却认为按劳分配的工资制是资产阶级法权，甚至想恢复战时的供给制。对于“人有多大胆，地有多大产”之类的口号，张说这违背主客观一致的辩证法原则。并且他在这些现象背后已经看到了更可怕的个人崇拜的问题。上面好大喜功，下面就报喜不报忧，他到海南视察，那里都饿死人了也不敢上报。在1958年4月的上海会议上，毛说要提倡海瑞精神，不要怕杀头。张说：海瑞精神固然重要，但更重要的是民主气氛，要使人不害怕，敢讲话。当时为迎合毛，领导干部送材料、写文章都争着引毛的话。而张在文章中据理说事，很少引语录去阿谀迎合。毛对此心知肚明，认为他骄傲、犯上，两人就隔膜更深。当然，今非昔比，现在已是毛为“君”、张为“臣”，为大局张闻天也不得不委曲求全，多有隐忍。1958年4月，他向毛写信汇报看到的“跃进”局面，本想提点意见，犹豫再三还是暂不说为好。毛看了很高兴，遂给他回一信，但仍不忘教训和挖苦：“你这个人通了，我表示热烈的欢迎和祝贺。我一直不大满意你。在延安时对你曾有五个字的批评，你记得吗？进城后，我对陈云、恩来几次说过，你有严重的书生气，不大懂实际。记得好像也对你当面说过。今天看了这个报告引起了我对你热情欢迎。”上述看法“可能对你估计过高，即书生气、大少爷气还没有完全去掉，还没有完全实际化。若果如此，也不要紧，你继续进步就是了”。这哪里是对当年的“明君”说话，是对一个小学生的训斥。毛已经摆出“帝王”架势，对他的“臣下”任意挖苦、奚落了。信里说的当年给张的那五个字是“狭、高、空、怯、私”，可见在毛的眼里，张一无是处，而且还总记着他的老账，他也是强为隐忍。

从1938年到1958年，这20年间，张的职务是六届中央政治局常委（还有几年总书记）、七届政治局委员、八届政治局候补委员。但是，在整风后张只分管一个四五人的中央材料室，后又下基层，出国任大使，长期高职低配，久处江湖之远，而再未能登庙堂之高。就是对他在遵义会议后主持全党工作的那段经历也绝口不提。张在党内给人留下的形象是犯过错误，不能用，可有可无。对张来说，20年来给多少权，干多少活，相忍为党，尽力为国，只要能工作就行。但他又是一个勤于思考的人，可以忍但不能不想。这也应了毛的那句话：卑贱者最聪明，高贵者最愚蠢。张远离“庙堂”，整日在基层调查研究，接触“卑”工“贱”农，工作亲力亲为，又有扎实的理论基础，自然会有许多想法。无论毛怎样地看他、待他、压他，为党、为国、为民、为真理，他还是要说实话的。庐山上的一场争论已经不可避免。

一鸣惊破庐山雾

1959年6月中旬，张闻天刚动了一个手术，中央7月2日开庐山会议，他本可不去，但看到议题是“总结经验，纠正错误”，他决定去。这时彭德怀刚出访八国回来，很累，不准备上山，张力劝彭去，说当此总结经验、纠正错误之时，不可不去，哪怕听一听也好。不想这一劝竟给他俩惹下终身大祸。

庐山会议本是要纠“左”的，但是船大难掉头。思想这个东西像浮尘一样，一旦飘起来，就是日落风停，也得等到明天早晨才能尘埃落定。何况这又不是一个人的一时之念，而是一个大党的指导思想。这时总路线、“大跃进”、人民公社在人们心中鼓起的狂热，已是尘嚣难停。“大跃进”出现了问题，不得不纠“左”，自揭其短，毛泽东本来就不大情愿，而这时干部中的狂热者还不在少数。有一拨儿高干围在毛的身边，说再纠“左”就要把气泄光了，鼓动他赶快“反右倾”。田家英在小组会上只如实说了一点在四川看到的问题，西南局书记李井泉就立即打断，不容揭短，对这个天子身边的人也敢不敬。1959 年，新中国刚建立十年啊，共产党的干部还保留着不少战争思维，勇往直前，不计代价，不许泄气，不许动摇军心。还有一些人则是投毛所好，摇旗呐喊，如上海的柯庆施、张春桥等。这时正好彭德怀有一封信，认为错误检讨得还不够彻底，毛就借题发挥，小题大做，抓住彭德怀这个典型，上纲上线，转而大批“右倾”了。这种轻率的转向反映了当时全党对经济建设的规律还不熟悉，而在政治上一言堂、个人崇拜已经是露头了。

张闻天早就有话要说，不吐不快，眼见会议就要收场，他加紧准备发言提纲，32 开的白纸，用圆珠笔写了四五张，又用红笔圈圈点点。田家英听说他要发言，忙打电话告之，“大炼钢铁”的事千万不要再说，上面不悦。他放下电话沉吟片刻，对秘书说：“不去管它！”胡乔木也感到山雨欲来，7 月 21 日晨打来电话，劝他这个时候还是不说为好，一定要说也少讲缺点。张表示：吾意已决。21 日下午，张带着这几天熬夜写就的发言提纲，带着秘书，吩咐仔细记录，便从 177 号别墅向华东组的会场走去。又一颗炸弹将在庐山爆炸。

与彭德怀的信不同，张的发言除讲事实外，更注重找原因，并从经济学和哲学的高度析事说理。如果说彭的信是摸了几颗瓜给人看，张的发言就是把瓜藤提起来，细讲这瓜是怎么长出来的。针对会上不让说缺点，怕泄气，他说缺点要讲透，才能接受教训；泄掉虚气，实气才能上升。总结教训不能只说缺乏经验就算完，这样下一次还会犯错误，而是要从观点、方法、作风上找原因。如“刮共产风”，就要从所有制和按劳分配上找原因。他说好大喜功也可以，但是主客观一定要一致；政治挂帅也行，但一定要按经济规律办事。坏事可以变好事，是指接受教训，坏事本身并不是好事，我们要尽量不办坏事。他特别讲到党风，说不要听不得不同意见，不要怕没有人歌功颂德。毛主席说要敢提意见，不要怕杀头，但人总是怕杀头的，被国民党杀不要紧，被共产党杀要遗臭万年的。领导上要造成一种空气，使下面敢于发表不同意见。最后，他提到最敏感的彭总的信。明知这时毛已表态，彭正处在墙倒众人推的境地，但他还是泰然支持，并为之辩护、澄清。说到信中最敏感的一句话“小资产阶级狂热性”，他为之辩道：这话不说可能好一点，说了也可以。“共产风”不就是小资产阶级狂热性？

他发言的华东组，组长是柯庆施。柯最善看毛的眼色，跟风点火。连毛都说“大跃进”的发明权要归于柯庆施。1958 年 1 月南宁会议，毛批周恩来，嫌他保守，曾一度动了以柯取代周恩来当总理的念头。柯在“文化大革命”前病逝，有人说柯要不死，“文化大革命”一起就不是“四人帮”而是“五人帮”了。张在柯主持的小组发言，可谓虎穴掏子，引来四围怒目相向。柯等频频插话，他的发言不断被打断，会场气氛如箭在弦。在一旁记录的秘书直捏一把汗。张却泰然处之，紧扣主旨，娓娓道来。他没有大声强辩，也没有像给毛写信时那样违心地掩饰，他知道这是力挽狂澜的最后一搏了，就像当年在扭转危局的遵义会议上一样，一切都置之度外。遇有干扰，他置若不闻，再重复一下自己的观点，继续讲下去，条分缕析，一字一顿，像一个远行者一步一步执着地走向既定的目标。他知道这也许是飞蛾扑火，但自燃的一亮也能引起人们的一点关注。正像谭嗣同所说：“变法总得有人流血，就让我来做流血第一人吧！”20 年来，他官愈当愈小，对问题却看得愈来愈透。那些热闹的“大跃进”场面，那些空想的理论，在他看来是一件皇帝的新衣，是百姓和国家的灾难，总得有人来捅破。迟捅不如早捅，就让他来做这个捅破皇帝新衣的第一人。

他足足讲了 3 个小时，整个下午就他一人发言。稿子整理出来有8 000 多字。这个讲话戳到了毛的两个痛处。一是不尊重经济规律，搞“大跃进”；二是作风不民主，听不得不同意见。当年马克思讲，有一个共产主义的幽灵在欧洲游荡。现在又有一个“幽灵”，一个清醒的反“左”的声音在庐山上回荡。

毛泽东大为震怒。两天后的7月23日，毛做了一个疾言厉色的发言，全场为之一惊，鸦雀无声，整个庐山都在发抖。散会时人人低头看路，默无一言，只闻窸窸窣窣挪步出门之声。8月2日，毛又召所有的中央委员上山（林彪说是搬来救兵），工作会议变成了中央全会（八届八中全会）。这天毛在会上点了张闻天的名，说他旧病复发。这还不够，当天又给张写成一信并印发全会，批评、质问、讽刺、挖苦、戏谑，洋洋洒洒，玩弄于股掌，溢于纸表：

> 怎么搞的？你陷入那个军事俱乐部里去了，真是物以类聚，人以群分。你这次安的是什么主意？那样四面八方，勤劳辛苦，找出那些漆黑一团的材料。真是好宝贝！你是不是跑到东海龙王敖广那里取来的？不然，何其多也！然而一展览，净是假的。讲完没两天，你就心烦意乱，十五个吊桶打水，七上八下，被人们缠住，脱不得身。自作自受，怨得谁人？我以为你是旧病复发，你的老而又老的疟疾原虫还未去掉，现在又发寒热症了。昔人咏疟疾词云：“冷来时冷得冰激凌上卧，热来时热得蒸笼里坐，疼时节疼得天灵破，颤时节颤得牙关挫。只被你害杀人也么哥，只被你害杀人也么哥，真是个寒来暑往人难过。”同志，是不是？如果是，那就好了。你这个人很需要大病一场。《昭明文选》第34卷枚乘《七发》末云：此亦天下要言妙道也，太子岂欲闻之呼？于是太子据几而起，曰：“涣乎，若一听圣人辩士之言。涊然汗出，霍然病已。”你害的病与楚太子相似，如有兴趣，可读枚乘的《七发》，真是一篇妙文。你把马克思主义的要言妙道统统忘了，于是乎跑进军事俱乐部，真是文武合璧，相得益彰。现在有什么办法呢？愿借你同志之箸，为你同志筹之。两个字曰：“痛改”。承你看得起，打来几次电话，想到我处一谈，我愿意谈，近日有些忙，请待来日。也用此信，达我困忧。

7月23日和8月2日的讲话，还有这封信让张大为震惊。他本是拼将忠心来直谏，又据实说理论短长的，想当此上下头脑发热之际，掏尽脏腑，倾平生所学、平时所研，为党开一个药方。事前田家英、胡乔木曾劝他不要说话时，他也不是没有考虑过，在再三思量后，曾手抚讲稿对秘书说："比较成熟，估计要能驳倒这个讲话也难。"他天真了，何必依理来驳呢，只需一根棍子打来就是！毛的讲话和信给张定了调子："军事俱乐部""文武合璧，相得益彰""反党集团"，会议立即一呼百应，展开对他的批判，并又翻起他的老账，说什么历史上忽左忽右，一贯摇摆。就这样他成了"彭黄张周反党集团"的副帅。

张闻天知道，根据过去党内斗争的经验，如果他不检查，庐山上的这个会是无法收场的。为了党的团结，他顾全大局再一次违心地检查，并交了一份1万字的检查稿。但是毛还是不依不饶，又怀疑他里通外国，大会小会穷追猛打，非得逼出一个具体的"反党组织"和"反党计划"。9日那天，他从会场出来，一言不发，要了一辆车子，直开到山顶的望江亭，西望山下江汉茫茫，四野苍苍，乱云飞渡，残阳如血。他心急如焚，欲哭无泪。正是：

> "明君"虽明不再君，屈为"大帅"帐下臣。
> 延水叮咚犹在耳，庐山雾深深几重。

望江亭，望江亭，江山如画，他却心乱如麻。他抚亭向晚，痛拍栏杆。天将降大任于斯党也，必先苦其历程，炼其思想，正其路线，外能审时度势，内能精诚团结，行拂乱其所为，才能执政、治国、安邦、富民啊！

他几次求见毛，毛拒而不见。会议结束，8月18日张闻天下山，回到北京，家人和朋友说你管外交，不干经济，何苦上山发言闯此大祸？他却冷静地以哲学相对：不上山，就没有这个发言，是偶然性；肚子里有意见总是要讲，这是必然性。但这一讲，他的名字从此就在报纸上消失了。接着召开的全国外事会议开始追查他的"里通外国"和历史问题，而这些与在庐山会议上的发言毫无关系，是欲加之罪再索事实。他只好任污水一盆盆地泼来。

留得光辉在人间

庐山一别，张与毛竟成永诀。

1960年春，张大病初愈，便写信给毛希望给一点工作，不理。他找邓小平，邓说可研究一点国际问题。又找刘少奇，刘说还是搞经济吧，最好不要去碰中苏关系。他就明白了，自己还不脱“里通外国”的嫌疑。他去找管经济的李富春，李大喜，说正缺你这样的人，三天后却又表示不敢使用。后来中组部让他到经济研究所去当一个特约研究员，他立即回家把书房里的英文、俄文版的外交问题书籍一推而去，全部换成经济学书刊，并开始重读《资本论》。张闻天是中共八大以后的领导集体中唯一通读过《资本论》的，而且读有三四遍，研究经济正是他的所爱。1962年七千人大会前后，全国形势好不容易出现一个亮点，中央开始检讨1958年以来的失误，毛、刘在会上都有自我批评。张很高兴，在南方调查后向中央报送了《关于集市贸易等问题的一些意见》。没想到这又被指为“翻案风”，立即被取消参加中央会议和阅读一切文件的权利，送交专案组审查。毛说别人能平反，他和彭不能平。他不知道，对中央工作的缺点别人说得，而他却是不能置一词的。到“文化大革命”，他这个曾经的总书记（前五朝的总书记当时仅存他一人了，陈、瞿、向、博都已不在世）又受到当年农民游街斗地主式的凌辱。他经常是早晨穿戴整齐，怀揣月票，挤上公共汽车，准时到指定地点去接受批斗。下午，他的妻子刘英，一起从长征走过来的老战友，门依黄昏，提心吊胆，盼他能平安回来。他有冠心病，在挨斗时已不知几次犯病，仅靠一片硝酸甘油挺过来。只1968年7、8、9三个月就被批斗十六七场。他还被强迫做伪证，以迫害忠良。遇有这种情况他都严词拒绝，牺牲自己保护干部。他以一个有罪之身为陈云、陆定一等辩诬。特别是康生和“四人帮”想借“61人叛徒案”打倒刘少奇，他就挺身而出，以时任总书记的身份一再为刘证明和辩护（尽管刘在庐山会议和七千人大会上是帮毛的）。士穷而节见，他已经穷到身被欺、名被辱，且命难保的程度，却不变其节，不改其志。

他将列宁的一句话写在台历上，作为自己的座右铭：“为了能够分析和考察各个不同的情况，应该在肩膀上长着自己的脑袋。”1969年10月18日，他被勒令从即日起不得再用“张闻天”3个字，而被化名“张普”流放到广东肇庆。在肇庆的5年是他生命的末期，也是他思想的光辉顶点。“文化大革命”中关押“走资派”或“反动权威”的地方叫“牛棚”，季羡林就专有一本书名《牛棚杂忆》。而现在软禁张闻天的这个小山坡就叫“牛冈”，比牛棚大一点，但仍不得自由。后来张的夫人刘英回忆那段日子说：“没有熟人，没有电话，部队设岗‘警卫’我们的住所。从‘监护’到‘遣送’，我们只不过是从四壁密封的黑房换进了没有栅栏的‘鸟笼’。就这样我们被抛弃在一边，开始了长达6年孤寂的流放生活。”张闻天像一个摔跤手，被人摔倒了又扔到台下，但他并不急着爬起来，他暂时也无力起身，就索性让自己安静一会儿，躺在那里看着天上的流云，听着耳边的风声，回忆着刚才双方的一招一式，探究着更深一层的道理。一个有历史责任感的政治家总是把自己作为一种元素放在社会这个大烧瓶里进行着痛苦的实验。他把鲁迅的两段话抄在卡片上，置于案头：

> 只要能培一朵花，就不妨做做会朽的腐草。
>
> 革命者为达目的，可用任何手段的话，我是以为不错的。所以即使因为我罪孽深重，革命文学的第一步，必须拿我来开刀，我也敢于咬着牙关忍受。杀不掉，我就退进野草里，自己舔尽了伤口上的血痕，绝不烦别人敷药。

他每日听着高音喇叭里的最高指示，感受着“文化大革命”的喧嚣，回忆着自己忽上忽下、国内国外的经历，思考着党、国家、民族的前途。他本来就是一个思想家，在以往的每一个岗位上都有新思想的萌芽破土而出，写成调查报告或文章送毛、送中央。涓流归海，竭诚为党。他希望这个新芽能长成大树，至于这树姓张还是姓党，或者姓毛，他都不在乎。思考和写作已经成了他生活的习惯，成了他自觉为党工作的一部分。但现在“休去倚危栏，斜阳正在，烟柳断肠处”。他明白不会再有人听他的什么建议，也没有地方发表他的文章，写作只是为了探求真理。他只求无愧生命，无愧青史。正像一首诗所说的：

> 能工作时就工作，
> 不能工作时就写作。
> 二者皆不能，
> 读书、积累、思索。

每当夜深人静，繁星在空，他披衣览卷，细味此生。他会想起在苏联红色教授学院时的学习，想起在长征路上与毛泽东一同反思第五次反“围剿”的失利，想起庐山上的那一场争吵。毛泽东比他大 7 岁，他们都垂垂老矣，但是直到现在还没有吵出个结果，而国家却日复一日地政治混乱，经济崩溃，江河日下。是党的路线出了毛病，还是庐山上他说的那些问题，今犹更甚。归纳起来就是三点：一是滥用阶级斗争，国无宁日，人无宁日，无休无止；二是不尊重经济规律，狂想蛮干；三是个人崇拜，缺乏民主。他将这些想法，点点所得，写成文章。但这些文字早不是他当年 20 岁时写小说、写诗歌了，已是红叶经秋，寒菊着霜，字字血、声声泪了。牛冈本为一部队农场之地，虽值“文化大革命”之乱，仍不废鸡犬牛羊。所以他常于夜半凝神之时，遥闻冷巷狗吠之声；而奋笔疾书，却又雄鸡三唱，东方渐白。有哪一位画家要是能作一幅“牛冈夜思图”，或是前面所说的“望江亭远眺”，那真是摄魂、留魄、传神、言志，为历史写真，为英雄存照了。

张闻天接受七千人大会后的教训，潜心写作，秘而不露。眼见“文化大革命”之乱了无时日，他便请侄儿将文稿手抄了三份，然后将原稿销毁。这些文章只有作为“藏书”藏之后世了。这批珍贵的抄件，后经刘英呈王震才得以保存下来，学界称之为“肇庆文稿”。

多少年后，当我们打开这部文稿时，顿觉光芒四射，英气逼人，仿佛是一个前世的预言家在路边为后人埋下的一张纸条。我们不得不惊叹，在那样狂热混乱的年代里作者竟能如此冷静大胆地直刺要害。只需看一下这些文章的标题，就知道他是在怎样努力拨开时代的迷雾：《人民群众是主人》《论社会主义和共产主义》《无产阶级专政下的政治和经济》《无产阶级专政下的阶级和阶级斗争》《党内斗争要正确进行》。我们不妨再打开书本，听一听他在 40 年前发出的振聋发聩的声音：生产力是决定因素，离开发展生产力去改革生产关系是空洞可笑的。社会主义与共产主义是不同的阶段，不要急着跨进共产主义。阶级斗争就是各阶级为自己阶级的物质利益的斗争，不能改善人民的生活，共产主义就是画饼充饥。共产党执政后最危险的错误是脱离群众，不要以为党决定了的东西就是对的。为保证党的正确先要作风民主，不要老是喜欢听歌功颂德，个人专断。党内矛盾是同志矛盾，没有什么“资产阶级代理人”，党内斗争只能批评与自我批评，不能镇压……

他的这些话从理论上解剖了新中国成立以来反右派、“大跃进”、“反右倾”、“文化大革命”等运动的错误，是在为党开药方、动手术。这还不够，他更从哲学高度大喊一声：“一分为二”的说法有缺点，矛盾的解决不一定都要发展为分裂，许多时候可以不分裂。这是釜底抽薪，是对我们党长期信奉的“斗争哲学”的否定。试想从建党以来，党内就没有停止过斗争，动辄上纲上线，或批或整，或斗或杀，不知打了多少“右派”、“右倾分子”和“反党集团”。大者如他这样的总书记、刘少奇那样的国家主席，小者各级干部、党员不计其数。只有张闻天这种读透哲学又身经国内外、党内外复杂斗争的人才能悟出这个道理啊。

1974 年 2 月，经周恩来干预，张闻天恢复了组织生活。10 月，他给毛写信说自己已是风烛残年，希望能回京居住治病，毛批示：“到北京住，恐不合适，可另换一地方居住。”张欲回老家上海，不许。1975 年 8 月，被安置到无锡。越明年，1976 年 7 月 1 日，在党的 55 周年生日这一天，这个“第五朝”总书记就默默地客死他乡（这一年中共去世四位元老，1 月：周恩来；7 月：张闻天、朱德；9 月：毛泽东）。他留下遗嘱，将解冻的存款和补发的工资上交党费。这时距打倒“四人帮”只剩 3 个月。上面指示：不开追悼会，骨灰存当地，火化时不许用真名字。妻子刘英送的花圈上只好写着：“送给老张同志”（两年前彭德怀在京去世，骨灰盒上也是用了一个假名字“王川”）。火化后骨灰又不让存入骨灰堂，而放在一储物间里。对他的这种凌辱竟一直被带到了骨灰里去。正是：

在世时难别亦难，春风无力百花残。
哲人到死恨不尽，英雄成灰灰含冤。

他是为共产党天造地设的一头老黄牛、一个思想家、一个受难者、一个试验品和牺牲品啊。

张闻天一生三次让位，品高功伟；但又三次受辱，长期沉埋。在延安时因劝毛勿娶江青，被当面怒斥，整风中又屡做检查，此为一辱；庐山会议劝毛反思“大跃进”，被打成“反党集团”，此为二辱；“文化大革命”被整、被关、被流放，死而不得复其名，此为三辱。大半生都是“人为刀俎，我为鱼肉”，低房檐下难展身。但他一辱见其量，有大量，从容辞去总书记，到基层工作；二辱见其节，有大节，不低头，不屈服，转而去潜心研究经济理论，为治国富民探一条路；三辱见其志，不改共产主义的大志，虽为斗室之囚，却静心推演社会进步之理，最后留下雄文 4 卷，110 万言。辱之于他如尘埃难掩珠玉之光，如浮云难遮丽日之辉。他甚至于懒得伸手去弹掉这些浮尘，而只待历史的清风去慢慢打扫它。果然，清风徐来，云开雾散。他去世后 3 个月“四人帮”倒台，3 年后中央为他开追悼会平反昭雪。邓小平致悼词曰：“作风正派，顾全大局，光明磊落，敢于斗争。”1985 年，他诞生 85 周年之际《张闻天选集》出版，1990 年他诞生 90 周年之际 4 卷本 110 万字的《张闻天文集》出版。到 2010 年他诞生 110 周年之际，史学界、思想界掀起一股张闻天热，许多研究专著出版。2011 年《人民日报》出版新年第一期的《文史参考》杂志，封面主题是：“遵义会议后中共最高领导人不是毛泽东而是张闻天”。《北京日报》刊出建党 90 周年特稿《张闻天在中共党史上的十大贡献》。桃李不言，下自成蹊；人心有秤，公道归来，一个时代的巨人重又站在历史的云端。历史有时会开这样的玩笑：一个胜者可以成就功业霸业，为自己建造一座富丽堂皇的宫殿，把他的对手打倒在地并踩在脚下；但历史的风雨会一层一层地剥蚀掉那座华丽的宫殿，败者也会凭借自己思想和人格的力量，重新站起身来，一点一点地剥去胜者的外衣。这就是历史唯物主义。

还汝洁白漫天雪

2011 年元旦，我为寻找张闻天的旧踪专门上了一次庐山。刚住下我就提出要去看一下他 1959 年庐山会议时住的 177 号别墅。主人说，已拆除。我知道庐山上的老别墅是一景，是文物，600 多座都是专门编号的，怎么会拆呢？主人说因旅游业发展的需要，那年就选了两栋拆建改造。老天不公啊，600 多选 2，怎么偏偏就轮上了呢？我说那就到原址凭吊一下吧。改造过的房子是一座崭新的二层楼，已经完全找不到旧日的影子。里面正住着一位省里的领导，我说是来看看张闻天的旧居，他一脸茫然。我不觉心中一凉，连当地的高干都不关心这些，难道他真的已经在人们的记忆里消失？

第二天一觉醒来，好一场大雪，一夜无声，满山皆白。要下山了，我想再最后看一眼 177 号别墅。这时才发现，从我住的 173 号别墅顺坡而下，就是毛泽东 1970 年上山时住的 175 号别墅，再往下就是 1959 年彭德怀住的 176 号和张闻天住的 177 号。3 个曾在这里吵架的巨人，原来是这样地相傍为邻啊。我不觉起了好奇心，便用步子量了一下，从 175 号毛的窗下，到 176 号彭门前的台阶只有 29 步，而从 176 号到 177 号是 99 步。历史上的那场惊涛骇浪，竟就在这百步之内与咫尺之间。当然，1959 年上山时毛住的是“美庐”（离这里也不远），但 1970 年他在 175 号住了 23 天，每日出入其间，抬头不见低头见，睹“屋”思人，难道就没有想起彭德怀和张闻天？现在是冬天，本就游人稀少，这时天还早，177 号就更显得冷清。新楼的山墙上镶着重建时一位领导人题的两个字：“秀庐”，我却想为这栋房子命名为“冷庐”或“静庐”。这里曾住过一个最冷静、最清醒的思想家。当 1959 年庐山会议上的多数人还在头脑发热时，张闻天就在这里写了一篇极冷静的文章，一篇专治极左病的要言妙道，这是一篇现代版的《七发》。

我在院子里徘徊，楼前空地上几棵孤松独起，青枝如臂，正静静地迎着漫天而下的雪花。石阶旁有几株我从未见过的灌木，一米多高，叶柔如柳，枝硬如铁，缀着一串串鲜红的果实，在这白雪世界里如珠似玉，晶莹剔透。我就问送我下山的郑书记（他曾在庐山植物园工作）这是何物？他说：“很少见，名字也怪，叫平枝栒子，属蔷薇科。”我大奇，这山上我少说也上来过五六次，怎么却从未见过？是今日，苍天特冥冥有指吧。平者，凭也；栒者，寻之。我忽闻天语解天意，这是叫我来凭吊和寻访英灵的啊。难怪昨夜突降大雪，原来也是要还故居主人一个洁白。我在心底吟哦着这样的句子：

凭子吊子，惆怅我怀。寻子访子，旧居不再。飘飘洒洒，雪从天来。抚其辱痕，还汝洁白。水打山崖，风过林海。斯人远去，魂兮归来！

我转身下山一头扑入飞雪的怀抱里，也迈进了 2011 年的门槛。这一年正是中国共产党建党 90 周年，张闻天诞生 111 周年。

（2011 年元旦记于庐山，春节（2 月 3 日）改于北京，2 月 24 日定稿，
载《北京文学》2011 年第 5 期）

二死其身的彭德怀

中国古代有一句为政格言："文死谏，武死战。"国家的稳定全赖文武官员各司其职，各守其责。神武之勇，战功卓著，名扬疆场者被尊为开国功臣、民族英雄，如韩信，如岳飞。敢说真话，为民请命，犯颜直谏者为诤谏之臣，如魏徵，如海瑞。进入现代社会，讲民主，讲法治，但个人的政治操守仍然是从政者必不可少的素质。在共和国历史上兼武战之功、文谏之德于一身并惊天动地、彪炳史册的当数彭德怀。

无彭则无军威，有军必有先生

在十大元帅中，彭德怀是唯一一个参加过两次国内革命战争、抗日战争，在解放后又和美国人打过仗的人。文天祥在《〈指南录〉后序》里，叙述他历经敌营，不知几死。而彭德怀行伍出身，自平江起义以来，苏区反"围剿"、长征、抗日战争、解放战争、抗美援朝，与死神擦肩更是千回百次。井冈山失守，"石了要过刀，茅草要过火"，未死；长征始发，彭殿后，血染湘江，八万红军，死伤五万，未死；抗日战争，鬼子扫荡，围八路军总部，副参谋长左权牺牲，彭奋力突围，未死；转战陕北，彭身为一线指挥，以 2.5 万兵敌胡宗南 24 万兵，几临险境，未死；朝鲜战争，敌机空袭，大火吞噬志愿军指挥部，参谋毛岸英等遇难，彭未死。

毛泽东对他曾是极推崇和信任的。长征途中曾有诗赠彭："山高路远坑深，大军纵横驰奔。谁敢横刀立马，唯我彭大将军。"十大元帅中，毛除对罗荣桓有一首悼亡诗外，对部下赠诗直夸其功，这也是唯一一首了。抗日战争，彭任八路军副总司令，后期朱老总回延安，他实际在主持总部工作。解放战争初期，彭转战西北更是直接保卫党中央、毛主席。朝鲜战事起，高层领导意见不一，毛急召彭从西北回京，他坚决支持毛泽东出兵抗美，并受命出征。三次战役较量，打破了美军不可战胜的神话。杜鲁门总统事先没有通知朝战司令麦克阿瑟，就直接从广播里宣布将他撤职，可见其狼狈与恼怒之状。从平江起义到庐山会议，这时彭德怀的革命军旅生涯已 30 多年，他的功劳已不是按战斗、战役能计算清的，而是要用历史时期的垒砌来估量。章太炎评价民国功臣黄兴说："无公则无民国，有史必有斯人。"此句用于彭："无彭则无军威，有军必有彭总。"他不愧为国家的功臣、军队的光荣。

如果彭德怀到此打住，当他的元帅，当他的国防部部长，可以善终，可以保官、保名、保一个安逸的日子。战争过去，天下太平，将军挂甲，享受尊荣，这是多么正常的事情。林彪不是就不接赴朝之命，养尊处优多年吗？但彭德怀不是这样的人。他是军人，更是人民的儿子。打仗只是他为国、为民尽忠的一部分。战争结束，忠心未了，民又有疾苦，他还是要管，要争。

没有倒在枪炮下，却倒在一封谏书前

1959 年，建国 10 周年。对战争驾轻就熟的共产党领袖们在经济建设上遇到了新问题，并发生了严重分歧。毛泽东心急，步子要快一些，周恩来从实际出发，觉得应降降温，提出反冒进。毛泽东说：你反冒进，我是反"反冒进"的，并多次批周，甚至要周辞职。怎么估价当前的经济形势？下一步又该怎么办？在这样的背景下，召开了庐山会议。会议之初，毛已接受一些反"左"意见，分歧已有一点小小的弥合。但彭德怀还是不放心。会前，他到农村做过认真的调查，亲眼见到人民公社、大食堂对农村生产力的破坏和对农民生活的干扰，而干部却不敢说真话。在小组会上他先后做了七次发言，直陈其弊，就是涉及毛泽东也不回避。他说："现在是个人决定，不建立集体威信，只建立个人威信，是很不正常的，是危险的。"在庐山 176 号别墅，那间阴沉沉的老石头房子里，他夜不成眠，心急如焚。他知道毛泽东的脾气，他想当面谈谈自己的看法。他多么想像延安时期那样，推开窑洞门叫一声"老毛”，就与毛泽东共商战事。或者像抗美援朝时期，形势紧急，他从朝鲜前线直回北京，一下飞机就直闯中南海，主席不在，又驱车直赴玉泉山，叫醒入睡的毛泽东。那次是解决了问题，但毛泽东也留下一句话：“只有你彭德怀才敢搅了人家的觉。”现在彭德怀犹豫了，他先是想，最好面谈，踱步到了主席住处，但卫士说主席刚休息。他不敢再搅主席的觉，就回来在灯下展纸写了一封信。这真的是一封信，一封因公而呈私人的信，抬头是“主席”，结尾处是“顺致敬礼！彭德怀”。连个标题也没有，不像文章。后人习惯把这封信称为“万言书”，其实它只有 3 700 字。他没有想到，这封信成了他命运的转折点，全党也没有想到，因这封信，党史有了一大波折。这封信是党史、国史上的一个拐点、一块里程碑。

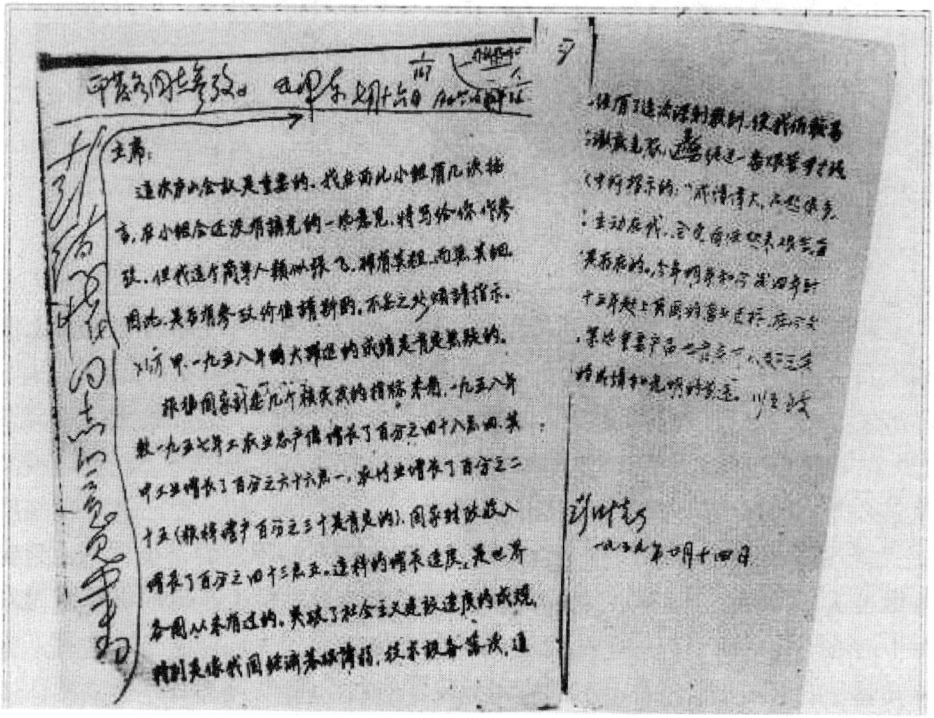
印发各同志参考。毛泽东 七月十六日

彭德怀同志意见书

主席：

这次庐山会议是重要的。我在西北小组有几次插言，在小组会还没有讲完的一些意见，特写给你作参考。但我这个简单人类似张飞，确有其粗，而无其细。因此，是否有参考价值请斟酌。不妥之处，请指示。

甲、一九五八年大跃进的成绩是肯定无疑的。

根据国家计委几个核实后的指标来看，一九五八年较一九五七年工农业总产值增长了百分之四十八点四，其中工业增长了百分之六十六点一，农副业增长了百分之二十五（粮棉增产百分之三十是肯定的），国家财政收入增长了百分之四十三点五。这样的增长速度，是世界各国从来没有过的，突破了社会主义建设速度的成规。特别是象我国经济基础薄弱，技术设备落后，通

彭德怀

一九五九年七月十四日

彭德怀给毛主席的“万言书”

彭德怀是党内高级干部中第一个犯颜直谏、站出来说真话的人。随着历

史的推进，人们才越来越明白，彭德怀当年所面对的绝不是一件具体的事情，而是一种制度、一种作风。当时毛泽东在党内威望极高，至少在一般人看来，他自主持全党工作以来还没有犯过任何错误。而彭德怀对毛所热心的“大跃进”、人民公社、公共食堂提出了非议，这需要极大的勇气。对毛泽东来说，接受意见也要有相当的度量。梁漱溟在新中国成立初就农村问题与毛争论时就直言：我倒要看看你有没有这个雅量。毛对党外民主人士常有过人的雅量，这次对党内同志却没有做到。

彭与毛相处 30 多年，深知毛的脾气，他将个人的得失早已置之脑后。果然，在会上，他被定为“反党分子”，会后被撤去国防部部长之职，林彪渔翁得利。庐山上的会议开完，不久就是国庆，又恰逢 10 年大庆，按惯例彭德怀是该上天安门的，请柬也已送来。彭说我这个样子怎么上天安门，不去了。他叫秘书把元帅服找出来叠好，把所有的军功章找出来都交上去。秘书不忍，看着那些金灿灿的军功章说：“留一个做纪念吧。”他说：“一个不留，都交上去。”当年居里夫人得了诺贝尔奖后，把金质奖章送给小女儿在地上玩，那是一种对名利的淡泊；现在彭德怀把军功章全部上交，这是一种莫名的心酸。没几天，他就搬出中南海到西郊挂甲屯当农夫去了。他在自己的院子里种了三分地，把粪尿都攒起来，使劲浇水施肥。他要揭破亩产万斤的神话。1961 年，经请示毛同意后，他回乡调查了一个多月，写了 5 个共 10 多万字的调研报告，涉及生产、工作、市场等，甚至包括一份长长的农贸市场价格表，如：木料 1 根 2 元 5 角，青菜 1 斤 3 分到 6 分。他固执、朴实，真是一个农民。他还是当年湘潭乌石寨的那个石伢子。夫人浦安修生气地说：“你当你的国防部部长，为什么要管经济上的事？”他说：“我看到了就不能不管。”生性刚烈的毛泽东希望他能认个错，好给个台阶下。但耿介的彭德怀就是不低头。有时候一个人的命运、成败也许就是性格注定。庐山会议结束，彭德怀被扣上“反党集团头子”的帽子，其身份与阶下囚也相去不远。当大家都准备下山时，会务处打来一个电话，说为首长准备了一批上等的庐山云雾茶，问要不要买几斤，还特意说这种茶街上买不到。彭大怒：“街上买不到，为什么不拿到街上去卖？尽搞这些鬼名堂，市场能不紧张？”他还特嘱秘书给会务处打一个电话：“这是一种坏风气，以后不能再搞。”秘书提醒他，这种时候还是不要管这事吧。他无奈地说："看来我这脾气，一辈子也改不了。"

被贬的日子里，他一次次地写信为自己辩护。写得长一点的有两次。一次是在 1962 年的七千人大会前，他正在湖南调查，听说中央要开会纠"左"，他高兴地说，赶快回京，给中央写了一封 8 万字的信。庐山会议已过去了 3 年，时间已证明他的正确，他觉得可以还一个清白了。但就在这个会上，他又被点名批了一通，他绝望了。"文化大革命"期间，这位打败过日军、美军的战神被一群红卫兵娃娃玩弄于股掌，被当作囚犯关押、游街、侮辱。作为交代材料，他在狱中写了一份《自述》，那是一份长长的辩护词，细陈自己的历史，又是 8 万字。是用在朝鲜停战协议上签字的那支派克笔写的，写在裁下来的《人民日报》的边条上。他给专案组一份，自己又抄了一份，这份珍贵的手稿几经周转，亲人们将它放入一个瓷罐，埋在乌石寨老屋的灶台下。直到"文化大革命"结束才见天日。那年，我到乌石寨去寻访彭总遗踪，印象最深的就是这个黑乎乎的灶台和堂屋里彭总回乡调查时接待乡亲们的几条简陋的长板凳。

他愤怒了，1967 年 4 月 1 日给主席写了最后一封信，没有下文。4 月 20 日他给周总理写了最后一封信，这次没有提一句个人的事，却说了另一件很具体的与己无关的小事。他在西南工作时看到工业石棉矿渣被随意堆在大渡河两岸，常年冲刷流失很是可惜。这是农民急缺的一种肥料，他说，这事有利于工农联盟，我们不能搞了工业忘了农民。又说这么点小事本不该打扰总理，但他不知该向谁去说。这时虽然他的身体也在受着痛苦的折磨，但他的心已经很平静，他自知已无活下去的可能，只是放心不下百姓。这是他对中央的最后一次建议。

毛泽东在庐山会议后对彭德怀的评价只有一次比较客观。那是 1965 年在彭德怀闲置 6 年后中央决定给他一点工作，派他到西南大三线去。临行前，毛说："也许真理在你那边。"但这个很难得的转机旋即又被"文化大革命"的洪水所淹没。彭德怀最终还是死于"文化大革命"的冤狱之中。"文死谏，武死战"。他这个功臣没有死于革命战争，却死于"文化大革命"；没有倒在枪炮下，却倒在一封谏书前。

他二死其身，既经受住了“武死战”的考验，又通过了“文死谏”的测试

现在我们终于明白了“文死谏”的含义，它远比“武死战”要难。当一个将军在硝烟中勇敢地一冲时，他背负的代价就是一条命，以身报国，一死了之。敢将热血洒疆场，博得烈士英雄名。而当一个文臣坚持说真话，为民请命时，他身上却背负着更沉重的东西。第一，可能失宠，会丢掉前半生的政治积累，一世英名毁于一纸；第二，可能丢掉后半生的政治生命，许多未竟之业将成泡影；第三，可能丢掉性命。更可悲的是，武死，死于战场，死于敌人，举国同悲同悼，受人尊敬；文死，死于不同意见，死于自己人，黑白不清，他将要忍受长期的屈辱、折磨，甚至身后落上一个冤名。这就加倍地考验一个人的忠诚。彭德怀因为这封说真话的信，前半生功名全毁，被人批判谩骂为“右倾”“反党”“叛国”“阴谋家”，扣在他背上的是一口何等沉重的黑锅。在监禁中，他被病痛折磨得在地上打滚，欲死不能。而现在我们看到的哨兵关押记录竟是这样的文字：“我看这个老家伙有点装模作样”，“这个老东西从报上点他名后就很少看报”。这就是当时一个普通士兵对这个开国老帅的态度。可知他当时的处境，其所受之辱更甚于韩信钻胯。而许多旧友亲朋，早已不敢与他往来，就连妻子也已提出与他离婚。庐山会议后，全国有 300 多万人被打为“右倾机会主义分子”。一纸薄薄的谏书怎能承载这样的压力？其时其境，揪斗可死，游街可死，逼供可死，加反党名可死，诬叛国罪可死。“文化大革命”中有多少老干部不堪其辱而寻死自杀啊。但是，彭德怀忍过来了，他要“留取丹心照汗青”，他相信历史会给他一个清白。他在庐山上对毛泽东说过：“我一不会反党，二不会自杀。”就这样，经 30 多年的革命战争生涯后，他又有 15 年的时间被批判、赋闲、挨斗、监禁，然后含冤而去。他是 1974 年 11 月去世的，骨灰被化名“王川”，送往成都一普通陵园。当时周恩来已在病中，特嘱此骨灰盒要妥善保存，经常检查，不得移位换架。直到 4 年后的 1978 年他才得以平反。当骨灰撤离成都从陵园到机场时，人们才明真相，泣不成声。专机落地前在北京上空环绕三圈，以慰忠臣之心。

中国古代，君即是国。所以传统的忠臣就是忠君。但“君”和“国”毕

竟还有不同。就是在古代，真正的忠臣也是：为民不为君，忧国不惜命。朗朗吐真言，荡荡无私心。既然为“臣”，当然是领导集团的一员，上有“君”下有民。他要处理好的第一个难题就是对领导负责还是对人民负责。当出现矛盾时，唯民则忠，唯君则奸。“社稷为重君为轻”，真正的忠臣，并不是“忠君”，而是忠于国家、民族、人民。像海瑞那样，宁愿坚持真理，冒犯皇帝去坐牢。而彭德怀在毛泽东号召学海瑞后，真的在案头常摆着一本线装《海瑞集》。第二个难题是敢不敢报真情，提中肯的意见，说逆耳的话。所谓犯颜直谏，就是实事求是，纠正上面的错误，准备承担“犯上”的最坏后果。这是对为臣者的政治考验和人格考试。“谏”文化成了中国传统政治文化中一个特有的内容。披阅中国历史，我们会发现一串长长的冒死也要说真话的忠臣名单：比干被剖心、屈原投江、魏徵让唐太宗动了杀心、海瑞被打入死牢、林则徐被充军新疆……他们都是“不说真话毋宁死”的硬汉子。现在这个名单上又添了一个彭德怀。

彭德怀爱领袖，更爱真理；珍惜自己的生命，更珍惜国家的前途。他浴血奋战 30 多年，不知几死，经受住了“武死战”的考验；庐山会议 30 天的争论和其后 15 年的折磨，他又不知几死，通过了“文死谏”的测试。他是一位为人民、为国家二死其身的忠臣。

人民永远记住了庐山上的那场争论，记住了彭德怀。

（《新华文摘》2008 年第 18 期）

带伤的重阳木

毛泽东有一首词，里面有一句：岁岁重阳，今又重阳。今年重阳节刚过我就到湖南湘潭来看一棵树，树名重阳木。开始听到这个名字我还以为是当地人的俗称。后来一查才知道这就是它的学名。大戟科，重阳木属。产长江以南，根深树大，冠如伞盖，木质坚硬，抗风、抗污能力极强，常被乡民膜拜为树神。能以它为标志命名为一个属种，可见这是一种很正规、很典型的树。湘潭是毛泽东的家乡，也是彭德怀的家乡，我曾去过多次，而这次却是专门为了这棵树，为了这棵重阳木。

这棵重阳木长在湘潭县黄荆坪村外的一条河旁，河名流叶河，是从上游的隐山流下来的。隐山是湖湘学派的发源地，南宋时胡安国在这里创办“碧泉书堂”，后逐渐发展成一个著名学派，出了王船山、曾国藩、左宗棠等不少名人。现隐山范围内还有左宗棠故居、濂溪书堂等文化景点。这条河从山里流出，进入平原的人烟稠密地带后，就五里一渡，八里一桥，碧浪轻轻，水波映人。而每座桥旁都会有一两棵枝繁叶茂的大树，供人歇脚纳凉。我要找的这棵重阳木就在流叶桥旁，当地人叫它“元帅树”，和彭德怀元帅的一段逸事有关。

我们到达的时候已是午后，太阳西斜，远山在天边显出一个起伏的轮廓，深秋的田野上露出刚收割过的稻茬，垅间的秋菜在阳光下探出嫩绿的新叶。河边有农家新盖的屋舍，远处有冉冉的炊烟，四野茫茫，寥廓江天，目光所及，唯有这棵大树，十分高大，却又有一丝的孤独。这树出地之后，在两米多高处分为两股粗壮的主干，不即不离并行着一直向天空伸去，枝叶遮住了路边的半座楼房。由于岁月的侵蚀，树皮高低不平，树纹左右扭曲，如山川起伏，河流经地。我们想量一下它的周长，三个人走上前去伸开双臂，还是不能合拢。它伟岸的身躯有一种无可撼动的气势，而柔枝绿叶又披拂着，轻轻地垂下来，像是要亲吻大地。虽是深秋，树叶仍十分茂密，在斜阳中泛着粼粼的光。55 年前，一个人们永远不会忘记的故事就发生在这棵树下。

1958 年，那是共和国历史上的特殊年份，也是彭德怀心里最纠结不解的一年。还是在上年底，彭就发现报上出现了一个新名词："大跃进"。他不以为然，说跃进是质变，就算产量增加也不能叫跃进呀。转过年，1958 年的 2 月 18 日，彭为《解放军报》写祝贺春节的稿子，就把秘书拟的"大跃进"全改成了"大发展"。而事有凑巧，同天《人民日报》发表毛泽东修改过的社论却在讲"促进生产大跃进"。也许从这时起，彭的头脑里就埋下了一粒疑问的种子。3 月，中央下发的正式文件说："这是一个社会主义的生产大跃进和文化大跃进的运动。"接着中央在成都开会，毛泽东在会上的讲话意气风发、势如破竹。彭也被鼓舞得热血沸腾。8 月，北戴河会议通过《关于在农村建立人民公社问题的决议》，并要求各项工作大跃进，钢产量比上年要翻一番，彭也举手同意。会后的第二天他即到东北视察，很为沿途的跃进气氛所感动。他向部队讲话说："过去唱'起来，饥寒交迫的奴隶'，中国人民几千年饿肚子，今年解决了。今年钢产量 1 070 万吨，明年 2 500 万吨，'一天等于 20 年'，我是最近才相信这番话的。"10 月，他到甘肃视察，看到盲目搞大公社致使农民杀羊、杀驴，生产资料遭破坏，公社食堂大量浪费粮食，社员却吃不饱，又心生疑虑。回到北京，部队里有人要求成立公社，要求实行供给制。他说："这不行，部队是战斗组织，怎么能搞公社？不要把过去的军事共产主义和未来'各尽所能，按需分配'的共产主义分配混为一谈。"12 月，中央在武汉召开八届六中全会，说当年粮食产量已超万亿斤，彭说怕没有这么多吧，被人批评保守。他就这样在痛苦与疑惑中度过了 1958 年。

武汉会议一结束，彭没有回京，便到湖南做调查，他想家乡人总是能给他说些真话。湖南省委书记周小舟陪同调查，他介绍说全省建起 5 万个土高炉，能生火的不到一半，能出铁的更少。而为了炼铁，群众家里的铁锅都被收缴，大量砍伐树木，甚至拆房子、卸门窗。彭德怀没有住招待所，住在彭家围子自己的旧房子里。当天晚上乡亲们挤满了一屋子，七嘴八舌说社情。他最关心粮食产量的真假，听说有个生产队亩产过千斤，他立即同干部打着手电步行数里到田边察看。他蹲下身子拔起一蔸稻子，仔细数秆、数粒。他说：“你们看，禾蔸这么小，秆子这么瘦，能上千斤？我小时种田，一亩500，就是好禾呢。”他听说公社铁厂炼出640吨铁，就去看现场，算细账，说为了这一点铁，动用了全社的劳力，稻谷烂在地里，还砍伐了山林，这不合算。他去看公社办的学校，这里也在搞军事化，从一年级开始就全部住校。寒冬季节，门窗没有玻璃，冷风飕飕直往屋里灌。孩子们住上下层的大通铺，睡稻草，尿床，满屋臭气。食堂吃不饱，学生们面有菜色。他说：“小学生军事化，化不得呀！没有妈妈照顾要生病的。快开笼放雀，都让他们回去吧。”当天学生们就都回了家，高兴得如遇大赦。彭总这次回乡住了两个晚上一个白天，看了农田、铁场、学校、食堂、敬老院。他用筷子挑挑食堂的菜，没有油水。摸摸老人的床，没有褥子，眉头皱成了一团。他说：“这怎么行，共产主义狂热症，不顾群众的死活。”那天，他从黄荆坪出来看见一群人正围着一棵大树，正熙熙攘攘，原来又是在砍树。他走上前说：“这么好的树，长成这个样子不容易啊。你们舍得砍掉它？让它留下来在这桥边给过路人遮点阴凉不好吗?”这时大树的齐根处已被斧子砍进一道深沟，青色的树皮向外翻卷，木质部已被剁出一个深窝，雪白的木渣儿飞满一地。而在桥的另一头，一棵大槐树已被放倒。他心里一阵难受，像是在战场上，看到了流血倒地的士兵，紧绷着嘴一句话也不说，便默默地上了车，接着前去韶山考察人民公社。周小舟见状连忙吩咐干部停止砍树。这天是1958年12月17日。

这个彭老总护树的故事，我大约3年前就已听说，一直存在心里，这次才有缘到现场一看。这棵重阳木紧贴着石桥，桥边有一座房子，房主老人姓欧阳，当年他正在现场，讲述往事如在眼前。他印象最深的还是那句话：给老百姓留一点阴凉！我问那棵阻拦不及而被砍掉的古槐在什么位置，老人顺手往桥那边一指，桥外是路，路外是收割后的水田，一片空茫。我就去凭吊那座古桥，这是一座不知修于何年何月的老石桥，由于现代交通的发达，旁边早已另辟新路，它也被弃而不用，但石板仍还完好，桥正中留有一条独轮

彭德怀保护的重阳木

车辗出的深槽。石板经过无数脚步、车轮，还有岁月的打磨，光滑得像一面镜子，在夕阳中静静地沉思着。车辙里、栏杆底下簇拥着刚飘落的秋叶，这桥还在不停地收藏着新的记忆。我蹲下身去，仔细察看树上当年留下的斧痕。这是一个方圆深浅都近一尺的树洞，可知那天彭总喝退刀斧时，这可怜的老树已被砍得有多深。我们知道，树木是通过表皮来输送营养和水分的，55 年过去了，可以清晰地看到，树皮小心地裹护着树心，相濡以沫，一点一点地涂盖着木质上的斧痕，经年累月，这个洞在一圈一圈地缩小。现在虽已看不到裸露的伤口，但还是留下了一个凹陷着的碗口大的疤痕。疤痕成一个圆窝形，这令我想起在气象预告图上常见的海上风暴旋动的窝槽，又像是一个旧社会穷人卖身时被强按的红手印，似有风雨、哭喊、雷鸣回旋其中。55 年的岁月也未能抚平它的伤痛。就像一只受伤的老虎，躲在山崖下独自舔着自己的伤口，这棵重阳木偎在石桥旁，靠树皮组织分泌的汁液，一滴一滴地填补着这个深可及骨的伤口。我用手轻轻抚摸着洞口一圈圈干硬的树皮，摸着这些枯涩的皱褶，侧耳静听着历史的回声。

彭德怀湘潭调查之后，又回京忙他的军务。但“大跃进”的狂热，遍地冒烟的土高炉，田野里无人收割的稻谷、无人采摘的棉花，公社大食堂没有油水的饭菜，一幕一幕，在他的脑子里总是挥之不去。转过年，就是 1959 年，彭万没有想到这竟是他人生的转折之年，也是中国共产党命运的转折之年。其时“大跃进”、人民公社化运动造成的经济败象已逐渐显露出来，这年

7月，中央在庐山召开会议准备纠“左”，彭根据他的调查据实给毛泽东写了一封信。他不知道，毛是绝不允许别人否定他的“大跃进”、人民公社的，于是雷霆震怒，就将他并支持他意见的黄克诚、张闻天、周小舟一起打成“彭黄张周反党集团”。从此，党内高层噤若寒蝉，再也听不到不同意见，党和毛的自我纠错能力也日弱一日，直到发生“文化大革命”大难。彭德怀生性刚正不阿，又极认真。他罢官后被安置在北京郊外一处荒废的院子里，就自己开荒、积肥、种地，要验证那些亩产千斤、万斤的神话。1961年，他再次给毛写信申请回乡调查。这又是一个寒冷的冬季，他回乡住了一个多月。经过1958年的大砍伐，家乡举目四望，已几乎看不到一棵树。他对陪同人员说：“你看山是光秃秃的，和尚脑壳没有毛。我二十三四岁时避难回家种田，推脚子车（独轮车）沿湘河到湘潭，一路树荫，都不用戴草帽。再长成以前那样的山林，恐怕要50年、80年也不成。现在农民盖房想找根木料都难。”他一共写了5个调查报告，其中有一个是专门在黄荆坪集市调查木料的价格。回京后他给家乡寄来四大箱子树种，嘱咐要想尽法子多种树。他念念不忘栽树、护树，是因为这树连着百姓的命根子啊。他虽是戎马一生，在炮火硝烟中滚爬，却是爱绿如命。抗日战争中，八路军总部设在山西武乡。山里人穷，春天以榆钱（榆树花）为食。彭就在总部门口栽了一棵榆树，现在已有参天之高，老乡呼之为“彭总榆”，成了永久的纪念。1949年，他率大军进军西北，驻于陕西白水县之仓颉庙外。庙中有“二龙戏珠”古柏一株。炊事班做饭无柴就爬上树将那颗“珠子”割下来烧了火。彭严肃批评并当即亲笔书写命令一道：“全体指战员均须切实保护文物古迹，严格禁止攀折树木，不得随意破坏。”现这命令还刻在树下的石头上。彭总不忘百姓，百姓也不忘彭总。他的冤案昭雪之后，这棵重阳木就被当地群众称为“元帅树”，年年祭奠，四时养护。我在树旁看到农民刚砌好的一口井，上面也刻了“元帅井”三个字。而树下还有一块石碑，辨认字迹，是1998年有一个企业来领养这棵树，国家林业局还为此正式发了文，并做了档案记录。那年的树龄是490年，树高22米，胸径1.2米。又15年过去了，这树已过500大寿，更加高大壮实。彭总又回到了湘潭大地，回到了人民群众之中。

彭德怀保护树木的手令

因为当年回乡调查是周小舟陪同，他在庐山上又支持彭的意见，也被罚同罪，归入“反党”。周也是湘潭人，他的故居离这棵重阳木只有二里地，我顺便又去拜谒。这是一座白墙黑瓦的小院，典型的湘中民居。周在这里度过了童年，后来到北方学习，参加革命，领导“一二·九”运动，极有才华。因为到延安汇报工作，被毛泽东看中，便留下当了一年的秘书。后又南下，直到任湖南省委书记。毛泽东本是十分欣赏他的，1956 年曾题词说：“你已经不是小舟了，你成了承载几千万人的大船。”可惜他和彭德怀一样，也是为民请命不顾命的人。庐山会议后，他一下子从省委书记贬为一个公社副书记。但他还是尽自己所能保护百姓。在那个非常时期他的公社是最少饿肚子的。

看过这棵重阳木的当晚，我夜宿韶山，窗外就是毛泽东塑像广场，月光如水，“共产党最好，毛主席最亲”的老歌旋律在夜空中轻轻飘荡。我清理着白天的笔记和照片，很为毛未能听取彭、周的逆耳忠言而遗憾。周曾是他的秘书，而彭从长征到抗美援朝，也是他很倚重的人，毛曾有诗：“谁敢横刀立马，唯我彭大将军”，但终因政见不合，自损大将，自折手足。谁能想到三个曾经出生入死的战友、忠诚共事的同志、不出百里的老乡，在庐山上面对自己家乡的同一堆调查材料，却得出不同的结论，翻脸为仇，指为“反党”。这真是一场悲剧。周在1962年12月25日，毛生日的前夜去世，疑为自杀。而直到1965年，毛才重新起用彭，并说：“也许真理在你那边。”但这一点友谊和真理的回光又很快被第二年开始的“文化大革命”的狂潮所吞灭。现在毛、彭、周三人都早已作古。“岁岁重阳，今又重阳”，人们年复一年地讲述着重阳木的故事，三个战友和老乡却再也不能重聚。这棵重阳木却不管寒来暑往，风吹雨打，还在一圈一圈地画着自己的年轮。我想，随着岁月的流逝，中国大地上如果要寻找1958、1959年那场灾难的活着的记忆，就只有这棵重阳木了，而且这记忆还在与日俱长，并随着尘埃的落定日见清晰，它是一部活着的史书。作为自然生命的树木却能为人类书写人文记录，这真是万物有灵，天人合一。它还会超出我们生命的十倍、百倍，继续书写下去。半个多世纪后，当人们再来树下凭吊时，也许那伤口已经平复，但总还会留下一个疤痕。树木无言，无论功过是非，它总是在默默地记录历史。正是：

元帅一怒为古树，喝断斧钺放生路。
忍看四野青烟起，农夫炼钢田禾枯。
谏书一封庐山去，烟云缈缈人不复。
唯留正气在人间，顶天立地重阳木。

（《人民日报》2014年1月22日）

麻田有座彭德怀峰

彭德怀元帅生前不喜照相，一生留下的照片不多，但有一幅特别经典。那是他指挥百团大战时，身先士卒，在距敌只有500米的交通壕里，双手举着望远镜瞭望敌情，神清气定，巍然如山。我每每翻阅有关彭总的书籍、资料时，总能遇到这幅照片。但是，当我在天地之间、在群山峻岭中又发现这幅杰作时，一时更惊得目瞪口呆。

去年秋，我有事去山西，办完正事，想了却一个心愿，就到左权县参观八路军总部旧址。全面抗战的那8年，八路军总部共转移驻地80次，但驻扎时间最长的是在左权县麻田镇，前后两次共4年，1 457天。彭德怀作为前线最高首长在这里指挥了最艰苦阶段的抗战。这是一块群山怀抱的小平原，中间有清漳河水流过，可种麦、种稻，还可养鱼、栽藕。这在北方的太行山深处，真是天赐福地。那天我们是上午进山的，一路上脑子里总是想着电影里、书上见过的那些艰难岁月。车子刚拐过一个山口，突然迎面扑来了一座山峰，主人指着说："快看!"看到了什么？一个巨大的身影，一整座山峰就是一个人。这时车子也停了，我们立即跳下车，"天啊！这不是彭总吗?"这整座山就是彭德怀那张经典照的剪影，惟妙惟肖，出神入化。

参观完总部旧址，我们还从原路返回，不由在彭总峰前又停了下来，留恋再三，不忍离去。刚才参观时陈列室里将彭总的真人照与这张山影照叠放在一起，两两相似，几乎是原图放大，看者无不叫绝。彭德怀死后无碑、无坟，甚至骨灰都不许用真名，不许存放北京。但在这太行深处，在八路军总

麻田彭德怀峰

部旧址附近却悄悄地长出一座彭德怀峰。难道这是天意？

抗日战争已经胜利 70 年了，当年的战场现在已是荷叶连连，藕香鱼肥。当年的一颗种子也已长成了参天大树，当年的孩子都成了古稀老人，但彭还一点没有变。你看他紧锁着眉头，似有所思；微弯的肩背，永在负重；一双粗壮的手臂，举着望远镜，像是架起了整个天空。他栉风沐雨，柱天立地，整个身子与大山已经化为一体。彭总，你还在瞭望什么，思索什么？

他在望着山的那边，硝烟从他的眼前慢慢飘过，他在企求和平，盼望安宁。彭总鞍马一生，凡中国革命最苦、最危险的时刻都有他的身影。土地革命时，王明路线的错误使根据地损失殆尽。他气得大骂："崽卖爷田不心痛。"长征进入陕北，敌骑兵尾追不舍，他在吴起镇布阵，一刀砍掉了这个尾巴。这有点像张飞一声喝断当阳桥。毛兴奋地送诗给他："山高路远坑深，大军纵横驰奔。谁敢横刀立马，唯我彭大将军。"抗战时期，他一直在八路军总部工作。1940 年敌军疯狂“扫荡”，华北根据地缩小，最困难时只剩下平顺和偏关两个县城。他毅然发起百团大战，一战消灭日伪 3 万多，收复并巩固县城 26 座。毛泽东高兴地来电：“百团大战真是令人兴奋，像这样的战斗，是否还可组织一两次?”解放战争，转战陕北，彭率 2.5 万人与胡宗南的 24 万大军周旋，敌我军力悬殊。半年中四战四捷歼敌过半，活捉了 5 个师、旅长。你看他指挥大战时何等镇定。他的副手习仲勋事后在《彭总在西北战场》中有这样一段回忆：

> 蟠龙镇战斗之前，敌人主力部队排成长宽几十里的方阵，铺天盖地向北扑去。而我军指挥机关就驻扎在这“方阵”中的一个小山沟里。我们头顶四面八方都有狂呼乱叫的敌人，大家都很紧张，人人都持枪在手。侦察员和参谋们不断送来十万火急报告，我焦灼地在窑洞里来回走动。而彭总却若无其事地躺在我身边的炕上，聚精会神地思考马上要发起的战斗怎么打。敌人刚从头顶上过去，他立刻跳下炕。喊一声：蟠龙！就率领全军直扑蟠龙镇……

新中国成立后，别人都解甲归田了，他又挂帅出征打了一场朝鲜战争。在彭总的大半生里，眼前总是过不尽的硝烟。就在他临去世前的几年，中国大地上又起“文化大革命”之乱。而这时他却成了“文化大革命”的对象，成了造反派手中的“战俘”。他在铁窗中愤怒地以头撞墙，无奈地望着外面打、砸、抢的硝烟，听着大喇叭里的狂喊，郁郁地离开了人世。

他在望着远处的村庄，白云从眼前飘过，脚下是一望无际的藕田。他还在关心民生，不知现在老百姓的日子过得怎么样？彭德怀穷苦出身，13 岁下窑挖煤，15 岁当堤工挑泥，18 岁吃粮当兵。他一生总是念着百姓的苦。八路军总部驻麻田 4 年，正是中国抗战史上黎明前的黑暗。军队浴血奋战，百姓苦苦支撑。为什么发动百团大战，彭自述，一个重要的原因是敌步步压迫，根据地已缩小成来回拉锯的游击区，百姓要负担敌我两头的供应，已经无法生存。他奋起一战痛歼日伪，根据地重见明朗的天，老百姓又过上正常的日子。1942 年北方大旱，紧邻的国统区河南饿殍遍野，山西根据地却无一人饿死。彭令机关每人每天节约二两粮，救济灾民。军队开荒种地，任务到人，就连军马也要下地。警卫员不忍心用他的马去拉犁，他说："我都要下地，我的马还能搞特殊？"春荒难熬，他命令部队不得与民争食，附近山上的野菜一苗不许动，部队度荒只可捋树叶、扒树皮。他带领战士筑坝引渠，为百姓浇地，又垒石架桥，方便百姓出行。1979 年，"文化大革命"刚结束不久，麻田村的一位老房东到北京看望当年曾住麻田的一个老干部，一见面就说："你还没死呀？"这位同志以为是说他"文化大革命"大难不死，便答："活得好呢。"不想老房东大怒："我以为你们都死光了呢！"对方问："什么意思？"房东说："没有死光？老彭挨整时，你们怎么没有一个人出来说话！"

麻田人没有忘记彭总，中国的老百姓没有忘记彭总。是他在 1959 年的庐山会议上说出了"大跃进"带来的经济危机，说出了人民公社让百姓饿肚子，才被打成"反党分子"，从此就再也没有翻身。他夫人说："你当你的国防部部长，为什么要管经济上的事？"他说："我是政治局委员，不能不管百姓死活。"他一个军队的元帅，到基层视察却总要到百姓家里掀掀缸盖，摸摸炕席，问问吃穿。1958 年回家乡调查，听说有亩产千斤高产田，他不信，连夜打着手电到地里数秧苗。去看公共食堂，他用勺子在大锅里搅了一圈，一锅青菜汤，他说这食堂散了吧。就这样，他为民请命，丢掉了政治生命直至肉体生命。

秋凉如水，残阳如血。他颤抖的手臂好像就要托不动这个沉重的望远镜了。太行山和湘江相隔万里，他在遥望家乡，想亲人何时能团圆，也愿天下家庭都幸福。彭德怀政治上不顺，生活中也是一个苦命人，父母早亡，两个弟弟是最近的亲人。但是，1940 年 10 月，在他举镜望敌、指挥百团大战时，国民党发动二次反共高潮，血洗了他在湘潭的家，枪杀了他的两个弟弟，弟媳重伤，侄子们逃亡在外。他的结发妻子成了"匪属"，亡命他乡，后只好嫁人。1938 年，彭德怀与浦安修结婚，这对患难夫妻在炮火中不知几过生死关。1942 年 5 月的大扫荡是最危险的一次，麻田撤退，我后方机关被打散，损失惨重。左权副参谋长牺牲。浦安修死里逃生，彭在事后集合队伍，清点人数时才意外地发现她还活着。但就是这样的患难夫妻在 1959 年后的"反右倾"政治高压下，妻子提出离婚，彭一人在孤苦中走完挨批斗、坐牢和病痛折磨的最后历程。彭无子女，格外爱怜两个弟弟留下的遗孤。1949 年一进城就把 6 个衣食无着的孩子全接到北京上学。6 月，他在北京饭店开会，利用一个周末，把他们接来，这是他和侄儿们的第一次见面。警卫员要去订个房间，他说不要增加国家负担。就和孩子们在地毯上打地铺，一晚上他看着这6个苦水里泡大的孩子，一会儿摸摸这个的脑袋，一会儿又给那个掖掖被子。10年后，他庐山受难，为不使亲人受牵连，他断然不许孩子们再来看他。但侄儿们还是未能免祸，被下放、批斗、围攻，赶出北京。他那两任早已离异的妻子，也被无数次地批斗。他在吴家花园被软禁的日子，不但亲人被隔绝，就连老战友也不能再见面，一位老部下知道他每天要出来散步，便守在进出的路上，希望能远远看上一眼。为免株连，他发现后立即转身。“文化大革命”前安排他到成都工作，他意外地知道老部下、志愿军副司令员邓华住在成都，便乘夜色去访，但走到楼下，犹豫再三，又折返回来。他不愿因自己再牵连任何人。他是一个最重亲朋感情的人，但在他身上，这种天赋之爱却被一而再、再而三地剥夺一空。

抗日战争的胜利是近代史上中华民族第一次洗却屈辱，扬眉吐气。国家民族摆脱了屈辱，作为八路军副总司令的彭德怀却在无尽的屈辱中忍受折磨。在“文化大革命”中蒙难的国家领导人中，彭德怀是最冤最苦的一个。虽然他像张闻天一样，同被打成反党分子，死后又都不许用真名，但张在晚年被发配外地，远离政治旋涡，还算平静；虽然他像刘少奇一样被百般折磨而死，但刘身后还有子女为其争公平；虽然他像周总理一样没有子女，但周还有一个坚强的妻子陪伴终生。十帅之中，他是经历战争、战役、战斗最多的一个，也是挨自己人的批判、斗争和拳打脚踢最多的一个。生前他被比作海瑞来批判，其实他只有在耿直这一点上像海瑞，他更像岳飞、于谦、袁崇焕，是中国历史上功劳最大却下场最惨的一类功臣。

秋风夕阳中，我静静地伫望着这座彭德怀峰。中国大地上有无数的名山，名山里有无数象形的山峰。但怎么正好就在彭总冒着炮火手举望远镜指挥战斗的地方，长出了这样一座举镜远望的彭德怀峰？太行山孕育了八路军，孕育了彭德怀这样的英雄。英雄替天行道，天地就来为英雄造像扬名。

彭总不死，他在望世界，望后人，他还在望穿秋水，求索人生。

（《国家人文历史》2015年第12期）

方志敏生命的最后7个月

今年是红军长征胜利80周年。纪念胜利，我们不应该忘记那些留在苏区未能长征或虽已踏上征途，却未能走到陕北的先烈。这其中最让我难忘的是中共早期领袖瞿秋白和方志敏。红军长征胜利80周年，也是他们牺牲81周年。长征的队伍一走，他们即死于敌人的屠刀下。他们是同年生，同年死，又是在同样的背景下死去，死时都才只有36岁。

在80周年这特殊的日子里，我有缘采访了方志敏当年战斗过的地方——江西的上饶、弋阳、横峰，又重读了《方志敏全集》，特别是他在狱中的文稿。感触最深的是他在生命的最后时刻怎样对待生与死。

方志敏

一

方志敏是一个有思想、有能力的领袖。他独自创立了一支红军，一块有50个县、100万人口的赣东北根据地——被中央称为模范根据地，并授予他红旗勋章一枚。根据地内经济繁荣，教育免费，“隔日有肉吃”，还发行了股票。但是，由于当时中央方针的错误，第五次反“围剿”失败，红军厄运降临。中央红军西去前，他被命率孤军北上，调虎离山，全军覆亡已成定势。

兵败后，他本来是可以不死的。1935年1月15日，他已与参谋长粟裕带800人冲出重围。但他说，作为领导人，我不能丢下后面的部队，便又返身回去。后队被敌打散后他又有一次生机，“本来我是可以到白区暂避一下，但念着已有一部分部队回到赣东北，中央给我们的任务又刻不容缓地要执行，所以决心冒险转回赣东北，一方面接受中央的批评和处分，开会总结皖南行动，做出结论，同时整顿队伍，准备再出”。这样，他终于被捕。他知必死，为免与敌啰唆，随索一纸，写下：“革命必能取得最后胜利，我愿牺牲一切，贡献于苏维埃和革命。”便再不多言。敌押他到上饶、南昌等地示众，他戴镣铐，昂首立于台上，凛然不可撼。当时一美国记者报道：“（在场的人）个个沉默不语，连蒋介石总部的军官也如此。这种沉默表示了对昂首挺立于高台之上的毫无畏惧神色的人的尊敬和同情。”

方志敏自1月29日被捕，到8月6日就义，在狱中约7个月。开始，他只求速死，但敌想以高官厚禄诱降他，就将他移至优待牢房。于是他便改变主意，尽量拖延时间，做两件事。一是争取越狱；二是以笔代枪，写文章。越狱需要外应，而极左路线不但毁了红军，也毁了地下党。一时与外面接不上头。他长叹：难道南昌城里连一个地下党也没有吗？眼见每天都有一批批的战友被拉出去枪毙，他由孤军更又变成了孤身。他只好一人背水作战，去做狱吏和高级囚犯中国民党人的工作，居然小有成效。虽不能越狱，但这些人帮他传送出了珍贵的手稿。他在狱中写了《可爱的中国》《狱中纪实》等12篇文章、著述，共13.6万字。我们可以算一下，他1月29日（长征中，这天正召开遵义会议）被捕，先是被来回转移示众，3月中旬才相对安定下来，到8月6日（长征中，一、四方面军已经会师，这天正召开沙窝会议）就义，大约130天。这期间仍要不断应付敌人的提审，要做团结动员难友的工作，做争取狱吏的工作。他无任何资料，又要防敌突然搜查（有几篇还化为小说，他化名祥松）。他戴着脚镣手铐，又有10多年的痔疮，流血化脓，不能平坐。每天平均要完成1 000多字。这是何等的意志力！这种精神和人格上的贡献已远超出他具体领导的军事斗争，是红军精神、长征财富的另一个重要组成部分。

二

这些手稿到他死后 5 年才被辗转送到党在重庆的机关。叶剑英含泪读罢即赋诗道："血染东南半壁红，忍将奇迹作奇功。文山去后南朝月，又照秦淮一叶枫。"文山是文天祥的号，叶帅将方比之文天祥，实不为过。

现在我们重读他的狱中文稿，提到最多的是"死"，随时准备死，怎样死，死前再抓紧为革命做点什么。当然，和死相对应的还有"生"。为谁而活，怎样活。这是抢分夺秒，在敌人的屠刀下书写的一部生死书，一篇人生解读录。

读狱中稿，我们首先看到的是他坦然面对死亡。同室中还有独臂将军刘畴西等三个红军高级干部，他们吃饭、下棋、谈天、写文章。"死是无疑的了，我们为革命而生，更愿为革命而死。砰的一枪，或啪的一刀。我们常是这样说笑着。"他们准备好了临刑前呼的口号，每天牢门一响，就准备让敌人上来打开脚镣，拉去枪毙。但是，他们没有想到敌之更残，居然懒得开脚镣，推出枪毙后连镣同埋。多年后，人们就是凭着脚镣上的号记，才确认了烈士的身份。

读狱中稿，我们明白了他在死亡面前，为什么这样从容。原来他是在为民族赎难，明知是死，也要飞蛾扑火，以身殉国。文稿中有一大部分是分析当时中国社会的矛盾，揭示民族的苦难。"佃户向地主租田，一般都四六分，地主坐得六成。土地日益集中在少数地主手里。佃户受饥挨冻，甚至不能生存。每到年关，被逼租逼债，卖妻鬻子，吊颈投水一类的悲惨事不断发生。"他以自己出生的村子为例："共有 80 余户，其中欠债欠租，朝夕不能自给的就有 70 余户。比较富的只有两户。"他家是中农，还要租种地主的地才能维持生活。男孩子只能勉强读个私塾。他少年时印象最深的是父母为他读书举债的愁容。"中国农村的衰败、黑暗、污秽，到了惊人的地步。"所以农民造反是必然的，到年关时，常主动催促地下党举行暴动。读着这些文字，我们很容易联想到林觉民在《与妻书》里说的"遍地腥云，满街狼犬"，国难当头，唯有一死。

读狱中稿，我们还看到了他身处党内斗争夹缝中的痛苦。他在狱中痛定思痛，细理根据地建设的经验教训。这次所以大败，一方面是上面右倾，不敢放手扩大红军、扩大根据地，不敢放手做白区工作、敌军工作。“错失了许多有利发展机会。”另一方面则是极左，残酷斗争。“‘肃反’的错误造成群众间的恐慌与干部的消极不安。”“党内主要负责同志，个人独裁欲和领袖欲太重，不容易接受意见。”他的战友、红十军代政委吴先民在“肃反”中被错杀。他因提意见反而受到处分。（1945 年中共七大为吴平反。）现在，黑暗的监狱反而成了他冷静思考问题的地方。“这次因为我们政治领导的错误和军事指挥的无能（客观的困难是有的，但都可以克服的）致红十军遭受怀玉山的失败，我亦之被俘，囚禁于法西斯蒂的军法处，历时已 5 个来月了。何时枪毙，明天或者后天，上午或者下午，全不知道，也不必去管。在没有枪毙以前，我应将赣东北苏维埃的建设，写一整篇出来。我在这炎暑天气下，汗流如雨，一面构思在写，一面却要防备敌人进房来。我下了决心，要在 1 个月内，写好这篇文字。”他在临死前两个月写成了 1.5 万字的《赣东北苏维埃创立的历史》，为党史研究留下了珍贵的资料。

读狱中稿最让人落泪的地方，是他自知生之无望，但对事业仍不改初心。他的《在狱致全体同志书》自叹再也不能为党工作，沉痛自责。“（最后一战）没有下决心硬冲过去，……这就决定了我们的死命。”“我们虽在狱中，总是祈祷着你们的胜利和成功!”在《可爱的中国》一书的结尾，他甚至用诗一般的语言来写自己的身后事，充满了浪漫、憧憬，而无一丝的悲哀：“假如我不能生存，死了，我流血的地方，或者我瘗骨的地方，或许会长出一朵可爱的花来。这朵花你们就看作我的精神寄托吧！在微风的吹拂中，如果那朵花是上下点头，那就可视为我对于为中国民族解放奋斗的爱国志士们，在致以热忱的敬礼；如果那朵花是左右摇摆，那就可视为我在提劲唱着革命之歌，鼓励战士们前进啦!”他写这一段话的时间是 1935 年 5 月 2 日，是时红军正在抢渡金沙江。

三

凡革命都是拼命，都是因活不下去才铤而走险的。陈胜、吴广之谓：“今亡亦死，举大计亦死。”而革命运动的领导者，这些知识精英大多不是因个人之苦，而是为阶级献身。林觉民所谓：“当亦乐牺牲吾身与汝身之福利，为天下人谋永福也。”马克思则提炼为：“无产阶级只有解放全人类，才能最后解放自己。”所以革命时期，共产党员的死是很正常的。毛泽东说：“要奋斗就会有牺牲”，他一家就为革命献出了6个亲人。贺龙一家牺牲了100多人，加上远亲家族达上千人。聂荣臻回忆，红军打仗，打的是党团员，打的是干部。一仗下来，党团员伤亡四分之一，甚至二分之一。一面红旗万滴血，我们今天纪念某某胜利，最不该忘记的是那些没有等到胜利这一天的烈士。

说到烈士，我们常概念化为“抛头颅，洒热血”，符号化为碉堡前的董存瑞、铡刀下的刘胡兰。其实，还有那些敢为信仰而死的第一代领袖，他们是又一类的烈士。他们都是些知识精英，有情有义，有才有貌，既不缺智商，也不缺情商，如果任选一行，都能业有大成。只是为了革命、为了民族解放他们甘愿牺牲。我们看40万字的《方志敏全集》，诗、文、小说、剧本、公文、信札，文采飞扬。方小时即聪慧，父母才咬牙借贷让他多读了几年书。他16岁时就发豪言：“心有三爱，奇书骏马佳山水；园栽四物，青松翠竹洁梅兰。”他愤于上海租界公园的牌子“华人与狗不得入内”，一创立根据地就为农民修了一个公园。内有游泳池，每年还举办运动会。在公园内他亲植一株梭桤树（传说，这就是月亮里吴刚永远砍不倒的桂花树），现已有两抱之粗。树旁有一六角亭。闲时，方就在亭子里看书。他才华横溢，仪表堂堂，常有女性暗恋之，无以表达，就偷偷往其身后放一双亲手做的布鞋。据说，看一上午书走后，工作人员能收好几双鞋。这事我有点半信半疑，但县里的人说确有其事，他们还能讲出许多类似的故事。

那日天擦黑时，我们去看苏区政府旧址，一老人听说是采访方志敏，主动上来搭话，又返身回家捧了几个红薯一定要塞到我们怀里。我们婉言谢绝，直到走出七八步后，他在后面说了一句：“我们家有3个烈士。”我们都为之一怔，顿脚回首，一时不知该说什么。心事浩茫，繁星在天，这大山深处不知藏着多少红色故事。陪同的人说，现在还有一位活着的在方身边工作过的老人。已经晚上10点了，我们摸黑找到枫林村的一座寺庙，见到了97岁的周桂兰。这是一座不大不小的佛寺，沉沉的夜色中，空寂苍凉。老人已出家

50年，平时有一个徒弟陪伴，今徒弟有事外出，就她一人独守孤庙。我们就在佛殿前的台阶上摆了几个小凳，听她谈80年前的往事。她印象最深的是方的和蔼可亲，发动妇女剪发、放开裹脚、扫盲识字。还有他对“肃反”的不满和无奈，常独自感叹。我说：“你现在怎么还记得这些事?”她说：“好人啊！我现在还供着他的灵位呢，每天还给他念经上香。”这一句话把我们六七个人都惊呆了，不敢相信自己的耳朵。我抬头扫一眼堂上的佛祖和沉沉的夜色，大家都不说话，空气凝固了几秒钟。座中有女士轻轻地问：“在哪里？能看一下吗?”“在三楼上。”于是我们扶着这个近百岁的老人，打着手电，颤颤巍巍地爬上三楼。这是一个专给人做佛事超度亡灵的小佛堂，墙上供着超度人的名单。但在三排名单之上单用稍大一点的字写着一个名字：方志敏。她每天念经超度，已50年。她说：“好人啊，死得太惨！我一闭眼，就见他戴着脚镣，浑身是血的样子。”原来，她认为方死于非命，魂游他乡，一直在为他招魂。80年了，也许在喧闹的都市里，在匆忙的官场上，人们早已淡忘了一个叫方志敏的人。但是在赣东北的青山绿水间，在老区人民的心里，甚至在这座乡间古寺里，还有人没有忘记他。天黑得更沉了，我们都没有说话，默默地赶回住地。

四

方志敏确实是大志未展，大业未成，死不瞑目。他的英魂还一直在身后留下的文稿中游走。

读方志敏的文稿，让人联想起许多狱中文章。这是在特殊年代、特定背景下的作品，是时代、人格、事业、生命相撞击的火花，它已远超出党派、意识形态而成为人格的宣言。中国历史上最有名的狱中文章是文天祥的《正气歌》。共产党领袖中，有瞿秋白狱中《多余的话》，胸怀坦荡，明月清风；有张闻天“文化大革命”羁押于肇庆期间的《肇庆文稿》，明经析理，忧国忧民；有彭德怀在“文化大革命”关押中写成的《我的自述》，堂堂正正，掷地有声（张、彭都是经过长征的）。这些文字，不但内容高洁，就是成稿过程之艰难曲折，也足够为一部传奇。其时，他们都是以命相押，以死相抵，只愿留下事实，留下思想，“留取丹心照汗青”的。这意义远超于我们纪念某一个具体的事件。因为一个人总会死去，一些事总会过去。就是当年对立的国共两党，也已经几分几合。而现在我们读史，看到的只是各种不同的灵魂，只有人格和精神不死。

人类永在进行寻找文明的新长征，这些文稿是征途上一盏永不熄灭的灯。

江西怀玉山方志敏烈士“为了可爱的中国”纪念碑

（《人民日报》2016 年 9 月 21 日）

你不能没有家

一

近读一篇谈烈士后代赵一曼之子境遇的文章，暗吃一惊，阴影在胸挥之不去，并生出许多关于家的联想。

赵一曼受命到东北领导抗日工作时，孩子才出生不久。我们现在能看到的是烈士抱着孩子的那幅照片和那个著名的“遗言”：

> 宁儿：
>
> 母亲对于你没有能尽到教育的责任，实在是遗憾的事情。……希望你，宁儿啊！赶快成人，来安慰你地下的母亲！

但是宁儿，就是后来的陈掖贤，成长情况并不理想。因母亲离开之后父亲又受共产国际派遣到国外工作，陈只好寄养在伯父家。他稍大一点，总有寄人篱下之感，性格内向，常郁郁不乐。新中国成立后，生父回国，但已另有妻室，他也未能融进这个新家。陈的姑姑陈琮英（任弼时爱人）找到陈掖贤，送他到中国人民大学外交系读书。但他毕业后却未能从事外交工作，原因说来有点可笑，只因个人卫生太差，不修边幅，甚至蓬头垢面。他被分配到一所学校教书。在以后的工作中，应该说组织上对这位烈士子女还是多有照顾，但他有一个令人难以置信的致命的弱点：自己管理不了自己的个人卫生和每月几十元的工资。屋内被子从来不叠，烟蒂遍地。钱总是上半月大花，后半月借债。组织上只好派人与之同住一屋，帮助整理卫生，并帮管开支。

赵一曼与宁儿

后来甚至到了这种程度：每月工资发下，代管者先替他还债，再买饭票，再分成四份零花钱，每周给一份。但这样仍是管不住，他竟把饭票又兑成现钱去喝酒。一次他四五天未露面，原来是没钱吃饭，饿在床上不能动了。婚姻也不理想，结了离，离了又复，家事常吵吵闹闹，最后的结局是自缢身亡。这真是一个让人心酸的故事。

陈掖贤血统不是不好，烈士后代；组织上也不是不关照，可谓无微不至；本人智力也不差，教学工作还颇受称道。但为何竟是这样的下场呢？是最基本的生存能力、生活能力过不了关！而这个能力又不是学校、社会、组织上能包办的，它只有从小教育，而且只有通过家庭教育才能得到。赵一曼烈士在遗书中已经预感到这种没有尽到教育责任的遗憾。这种情况如果烈士九泉之下有知，一颗母爱之心不知又该受怎样的煎熬。

二

一个人品德和能力的养成有三个来源：学校的知识灌输、社会实践的磨炼和家庭的熏陶培养。家庭是这链条上的第一环。人一落地是一张白纸，先由家庭教育来定底色。家庭教育与学校、社会教育最大的不同是：无条件的“爱”，以爱来暖化孩子，煨弯、拉直定型。学校教育有前提，讲纪律，讲成绩；社会教育有前提，讲原则，讲利害。家庭里的爱，特别是母爱是没有原则和前提的，爱就是前提，是铺天盖地、大包大容的爱。这种博大、包容的爱比社会上同志、朋友式的爱至少多出两个特点。

一是绝对的负责。父母的一切行为动机都是为了孩子，没有隔阂、猜疑，不计教育成本。大人是以牺牲自己的心态来呵护孩子，就像一只老母鸡硬是要用自己的体温把一颗冰冷的蛋焐成一只小鸡，并且一直保护到它独立。我们经常看到一个小孩子不吃饭，父母会追着哄着去喂饭；不加衣服，父母追着去给他添衣。有不懂事的孩子说："我不吃难道你饿呀?"确实，父母肚子不饿，但心中疼。同时又因为有了这种无私的、负责的态度，才敢进行最彻底的教育，不必保留，不用多心，坚决引导孩子向最好的标准看齐，随时涤除他哪怕是最小的毛病，甚至用打骂的手段，所谓打是亲骂是爱。我们常有这样的体会，在成人社交场合看到某人吃相不雅、举止太俗时，就暗说家教不好。但说归说，这时谁也不肯去行教育责任，指破他的缺点了。因身份不便，顾虑太多。皇帝的新衣只有在皇帝小时候由他妈去说破，既已成帝，谁还敢言呢?有些毛病必须在家庭教育中去克服，有些习惯必须在家庭环境中培养，错过这个环境、氛围，永难再补。

二是无微不至的关怀。因为有了动机上的无私、负责，才会有效果上的无微不至。孩子彻底生活在一个自由王国中，他所有的潜能都可得到淋漓尽致的发挥，就像一颗种子，在春季里，要阳光有阳光，要温度有温度，要水分有水分，尽情地发芽扎根。孩子有什么想法不会看人脸色而止步，不会自我束缚而罢休。甚至撒娇、恶作剧也是一种天性的舒展。这样，他的全部天才基因都会完整地保留下来，将来随着外部条件的到来，就可能长成这样那样的大家、人才，甚至伟人。但是一进入社会教育，哪怕是最初的幼儿园教育，都是某种程度的修理、裁剪、规范统一，是规范教育不是舒展教育、创造教育。家庭教育中的无微不至、充分自由、潜移默化将一去不再。这就是为什么所有的孩子一说去幼儿园就大哭不止。当然，人总得从家庭教育升到学校教育阶段，但绝不能缺少家庭教育。

其实，家庭给人的温暖和关爱，以及由此产生的特殊的教育作用还不止于孩童阶段，它将一直伴随到人的终生。表现为夫妻间、兄弟姐妹间、子女与老人间的坦诚指错、批评、交流、开导、帮助等，这都是任何社会集体里所办不到的。我们细想一下，一个人成家之后在亲人面前又不知改了多少缺点，得到多少鼓励，学到了多少东西。因为家庭成员的合作克服了多少生活及事业上的难题。现在社会上有很多继续教育机构，但常忽略了这个终生家庭教育机构，一个独身的人或寄人篱下的人将失去多少继续接受教育的机会。这么想来，人真的不能没有个家。

三

马克思说，人是各种社会关系的总和。当一个人少了最基本的社会关系——家庭关系，少了家庭教育、家庭温暖，他至少不是一个完整的社会人，不是一个很幸福的人。佛教哲学讲结缘。在人生的众多缘分中，情缘是最基本的，因情缘而进一步结成家庭就有了血缘，进而使民族、社会得到延续。一个人没有爱过人或被人爱，就少了一大缘，是一悲哀。有爱而无家，又少了第二大缘，又是一悲哀。一个社会如果没有家庭这个细胞它将无缘发展。虽然，曾有志士仁人说过“匈奴未灭，何以家为”的壮语，但那是特殊情况，甘愿牺牲小家为了天下人都能有一个安定的家。辛亥革命烈士林觉民牺牲前在其著名的《与妻书》中说“充吾爱汝之心，助天下人爱其所爱，所以敢先汝而死”；赵一曼烈士对儿子说“你长大成人后，希望不要忘记你的母亲是为国而牺牲的”。乱世舍小家是为救国家，盛世则要思和小家而利国家。历史上也确实有过放大无家思想的试验，但都以失败告终。如太平天国，分成男营、女营，夫妻不得团聚；人民公社搞大食堂，取消小家庭的温馨；“文化大革命”前的干部分配制度造成千万个家庭的两地分居。近读一则资料，1930 年国民党立法院甚至讨论过要不要家庭的问题。可见任何政党都有过“左”的行为，当然都成了历史的泡沫。最新的一份社会调查显示，人们对幸福指数的认同要素，第一是经济，第二是健康，第三是家庭，然后才是职业、社会、环境等。现在出现的老人空巢家庭、农村留守儿童，都是变革中我们不愿看到的“家”字牌悲剧。但有三分奈何，谁愿做无家之人？恩格斯说家庭就像一个苹果，切掉一半就不再是苹果。独身、单亲、离异、留守、空巢、无子女都不能算是一个完善的家庭。当年林则徐说，烟若不禁，政府将无可充之银、可征之丁。现在如果都由这样的家庭组成社会，国家将无可育之才、可用之才。社会要增加多少本该可以在家庭圈子里消化的矛盾。

《西厢记》说，愿天下有情人终成眷属，我则为天下计，愿情缘血缘总相续，小家大家皆欢喜。

（《家庭》2007 年第 5 期）

百年革命，三封家书

今年是辛亥革命100周年，中国共产党成立90周年。纪念活动少不了拜谒故地，披览文物。

3月，我有事去福州，公余又去拜谒了一次林觉民故居。林觉民的《与妻书》是辛亥革命的重要文物。黄花岗72烈士，其事迹大多湮灭，幸有这篇美文让我们能窥见他们的心灵。广州黄花岗烈士碑上72人名单（随着后来的发掘，实际上已超过72人）中，林觉民三字人们抚摸最多，色亦最重。《与妻书》早已选入中学课本和各种文学的、政治的读本，我亦不知读了多少遍。印象最深的是“即此爱汝一念，使吾勇于就死”，“当亦乐牺牲吾身与汝身之福利，为天下人谋永福也”。他反复给妻子解释：我很愿与你相守到老，但今日中国，百姓水深火热，我能眼睁睁看他们受苦、等死吗？我要把对你的爱扩展到对所有人的爱，所以才敢去你而死。林家福州故居我过去也是去过的。这次去新增的印象有二。一是书信的原物。在广州起义前三天，1911年4月24日，林知自己必死，就着随手扯来的一方白布，给妻子陈意映写下这封信，竖书，29行。其笔墨酣畅淋漓，点画如电闪雷劈，走笔时有偏移，可知其时“泪珠与笔墨齐下”，心情激动，不能自已。其挥墨泣血之境，完全可与颜真卿的《祭侄文稿》相媲美。二是牺牲前后之事。起义失败，林受伤被捕。审讯时，林不想说广东话，就用英语回答，痛斥清廷腐败，慷慨陈词，宣传革命，说到激动处撕去上衣，挺胸赴死。敌审讯官都不由敬畏，下令去其镣铐，给以座位。两广总督张鸣岐，不得已下令枪决，后惋惜道：“惜哉，林觉民！面貌如玉，肝肠如铁，心地光明如雪，真算得奇男子。”某日晨，家人在门缝里发现有人塞进来的《与妻书》，同时还有给父亲的一封信，只有 39 个字：“不孝儿叩禀父亲大人：儿死矣，惟累大人吃苦，弟妹缺衣食耳，然大有补于全国同胞也。大罪乞恕之。”其壮烈而平静之举概如此。

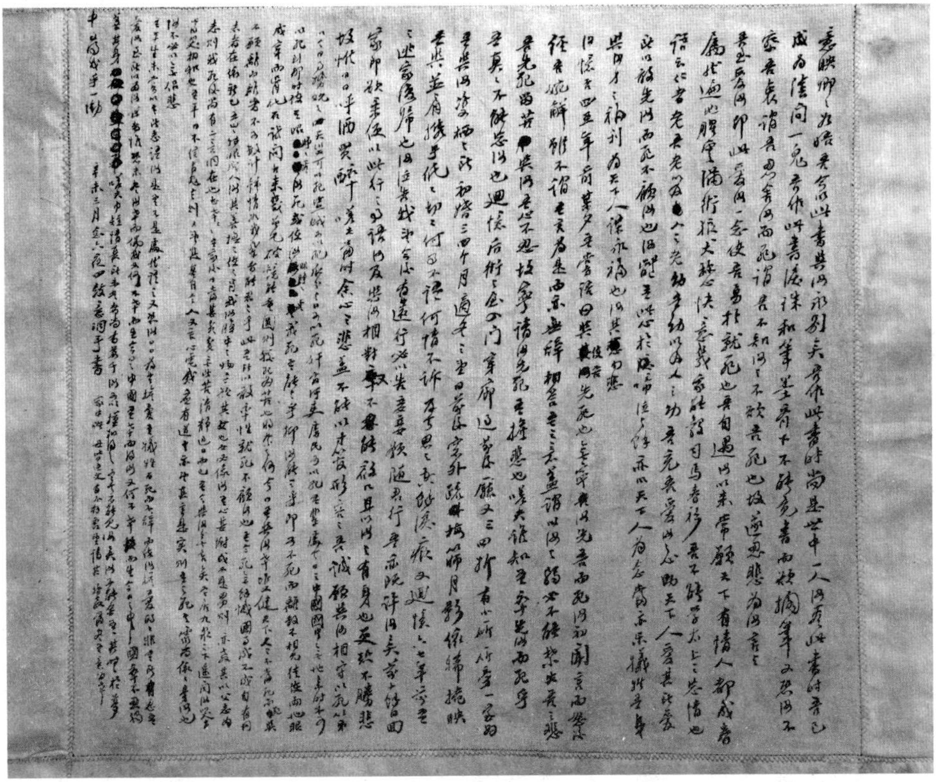

《与妻书》手稿

福州之后又两月，有事去重庆之江津，才知道这是聂荣臻元帅的家乡，便去拜谒纪念馆并故居。聂帅抗日时主持晋察冀根据地建设，被中央称为“模范根据地”，解放后主持“两弹一星”研究，为国防建设立了大功。终其一生都是在默默地干大事。他在 20 岁那年离开家乡去法国勤工俭学，开始了探求真理、苦学报国的革命生涯。与周恩来、朱德、邓小平、陈毅等同为我党领导集体中的早期留欧人员。聂帅留法时期的家书保存完好，现在收书出版的就有 13 封，且都有手迹原件，从中可以看到这批革命家的少年胸怀（去法国时聂 20 岁，周 22 岁，邓 16 岁)。现在故居前庭的正墙上有一封放大的家书手迹，是聂荣臻 1922 年 6 月 3 日写给父母的：

> 父母亲大人膝下：
>
> 不得手谕久矣。海外游子，悬念何如？又闻川战复起，兵自增而匪复狂！水深火热之家乡，父老之苦困也何堪？狼毒野心之列强无故侵占我国土。二十一条之否认被拒绝，而租地期满又故意不肯交还。私位饱囊之政府，只知自争地盘，拥数十万之雄兵，无非残杀同胞。热血男儿何堪睹此？男也，虽不敢以天下为己任，而拯父老出诸水火，争国权以救危亡，是青年男儿之有责！况男远出留学，所学何为？决非一衣一食自为计，而在四万万同胞之均有衣食也。亦非自安自乐自足，而在四万万同胞之均能享安乐也。此男素抱之志，亦即男视为终身之事业也！……
>
> 男荣臻跪禀
>
> 六月三号

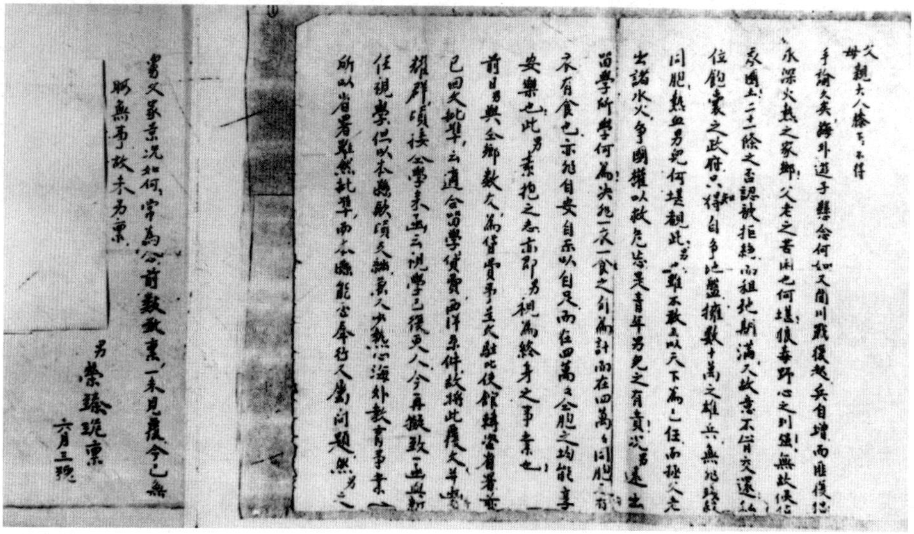

聂荣臻家书手稿

我拜读这封 89 年前海外游子的家书不觉肃然起敬。那个时代的有为青年留学到底为了什么？“决非一衣一食自为计，而在四万万同胞之均有衣食也。亦非自安自乐自足，而在四万万同胞之均能享安乐也。”这与林觉民“当亦乐牺牲吾身与汝身之福利，为天下人谋永福也”何其相通。

要考察一个人的思想，家书大概是最可靠的。因为对亲人可以说真话，而且他也想不到日后会发表这信件。看了林、聂的两封家书又使我联想到 5 年前在河北涉县参观八路军 129 师师部旧址时见到的另一封家书。那是一个不知名的普通八路军战士（或是干部）在大战前夕写给妻子的一封短信，是一个共产党员的《与妻书》。从重庆回来我就赶快翻检所存资料，终于找出那张发黄的照片，但手迹还清晰可辨，全信如下：

喜如妹：

我俩要短期之分开了。这是我们的敌人给我们的分开之痛苦，只有消灭了我们的敌人，才能消灭这个痛苦。

我的病暂时也没有什么要谨（紧），因病得的很长，一时亦难除根。我很高兴在党和上级爱护之下给我这五个月的时间休养，很不错。我这此（次）决心到前方要与我们当前的敌人搏斗，拿出最大决心和牺牲精神与人民立功。

我第二个高兴是你很好，特别是对我尽到一切的关心和爱护。同时我有两个很天真活泼的小孩，又有男又有女。你想这一切都使我很满足，永远是我高兴的地方。

战斗是比不得唱戏，不是开玩笑，是有牺牲的精神才能打垮和消灭敌人。趟（倘）我这次到前方或负伤牺牲都不要难过，谨记我如下之言：

无产阶级的革命一定会成功的，只是时间之长短，但也不是很长的。家人一定要翻身。要求民主与独立，这是全世界劳苦大众都走革命这条道路，苏联革命成功是我们的好好榜样。

就是我牺牲了也是很光荣的，是为革命而牺牲，是有价值。在任何情况下我是不屈不挠，坚决□□□部队与敌人战斗到底。一直把敌人消灭尽尽为止。

望你好好保重身体，多吃饭，不生病，我就死前方放心。同时希你好好教育丰丰小儿、小女雪雪，长大完成我未完成之事。一直完成社会主义革命到共产主义社会。谨记谨记。

我生于一九一九年十月（即民国八年十二月二十四日）家居安徽省霍山县石家河保瓦嘴□。

茂德

一九四七．四．二□于魏□临别之写

茂德烈士家书手稿

这封信写得很镇静、乐观又有几分悲壮。作者和林觉民一样也是抱定必死的决心，但其悲剧气氛要少些，更多的是充满胜利的信心。刘、邓领导的129师1940年6月进驻涉县时不足9 000人，到1945年12月挥师南下时已发展到30万正规军、40万地方部队。这个署名“茂德”的作者，就是这支大军中的普通一员。也许他真的已经在战火中牺牲，那一对可爱的小儿女丰丰、雪雪现在也该是古稀老人。这封上战场前匆匆写给妻子的信，让我们看到了那个时代的人的真实生活。

我把三封家书的手稿影印件放在案头，轻抚其面，细辨字迹，目既往还，心亦吐纳，感慨良多。这三件文物，都是用毛笔书写，所书之物，一件是临时扯的一块白布，一件是异国他乡的信纸，一件是随手撕下来的五小张笔记本纸页，皆默默地昭示着其人、其地、其时的特定背景。论时间，从第一封信算起已经整整 100 年，恰是辛亥革命百年祭；第二封已经 89 年，与共产党党龄相仿；第三封也已 64 年，比共和国还长两岁。而写信者当时都是热血青年，都是为自己的理想而奋斗、准备牺牲的普通的战士。其结果，一个成了名垂青史的烈士，一个成了共和国的元帅，一个没入历史的烟尘，代表着那些无数的无名英雄。细看就会发现，这三封跨越百年，不同时代的家书中却有一条红线一以贯之，就是牺牲个人、献身革命，为国家、为民族不计自己并家庭的得失。林信说：当牺牲吾身与汝身之福利，为天下人谋永福；聂信说：决非为一衣一食，而为四万万同胞之均有衣食；茂信说：我或负伤牺牲你都不要难过，是为革命而牺牲，是光荣的，有价值。百年革命，三封家书，一条红线，舍己为国。我们还可由此上推 1 000 年，政治家范仲淹说：“先天下之忧而忧，后天下之乐而乐。”再上推 2 000 年，思想家司马迁说：“人固有一死，或重于泰山，或轻于鸿毛，用之所趋异也（目的不同）。”其一脉相承的都是这种牺牲精神——为理想、为事业、为进步而牺牲。国歌唱道：“把我们的血肉筑起新的长城”，还有一首歌唱道：“为什么战旗美如画，英雄的鲜血染红了她；为什么大地春常在，英雄的生命开鲜花。”正是这一代代的前赴后继，不计牺牲才铸就我们这个民族，铸就中华文明。这是一种伟大的民族精神、历史精神，而它在革命，特别是战争时期更见光辉，又由代表人物所表现。唯此，历史才进步，人类才进步。

我从百年历史的烟尘中检出这三封革命家书，束为一札，献给祖国，并祭先烈。这是一束永不凋谢的历史之花。

（《人民日报》2011 年 6 月 23 日）

朱镕基不修传

《朱镕基讲话实录》出版了，里面一则资料很有趣。有人要为他写传，他就给人家写信说："我必须明确表态，千万不要这么做。国事艰难，舆论纷杂，飞短流长，诚惶诚恐。如再授人以柄，树碑立传，罪不可逭。千祈停止撰写一切涉及我的回忆或评论材料，并代我广告亲友，不胜感激之至。"

借权出书立传在各级官员中已成趋势。方式有两种：一是自己写回忆录、日记，亲自立传；二是动用权力、财力，组织他人为自己立传——或二者并举。于是书市就多了一些垃圾，历史就多了一些包袱，同时也多了一点幽默——留下了一些笑话。

凡有资格立传者，必是干过一点大事，在社会上有一定的影响、有一定的知名度的人。传者，传（chuán）也，能传给后人一点东西才有价值。既然是为后人而立，那就让后人去做，从来都应是政声人去后。你看，凡史上有价值的传记都是经过岁月的沉淀，由后人从容道来。但急于立传者不这么看，理由是"趁我在世好核实材料"。说是核实却常是隐恶扬善，添枝加叶，自为粉饰。还有一个潜台词是"有权不用过期作废"，趁着在任，何不享受一下吹捧的泡沫？说到底是私心加虚荣。过去帝王和权贵常在生前大修陵墓，为的是死后再延享生前的荣华尊贵。生前立传有如活人修墓，也是此意。但这实在靠不住。陶渊明有诗："亲戚或余悲，他人亦已歌。死去何所道，托体同山阿。"陶渊明比今人还懂得唯物辩证法。连亲人也只有短时余悲，外人能念你几时？如果你没有干成一点大事，有何理由让人记住？如果你干了大事，历史又怎能忘记？再说既为官就是以身许国，还要这点虚名干什么？你看第一代领导人，毛、刘、周、朱等，没有一个人生前修传，周恩来连骨灰都不留。方志敏为敌所俘，敌兵搜遍全身并无分文。他当然也没有想到此生要为自己留一本传记。开国将帅，许多人身上都留下了累累弹痕，但谁也没有想到要给自己留本传记。再往上推，文天祥被俘九死一生，在狱中写了一首《正气歌》，他没有想到去写自传；司马迁是中国传记文学的鼻祖，写了许多至今还熠熠生光的人物列传，却没有为自己写一个小传。封建社会的皇帝也懂得这一点，在位时不给自己修传，而是听由后人根据他的行迹来评说。传者，写人不写己，传世不娱时。

朱镕基不让人为自己修传的理由有二：一是"国事艰难"，顾不上干这种事。一个高官"居庙堂之高则忧其民"，有心忧天下，无心抹脂粉。二是干这种傻事必将"授人以柄"，传为笑话。他说，我脾气不好，就以"有容乃大，无欲则刚"为座右铭。朱的严厉是出了名的，性格直率，容易冲动，在任上骂人无数。朱说："你没有贪欲，你就刚强，什么也不怕。"其实，不贪让人刚强，更让人冷静。朱镕基在修传这件事情上就不肯上当。他说："千祈停止撰写一切涉及我的回忆或评论材料，并代我广告亲友，不胜感激之至。"你看，又求人家，又感激人家不要给他写传。真是每临大事有静气，只缘心中无私欲。其实老百姓对公务人员的要求就是少点私心，多点真话，这是底线、最低要求。但不少官员硬是连这一点也做不到，反而私随权增，利令智昏，授人笑柄。

（《北京日报》2011 年 9 月 29 日）

李瑞环的文风

——读李瑞环《看法与说法》

我在新闻出版署工作的时候，瑞环同志分管宣传工作，当面听过他的讲话，印象很深。现在读这本新书觉得很亲切。后来我在《人民日报》值夜班，为了画版面，定占位，编辑们就给领导人分别定了头衔：正国级、副国级。在中组部干部管理系统大概没有这些词儿，后来慢慢流传开了。瑞环同志属于正国级的干部，因为他当过政协主席。正、副国级的干部就是国家的领袖了。在我们这个年龄的人的头脑里，领袖就是毛、刘、周、朱，很高大又很遥远。以后正、副国级的领袖越来越多了，现在人大、政协正副主席、委员长动不动就几十个，有的既无大功亦无大名，大家记不住了。对这些领导人（领袖）老百姓怎么看，对他们有什么希望？当然最大的希望是他们能带领国家走向富强，这是最基本的。这就说得深了，通俗一点，就是两条。第一条是干事。当然在其位总要谋其政，但是希望能主动干一点有个性的、创造性的事。我们第一代领导人有个性的创造很多。领袖就是带头，就是创造。第二条是说点新话，领袖首先是思想领导、思想创新。无论在言在实，都要领风气之先，不能领风气之旧。可惜在这两条上，前几年老百姓都不太满意。高官越来越多，套话越来越多，有个性的创造越来越少。毛、周已不在，像瑞环同志这样的干部也不多了。

今天在座的有不少瑞环同志的老部下，白头公务员，谈笑说瑞环。虽是旧事，差可为鉴。在我的印象当中，瑞环同志是干了几项有个性的工作的。

他在天津引滦入津，解决了一个大的民生问题。主持宣传工作的时候是比较求实、宽松。后来在政协这个务虚的部门，却干了很多实事。比如他在西北帮助老百姓改水，我到西北出差，很多人都念他的好，也由此念共产党的好。这本来是他可以不干的事。官不修衙，他主持政协的时候，却把政协礼堂重新修了一下，工、艺俱佳。上个月我到那儿去开会，不由得要拍拍栏杆。他爱说实话，这在社会上早有流传。有一次他到外地视察，别人说不好讲话。他说有什么不好讲，有什么说什么就好讲了。他一直是这么做的。

党的十八大以后新八条里有几条特别涉及文风，呼唤新风归来。文风问题实际上是党性问题、人心问题。这里有两点要特别说一下。在党、在官（我们的官大部分也在党）的要扪心自问，是不是合党性，真为公为民；在普通干部，要问一问是不是合良心、真心。要敢说，有什么，说什么（当然还要有合适的环境）。

《看法与说法》

第一点，居庙堂之上者，在高位、担大责，只要讲党性，出以公心，心里就有底气。有底气，就用不着拉大旗，不必说空话。不用每次讲话甚至发个通知，也要讲在什么什么指导下，以什么为宗旨，一大串地穿靴戴帽。就是毛泽东说的“山间竹笋，嘴尖皮厚腹中空”。今年是毛泽东诞生120周年。毛泽东所有的讲话、电报、文稿，包括很长的著作和大会报告，如《新民主主义论》《论联合政府》等，都是开门见山。那一年我去广西参观百色起义纪念馆。文物柜子里有当年起义后小平给中央的报告，开头第一句话就是第几军情况如何。我很激动，没见过重要文件这样开头。小平南方谈话时说，你看我们三中全会决议里面有一句马克思的话吗？没有。但是句句符合马克思主义。那一代领导人就是这样，一心为党，为事业，心里有底气，用不着拉大旗，文风自然正。

第二点，作为普通干部、公务员要有骨气，对得起自己。你怎么想的就怎么说，用不着讨好、媚上、跟风。这是人心问题、人格独立问题。这是“五四”反封建就要解决的问题，新民主主义要解决的问题，现又封建回潮。习近平同志批评现在的文风“长、空、假”，我在中国人民大学出版社刚出版的《文风四谈》（很荣幸与瑞环同志同社出书）中又加了一个字：“媚”。心有媚则风不正，就是毛泽东在《反对党八股》里说的“墙头芦苇”。伟人的口，如来的手，总之没有逃出毛泽东的预言。官无底气，心则虚，文就空；人无骨气，性则媚，文必假，要希望社会有好文风，难矣！我们从瑞环同志所出版的三大本书里面能看出他的文风。他为官是想干事，读马列，读哲学，心里有底气，有什么说什么，不但不去跟风，还有创造、敢带头、倡新风，这才是领袖之风，宋玉《风赋》里讲的大王之风。

瑞环同志这本书没出版前，社会上已流行他的很多讲话。记得有一次我当面听他说：“我是一个木匠，木匠是玩斧子的，斧子不听话我要你干吗?”这是讲宣传工作，讲舆论工具。类似这样的话，这本书里还有好多。他说报纸就是一面镜子，有人对报纸批评有意见，但你不能砸镜子啊！他说搞城建、盖房子，肯定是大部分人不懂。不懂的人说好，懂的人说出好在哪儿，这叫真好。不懂的人说不好，懂的人说好，摇头晃脑，很神秘，不叫真好。这段话很精彩，现在人们嘲笑的中央电视台的“大裤衩”楼就是这样，让他说中了。这些话都已整理成书，读者可以仔细去读了。我又想起前年人民出版社还出了一本《朱镕基讲话实录》，也很受欢迎。假风盛行，忽有真话，让人兴奋，尤其是在高层。

过去我在新闻出版署工作，现在自己也写书，和出版社也熟。出书，特别是领导干部出书，有三种情况：一是书出了没人看，直接化纸浆；二是书出了，人们抢着买；三是书还未正式出，人们就禁不住传看、传抄。实践是检验真理的唯一标准，读者是检验图书的唯一标准。出版不比新闻，图书不是报纸，不是易碎品。我们搞出版工作的，要站在历史的高度，以百年计或者以千年计来看问题，抓一些能经得起历史检验的好书。

（《新湘评论》2013 年第 11 期）

下篇

印在黄土地上的红手印

余生也晚，农村土改没有赶上，合作化还依稀有记。但轰轰烈烈的“大跃进”、人民公社化运动、“四清”运动、农业学大寨运动，及打倒“四人帮”后改革开放，农民再度翻身，发财致富，起楼盖房，这些都身历其境。加之我从小生长在农村，后来当记者又泡在农村，农村之事，农民之心，自以为还是知之甚详，与他们千丝万缕，相惜相通。但有一件事叫我大出所料，心惊肉跳。就是安徽凤阳小岗村的18户农民，曾经因为要包干种田，竟至于冒坐牢之险来盟誓按印。他们的要求不过是一要吃饭，二要劳动，争取用自己的劳动成果喂饱自己的肚子，难道这也犯法？许多事情真是繁而亦简，简而却繁。说不准哪一个线头就能牵出一卷千尺彩练。

我第一次知道这件事是邓小平同志去世的1997年。现代出版社出了一本《邓小平与现代中国》，讲到小平同志首先肯定了中国农民创造的这种新型的生产关系，他说：“凤阳花鼓中唱的那个凤阳县，绝大多数搞了大包干，也是一年翻身，改变面貌。”书中收录了那张字据：我们分田到户，不再向国家伸手要粮，并上缴公粮，这样做杀头坐牢也甘心。红手印赫然在目，深刺我心。去年，全国纪念改革开放20周年，安徽出版了一本新书，名为《起点》，洋洋25万言，是专门研究新时期农村改革的，就将小岗之事定为这场改革的起点。我如饥似渴细读一遍，10月里便专门到小岗村去做一访问。

小岗名岗，其实是一片平原，正处江淮之间，自古水旱灾害交替，百姓苦不堪言。但今日小岗已是大道朝天，新村一片。我努力想找回当年贫穷凋

20 世纪 70 年代小岗村破旧的房屋

敝的影子，穿过迎街的新房，左拐右拐，终于找到两间残留的泥草房。我弯腰进去，一位老奶奶正在灶前烧火做饭，地上是大堆的花生藤蔓，上面还有一些未摘尽的籽粒。我蹲下身与老人聊天，顺便摘一粒花生剥开送到嘴里，说："还没摘尽哩，烧掉多可惜。"老人说："东西多了，瘪一点的就不要了，还不够工钱呢。"原来，这是一间炊房，她家早盖了新房，隔壁一个大院子，砖墙红瓦，院里有一大块菜地，十几株树，还停着一台拖拉机。进房里一看，更让我吃一惊，一辆摩托车明光锃亮，依墙而立。地上空啤酒瓶随意插置，堆满一箱。而墙角的麻袋已快堆到房梁。我捏一捏，是花生，再捏一袋，是大米。富了，农民已富得流油了，已从那个噩梦中醒过来了。我想找当年 18 户人秘密开会盟誓签字的那间旧房子，可惜早已拆掉了。这间旧房也是因为老人恋旧，舍不得拆，侥幸留了下来。我说千万要留下一两间，这是文物啊。我知道那张按有红手印的纸片已被中国革命博物馆收藏。说了一会儿话，我拉着老人在草棚前照了一张相。

参观完旧房，我还想找一两个参加过盟誓夜会的旧人，可惜也很难找齐了，只找到一位叫严金昌的，就在他家的新房大厅里扯开家常。八仙桌上是一大盆花生，还有茶和烟。我脑子里还是转着那个老问题：包干种地，难道就像造反闹革命一样严重吗？满屋人有参加过当年签字的老农，有陪我来的县委干部，有当年的乡干部和驻村工作队员，大家七嘴八舌痛说往事。严金昌说："你不知道，那时我们有多穷。一年打的粮只够吃三个月，一过 10 月，人们就出去讨饭。上面年年都派工作队，每家住一人，就这样地里还是不打粮。"我听着想起《起点》书中的一个情节：打倒"四人帮"后，万里到安徽走马上任，他下乡问贫，推开一个草棚子，见灶前草堆里坐着一个老人和两个姑娘，万里和她们拉话，她们总是不起身，说了一会儿话，村干部劝万里走，原来她们没有裤子穿，正埋在灶前草堆里取暖。这位新书记立即心酸难忍，泪流满面。他长叹一声："我们何以对得住老区的父老百姓。"我说，有这种事吗？他们说，毫不夸张，那时一家人一床被，大姑娘没裤子穿是常有的事。严金昌说："那时，一说分田就是复辟资本主义，要坐牢的，可是当年穷得已经只剩下一个死了，只想分开干一季算一季，吃一口算一口，死也是个饱肚子。干部坐牢，我们送饭，他们的孩子我们供养到 18 岁。"我不觉凛然打了一个寒噤，我这个自认为了解农村的人，真不知道那些年"大寨红花遍地开"的时候，却有不少地方已经走到这个绝境。大家听着，沉浸到 20 多年前茅屋油灯，风卷柴门，那个庄严神圣的时刻。新房大厅里静悄悄的，唯闻记者笔录的沙沙声和谁偶尔捏碎一粒花生壳的清脆响声。烟火明灭，香烟缭绕。我急切地问："结果呢？"严金昌一下子激动地站起来，其他人也都轰然齐说："结果，当年产粮 13 万，相当于 5 年产量的总和；油料 3.5 万，相当于 20 年产量的总和；并且 3 年来第一次向国家缴公粮。"这后来，却是公社、县里来批资本主义单干风，左批右压，撤职、扣化肥、扣种子，但是小岗人死也不后退，铁心包到底。能有什么比饿肚子更可怕的呢？一旦找到了一条能救人活命的办法，又怎么肯丢掉呢！

正当农民和他们的顶头上司相持不下时，1979 年，邓小平登上了黄山之巅，他对万里说："不要拘泥于形式，要千方百计，先让农民富起来！"小平同志的这句话，宣布了一个新时代的到来。风从黄山来，雷起江淮地。它的意义不亚于30年前，毛泽东同志在天安门城楼振臂高呼中国人民从此站起来了。它标志着成熟的共产党人已经开始摆脱“姓社姓资”的字面纠缠，甩脱空想，要一心发展生产力。中国老百姓要一心过日子了。

从村里出来，我们一伙人心里沉甸甸、热乎乎的。窗外，秋风送着稻香，收获后的田野里露出诚实的土黄。远处绿树间闪过一排排新房的屋顶。我想，那些年是政府不想让老百姓吃饱吗？不是，它每年又发贷款，又发救济，又派工作队，像小岗村，甚至一家派驻一人，还一块儿劳动，但是农民并不感激，反而盟誓画押，搞地下活动。政府要是个血肉之躯，一定要捶胸跺脚，痛心疾首。“知我者谓我心忧，不知我者谓我何求!”政府何求呢？确实没有。那几年我正在北方一个县里工作，县政府住的是平房土院，全县只有一辆老式吉普车，干部穿补丁衣服，一身泥，一身水。冬日下乡，和农民一起挖土平地，大风吹得帽檐朝后，人张不开嘴。政府和它的工作人员确实没有一点私心，没有什么贪欲。但是我们“忧心”太多，那时，常年下乡指导，半夜半夜地开会，同吃、同住、同劳动、同规划，培养典型，讲阶级斗争，搞大批判，割资本主义尾巴。我们恨不能手把手地教农民种地，苦口婆心地对农民讲共同富裕，讲美丽纯洁的社会主义。就像家长替子女包办前程，自以为设计了一套最好的方案，处处指点，又时时督促，但是孩子并不感激，感到只有痛苦、压抑，于是就逃学，就离家，就反抗。

在回县城的路上，有人建议我们就近去看一下朱元璋的皇城。我们一行中正好有一位地方志专家。汽车穿过收割后的田野，沿乡间土路前行，专家遥指远处的人家，说那边正是皇宫大殿的旧址，我们现已走在皇城的东西大道上了。我惊叹这城之大。他说：“共24条街，108坊，是北京故宫的一倍半。”原来朱元璋1368年在南京登基，这之前的1362年，他先是决定定都在自己的家乡。皇城共调集了100万民工，花了6年时间完成。朱元璋虽贵为皇帝，但总还脱不了农民出身，他不但要衣锦还乡，还要把皇城修在家门口。但这城修好之后却没有使用。后人猜测是有谋士提醒，此地处江淮之间，无险可守，不宜建都。朱皇帝随手一挥，也就作罢。但这一挥之间就是百万人6年的血汗啊。现在我们登上城南一座残留的城门，城砖上还清晰可见当年烧砖匠人的名字。远处衰草连天，旧时城郭依稀可辨，而近处，那沉重的明砖黄瓦已垒上谁家的猪圈短墙。有几处城墙已经塌成土堆，我小心地躲开荆棘枣刺在土堆上觅路，心想，这就是那方埋有百万民工 6 年血汗工程的 600 多年前的黄土吗？

从皇城出来，我们又去看了朱元璋当年出家的龙兴寺和发家后为其父修的陵。朱从小家贫，曾讨饭，如我们前面谈到的小岗农民一样。一年大水，全家父母兄嫂四人皆亡，只剩元璋小儿，孑然一人，家里真是穷得死无葬身之地。一户人家舍他一块乱石岗，一捆高粱秆，三道草绳，他埋了亲人，便去寺里当小和尚。当和尚也是讨饭，不过换了说法叫“化缘”。化缘 4 年，天下大乱，郭子兴起兵，他就摔掉僧钵去当兵，时年 19 岁。当时也不过是为求个肚饱，想不到这一去倒走上了登基称帝的金光大道。我们现在看到的龙兴寺早已不是当年收留乞儿元璋的小庙，气宇轩昂，金碧辉煌。到朱家坟上一看，也不是那个高粱秆葬人的乱坟岗了。朱一称帝，就重修寺庙，加高祖坟。至今陵前还矗立着石人石兽 32 对。朱的父亲，这个老农民，600 多年来在地下一定非常困惑。地面上施工的斧凿声，祭祀的喧闹声，仪仗的车马声，吵得他心烦难眠。他一定想，我现在一个人何用睡这么大的百亩坟场，哪用得了供桌上如山如峦的酒肉，要是当初能给我一分耕地，每天能吃上一个窝头，也就赛神仙了。

确实，历来农民最基本的要求就是能有一块种谷打粮的土地，这是农民的根、活命之根，是农民的保护神。小时，我清楚地记得，每个村口都有一个土地庙，每家窑洞旁的墙上还要专挖出一个小神龛供土地爷。龛两侧每年春节要换一副对联：“土能生万物，地可载山川。”他们的一切都靠这块黄土啊！所以千百年来，“耕者有其田”一直是农民革命的目标。朱元璋一当皇帝就迁 2 万多户豪强离乡入京，逼他们让出土地。又鼓励农民认耕荒地，并承认其所有权。到洪武二十四年（1391 年），全国耕地比洪武元年增加一倍，社会大大稳定。土地问题向来是维系民心、维系国家安危的基础，要不，为什么在皇宫旁还要用五色土建一个社稷坛呢？皇权至上，但对土地的膜拜哪一朝也不敢稍有疏忽。当农民有土地时就自给自足；没有土地时就四方游走，卖力换饭；无处卖力就讨饭；连饭也讨不下去，便要铤而走险了。可以说，这几个阶段小岗农民都经历过了。当年盟誓画押的盟主，生产队副队长严俊昌，三个孩子，秋后全家外出，老婆孩子讨饭，他五尺汉子，实在张不开口，就到工地上找苦活干。冬天将至，没活了，又偕妇将雏回村。秋风吹，黄叶落，明年路在何处呢？他一咬牙，夜深人静，邀集穷兄弟共盟山誓，那种悲壮的气氛真有点像当年陈胜、吴广起义：“与其饿死，不如造反死。”但是与那些历史故事有本质的不同，这时小岗农民一还有土地，二没有贫富分化。可是农民为什么会这样不满呢？用当时一位省委领导同志的话说：“农民虽然有土地，但对土地已经失去了热情。”农民被公社这根绳子捆在土地上，出工不出力，“头遍哨子探头看，二遍哨子慢慢晃”。他们讨厌这许多的设计与摆布，讨厌这种不切实际的生产关系。就像一个姑娘被捆起来，嫁给某一个男人，尽管是个好男人，还是过不下去。马克思讲，人是社会关系的总和。当然包括他所处的生产关系。人不能超越这种关系，就像鱼不能跳出水域求一种新的生活方式。历史上也曾有不少聪明人做过这种超越关系的试验，但都一一失败。有英国欧文、法国傅立叶的空想社会主义试验，有苏联的集体农庄试验，在中国曾有洪秀全的《天朝田亩制度》，还有我们的人民公社试验。大约革命者一掌权之后都有一种急切的跃进心理，都急着要设计一个前所未有的、美丽无比的理想世界，并为这目标的实现设计出许多具体步骤。根据凤阳县老县委书记王昌太所藏一大摞笔记记载，我们从合作化到人民公社就用过 400 多种记工办法。你想农民怎么能受得了这种摆布呢？他们感到很不自在。祖祖辈辈赖以生存的黄土地，亲亲热热、如爹如娘的黄土地，能载山川、养人畜、生万物的黄土地，现在怎么变得这样冰凉、这样别扭？

许多书上都一遍又一遍讲着这样的故事：游子离乡前总要在身上带把土，华侨一归国门先伏身吻一下脚下的土。黄土是母亲，是永远亲不够、忘不了、放不下的啊！但是现在，凤阳农民面对这大片的土地，这属于自己的土地却怎么也提不起心劲儿。书中记载，有老少父子二人干脆逃离这块土地，在深山里自耕自食，反而丰衣足食，向国家缴余粮。金寨县金桥大队地处深山之中，1962 年就私自实行包产到户，直到 1980 年全省推广承包制时，才发现这个世外桃源丰衣足食已经 18 年了。事实上在小岗之前，安徽先后就有三次“包产”高潮：1957 年称“包产到户”，1959 年称“五包六定”，1961 年称

“责任田”。但三次都是肚子一饿就试行，肚子稍饱就停止。因为我们总觉得这样做是资本主义。但是这一次不一样，这一次中国出了个邓小平，他在黄山之巅，果敢地一声拍板，宣布了农村生产关系的革命。到 1980 年 10 月，实行了 22 年的人民公社制度终于取消。恩格斯在马克思墓前说，要是没有马克思，经济学和社会主义不知还要在黑暗中摸索多少年。今天，当我重返凤阳大地时，深切地感到，要是没有小平同志，我们的农村改革又不知还要再推迟多少年。

车子离开皇城和朱家祖陵，沿着柏油大道在这 20 世纪末的秋风中疾驰。我脑子里总是闪过那些红手印，它忽而叠印在皇城的断墙上，忽而在西风古陵前的石人石马上，一会儿又落在小岗村崭新的院落旁。在中国史书上和文学作品中，手印的使用大概是穷人的专利。富人有石刻、玉制甚至金制的名章可用，皇帝则用最大的传国玉玺。只有穷人，穷到一贫如洗，穷得只剩下干活卖力的十指和指头肚上的手印。像杨白劳卖喜儿被强按手印一样，穷人的手印总是做着无奈的挣扎或最后的抗争。在 20 世纪 70 年代末，凤阳这个曾经出了一个农民皇帝的地方，18 户的汉子，捋臂挽袖，伸出手指，把其深深地印在这片黄土地上，然后相约“苟富贵，毋相忘”。这是中国农民发起的改革，是中国农村的二次革命，革掉那些不合理的体制，革掉束缚生产力的生产关系。

这是一次人民对政府的批评，农民伸出他们的泥手在我们的失误之处重重地按了一记。我们虔诚地接受了这一记指责。就像当年毛泽东同志在延安听了农民一句尖刻的批评，宽厚地减去公粮 4 万担。现在我们面对这张血红的手印，自省自责，一下松去农民身上“左”的生产关系之绑。我们这个民族历来有下面犯颜直谏、上面从善如流的好传统。在中国农村这一个“包”字的三起三落中，大至中央彭德怀、邓小平、邓子恢等同志，小到县委书记、公社干部等都有中肯的意见，都有长长的谏书。《起点》一书中就收有数篇，最长的达一万言。但最有力的却是这张按有红手印的巴掌大的纸片。古有文谏、武谏，甚至血谏，这是“土谏”。凤阳农民怀抱一块黄土，包定这块黄土，苦呈一种治国兴邦之策。我又想起了 1945 年，黄炎培在延安与毛泽东同志那段著名的对话。黄说，一个政权怎么才能永葆活力？毛说，靠群众，靠民主。其言至真。只有共产党才是真心想为老百姓办事，有错就改；而一旦我们解开了束缚生产力发展的种种锁链，停止了在空想社会主义大海中的穷过渡，就立即如有神助，到达了胜利的彼岸。你看小岗不是一年超过 5 年、20 年吗？你看中国广大城乡这改革开放的 20 年不是天翻地覆了吗？我们的党、我们的政权又焕发了活力。

晚上回到了省城，吃饭时省委的同志悄悄地说："过几天江泽民总书记要来视察小岗村。"果然，几天后报上公布了这个消息。江泽民同志代表党中央庄严地宣布，土地承包再延长 30 年。

凤阳，真是一个中国农村问题的实验室和博物馆。

（1988 年 10 月记于合肥，载《人民文学》1999 年第 5 期）

蒋巷村的共产主义猜想

参观了全国文明村常熟蒋巷村后，突然想到这个题目。

共产主义是什么样子？谁也没有见过，到现在还是想象中的事情，十分遥远和渺茫。它是马克思在160多年前根据社会发展规律推演出的一种理想社会。但是先知先觉的知识分子相信它，受苦的劳动人民相信它。于是就建党，名共产党；就开展全世界的社会主义—共产主义运动，叫国际共运，用实践去求证它、逼近它。一干就是一二百年。在这一二百年间，理论家不断地进行猜想，给出理论模型，就像哥白尼、爱因斯坦们不断地求证宇宙；而劳动者，那些实践着的人，则依其时其地的背景，也不断想象和制作出各种社会模型。于是共产主义就有了各种各样的版本。

余生也晚，我的所经所见大约有两种。一是解放前后，这在反映当时生活的电影上还能看到，战士们在坑道里抱着枪幻想，或者刚分了土地的农民蹲在犁沟里憧憬，共产主义是什么？“楼上楼下，电灯电话”，“点灯不用油，耕地不用牛”。主要反映人身解放了的劳动者在物质上的要求，是最初级、最朴实的“解放版”共产主义。二是“人民公社”版。追求“一大二公”，农民吃食堂，不要自留地，不许养鸡，连同劳动者本身也都“归公”，甚至连每个人的思想里也不许有私人空间。第一个版本，要求不高，很快就达到了；第二个版本则是一场黄粱梦，经“大跃进”、人民公社和“文化大革命”后就破碎了。而这次我却看到了一个与前两个不同的比较接近马克思想法的版本，我把它叫作“中国乡村版”的共产主义猜想。

我们过去对共产主义的理解有这样几点：生产资料公有、产品丰富、觉悟提高、道德高尚、贫富差别小，等等。但是对人的自由讲得很少。恩格斯在去世的前两年，有记者问能不能用一句话概括你和马克思为之奋斗一生的理想，他答曰就是《共产党宣言》里的那句话：将是这样一个联合体，在那里，每个人的自由发展是一切人的自由发展的条件。马克思也有一句话：自由的人就是共产主义者。恩格斯更具体地说：我们的目的是要建立社会主义制度，这种制度将给所有的人提供健康而有益的工作，给所有的人提供充裕的物质生活和闲暇时间，给所有的人提供真正的充分的自由。他这里特别强调“所有的人”都能得到这三点：有工作、有物质享受、有精神自由。当然，自由的前提是物质丰富，但丰富之后怎么办？或者说鱼和熊掌怎样兼得，这就是我要说的这个新版本。

蒋巷村不大，186 户，1 700 亩地，800 口人。40 年前这里曾是一块低洼闭塞的蛮荒之地，血吸虫病流行，地不产粮，食不果腹。当时的村支书常德盛提出：“天不能改，地一定要换。”现在这里已换成工业园、粮田园、蔬果园、居住园、旅游公园“五园”交错的新家园。村展览室的墙上贴着一张历年的人均收入统计表。20 世纪 60 年代 118 元，70 年代 316 元，去年 21 600 元，这还不包括各种补贴和福利收入。

按照恩格斯说的那三条，我们来看看这个现实中的蒋巷村版本。

先说人人有“健康而有益的工作”。全村工作分为工业、农业、服务业，正好是经济学家们说的一、二、三产业。原则是“工业向园区集中，农田向能手集中，居民向社区集中”。各人可根据自己的条件和爱好选择职业。全村 1 000 多亩地集中由 16 个种粮大户来种，其余大部分劳力进了工厂，而且都是“健康而有益”的工作。村里十年前就主动关闭了一个很赚钱的化工厂，现生态极好，林木荫道，绿水绕村，鸟语花香。还设有一个大气监测站，每日除报气象，还报大气质量。

再看第二条，“充裕的物质生活”。每户一座两层楼的别墅，早已超越“楼上楼下，电灯电话”的理想。村里，商店、图书馆、博物馆、农民剧院一应俱全。有趣的是村里还有一个很大的民俗博物馆，墙上抄着辛弃疾描写江南农村生活的词《清平乐》：“茅檐低小，溪上青青草。醉里吴音相媚好，白发谁家翁媪？大儿锄豆溪东，中儿正织鸡笼。最喜小儿无赖，溪头卧剥莲蓬。”这是中国农民几千年来的文化背景、心理背景。追求富裕、和谐、自然、自由，蒋巷人就是在这个背景下来描绘现代图画。现全村已人均年收入2万多，中学以下上学全免费。大学生年补3 000元，研究生年补5 000元。老人从55岁开始每月补300～600元，身患重病者月补400元。他们说这是“按劳分配加按老分配”。

最难能可贵的是第三条，“给所有的人提供真正的充分的自由”。前面所述各人可自选工作已不必说，且以养老一项，就可见他们怎样努力创造自由状态。中国已渐入老龄社会，养老成为一个令人头痛的社会问题。难在怎样既保证老人生活舒服，又精神自由，还能减轻年轻人的负担。而中国农村的婆媳矛盾是一道传统难题，现代社会的新老“代沟”又是难抚平的伤痕。蒋巷村却有办法。全村55岁以上老人200个，按说各家都有别墅小楼，住房宽裕，三世同堂，足可养老。但村里又另盖200套老人公寓。平房庭院式，花木葱茏，阳光明媚。分单身居和夫妻居两种，面积不同。室内厨、卫、寝、厅，一应俱全。老人如愿与子女合住，则住；不愿即可搬来公寓自住。免去了许多因“代沟”所引起的习惯不合与情感摩擦。又因就是在本村，子女近在咫尺，照顾亦便，分而不裂，和而不同，亲情不减。距离产生美感。这里，无论老人还是子女，每个人的自由都是对方自由的条件。我执意要看一两户老人公寓。庭院排排兮花掩地，每家都窗明几净，闲适自得。老人们在院中树下或干一点轻活，或聚而闲谈。王凤英老人已79岁，正抱着两岁的曾孙在门前晒太阳。旁边晾着一笸箩新碾的米粉，雪白细腻，散发出微微的清香。近处翠竹摇曳，紫薇吐蕾，茶花艳艳，远处大田里菜花金黄，一直黄到天边。就是桃花源中人也不过这样。不是说小康的住房标准是每家要有两套住宅吗？盖此情景也。

村里的生活设计还有许多尊重人性自由的细节，如虽粮菜供应充足方便，但还是给每家半分自留地。不为吃用，只为满足农民世世代代的精神寄托。菜园里老人弄苗，童子追蝶，吴侬软语，相话桑麻。村里设早市区，买卖自由，交换方便。我去时，已收市，门面街道收拾得干干净净，都有专人管理。书记常德盛解释说，也不只为物资交流，主要是让村民有一个交往、说话的地方，要的就是一个和谐。村外有人在修渠，这是外来的打工者。果园里几

蒋巷村别墅群

个老人正在剪枝，老常说，他们本有养老费，可以不干活，但如想干，也还再给工资，是轻活，可干可不干的。我立即想起一句话：到了共产主义，劳动就成了人的第一需要。

蒋巷村的现状当然不是共产主义，那样说的话我们这些人就太低能了。但它肯定是人们追求理想征途上的一小步。既然是理想就有一定的虚幻性，等待人们用实践去逼近。马克思和恩格斯生前最怕他们的书给人定死了框框，就声明说：我们不打算把什么最终规律强加给人类。恩格斯说，关于未来社会组织方面的详细情况，您在我们这里连它们的影子也找不到（马恩书里确实找不到蒋巷村社会组织的影子）。正因为马恩这样唯物、这样辩证，为我们预留了理想空间，人们才可能去创造各种版本。事实上，从《共产党宣言》发表那一天起，无论领袖还是群众、理论还是实践，都在摸索寻找。列宁说，共产主义是苏维埃加电气化，这也是一种版本，和“点灯不用油”有一点相似。改革开放，国门打开，有人考察发达国家，说这就是我想象中的共产主义，是从物质文明的角度看，也是一种版本。近年来还有人研究北欧版本。当然，蒋巷村物质条件比起世界上和国内的其他发达地区还差得很远很远，但它和自己比是大大进步了，更可贵的是它能在自身物质进步的基础上对“自由人联合体”的含义进行积极探求，这就了不起，是中国乡村版的共产主义猜想。或者它只能算是一个新版本的幼芽，再小点，一个细胞，一点基因。基因学有一个术语：基因漂流。自然物种在进化中，总有某种基因会飘落某处与其他基因结合成新的物种。共产主义理论一产生就是一个在欧洲大陆上“游荡的幽灵”，一个漂流的理论基因、科学基因。160 多年后，它漂到中国的江南水乡，与这里从 800 年前漂过来的，辛弃疾词里所表达的那个天人合一、老少同乐、物我一体的乡土基因相结合，成了现在的这个新版本——蒋巷村版（现代中国还有其他版本，如华西村版、南街村版、大寨村版，含义各有不同）。任何科学都是从猜想起步。猜想一旦变成了现实就是科学的胜利、历史的进步，不管是自然科学还是社会科学都是如此。1543 年哥白尼太阳系假说发表，到 1846 年法国人勒维烈才按照这个假说推算出海王星。恩格斯说：“哥白尼的太阳系学说有 300 年之久一直是一种假说，这个假说尽管有 99%、99.9%、99.99%的可靠性，但毕竟是一种假说；而当勒维烈从这个太阳系学说所提供的数据……推算出这个行星在太空中的位置的时候，当后来加勒确实发现了这个行星的时候，哥白尼的学说就被证实了。”太阳系假说的证实经过了 300 年，而共产主义学说的提出才 160 多年，尽管我们相信它的可靠性，但要证实它还得经过许多许多的年头，请不要急。我们得像科学家发现大小行星那样，去耐心地仔细推算、求证、实践。这中间会有许许多多的模型和版本。这应了邓小平说的那句话，摸着石头过河。

毛泽东说：“马克思主义一定要向前发展，要随着实践的发展而发展，不能停滞不前。”邓小平说：“我们多次重申，要坚持马克思主义，坚持走社会主义道路。但是，马克思主义必须是同中国实际相结合的马克思主义，社会主义必须是切合中国实际的有中国特色的社会主义。”从陈望道翻译《共产党宣言》的第一个中译本起，到毛泽东在延安整风，发表《改造我们的学习》，中国共产党人一直锲而不舍地致力于马克思主义中国化。从对“大跃进”“文化大革命”（那也曾是一种版本）的反思，到邓小平讲“老祖宗不能丢”，提出中国特色社会主义，中国共产党的领袖和亿万群众一直用实践去求证主义，求证假说。也许将来的求证所得与马克思书上讲的相去甚远，这也没什么，马克思主义本来就是开放的科学。

在蒋巷村我又重读了一遍共产主义的猜想，也读出了一点哲学和科学社会主义的意义。

写完这篇文章，猛然想到过几天就是5月5日，马克思的生日快到了，这也算是对马克思诞生192周年的一点纪念。

（《党建》2010年第8期）

山还是那座山

也许是因为我的姓氏里有一个木字，或者我命中本来就缺木，反正我是发疯地爱树。只要听说哪里有一棵奇一点的树，就千方百计地去看，去摸，去抱。十年前南下到宁波出差，临返回时在机场听说当地有一棵特大的树，树身中空，人民公社时生产队在里面养了两头牛。惜未能谋面。过了两年，我终于找到一个机会再到宁波，一下飞机不进城，就直去拜树。虽然又过了几十年，树洞里淤了不少土，但依然老干如铁，青枝绿叶。村民在树洞里摆了一张八仙桌，大大方方地请我们喝了一壶茶。去年北上到内蒙古出差，见宾馆院里有一棵不知名的树，枝头吊着指肚大小的菱形果实，甚奇。问之，曰丝棉木，属卫矛科。就不顾体面，用房间里的水果刀，十指并用，“偷挖”了两棵。惹得一路同行的人和机场的安检、空姐不断地“拷问”。苍天不负有心人，这两个他乡客居然生根发芽在京城，单等来年此情绵绵寄相思了。

我这样爱树，是因为曾经很少见到树。我大学一毕业就被分配到内蒙古，守着乌兰布和沙漠，吃不尽的黄土，看不完的黄沙。外出采访，要是走路，得帽檐朝后；要是坐车，风沙起时得停车让过风头。这时车子就像掉进黄汤海里，人像坐在潜艇里，透过车窗看黄浪从两边滚滚涌过。那时最想看到的是一点绿，一棵树。我坐火车过河西走廊，一个白天，一个晚上，又一个白天，还是没有一棵树。我在河套的黄河湾子里护过林，那是什么“林”啊，只有拇指粗，每年春天绿，冬天死。晋西北倒是有大片的杨树林，那是永远长不大的“老头树”。不但野外缺树，城里也少树。近 20 年城市建设提速，房挤树，路挤树，人挤树。一次我走在昆明街上，因为扩路砍光了树，主人还说：“我们这里山好水好，四季如春。”我不顾礼貌，脱口而出：“山好水好，就是官不好，为什么不栽树?”回来后我在《人民日报》发了一篇短文《好山好水更求好官》。什么样的官才算好官？起码有一条，要栽树。

因为爱树，就关心和同情栽树的人。最让我激动的一次采访是在雁北，一位老人带着棺材进山，15 年绿了几座山。真有点《三国演义》中庞德抬着棺材战关羽，或者左宗棠抬着棺材去收复新疆的味道。最得意也最伤心的一次采访是写一个劳模，那稿子还得了全国新闻奖。但几年后他儿子来找我，说父亲进了班房。原因是他栽了很多树，只用了几棵树就犯法。这是什么法?难怪没有人栽树。有人说按统计数字，我们栽的树已经绕地球几圈了，但还是不见树。

终于在 2006 年春天，我望见了一大片新绿。不是在山上，也不是在平原。说来好笑，是在报社夜班平台上的电稿堆里。福建记者蔡小伟来稿说，那里全省都已把山分给了农民，老百姓种树积极性大大提高。我如获至宝，或者说是终于找到一根救命的稻草。莫谓书生空议论，稻草也能当金箍棒用。我要借这篇文章浇我胸中的块垒。立即制了一个大标题：《山定权　树定根　人定心：福建全省推行林权制度改革》，立发头条。我又想到马克思的一句话：人们为之奋斗的一切，都同他们的利益有关。就把这话拉来当大旗，配了一篇评论：《栽者有其权，百姓得其利》。签发完稿子，我重重地吐了一口气，一口压了几十年的气。半个月后，福建省林业厅厅长黄建兴来京开会，他一住下就来报社，要请我吃饭。这之前我们并不认识。我问他怎么这样热心林权改革。他讲了一个故事。2001 年，福建有 7 万农民因建水库失地闹事，他时任省政府秘书长，到一线去处置此事。却发现有一个村子很平静，没有一人参与闹事，便问何故。支书说：“我们前几年就分了山林，每人每年收入 4 000 元，还会闹吗?”福建八山一水一分田，山稳民就稳。他当即说，如果我当林业厅厅长，就先给农民分山。不想，一语成“谶”，3 个月后他被任为省林业厅厅长。他农民出身，当过生产队队长，深知农民对土地的感情，一朝权在手，便把令来行。在全省积极试验林改，福建成了全国林改第一省，也是森林覆盖率最高的省。他林改有方，从厅长任上下来后又被任命为国家林业局林改领导小组副组长。林改就是土改，是一场藏于绿叶下的红色革命。

可能还是命中脱不去与树的缘分，我退出新闻一线后又被安排到农委工作，就急切地想去看一下当年曾经纸上谈兵的林改如何。今年正月十五刚过，年味还在，就踏上了去福建的路。

如果说福建是全国林改第一省，永安就是全国林改第一县（县级市）。这里动手早，出经验多，是国家和省两级林改试验点。8 年来已接待参观者 26 000 人。我发现凡成一件大事，其中必有一些中坚和先锋，黄建兴是一个，江兴禄（永安市委书记）也是一个。江在任上已经 15 年，参与了林改的全过程，还编了一本极有实践兼学术价值的书。这天他陪我走访了中国林改第一村洪田村，其地位类似于中国土地承包第一村的安徽小岗村。但村里的建设比小岗村气派多了。村民全住进了两家一栋的别墅。幼儿园、小学、热闹的街道、店面，仿佛进了县城。走进展览馆，迎面是一座群体雕塑，几个胼手胝足的汉子正凝眉锁眼，在灯下议论着什么。说明牌上只有一句话："今晚不议出个名堂，谁也不许回家!"说的是 1998 年 5 月 27 日那晚，全村开会讨论山林到底是分还是不分，已是后半夜了还没有个结果，村支书邓文山就拍着桌子喊出了这句话，然后从笔记本上撕下一页纸，裁成 26 条，同意还是不同意，每家立字为证。这很悲壮，像当年小岗村干部为分地按红手印准备去坐牢。我脑海里一下闪过了水泊梁山、绿林、赤眉。我找到邓文山，想不到却是个文静的汉子，看来事逼人为，不到绝路不破釜。这一逼倒逼出一条新路。墙上贴着一张 1997—2009 年全村经济发展统计表：村财政由 15.3 万元增到 63 万元，人均林业收入由 313 元增至 3 931 元，电话由 25 部增至 662 部，机动车从无到有 375 台，电脑从无到有 81 台……这些财富都是农民在分到手的山上种出来的。

从洪田出来，江兴禄带我们去看一座竹山。春雨绵绵，千竹滴翠。竹子这东西实在是人见人爱，且不说它的用途，你看一眼都舒服。它年年发笋，当年成林，一劳永逸。新竹碧绿如玉，每拔一节就留一条白线，微风吹过，林子就白绿相间，翩翩起舞，好一幅水墨写意。老江招呼人去找这片山的主

福建永安山上的林改碑

人，一会儿竹林子里就钻出一个汉子，眼大身瘦，戴斗笠，系腰带，蹬雨靴，肩扛一把细嘴镢头，仿佛是封神榜上的人物。他叫杨国松，名下分得 126 亩竹林，已经营 10 多年。斜风细雨里我和他算起这几年的收入。竹子在文人眼里是清供之物，在农民眼里可是摇钱树。他说，冬挖冬笋，春挖春笋，林间还有药材。冬笋贵，每斤 5～8 元，春笋每斤 5 毛，一亩地可产三四千斤竹笋。每亩竹子 280 根，每根卖 30 元。林改前他家年收入 5 万元，去年已增到 20 万元，家里还供着两个大学生。我们说着走着，江书记脚下一软，说声“有货”，便去摘老杨肩上的镢头，原来他踩着一棵冬笋。多年的媳妇熬成婆，他这个多年的书记熬成“农”，对这山里的一草一木都有情。只见他蹲下身子，用镢头拨开落叶，围着笋尖小心清土，就像考古队员发现一件宝物，最后一把拉起一棵大冬笋，足有一斤半。大家就提着这笋照相，说中午有好菜吃了，就像抓到一条大鱼。

我们说着走着，转过一面坡，眼前一亮。竹林下的红土地上仰躺着一座大青石碑，足有10多米宽，上书3行大字："山定主，树定根，人定心"，落款是甲申年春月。碑多直立，像这样大的碑仰躺于地还不多见。这是乡民为纪念林权改革而立。他们说这样设计，上可对天，下可对地，民心可鉴。我问老江，林改前后永安的集体林地每亩增值了多少，他答：从300元已增到现在的5 000元到6 000元，长了20多倍。又问老黄全省如何，他说："从300元增到1 000多元，3倍多。福建有集体林1亿亩，全国27亿亩，你算一算，这一项改革增了多少财富，富了多少农民？这还不说生态效应和民心效应。"

我久久地注视着那块石碑，党中央机关报的头条标题变成碑文立在竹林里，这就是党心民意。又觉得"甲申"这个词好眼熟，噢，想起了，上一个甲申年郭沫若曾写了一篇《甲申三百年祭》，毛泽东很推崇。那是反思明末一场农民运动的失败的。从明末到如今，又过了六个甲子，360年。中国农民经过了太平天国革命、辛亥革命、两次土地革命，改革开放以后的土地承包、林改，终于真正成了土地的主人。

百年岁月，万里河山，山还是那座山，只是换了人间。

（《人民日报》2011年3月9日）

潮起潮落说时尚

转眼改革开放已近30年，要观察人们生活的变化，莫如看看市场上商品的时尚之变。

文人无他，新书旧报。一日居家无事，翻出15年前，1993年7月5日的《精品购物指南》，有这样一条消息：《京城“大哥大”供不应求》。“大哥大”是什么？现在20多岁的人大都没有见过，它就是当时刚出现的移动电话，形如一块砖头，哪如现在的手机这样小巧？但这在当年是暴发户的象征，常和“腰缠万贯、财大气粗”联在一起。如果有哪一位客人走进饭馆，将“大哥大”往桌上一戳，就像霸王升帐，叫菜的声音都不一样。那条消息还说，1993年京城“大哥大”的社会存有量是13 000台，市价从每台1.7万元涨到了2.7万元，还供不应求，黑市价3.5万元。但是没过几时，这个霸气十足的时尚品就销声匿迹。我又找到一本书《消失的商品》，十年内蒸发的商品何止“大哥大”，稍在其后的有BP机、录放机、VCD机……其余还可以列出一个长长的名单。

这之后引领城市消费时尚的是什么？是时装、汽车、别墅、旅游、电影大片、音乐会、体育比赛、明星名模秀等等。总之，生活在大变，时尚品的含金量在大增。经济学家所讲的恩格尔系数在下降，民风也从当年的不敢露富，进化到“尚富”。而且，除了一个“富”字，其中至少还有三层意思。

一是开放意识。许多时尚品都是舶来品。社会进步的标志之一就是追赶世界消费潮流。就像经济发展绕不开市场，消费也绕不开时尚。奔驰车是

1926年创牌，2004年花落北京；奥迪车是1910年创牌，1988年花落一汽。这里的“花落”之意，绝不只是来中国卖车，而是我们和它们技术合作、合资、办厂。在消费时尚的背后，我们正在悄悄地追赶着知识、科技和管理的世界时尚。

二是品牌观念。当我们远望时尚之潮时，首先看到的是品牌的脊梁。在世界经济全球化的今天，民族品牌，就是时尚之风中的民族魂。还以数字产品为例，1985年世界上第一台笔记本电脑问世。1996年“联想”开始进入笔记本电脑市场，而从2001年到现在，它就一直稳坐“国内销量第一”的交椅。当然，在时尚消费之潮中，我们的品牌还远远不多，但不要忘记人家已经先行于我们100多年。尚者，本来就是学习、追赶之谓也。这说明我们还得继续开放。

三是精神世界。当一个明星、名模，或任何一个普通青年穿上一件时尚套装时，他立即会挺起胸膛，直起腰杆。我们千万不要把时尚消费一概看作奢侈。如果一个人金玉其外，败絮其中，这当然是他个人的悲哀。但是，当社会上已有整整一个阶层能以自己的劳动而达到某种时尚消费水平时，这就标志着社会的进步。而时尚品的尽善尽美早已超乎物外，成了智慧、成功的象征。你看，电视剧《亮剑》已经在银屏上连播三年而不衰，人们所“尚”的就是那股英雄气。

历史推进，“代沟”难免。也许年轻人会嘲笑上一代人不懂时尚。但不要忘记，正是因为他们昨天的创造才有了今天的时尚。反过来，老年人也想嘱咐一句年轻人，当你陶醉于自己生活中恩格尔系数的下降时，是否也应该关心一下全社会基尼系数的升降，时尚也是责任，这个时尚大潮过后你们还将创造什么样的时尚。

（《人民日报》2007年12月27日）

树　殇

“殇”字在字典里的解释是：还没有到成年就死了。就是说，是非正常死亡。在古代又指战死者。屈原有一篇名作就叫《国殇》，歌颂、悼念为国捐躯的战士。我这次海南之行，却意外地碰见两棵非正常死亡的珍稀树，由此引起一连串的故事。

11月底，北京寒流骤至，降下第一场冬雪，接着就是有史以来最严重的雾霾，媒体大呼测量仪“爆表”。行人出门捂口罩，白日行车要开灯。就在这样的日子里，我们恰好在海南开一个生态方面的会议，逃过了北京生态之一劫。晨起推开窗户，芭蕉叶子就伸到你的面前，有一张单人床那么大，厚绿的叶面滚动着水珠，像一面镜子，又像一面大旗。我忽然想起古人说的蕉叶题诗，这么大的叶子，何止题诗？简直可以泼墨作画了。又记起李清照的芭蕉词：“窗前谁种芭蕉树？阴满中庭。阴满中庭。叶叶心心，舒卷有余情。”三亚市地处北纬18度，正是亚热带与热带之交，这里的植物无不现出能量的饱满与过剩。椰子、槟榔、枇杷通体光溜溜的，有三层楼那么高，一出土就往天上钻，直到树顶才伸出几片叶子，扫着蓝天。树上常年挂着青色的果实。我们走过树下，当地农民熟练地赤脚爬上树梢，用脚踩下几个篮球大的椰子。我喝着清凉的椰子水，想着此刻北京正被雾锁霾埋的同胞，心生惭愧，有一种不能共患难的负罪感。路边的波罗蜜树更奇，金黄色的袋形果子不是长在叶下或细枝上，而是直接挂在粗壮的主干上，有的悬在半腰，有的离地只有几寸，像一群正在捉迷藏的孩子。北方秀气一点的人家常会养一盆名“滴水观音”的绿植，摆在客厅里引以为自豪。而这里满山都是“观音”，一片叶子就有一人多高，两臂之宽。我背靠绿叶照了一张相，那才叫自豪呢——你就是一个国王，身后是高高的绿色仪仗。它在这里也不用“滴水观音”这个娇滴滴的名字，当地人直呼为“海芋”。还有一种旅人蕉，一人多高的叶管里永是伫满了水，旅行的人随时可以取用。虽是冬季，也误不了花的怒放，仍是一个五彩的世界。红色、紫色、雪青色的三角梅在路两旁编成密密的花墙。大叶朱蕉，一身朱红，教你分不清是花朵还是叶子。三层楼高的火焰树在各种厚重浓绿的草树簇拥下，向天空喷吐着红色的火焰。

我看着这些美景激动不已，激动之余又是忌妒。我身在曹营心在汉，一花一叶都牵动我的北方神经，联想到此刻北京的雾霾，想起我那些可怜的北方同胞。这真是太不公平了，同样是人，难道北方人就该去承受寒冷、大漠、风沙、雾霾吗？我想起 20 年前一个真实的故事。西北某省一个青年团干部，第一次走出家乡来到深圳（他还没有像我这样过海上岛呢），大呼南方原来是这样的啊！一跺脚，永不再回自己的家乡。我们且不要骂他背叛，生态，生态，生存之态，谁不想生存在一个好的状态下呢？

正当我忌妒上苍对这里的垂青、羡慕他们的幸运时，一件事让我心境陡转。开完了会，我脱离大部队，开始了一个人的找树之旅，希望能找到一棵有亚热带特点、附载海南人文历史的古树，好收入我的“人文古树”系列。午饭前我来到陵水县，说明来意。县委麦书记说：“我刚来两个月，还不熟悉乡情。不知有没有你要找的树。但两个小时前，这里非法砍倒了两棵大腰果树，我正为这事生气。”说着，他打开手机，给我看砍树现场，还有他当时发出的工作微信指令：“速到现场，立即查办！”我说：“为什么要砍？”“借口清理卫生，整理村容。”腰果，我只在超市里小包装的食品袋里见过，而且大都标明是进口食品。至于腰果树，我走遍祖国南北，甚至别的许多国家，到现在也没能见过是什么样。我苦苦寻找的人文古树还没有找到，却碰到两棵被随意腰斩的稀有的腰果树。连日来我对海岛的美丽印象，顿时成了一堆破碎的泡沫。翠绿的芭蕉叶、鲜艳的火焰花后面竟然藏着锋利的刀斧。有朋自远方来，碰到这种事，不亦尴尬乎？这顿饭谁也吃不进心里。饭后，我提议再到现场看一下，因下午要赶火车去海口，放下筷子便急急上路。大约一个小时的车程，路两边仍然是椰子、芭蕉、三角梅，但我的心头已一片冰凉。

在一个叫高土村的村口，路边横躺着两棵刚被放倒的大树，像两个受伤倒地的壮汉。我验了一下伤口，是先被锯子锯，快断时又一推而倒的，断处还连着撕裂的树皮，似乎还能听到它痛苦的呼喊。树梢被甩到远处的一个水塘旁，树身约有两房之高。同来的林业厅王副厅长大呼："哎呀，这两棵稀有的腰果树是上世纪国家为扭转油料短缺，从巴西引进的，算来至少有三四十年了。"我蹲下身来，用手轻轻抚摸着断茬，还有一点湿气，并散发出淡淡的木香。那一圈圈的年轮，像是在诉说它成长的艰难和十几个小时前突然降临的厄运。我悲从心来，一阵恐惧。回头打量了一下周边的环境，光天化日，并不像一处杀人越货的野猪林。村民不知道什么叫森林法，只是木木地说，这树没有什么用，所以就砍掉了。就在离树几十米的地方有一处温泉，池塘水面上飘着一团团的热气，衬着蕉叶、椰林，婷婷袅袅，宛若仙境。我上前用手试了一下水温，足有 90 摄氏度，游人常在这里煮鸡蛋吃。而水下的沙子、石粒清晰可见。完了，完了，温泉名木，又一处永远消失了的美景，永远消失了的乡愁！回程的路上，谁也不想说话，车子里一片沉闷。我问王副厅长："一棵腰果树正常寿命有多长?"答曰："因是引进树种，还在生长之中，它在国外可活到 700 岁。"如此算来，这树正当少年。一棵代表着一项国策的树就这样瞬间消失了。树殇啊，国树之殇，国策之殇！

第二天上午，我原定在省里有一场关于新闻文化的讲座，主人坚持改为森林文化。我当记者几十年，骨子里却是个林业发烧友，半生爱树，所经历的树事无数，讲座不敢当，讲几个故事还是有的。我说，一个地方，树木的保护不是靠上面的一道命令，要靠当地的文化自觉，应该有三道防线。一是法律，国家意识；二是乡规民约，集体约束；三是民间信仰，自觉践行。我在江西采访曾碰到一个杀猪护树的故事。一个村民不小心，清明节上坟烧纸时燃着了集体的树林，村里就按规矩将他家的肥猪杀掉，按照全村的户数，分为若干等份，开村民大会，每户分得一份，并讲明杀猪分肉的原因，以示教育。这是乡规民约，在当地已有几百年的传统。我的家乡，有一座柏山，山上有东岳大帝黄飞虎的庙，庙中塑有大帝神像，并地狱轮回的故事。每年庙会人杂，或林边农人耕田，时有毁树。于是主事者就在庙门上以东岳大帝的口吻刻一对联："伐我林木我无言，要汝性命汝难逃。"以后就再也没有人敢折一枝一叶。这是假神道设教，也已有上百年的历史。不要简单地说它是迷信，这是一种信仰，一种生态信仰、自然信仰，敬天悯人。而叫百姓爱树莫若领导先行。黑龙江有一爱树的县委书记，一次他的车过林区，见一树被人折断，便急令停车，与随从人员齐下车脱帽，高喊向树致哀。我记不清这天讲座时讲了多少个故事，最后说到我的亲历。我大学一毕业就被分配在西北的一个沙漠边缘工作，那里没有几棵树，沙窝里的一点红柳、沙枣、芨芨草、骆驼刺，就能唤起我们心底的微笑。早晨学校里的孩子们没有水洗脸，站成一排，老师拿一小碗水，含在口里，顺着孩子的脸喷一遍，各人用手一抹，就算洗了脸。也许你笑他们不文明？但文明要有条件，你砍树却是有了条件丢了文明。那地方没有热带雨林的雨，没有能题诗的芭蕉叶。不要说种树，春天农民种子落地后就仰天望雨。一次省委书记主持常委会，外面突然落下了雨，他甩开会议人众，推开门，在院里大喊："下雨了，下雨了！"也许你们说这样一个高干不该失态，那是你们不知道，什么叫缺水什么叫干旱，到现在你们也体会不到，就在我们开会的同时，北京的机关职员，长安街上的行人，正在雾霾中无奈地挣扎，而这几天巴黎的气候大会上，习近平同志正代表中国为世界生态苦苦谈判。你们身在福中不知福，身边有树就砍树。不知道这树是为地球村造氧气调生态的，是为国家保存文化的，是为家乡留一点乡愁的。我承认那天我是有点激动，有点失态。

会后主人为放松情绪，请我去一个香会馆喝茶。香是沉香木的香，茶具桌椅是海南黄花梨，这两件东西都与树有关，都是世界同类中的极品，一克沉香比一克黄金还要贵。按照香道流程，主人将一大盘各种碎块的香料放到桌上，然后用一个特制小刀小心地刮下一点粉末，置于台湾特产的加热杯上，让客人托于鼻下静品其香，数秒后再换一口气。据说在大城市里进一次香吧，要花上万元。主人用一个小显微镜教我们识别香的真假好坏。好香会在镜下显出银子般的细微结晶。这香是一种叫白木香的树因意外所伤，如人砍、虫咬、风折，在特定气候条件下分泌出的一种保护液，经年累月一点点地积累，就像动物体内的名贵药品牛黄、狗宝，像溶洞里的钟乳石，可遇而不可求。世界上最珍贵的是时间，而这沉香与花梨都是时间的凝聚。海南黄花梨又是世界花梨之最，贵在它树心的“格”，一棵树要到三四十年后才开始有“格”，“格”再长到一指之粗约要70年。人类之残忍，就是摘取“格”这一块花梨树的心头肉，来制奢侈品的。我在景区的一个商店里看到一根比拇指略粗的海南黄花梨拐杖，价值5.78万元。不管“香”也好，“格”也好，都是时光的累积，我们在这里喝茶一杯，闻香几秒，忠诚的树木却要无言地在深山老林中，为我们修行上百年。人们多知品香用木的尊贵，而不知树生于世的艰难，与它对人类的忠诚。人们大谈香文化、黄花梨文化，却忘了树文化、生态文化，舍其源而求其流。

正品着香，喝着茶，有谁说大厅里的电视开了，正直播今天处理砍树事件的新闻。我们一拥而出，只见昨天我去过的现场，两棵卧倒在地的树旁，森林警察、村民、干部等一群人，正一起低头向倒树志哀，然后依法办事，将肇事人带走拘留。接着是一篇电视评论，号召在全岛开展爱树、护树，寻找人文古树的活动。大家一时都高兴地跳了起来，以茶代酒，互相庆贺，几个年轻人还唱起了歌。突然有人提议，我们何不现在就用手机上“面对面”的快捷办法，建一个微信群，名字就叫“我们的树”。于是在经历了这几天的树殇之痛后，在树香的氛围中，我们结下了这一段奇特的树缘，回京后“我们的树”成了一个沟通南北、爱树护树、寻找人文古树的工作平台。

（《人民日报》2015年12月16日）

何处是乡愁

乡愁，这个词有几分凄美。原先我不懂，故乡或儿时的事很多，可喜可乐的也不少，为什么不说乡喜乡乐，而说乡愁呢？最近回了一趟阔别60年的故乡，才解开这个人生之谜。

故乡在霍山脚下。一个古老美丽的小山村，水多，树多。村中两庙、一阁、一塔，有很深的文化积淀。我家院子里长着两棵大树。一棵是核桃，一棵是香椿，直翻到窑顶上遮住了半个院子。核桃，不用说了，收获时，挂满一树翠绿滚圆的小球。大人站到窑顶上用木杆子打，孩子们就在树下冒着“枪林弹雨”去拾，虽然头上砸出几个包也喜滋滋的，此中乐趣无法为外人道。香椿炒鸡蛋是一道最普通的家常菜，但我吃的那道不普通。老香椿树的根不知何时，从地下钻到我家的窑洞里，又从炕边的砖缝里伸出几枝嫩芽。我们就这样无心去栽花，终日伴香眠。每当我有小病，或有什么不快要发一下小脾气时，母亲安慰的办法是，到外面鸡窝里收一颗还发热的鸡蛋，回来在炕沿边掐几根香椿芽，咫尺之近，就在锅台上翻手做一个香椿炒鸡蛋。那种清香，那种童话式、魔术般的乐趣，永生难忘。当然炕头上的记忆还有很多，如在油灯下，枕着母亲的膝盖，看纺车的转动，听远处深巷里的狗吠和小河流水的叮咚。这次回村，我站在老炕前叙说往事，直惊得随行的人张大嘴合不拢。而村里的侄孙辈也如听古。因为那两棵大树早已被砍掉，河已不在，只有旧窑在，寂寞忆香椿。

出了院子，大门外还有两棵树，一棵是槐树，另一棵也是槐树。大的那棵特别大，五六个人也搂不住，在孩子们眼中就是一座绿山、一座树塔。常记树下总是拴着一头牛或一匹马。主杆以上枝叶重重叠叠，浓得化不开。上面有鸟窝、蛇洞，还寄生有其他的小树、枯藤，像一座古旧的王宫。而爬小槐树，则是我们每天必修的功课。隐身于树顶的浓荫中，做着空中迷藏。槐树枝极有韧性，遇热可以变形。秋天大人们会在树下生一堆火，砍下适用的枝条，在火堆里煨烤，制作扁担、镰把、担钩、木杈等农具，而孩子们则兴奋地挤在火堆旁，求做一个精巧的弹弓架或一个小镰把。有树必有动物。现在，野生动物事业，就归国家林业部门来管。村里的野物当然也不离古树。各种鸟就不用说了，松鼠、黄鼠狼、獾子、狐狸的造访是家常便饭。夏天的一个中午，正日长人欲眠，突然老槐树上掉下一条蛇，足有5尺多长，直挺挺地躺在树荫中。一群鸡，虽以食虫为天职，但还从未见过这么大的虫子，一时惊得没有了主意，就分列于蛇的两旁，圆瞪鸡眼，死死地盯着它。双方相持了足有半个时辰。这时有人吃完饭在河边洗碗，就随手将半碗水泼向蛇身。那蛇一惊，嗖的一下蹿入草丛，蛇鸡对阵才算收场。现在，就是到动物园里，也看不到这样的好戏。

还有一天的晚上，我一个叔叔串门回来，见树下卧着一个黑影，便上去踢了一脚，说："这狗，怎么卧在当道上!"不想那"狗"嗖地翻身逃去。星光下分明是一条狼。大约是来河边喝水，顺便在树下小憩片刻。第二天听了这故事，很令人神往，我们决心去找这只狼。长期在农村，早得了关于狼知识的秘传：铜头、铁身、麻秆腿。腿是它的最弱项。傍晚时分，四五个孩子结伴向村外走去。随身带上镰刀、斧头、绳子，这都是平时帮大人打柴的家什。大家七嘴八舌，说见了狼，我先用镰刀搂腿，你用斧砍，他用绳捆。正说得热闹，碰见一个大人，问去干什么，答，去找狼。大人厉声训斥道："天快黑了，你们还不都喂了狼？给我回去!"我们永远怀念那次未遂的捕狼壮举。

出大门外几十步即一条小河。流水潺潺，不舍昼夜。河边最热闹的场景是洗衣。在没有自来水和洗衣机之前，这是北方农村一道最美丽的风景。是家务劳动，也是社交活动，还是一种行为艺术。女人和孩子们是主角，欢声笑语，热闹非凡。许多著名的文艺作品都喜欢借用洗衣这个题材。如藏族舞蹈《洗衣歌》、歌剧《小二黑结婚》等。我们山西还有一首原汁原味的民歌就叫《亲圪蛋下河洗衣裳》。印象最深的是河边的洗衣石，有黑、红、青各色，大如案板，溜光圆润。这是多少女子柔嫩白净的双手，蘸着清清的河水，经多少代的打磨而成的呀。河边总是笑声、歌声、捶衣声，声声入耳。偶尔有一两个来担水的男子，便成了女人们围攻的目标。现在想来，那洗衣阵中肯定有小二黑、小青、亲圪蛋等。洗好的衣服就晒在岸边的草地上，五颜六色，天然画图。

我们常在河边的青草窝里放羊，高兴时就推开羊羔，钻到羊肚子下吸几口鲜奶，很是享受。那时也不懂什么过滤、消毒。清明前后，暖风吹软了柳枝，可退下一截完整树皮管，做成柳笛，呜哇、呜哇地乱吹。大人不洗衣时我们就在这洗衣石上玩泥，或坐上去感受它的光润。那时洗衣用皂角，村里有一棵硕大的皂角树，一季收获，够全村人用上一年。皂角在洗衣石上捶碎后，它的种子会随河水飘落到岸边的泥土里，春天就长出新的皂角苗。小村庄，大自然，草木之命生生不息，孩子们的心里阳光满地。大家比赛，看谁发现了一株最大的皂角苗，然后连泥捧起种到自家的院子里。可惜，这情景永不会再有了，前几年开煤矿破坏了地下水，村里的三条河全部干涸，连河床都已荡平，树也没了踪影。洗衣歌、柳笛声都已成了历史的回声。

忆童年，最忆是黄土。我的老乡，前辈诗人牛汉，就曾以敬畏的心情写过一篇散文《绵绵土》。村里人土炕上生，土窑里长，土堆里爬。家家院里有一个神龛供着土地爷。我能认字就记住了龛两侧的对联“土能生万物，地可载山川”。黄土是我的襁褓、我的摇篮。农村孩子穿开裆裤时，就会撒尿和泥。这几年城里因为环保，不许放鞭炮，遇有喜事就踩气球，都市式的浪费。且看当年我们怎样制造声响。一群孩子，将胶泥揉匀，捏成窝头状，窝要深，皮要薄。口朝下，猛地往石上一摔，泥点飞溅，声震四野，名“摔响窝”。以声响大小定输赢，以炸洞的大小要补偿。输者就补对方一块泥，就像战败国割让土地，直到把手中的泥土输光，俯首称臣。这大概源于古老的战争，是对土地的争夺。孩子们虽个个溅成了泥花脸，仍乐此不疲。这场景现在也没有了，村子成了空壳村，新盖的小学都没有了学生。空空新教室，来回燕穿梭。村庄没有了孩子，就没有了笑声，也没有人再会去让泥巴炸出声了。

农家的孩子没有城里人吃的点心，但他们有自己的土饼干。不是“洋”与“土”的土，是黄土地的“土”。在半山处取净土一筐，砸碎，细筛，炒热。将发好的面拌入茴香、芝麻，切成条节状，与土混在一起，上火慢炒至熟，名“炒节子”。然后再筛去细土，挂于篮中，随时食用。这在城里人看来，未免有点脏，怎么能吃土呢？但我们就是吃这种零食长大的。一种淡淡的土味裹着清纯的麦香，香脆可口。天人合一，五行对五脏，土配脾，可健脾养胃，是村里世代相传的育儿秘方。

从春到夏，蝉儿叫了，山坡上的杏子熟了，嫩绿的麦苗已长成金色的麦穗，该打场了。场，就是一块被碾得瓷实平整、圆形的土地。打场是粮食从地里收到家里的最后一道程序，再往下就该磨成面，吃到嘴里了。割倒的麦子被车拉人挑，铺到场上，像一层厚厚的棉被，用牲口拉着碌碡，一圈一圈地碾压。孩子们终于盼到一年最高兴的游戏季，跟在碌碡后面，一圈一圈地翻跟斗。我们贪婪地亲吻着土地，享受着燥热空气中新麦的甜香。一次我不小心，一个跟斗翻在场边的铁耙子上，耙齿刺破小腿，鲜血直流。大人说：“不碍，不碍。”顺手抓起一把黄土按在伤口上，就算是止血了。至今还有一块疤痕，留作了永久的纪念。也许就是这次与土地最亲密的接触，土分子进入了我的血液，一生不管走到哪里，总忘不了北方的黄土。现在机器收割，场是彻底没有了，牲口也几乎不见了，碌碡被可怜地遗弃在路旁或沟渠里，有点“九里山前古战场，牧童拾得旧刀枪”的凄凉。

没有了，没有了。凡值得凭吊的美好记忆都没有了。只能到梦中去吃一次香椿炒鸡蛋，去摔一回泥巴、翻一回跟斗了。我问自己，既知消失何必来寻呢？这就是矛盾，矛盾于心成乡愁。去了旧事，添了新愁。历史总在前进，失去的不一定是坏事。但上天偏教这物的逝去与情的割舍同时作用在一个人身上，搅动你心底深处自以为已经忘掉了的秘密。于是岁月的双手，就当着你的面将最美丽的东西撕裂。这就有了几分悲剧的凄美。但它还不是大悲、大恸，还不至于呼天抢地，只是一种温馨的淡淡的哀伤，是在古老悠长的雨巷里“逢着一个丁香一样地结着愁怨的姑娘”。乡愁是留不住的回声，是捕捉不到的美丽。

那天回到县里，主人问此行的感想。我随手写了四句小诗：

何处是乡愁，云在霍山头。儿时常入梦，杏黄麦子熟。

（《人民日报》2017年3月29日）

一个没有被荣誉宠坏的人

申纪兰恐怕是还健在并活跃于政坛的新中国最老资格的农业劳动模范了。她是新中国成立前在根据地就和李顺达一起带领农民搞互助生产而出名的，是比陈永贵还早一茬的明星级劳模。她又是至今唯一从第一届全国人大连任至第十一届全国人大的人民代表。她不愧为共和国成长的历史见证人。

我和申纪兰同志相识已几十年，在十一届人代会上我们又有缘编在一个团，不由忆起了她的几件小事。

1974 年，我从内蒙古调回山西省委工作。妻子调山西省妇联机关。申纪兰同志以其声望时任省妇联主任，但大部分时间仍在基层，并不驻机关办公。当时“文化大革命”还未结束，各方面很不正规。我们由外地调来，第一件头痛的事就是没有住房，孩子又小，四处奔波、借住，十分狼狈。老申知道了这件事，找到妻子说：“小宋，我这个主任关心干部不够，让你们为难。不要费劲了，你们小两口和孩子就住在我的办公室吧。反正那房子长年空着，也是浪费。”说着拿出了钥匙。我们再困难、再不懂规矩，也不敢接这把钥匙呀。但心里一直热乎乎的，多年以后还常记起。

还有一件事。当年申纪兰参加各种会议活动较多，机关常要代她填表，其时她从省到县已兼有多种职务，有各种头衔，但她每次都要叮嘱工作人员：“前面那些填不填都行，村支部书记这个职务一定不要落下。”她是一个不忘本的人，常说，劳动模范离开了劳动还算什么劳模。

虽相识多年，我却一直无缘到她的西沟村一看，直到去年春天终于有了一次机会。西沟，真是深山大沟，前沟后沟沟套沟。老申已是78岁的人了，领着我翻梁下沟如履平地。她先领我看西沟发展史的源头——新中国成立前李顺达逃荒来这里住的沟底破窑，又看一条条治过来的沟。现在满山都是郁郁葱葱的树林，村里依山而建的层层窑洞，比城里鳞次栉比的水泥楼房更赏心悦目。我奇怪这大山里的交通之便，不管哪条沟，车子都可进可出。原来这里也有老申的功劳。过去山区多年通不了路，老乡头年买个猪娃抱着上山，第二年长成大肥猪，却抬不下山。山货运不出，看病难，上学难。作为人民代表，申纪兰对这种关乎民生的现状很是揪心，2001年她在全国人代会上正式提案，请政府关注山区交通建设。时任交通部部长的张春贤同志立即率人到太行山区调查部署修路。政府亦相应拨款。现在山区已村村通公路、通班车。这通车之便还带来另一情况，常有外省市的村民慕名到西沟来，向人民代表申纪兰反映本地的民情和积案，老申都认真听取。就在她陪我走下一层层窑洞的台阶时，还有一个从东北远道而来的中年妇女拦住她说话。

从西沟回来，我一直在想一个问题：什么是人民代表，就是要代表人民说话；而要能代表人民说话，先得自己不脱离人民，永葆一个普通劳动者的本色。以申纪兰的资历，从第一届代表当到第十一届代表，已是全国名人，多年的名人。就是任何一个文体明星也未有她这样在媒体上占据的时间长。上到中央下到省市，她不知曾结识过多少领导、多少大人物。她也有机会高就他职。但她从没有什么非分之想，从没有借机为自己办一件私事。两个孩子也是靠自己的能力做平平百姓。爱因斯坦说居里夫人是欧洲唯一一个没有被荣誉宠坏的名人。申纪兰顶着名人的光环已半个多世纪，却没有一点名人的架子。她确实以代表的身份为人民办了不少事，有的还是很不一般的大事，但她从来不说，也不让媒体宣传。这正是她最让人敬重的地方。

（《人民日报》2008年3月2日）

桑氏老人

“四人帮”虽然垮台了，但留下许多冤案。我在当记者时曾受命调查过这样一件。

山西蒲县为吕梁山南端一偏僻小县。县城南有一座柏山，遍生松柏，森森然如鬼域。山上有一庙是《封神演义》里黄飞虎的行宫，曰东岳大帝庙。庙下有一阎罗殿，殿内泥塑有阴曹地府中的诸般惨烈之状，为国内唯一保存的地下阎罗殿。凑巧冤案就发生在这里。受害者共牵连200多人，为首的是一位县委书记，已被迫自杀。但出面斗争最激烈者却是一名孤身老人桑宝珍。桑原为志愿军战士，转业后回县，在县委当炊事员，后又上山看庙。他被无故逮捕，但极坚强。每晚残阳压山、晚霞血照之时，他便双手把定铁窗，向全城大呼：“桑宝珍现在开始喊冤……”蒲县县城极小，一条街不过二三百米长，人少房稀，他一呼喊，声震半街屋瓦。这时大家就说：“桑宝珍喊冤电台又开始广播了。”家家屏息凝神，小小山城唯闻铁窗吼声，其声如困兽之嚎，十分瘆人。当局不得已，将其释放，他一获释即进京告状。进不了中南海，就跑到西单电报大楼向中央发了一份1 200字的电报。回县后，当局恨其告状，又抓他进牢，他复日日喊冤，并拒不剃须理发，铁窗夕照，其威严之状更如一头笼内猛狮。后由于上面干预，当局要释放他，劝他先理个发，他仍拒之曰：“留个纪念，让世人看看这场冤枉。”我上山之时，老人终因折磨既久，身心交瘁，已躺在医院里。但神志清楚，听说来了记者，十分高兴。可惜他已不能说话，只以手指心，表示其志已遂。

此案假判错定当然是坏事，但大小牵连 200 余人，其中有知识有地位的也不少，然而愤然出头、力争力抗者竟是一看庙的孤身老人。县委书记被迫自杀亦当同情，若以其智、其势愤而反击，效果当更在老人孤斗之上，然却悄然自遁黄泉。呜呼，人之于世，诚搏一气也，气壮则身存事成，气馁则人亡事败。所以文天祥身系大狱之中仍赋《正气歌》。

壮哉，桑氏老人。

（1980 年 12 月）

土　炕

神池是晋西北最高最冷的县。春三月里的一天，我来这里采访一个乡村女教师。她的事迹很简单：在一盘土炕上教书已 25 年。一个年轻女子，隐居深山，盘腿坐炕，一豆青灯，几个顽童，25 年。这是何等清贫、坚忍的炼丹修道式的生活啊，我一定要去看看。

车子进了山，在洪水沟里、在荆棘丛中颠簸，几头黄牛拦住了路，一阵寒风袭进了窗。翻上一个山头，早没有了路。朝南走，越走越窄，渐渐容不下四个车轮，急刹车，旁边已是万丈深渊，谷底阴坡上的几棵小柏树像盆景一般。退回去，再绕到北面走，却是一坡积雪。算了，下车步行吧，远处已经看见了炊烟。风像刀子一样专找着领口、袖口往里钻。山上除了残雪，就是在风中抖动的、如钢丝一样的枯草茎。

转过一个山凹，出现一道山梁，上面散摆着一些院落。村口的第一个院子就是学校，传出了孩子们清脆的念书声。我们刚踏进院子，一个中年妇女在窗玻璃上一闪，急忙迎了出来。她就是炕头小学的女教师贾淑珍。炕头上分 3 排盘腿坐着 13 个孩子。一个个瞪着天真的眼睛，看着我们这些山外来客。炕下放着一溜儿小棉鞋。炕对面的椅子上靠着一块小黑板，上面写着汉语拼音。贾老师迎进我们说："天这么冷，你们好辛苦，快炕上坐。"一边让同学们往炕里挤一挤。山里的冷天，家里最暖和的地方就是炕头，如同宾馆会客室里的正席沙发，是专让贵客的。我们不愿打扰这间小窑洞里的教学秩序，不肯上炕，她便对炕角的一个女孩班长说："把课文再抄一遍，抄完做 20

页的练习题。”然后就让我们到她的窑洞里。这是在学校下面的又一座院子，五孔窑洞，和普通农家没有什么两样。

我盘腿坐在炕头上。双腿感到热乎乎的，身上的寒气渐渐被逼散。挨着炕沿是一口农村常见的二尺大锅，好像我们不是来采访的，而是来走亲戚，贾淑珍揭开锅盖，急慌慌地舀水、抱柴，要做客饭。一边又心疼我们穿得太少，不知山里冷。同来的几个年轻人不会盘腿，她也还是推着人家上炕。县里的同志劝她，还是抓紧时间说会儿话，北京的记者来一趟不容易。她却坚持，不做饭也要喝点水。我在一旁静静地观察着她，微胖的身子，忠厚的脸膛，执着的热情，再加上身下这盘热烘烘的土炕，一种似曾相识的意境回到我的身旁。我像是在梦里，又回到了童年时的小山村。我忘不了，那时家里一来了客人就先说吃饭，以至于后来进了城，不理解怎么来了客人只说抽烟。

久违了，这纯朴的乡情。久违了，这盘热烘烘的土炕。

贾淑珍终于被劝着放下柴火，坐到炕沿上，开始叙说她这段平凡的往事。

“那是 1961 年，我 17 岁，刚从初中毕业，和张亮结了婚，来到这个村。全村不到 20 户，没有学校。八九个娃娃，不是在村里爬树，就是在地里害庄稼。我给支书说，我念书不多，总还能看住个娃娃吧，比他们在村里撒野强。当时队里没有窑，我刚结婚，还没孩子，就把学校办到了我的洞房里。”

“你爱人会同意吗?”

“他心好，说：反正我白天劳动也不在家，炕上还坐不下八九个娃？就这样，娃娃们从各家有的拿来拉风箱的小板凳，有的拿来妈妈的梳头匣，抱在怀里，算是课桌。我把家里的一块杀猪案板洗了洗，刷上炕洞烟末当黑板，又把山上的白土碾成面，和上山药蛋粉，搓成条，就是粉笔。没有书，就回到娘家村里借，娘家村子大，40 户，有个小学。”

贾淑珍坐在炕边，像叙家常一样，追怀着往事。话里并没有多么崇高的理想，也没有多么宏伟的计划，更没有什么壮烈的举动。一切都顺乎自然，村里的娃娃没人管，自己就当看娃的；办起学校无教室，野惯了的孩子坐在权当教室的窑洞里，撕了窗户，扯了炕席。地下，雨天、雪天两脚泥。冬天，还要出去打柴、搂草烧炕。同一盘炕上有四个年级的学生，有的上算术，有的上语文，有的爱打爱闹，有的胆小不敢说话。她都靠自己无私的心，靠慈母式的情，把这批野孩子带大一茬又一茬。从1962年开始办学，到现在已经25年了。只在那花烛洞房中的土炕上，就送走了12茬学生。到1974年他们两口子盖了五间窑，又专门给学生留了两间。学生娃多了，一间窑已经放不下。直到1983年，村里富了，才专为学校盖了三孔窑。全村35岁以下的人无不是她的学生。她教的第一茬学生，他们的孩子又在她的炕头上毕业升到了初中。

土炕，我下意识地摸摸身下这盘热烘烘的土炕。这就是憨厚的北方农民一个生存的基本支撑点，是北方民族的摇篮。在这盘土炕上，人人睡觉、吃饭、纺线、织布。雨雪天男人们就坐在这里编筐、织席，晚间又常挤到谁家炕头上说古拉家常。这九尺炕头便是他们的生活舞台。世世代代他们就这样繁衍、生存、进步。而贾淑珍又在这舞台上加进新的内容——教育。人一落地，来到这炕上，不该光为吃、睡和生存而干活，还应该有文化、有精神文明。这个普通的女教师给炕赋予了新的含义。

我突然想到她自己的孩子怎么办呢？作为一个女人总要拉扯孩子，屎呀、尿呀，还不就是这一盘炕？

她说："现在的年轻人，生孩子产假就半年。我生这三个孩子都休息一周就上课。我那些孩子也怪，不怎么费人，课间十分钟，喂喂奶，换换尿布。不会爬时用枕头围在炕角，我们上我们的课。到会爬时，用绳子拴着，炕上地方不够啊。再大一点就放到地上，扶着炕沿走，看着炕上的娃们念书。再大一点，他也就盘腿坐在炕上了。所以我那些娃娃都念书早，老二今年才20岁，就要大学毕业了。"

"可是坐月子，总得有人来伺候，这里连人也转不开啊。"

贾淑珍脸上掠过一丝难以觉察的苦楚，说："我6岁上就死了娘。张亮，在我认识他时，也早就无爹无妈了。我们是两个孤儿，没有什么亲人来伺候。"

我心里不觉一紧，难得这样的两个好人，两个苦命的人结合啊。他们很少得到父母的爱，却又最懂得这种爱。25年了，在这盘土炕上，他们连同自己的，共带大了42个孩子。可以想见，自己孩子嘤嘤的哭声和学生娃们琅琅的书声，是怎样奏成这土炕上的交响乐的。孩子扶着炕沿，那双明亮的大眼睛是怎样好奇地瞪着炕上这么多哥哥姐姐，还有正在小黑板上写字的妈妈的。好一幅窑洞授课图。（那天下山后我向一位画家说起这次采访，他直后悔当时没有跟我去，否则一定可以创作一幅好画。）

我问："张亮现在干什么？"

"他在 15 里外的一个村里教书。"

"你为什么不和他调到一起？"

"我们这个村小，他回来吧，用不着两个。我去他那村吧，一走，学校也就停了。因为 1983 年以前，村里没有专门给学校盖窑。现在虽说有了窑，可谁想来呢？到乡里开一次会，回来就要爬两小时的坡。直到去年这个村才通了电。"

别人不愿来，她却舍不得走。事情总得有人干，是苦是亏，总得有人吃。自觉奉献，自觉牺牲，这就是她的人生哲学，平平静静，自自然然。

我问："张亮常回来吗？"

"也就是半个月开一次联校会议，见个面。有时星期日回来住一天。2 月 11 日那天，他那个村里唱大戏，他回来问我去不去看戏。我们这个村小，自我嫁过来也没有请过剧团。我说去吧，可是一转念，这十几个娃娃怎么办？今年还有两个毕业生升学呢，缺不得课。算了，不看了，有甚好呢？"

我们就这样不紧不慢地拉着话。外面窗台上两只大芦花鸡正啄着窗玻璃。里面窗台上摆着一盆石榴、两盆月季，鸡想吃那绿叶子。阳光射到室内，在炕上投下一个明亮的大方块。屋子里比来时暖和多了。隔着光线，我端详了一下她的脸，已爬上不少皱纹。我估计她今年该是 40 多岁，这正是一个女人的第二黄金年华。我采访过许多中年女科学家、女工程师，她们满腹学识正好配着那富态的身材、雍容的风度，春华虽过，却秋实满枝，生命正堪骄傲之时。至于这个年龄的演员，却还光彩犹存呢。可她至少像 50 多岁。多年为人师表的严肃和山里生活的清苦，塑就了她这种谦虚、诚实、任劳任怨和略显憔悴的身影、风度。我心里只是莫名地为她惋惜和不平，但说出口的却是这么一句：

"山里生活这么多年，身子骨还好吧？"

"好甚哩？这眼睛都认不出人了。500 度的近视，人家小胡来过几次了，刚才一见，怎么也想不起。不知道的，还以为眼高哩。”说着，她揉揉眼眶，眼睛已经泪湿了，忙又解释一句：“这眼不好，动不动就流泪。”

我想起刚才她说，村里直到去年才通电。20多年，一豆油灯，一本一本地批改作业，哪有眼睛不坏的？

我说：“近视，就该早点配副眼镜啊。”

“有哩。就是戴不出去。人家见了会说，看当劳模了，神的，酸的，还戴个镜子。”

我们不禁“轰”的一声笑了。我说：“怕什么，刚才在山下还看见一个赶驴车的农民戴着眼镜哩。再说，只近视也不该流泪啊。我就是500度，你看，摘了镜子不是好好的。你怕是还有什么病呢。”

“是哩。6年前检查说是肝炎。进城打了个方，回来连吃了40副，就再没去看。离不得，一进城少说也得7天，谁代课呢？山里人，身子能扛呢。”

贾老师这话教我大吃一惊，近年来不少中年人都死于肝病，大都是累死的。我忙问：“右肋下疼吗？”

“疼，有时像针扎。”

“背困吗？”

“累了，后背沟、腰就困。腿软，回联校开一次会，发愁走不回来。”

“不是吓唬你，贾老师，你身上肯定有病呢。为了能够多教几茬学生，你也得看啊。”我想到可怕的后果，没有敢说出口。她还是那句话，没人代课。我抬头看看墙上的奖状和镜框里的大照片。她近七八年来，年年被评为地、省以上的劳模，到北京、省城开过会，领过奖。可怎么就没有顺便看看病呢？大凡这种人已经形成一个模式，只知工作，不顾身子，明知有病，不去想它。

我看看表，已近中午，想找她最早的几个学生谈谈。她说：“最大的一茬学生才小我4岁，有的在县里、乡里都当干部了。有的当了老师，村里还有几个，这几天送粪哩，山道远，一时半会儿回不来。”

我想到山后面雪地里司机该等急了，便要起身告辞。她还是坚持要我们吃了午饭。我们赶紧“逃”了出来。

街上，一群妇女正在向阳处纳鞋底。我走过去问一个十七八岁的姑娘：“贾老师教过你吗？”“教过。呶，他也是贾老师的学生哩。”姑娘顺手指了指一个过路的小伙子。妇女们七嘴八舌地说："贾老师可是好人哩!"

贾淑珍说："乡亲们好哩。就是去野地里拾点地皮菜、黑山药，回来也要给我送一碗。"

我们返回学校的窑洞前，邀她一起和孩子们照张相。她高兴地进屋唤孩子。小家伙们出溜出溜地奔下炕，赤着小脚片找自己的鞋。她却理理这个的头发，拉拉那个的领子，还为一个最小的孩子擤了一把鼻涕，笑着说："看这样子，还照相哩。"

我再一次在旁偷偷地、静静地观察她。这哪里是一名教师，完全是一个慈母，一个山里的母亲，她有 42 个孩子。

告别时，我还是提醒她要看病，又留一张名片，到城里有什么困难，我可以帮忙。她却一直念叨着，来了一趟，饭也没吃一口，又说风大，你们衣裳单，别着凉。快转过山坳时，我回身看了一眼，她还在风里向我们挥手。村民们的话又响在我耳旁："贾老师，好人哩。"这样的好人真不多啊，像一棵灵芝草，静静地藏在深山里。这个不到 20 户的小村托了她的福啊，几十年来，有了一个她，全村没有一个文盲，还出了两个大学生、两个中专生。都说教师是蜡烛，她就是这样默默地燃着自己，在这无人知晓的山里，在那盘农家最普通的土炕上。

（《追求》1987 年第 6 期）

事业就是你的宗教

几年了，总为那次采访后未能给你写一篇稿而内疚。那实在是一次最普通的采访，你也实在是一位最普通的女教师，做了一些最平常的事。以至于当时我都没有想到要记笔记，现在连你的名字都已忘掉，只记得姓白。

那天我在教研室里等你，四张桌子，几个条凳，桌上是小山一样的作业本、教材、参考书，屋角几个木柜，柜顶上是圆锥、圆柱等教具模型。你刚下课回来，方圆脸膛，微胖的身子，已四十五六岁年纪。手里托着一个大三角板，一支木圆规，衣襟上还有一些粉笔末子。我们寒暄几句，开始说话。

如果说特殊的话，是你的身体。刚才进门时我就注意到你走路的姿势，话就从这里开始。“文化大革命”时，你才 20 多岁，那正是一个女人一生中最有资本在男人面前骄傲、在事业面前憧憬的年华，也就在这时你在精神上遭到从未有过的折磨，腰也受了伤。你躺在单人宿舍里，周围整日是喧闹的红海洋，你却如在冰窖，心中一片死寂。

“文化大革命”后，你到北戴河治病，隔着玻璃窗，望海面潮涨潮落，船来帆去，你的心复活了，但只活了一半——家是不成了，业却一定要立。一出医院，你就上了讲台，拼命工作，开始打这场无后防的持久战。45 分钟站下来，你就腰痛如折。讲课时，你无论是右手持书，还是在黑板上写字，左手总是轻扶教桌，不知情的人还以为这是一种特殊的风度。你常在转身时偷擦一把额上的冷汗，但那样子好像随便弄一下额前的短发。你的抽屉里常有止痛片和止痛针，只要骨头缝里泛起一阵酸楚，那剧烈的腰痛就要发作了，你赶快往嘴里按上几粒药，要是上课铃快响了，药力已来不及，你就自己扎上一针。你是一架带病运转的机器，不靠电、不靠油，是靠燃烧毅力来驱动，竟一天不停地转了十多年。你实现了出院时的志愿，成了全校、全市的教学尖子，获得全国“五一劳动奖章”，登上了天安门城楼。

听说你的教案参加了市里的教学成果展览，我想看看，你说，可多呢，在家里。我随你来到校园后的宿舍。这是一套一间半的单元住房，屋内摆设简单素雅。书架、书桌、台灯、单人床，还有一些简单的炊具。这里没有一般家庭里常见的大衣橱，也听不到老人的絮叨与孩子的嬉笑，让人觉得不过是办公室的延长。书架上一盆柔枝阔叶的吊兰，轻轻地越过书层探垂下来，吐着淡蓝的小花，也坦露着主人的心境。你从床下拖出三个大木箱子，我正发愣间，你将箱盖打开。哎呀，全是教案。你像怀抱婴儿那样爱抚地将它们抱在桌子上，排成一行。我抽过一本，刚翻开，心就不由一颤，这是教案吗？教案就是讲课提纲，特别是数学教案，更是几个公式，几道例题，就可了事。我上学时，有的老师干脆只带三支粉笔上讲台，以示自己胸有成竹，才华横溢。而眼前这些按年按月编号的教案，我无法只用整洁来形容它的面貌，也不能只用艺术来比喻它的魅力，第一感觉竟是有一种精神从字里行间溢出，充盈在我的面前和四周。我首先想到小学生的作业本，只有学生对自己的功课才会这样的谨慎认真，我又想起手抄的经书，只有教徒对经典才会这样的神秘和虔诚。这上百本教案一律用仿宋体写成，分段、提行、空格都行止有序，数学公式都是漂亮的手写体，那些外文字母美得像五线谱上的乐符。我吃惊道：“年年都是那个教材，你这个几十年的老教师还用这样费心？”你抚摸着教案说：“教材不会大变，但学生每年都在变，我不能用剩饭去喂他们。而且确实是教一遍就有一点新体会。”这时我才注意到，每本教案都用两种墨迹写成，正页用蓝色，是课前的备课稿，反页用红色，是课后的教学体会。有一页上记着一个学生就一道题与老师的不同解法，你竟高兴得连画了三个惊叹号。不知怎么，由这红色墨迹，我又想到教徒的刺血写经。这一字一题都浸满了你的心血啊！教育就是你的宗教，就是你的信仰，你以圣教徒的虔诚来对待自己的事业。

那天正谈话间，有人推门送来一封信。你随手撕开，抽出信，却又将撕下的纸条塞进信封里。我不觉好奇，便问这条废纸还有何用。你笑一笑说："这是职业习惯。平时在教室里要求学生不乱抛纸屑，教师就要时时示范，做个好样子。"啊，我一下意识到你是在另一种严酷的做人标准下生活。我不由得看了一眼墙上挂着的圆规、角尺（这不知是你用旧的第几副了）。但人非钢铁，这样画地为牢，以身为规、为矩，要有何等的毅力、觉悟和牺牲精神啊！你就是以这样高超的艺术无声地塑造人们的灵魂。

你正在聚精会神地读信，我知道你没有别的亲人，这信也许正是当年的哪个调皮鬼学生写来的。在你的木箱里已有一大捆这样的来信。阳光透过窗户斜射进来，勾出你端庄慈祥的剪影。我感觉到你脸上漾起的微笑，也伤心地发现你脑后散着几缕白发。我后悔当时没有带个相机。

也许是坐久了，感到你这个小房间里幽静中未免有一丝的凄清，我便忍不住提了一个俗气一点的问题："你总得有人照顾啊，比如不结婚，也可以抱个孩子。"这回你脸上没有刚才那种一说话就露出的笑意，而是深沉地目视对面的墙壁叹了口气说："许多关心我的人都提这个问题。有的介绍对象，有的同志甚至要将自己的孩子送我。但我都谢绝了，不愿拖累人，也不愿多分心。"你讲了一件感人的小事。去年两个女学生毕业了，上大学前来看你，她们说经过慎重考虑，也征得家长同意，愿做你的女儿，她们真心真情，流着泪求你答应。你看着这两个跟了你六年的孩子，也掉泪了，说容你考虑一晚，明天再说。两个女孩一脸欢笑地回家报告去了。可是第二天她们带着小礼品和以女儿身份写的祝词进门时，你却严肃地回绝了。我很为这件良缘未结而遗憾，连问这是为什么。你说："她们的深情我懂，也很感激。但是想了一晚上，我觉得世上师生之间的感情已是最纯洁、最珍贵的了，何必又再掺进些什么呢？"想不到你是这样理解宝贵的师生之情的。你把它看得很纯，像一张白纸，不忍滴上一点颜色，虽然这颜色很美丽，但你还是只要这纯。

那天采访完后我缓步走出校门，虽然心里很激动，但茫茫然，总是找不到写稿的由头。你的毅力比得上居里夫人，你的顽强配当一个英雄，可是你却在干着最平常的事。你的生命之光不表现在耀目的一瞬或惊人的一举，而是表现在默默地坚守、执着地进取。大凡世界上的事太普通了倒反而很难，做一个纯粹的普通人难，为这样的人写篇稿也难。这种负疚之情一直折磨了我好几年，你的形象倒越磨越清晰，于是我终于动笔写下这点文字，不算什么记述，只是表达一点敬意。

（《光明日报》1990 年 1 月 16 日）

青山不老

《三国演义》上有一个故事，写庞德与关羽决战，身后抬着一具棺材，以示此行就是我死了也没什么了不起，埋了就是。真一副堂堂男子汉大丈夫的气概。这种气概大约只有在战争中才能表现出来，只有在书本上才能见到。但是当我在一个小山沟里遇到一位无名老者时，我却比读这段《三国演义》还要激动。

窗外是参天的杨柳。院子在沟里，山上全是树，所以我们盘腿坐在土炕上谈话就如坐在船上，四围全是绿色的波浪，风一吹，树梢卷过涛声，叶间闪着粼粼的波。

但是我知道这条山沟以外的大环境，这是中国的晋西北，是西伯利亚大风常来肆虐的地方，是干旱、霜冻、沙暴等一切与生命作对的怪物盘踞之地。过去，这里风吹沙起能一直埋到城头，县志载："风大作时，能逆吹牛马使倒行，或擎之高二三丈而坠。"可是就在如此险恶的地方，我对面的这个手端一杆旱烟的瘦小老头，竟创造了这块绿洲。

我还知道这个院子里的小环境。一排三间房，就剩下老者一人，还有他的棺材。那棺材就停在与他一墙之隔的东屋里。老人每天早晨起来抓把柴煮饭，带上干粮扛上锹进沟上山，晚上回来，吃过饭，抽袋烟睡觉。他是在65岁时组织了7位老汉开始治理这条沟的，现在虽已有5人离世，却已绿满沟坡。他现在已81岁，他知道终有一天早晨他会爬不起来，所以那边准备了棺材。他可敬的老伴，与他风雨同舟一生，也是在一天他栽树回来时，静静地躺在炕上过世的。他没有儿子，只有一个女儿在城里工作，三番五次地回来接他出去享清福，他不走。他觉得自己生命的价值就是种树，那边的棺材就是这价值结束时的归宿。他敲着旱烟锅不紧不慢地说着，村干部在旁边恭敬地补充着……15年啊，绿化了8条沟，造了7条防风林带，3 700亩林网。去年冬天一次就从林业收入中资助村民每户买了一台电视机，这是一个多么了不起的奇迹。但他还不满意，还有宏伟设想，还要栽树，直到他爬不动为止。

我们就在这样的环境中谈话，像是站在生死边界上的谈天，但又是这样随便。主人像数家里的锅碗那样数着东沟西坡的树，又拍拍那堵墙开个玩笑，吸口烟……我还从没有经历过这样的采访。

在屋里说完话，老人陪我们到沟里去看树。杨树、柳树，如臂如股，劲挺在山洼山腰。看不见它们的根，山洪涌下的泥埋住了树的下半截，树却勇敢地顶住了它的凶猛。这山已失去了原来的坡形，而依着一层层的树形成一层层的梯，老人说："这树根下的淤泥也有两米厚，都是好土啊。"是的，保住了这些黄土，我们才有这绿树。有了这绿树，我们才守住了这片土。

看完树，我们在村口道别，老人拄着拐，慢慢迈进他那个绿风荡荡的小院。我不知怎么一下又想到那具棺材，不觉鼻子一酸，也许老人进去就再出不来了。作为政治家的周恩来在病床上还批阅文件；作为科学家的华罗庚在讲台上与世人告别；作为一个山野老农，他就这样来实现自己的价值。一个人如果将自己的生命注入一种事业，那么生与死便不再有什么界限。他活着已经将自己的生命转化为另一样东西；他死了，这东西还永恒地存在。他是真正与山川共存、日月同辉了。达尔文和爱因斯坦都说过，生死于他们无所谓了，因为他们所要发现的都已发现。老人是这样的坦然，因为他的生命已转化为一座青山。

老人姓高，名富。这个普通的人让我领悟了一个伟大的哲理：青山是不会老的。

（1987年12月）

爱国的理由

——关于爱国的几个问题

受命为出版社选一本爱国文选，接手之后才知道这绝非易事。既为爱国文选，起码得具备两个条件：一是内容必须能涵盖爱国的主旨；二是形式必须是散文，最好还是美文。这时我才发现在散文领域，爱国题材的作品比之山水景物、生死爱恨、新事旧情等，确实少得多。选家们编的各种选本中，也很少将爱国单列一类。平时我们印象较深的爱国事件、人物大都是从历史书上或者小说、诗歌、电影中得来的。以美文来诠释爱国大义、品评人物原来是这样的难。

编选本身不仅是搜集和整理，而且也是专题学习。编选过程中，我脑海里不断思考这几个问题：一是我们为什么要爱国；二是爱国的内容和表现有哪些；三是爱国文章是怎样写成的。

一

我们为什么要爱国？一句话，国家养育了你。这好比问我们为什么要爱父母。因为父母生你养你，你与他们有了不可改变的血缘关系。同理，人与国家也是一种天然的血缘关系。你在这个国家里出生、成长，国家给了你特定的种族遗传、生活基础、社会关系、价值观念、文化修养。你的身躯、你的精神是国家塑造的。国家民族的个性已经深深地融入你的血液里。国家的名誉、利益和你的名誉、利益紧紧地连在一起。于是你与祖国就既有了情感上的依存，又有了利益上的一致。这是我们爱国的天然的、血缘上的理由。人必须爱父母，这叫孝；人又必须爱祖国，这叫忠。忠孝二字是人类的基本道德，是人类对自己的母体——父母和祖国的回报，是天然的法则，属天理良心一级的最高的又是最起码的道德标准，无论哪个民族概莫能外。乌鸦反哺，羔羊跪乳，动物且然，况于人乎？于是我们就有了一种无法割舍、无法忘怀、如影随形、相伴终身的恋国之情。这是爱国的第一个理由，天然的无可辩争的理由。

第二个理由是你既在国中，就要为国效力，就要关心这个“家”。当年方志敏见祖国积贫积弱，被强敌欺侮，他在《可爱的中国》中说母亲“哭得伤心得很呀！她似乎在骂着：难道我这四万万的孩子都白生了吗”。公民如果不爱国，这公民又有何用？真这样，这个国家怎能生存？国家是我们大家的家，是民族的大家庭，她也需要不断维持，不断发展。对内来说，祖国的繁荣发展得靠子女们的辛劳建设，如蜂酿蜜，如燕垒窝，不能有一时的停顿。对外来说，祖国必须有人来保卫。一国既处于世界各国之林，必然会有各种利益冲突和竞争，甚至会遭遇欺侮和侵略。任何国家的独立、发展和强盛都是靠其全体人民万众一心、竭力奉献换来的，每个国民都有出力费心，甚至牺牲的义务。如果哪个人身处国中却漠视国运，那是最大的不忠不义。虽然各个历史时期都有汉奸，有败类，但这些人总是被唾弃的。

二

理由既立，便是爱什么？怎么爱？即爱国的内容和表现方式。依内容而论大致有三：一要爱祖国河山；二要爱祖国人民；三要爱祖国文化。

一要爱祖国河山。无论在哪个民族的心目中，土地都享受至尊、至敬的荣誉。记得小时候每逢过年，村里必为土地神换一次春联：“土能生万物，地可载山川。”我们的一切一切都是祖国这片土地所承载、所养育的。主权、人民、事业、财富等都因国土而存在。希腊神话中，大力士安泰的力量只源于土地，只要他不离开大地，任何人都不可能将他战胜。中国古代皇城里专建有社稷坛，用五色土拼成，皇帝每年要祭坛拜土。土即代表社稷。国土是一个国家赖以生存的根基，是它的第一物质形态，是硬件。皮之不存，毛将焉

吉鸿昌

附？国土不存，国将不在。历来的侵略战争都是先侵城掠地，犯人国土。而战败国最大的屈辱就是割地赔款，是去国逃亡或在已沦陷的国土上做亡国奴。“最是仓皇辞庙日，教坊犹奏别离歌”，何其凄凉。1937年起，日本全面发动侵华战争，掠我大半个国土长达八年。抗日烈士吉鸿昌临刑前赋诗曰：“恨不抗日死，留作今日羞。国破尚如此，我何惜此头！”祖国的土地岂容外人蹂躏？“还我河山”这是古往今来一切爱国志士泣血而呼的口号；“爱我家乡”是一切爱国者发自内心深处的共同呼唤。爱国首先就要爱河山，爱国土。要保卫她，维护她，让她更富饶、更美丽。许多游子，去国之时身边带一把祖国的土，阔别归来，不由得跪吻祖国的热土。禾苗离土即死，国家无土难存。要热爱祖国的土地，这是我们生存的根基。

二要爱祖国人民。人民是国家的主体，人民的意志支持着国家的存在。一个爱国者首先要摆对个人和人民的位置。就是封建时代也强调民重君轻，进入资本主义更有了民本、民主意识。一国之中从国家元首到普通百姓都是人民的一分子。对治国者来说，是人民之水推举着国家之舟，敬民爱民，按照民意来决策行事，就国运兴，国事盛，国势强；轻民贱民，逆民意专横妄为，就国运衰，国事败，国势弱。从这个意义上说，凡亲民爱民，治国有成的国君、总统、元首都是伟大的爱国者；而那些玩弄民意，轻贱民心，甚至置民于水火的人，都是误国盗国者，甚至是卖国者。遍观历史无不如此。每一个生活在一定国度里的人都必须按照国中最大多数人的意志行事。没有人民的解放就没有个人的解放，没有人民的幸福就没有个人的幸福。那些握有一点权力就在人民头上作威作福、欺压人民、反人民的人，那些不顾人民利益暗售其奸、中饱私囊的人，都会被社会所唾弃，都会被钉在历史的耻辱柱上。所以每一个爱国者，每一个志士仁人，都把能为人民做一点贡献看作自己终生奋斗的职责。陈毅有诗："靠人民，支援永不忘。他是重生亲父母，我是斗争好儿郎。"邓小平说"我是中国人民的儿子"，毛泽东将这一爱国思想提炼为精辟的五个字："为人民服务"。虽然中外历史上曾对无数的帝王、元首喊过万岁，但只有"人民万岁"才是颠扑不破的真理，而"人民的功臣"则是历史对爱国者的最高奖赏。

三要爱祖国文化。文化是一个民族的血型，是这个民族在长期的历史演变中所积累、所认同的精神准则。国家和民族的概念不完全相同，一个国家可以是单民族也可以是多民族，但只要几个民族在一个统一的国度里生活，就可因国家的影响力和长期的融合，形成一个大的民族群体。如我国虽有56个民族，但可统称为一个中华民族。这样从文化上也就会分出此国与彼国的不同。就像人的基因遗传分出不同的肤色、体型，一个国家的文化遗传也会分出不同的信仰、好恶、精神、道德等标准。文化是一个国家的魂，是祖国为她的儿子留下的精神基因。我们看海内外的中华民族子孙，尽管多少年来可能居住环境不同，政治派别不同，生活习惯不同，但还是年年要到陕北祭黄帝陵，到福建拜妈祖庙，在家里供关公，与子孙说岳飞，就是因为还有文化这条根、这个魂。一个中国人当他离乡背土在国外时，当他暂时脱离祖国人民时，他仍感到自己是一个中国人。但是假如他不认识祖国的文字，不知道祖国的历史，已没有本民族的习俗，他纵然还是黑发黄肤也不能再算是一个中国人了。因为他精神世界中的这条文化之根已被彻底拔掉。所以历史上一切侵略者在攻城略地之后接着便是同化人家的文化。都德的小说名篇《最后一课》，就是写德国人侵入法国，从次日起学校里将不能再用法语上课。清入关强制汉人剃发，"留发不留头，留头不留发"，一个发型何至于这样重要？其目的就是不许你留一点故国痕迹。日本人一占领东北就强制推行日语，企图从根子上奴化下一代，让你几代之后竟不知自己是何人种。爱国须爱祖国的文化，因为这是国家、民族的灵魂。

国土是根，人民是本，文化是魂。一个人如果无根、无本、无魂是多么可怜，不但他的身体漂泊无定，就是灵魂也无处归宿。所以爱国，一要爱祖国的河山土地，二要爱祖国的人民，三要爱祖国的文化。有这三样，就是一个赤子，就是一个爱国者，一个有血、有种、有志的人。

三

明白了爱国的含义，我们该以一种什么样的爱心去实施这份爱意呢？概括起来有三：忧国、救国和报国。

忧国是对国家命运的关切与思考。自从范仲淹长叹一声“先天下之忧而忧，后天下之乐而乐”之后，这句话就成为一切爱国者的座右铭。忧心，是一种责任，没有一定觉悟、一定社会责任感的人不会心忧天下。这是因为：一者，国家离个人实在太远，一般人为柴米之事所扰、人情得失所缠，哪有心有力顾及国事。二者，平时治国赖有良才重器、高官谋臣，一般也轮不到普通百姓去思考国事。三者，和平时期，国家正常运转，可忧之事并不突出。但正是平地惊雷、鹤立鸡群才显得不一般，在平平常常的日子里能有一些平平常常的人去思考国家大事，这才是最可贵的。所谓“天下兴亡，匹夫有责”，所谓“身无分文，心忧天下”。这种忧心是真正把国家挂在心上，忘不得，放不下，想得苦，思得深，不但表现为深切的责任，更表现出惊人的才学和政治智慧，当遇有阻力时又表现出非凡的勇敢。现代人中如马寅初，他在1957年中国人口还只有6亿时就提出要计划生育，却受到批判。他说：“老夫年过八十，明知寡不敌众，自当单枪匹马，出来应战，直到战死为止。”古人中如辛弃疾，流亡南渡后共生活了40年，南宋对他时用时弃，加起来只用了20多年，20多年间又调动了37次。但他还是不停地上书提建议，并以词抒忧愤。外国人中，如美国第一位总统华盛顿，在干满两任后发表演说绝不连任，以免为后人留下坏先例。还有1962年，当我国经济困难时，陕西一个叫杨伟名的农民知识分子上书中央，要求退回到单干的生产关系。在当时这实在是大逆不道，他后来被迫自杀。但历史证明他们都忧之有理，他们的忧国文章成了历史的经典。以忧心来体现爱国要靠理性的思考，需要广博的知识和对社会规律的深刻认识，所以忧国之心多存在于知识分子之中。这是一种先知先觉、大仁大智。

救国是在国家危难时刻所表现出的牺牲精神。历史上每一次国家民族危亡之时，都会出现一批民族英雄，同时也会有汉奸、叛徒。国家危机当然首先考验的是政府，但同时也考验着每一个公民。这种时刻，救国是最起码的

马寅初

做人标准，又是凝聚全国人民的精神支柱。这时，无论哪个党派、哪个人，只要能高举救国的旗帜，它就顺民心、得民意，就能得天下。中国共产党就是在领导全民的抗日战争中得到民众的认识和拥护，终于战胜国民党，创建了一个新中国的。在这种关键时刻，一个人可立成英雄，扬名于世；也可立成汉奸，遗臭万年。周作人，本是一个有影响的作家，炮声一响，便当了汉奸。千百年来，岳飞和秦桧已经成为爱国者和卖国者的代名词，分别代表忠奸的形象。从历史唯物主义出发，凡当时为民族、为国家利益做出贡献和牺牲的人都是爱国的，他们所体现的爱国精神并不会因现在的时势不同而失去光辉。所以苏武、岳飞、辛弃疾、文天祥、史可法、林则徐仍然受到今人的崇拜。爱国精神正是在这种传承中才得以发扬。同样我们也尊敬如华盛顿、斯大林、丘吉尔等其他民族的一切爱国者。只要不妨碍别国和其他民族的利益，为本国本民族的利益奋斗的人永远是高尚的。

报国是对国家的一种责任心，是尽心尽力地付出和奉献。一个人可能生不逢时，不能出现在救国的战场；也可能智力不够高，没有更深的治国良策；但却可以时时处处尽到报国之心。他可以将自己力所能做的事全部联系到对国家民族的贡献上去。邓稼先是一个典型的尽职报国的爱国者。他在世时，甚至他去世后很长一段时间人们都不知道他的名字。但这于他又有何碍？他静静地为中华民族完成了一件大事，造出了原子弹，让民族直起了腰。袁隆平也是一个尽职报国的爱国者，他几十年如一日在田野上、在稻田里奋斗。因他的优质杂交稻，很大程度上解决了中国人的吃饭问题。报国心是一份平常心，就像在父母面前的一份孝心，是不要特意表现，但要时时准备、事事尽心的。当每一个公民都能自觉做到这一点时，国家就会格外地强盛，民族就会格外地兴旺。

忧国、救国、报国是我们在不同形势下所表现的不同的爱国方式。少先队有一句口号：时刻准备着。对一个爱国者来讲，他时时刻刻都在准备为国效力，为国献身。他的每一缕思考、每一次行动，生命的每一分钟都在化作对祖国的奉献。

四

现在谈到这本文选本身。

当我们理解了爱国的含义后，回头再看表达爱国的文章，就会明白为什么它比其他题材的作品最为难写了。原来一篇有震撼力的爱国文章必须同时具备时代精神和牺牲精神。它并不是随便哪一个人挥笔蘸墨就可写成的。它是历史老人调动时代的板块，在碰撞、选择和冲突中迸发出电光；它是爱国者燃烧自己的血液和生命绽开的云霞。这种至理至情的雄文，是时代所写，是生命所写，是人民群众推举他的代言人所写。爱国既不是一个偶然的冲动，也不是一次偶然的事件，它应历史规律而生，又受历史的反复检验。一篇爱国文章大约要半个世纪或更长的时间之后才能看出它的历史价值。像《岳阳楼记》《少年中国说》《可爱的中国》《为人民服务》等，都是时代的写照，是思想的丰碑，本身就记录了爱国是怎样战胜腐朽而推动历史的。像书中收入的张学良《西安事变后的广播讲话》、彭德怀的《庐山会议上的一封信》、农民知识分子杨伟名的《当前形势怀感》、叶挺将军的《囚语》等过去都鲜为人知，但它们的理性光芒还是突破了历史的尘埃。爱国不是一个简单的逻辑推理，更不是精心编制的故事，它需要全身心投入，是义无反顾的牺牲与奉献，是爱国者激情的燃烧。马寅初、彭德怀、杨伟名等，都是用自己的生命做火把，照亮众人的眼睛，照亮历史的路途。当他们写出这样的文章时就如谭嗣同坐等被捕，如黄继光以身堵枪眼。他们是用生命换得一种理念、一种思想、一种行为规范。正因为如此，爱国的文章才格外有教育意义和文化价值。它成了传承民族精神的阶梯，成了一国传统文化的核心，也是一代又一代新人成长的乳汁。一代爱国名将叶挺在《囚语》中，回忆自己精神和信仰的养成时说："吾在乡，幼年甚爱读前后《出师表》、《正气歌》、苏武《致李陵书》、秋瑾及赵声等诗，感动至流涕。"现在叶将军等先辈又以他们更多的血写文章感动着我们这些后来人，同时也激励我们要为后人留下爱国的事和文。

爱国，永远是一个民族、一个国家存在的支柱，也是做人的起码标准。

（2006年5月，为中国人民大学出版社《爱国的理由》一书写的前言）

人格在上

细想，人格这个词是造得很准确的。就像我们写稿子时要按格填字，不能乱，编辑才好改，读者才好看。写诗也是这样，要有格律，只有合了格和律才美，才算是诗。那么做人呢？应该说也有一定的格，合起码的格是正常的人，合乎更高更严的格，便是好人、高人、伟人。做好人难，做伟人难，好比律诗难写，因为那是一个更高的标准。当然社会上也有不合格的人，就像我们常于报刊上看到一些歪诗，虽然也算是诗，其实并不合格。人的品德分成许多高低不等的格，这便是人格。人格之定，就如某项产品的国家标准，有一定的要求。从某种意义上说人也是一种产品，马克思说，人是一切社会关系的总和。人是一种社会产品，是经社会共教共育，磨砺冲刷，阴差阳错，锻打铸造而成的，如礁石在海，被浪花咬凿、冲刷侵蚀，塑造成各型各类、各等各级，也就有了不同的质、形、格。人生于世就要看你自己所选所为了。你接受了某一种观念，就被搁置到了某一层的某一个格子里。

我向来觉得人在社会上立身有三项资本，或曰三种魅力。一是外貌，包括体格、姿色，这主要来源于先天，这确是一大本钱。古今因容貌倾城、仪表出众广有追随而成事者大有人在。二是知识技能和思想，这是靠后天的修炼。一战回天，惊天动地，开国定邦，太平盛世，或窥破天机，发明发现，创造财富，造福人类者，大有人在。三是人格，这完全是一种独立于“貌”和“能”之外关于思想和世界观的修炼。你可以貌相不惊，才智平平，无功可炫，无能可逞，但在人格上却可以卓然而立，楷模万众。精神之力，盖超乎外貌之魅和才智之强，别是一种震撼，一种导引与向往。雷锋，论貌，个子不高只有一米五多；论能，只是一个普通的汽车兵。但他的无私精神、助人品德，现已成了中华民族，乃至全人类的精神财富，其人格魅力早已驾于万众之上。

人格，既然名格，就是方方正正，于某事某情某理，行有所遵，言有所本，恪守一定尺度分寸，金钱名利诱之而不变，严刑生杀逼之而不屈，总是平平静静，按一既定的规矩做事，昂首阔步，按既定的方向走路。人格是精神，精神可以变物质，甚至可以发挥出超物质的力量。人格是信念，信念如山在野，高山仰止；如坝挡水，波澜不惊。信念既成，就不是一个人的事，甚至不是一代人的事，会形成一个群体、一个民族，乃至全社会公认的规范，是一种无形的力量。所以当我们述说人事，歌颂英雄，甚至亲身感受那些开国元勋、将军元帅、教授学者或者能人强人们的惊人业绩时，其实这种感受中常常有一部分是他们的人格魅力。而且随着时间的推移，这种人格魅力将大大超越其人其事本身的意义。毛泽东转战陕北，拄一根柳木棍子，在胡宗南大军的鼻子底下来去的那种从容；周恩来长年日理万机，内挤外压，那种无私无怨的大度；彭德怀在庐山一人独谏万言，拍案力争的骨气；陈独秀虽与党有分歧，但在国民党大牢中，面对高官相诱而嗤之以鼻的轻蔑，押解途中戴着铁镣而呼呼大睡的气度……这些都远远超出他们所为之事的意义而特别爆发出一种精神的冲击波和辐射力。我们还可以由此而上溯到黄花岗义士林觉民在狱中与妻写绝笔书的慷慨；戊戌义士谭嗣同坐等清廷来拘捕，愿为变法做流血第一人的自豪；林则徐虎门销烟行民族大义，于己无欲则刚的气节；史可法守扬州宁为玉碎不为瓦全的牺牲精神；文天祥宁死不叛，丹心万代的正气；岳飞虽为奸臣所逼但又精忠报国的悲壮；范仲淹身为朝臣先忧后乐的诚心；苏武十九年持节牧羊所表现出的忠贞；司马迁身负大辱为民族修史记事的坚韧；项羽慨然认输又愧对父老而毅然自刎的英雄气概；荆轲明知赴死而千金一诺的诚信；等等。这些都是做人之格，他们都是我们民族史上的灿烂明星。就是国外也有如布鲁诺那样宁肯捍卫科学而甘愿被教会处以火刑的英雄。他们的主要业绩仅仅是因为做成了某一件事吗？不是。相反，随着时间的推移，这些具体业绩时过境迁，反倒离我们越来越远，而他们所昭示的人格的力量、人格的光芒却因时日的检验而愈显强大并永远照耀在我们身上。当我们数典耀祖时，要感谢这一串串巨星为我们画出的精神轨迹。这时我们才真正地感觉到精神变物质是这样的具体。一部中国历史，不，整个一部世界历史，就是这样在人类前进、创新和牺牲精神的鼓舞下书写而成的，而体现着这种精神的，就是那些跨越时空在人格方面光芒四射的星座。如果历史长河缺了这些人格坐标，就如同缺了许多改朝换代、惊天动地、里程碑式的大事。当我们书写政治史、军事史、科学史，或从事文学创作，记录故事、塑造人物时，我们不该忘掉这一条隐隐存在而又熠熠闪光的主线。

事实证明，不但文学是人学，史学也是人学，社会学更是人学。一个人只靠貌美出众时，他最多只成为一个名人；当一个人事有所长时，他会是一时的功臣；而当一个人在人格上达到了一定的价值高度时，他就已经是一个好人，这时如果他又能貌压群英，才出于众，他便是一个难得的伟人、圣人。这样的人，历史所能奉献给我们的大约几十年或数百年才会有一个。但为人而求全，实在是太难了。所以，最基本的还是先从人格做起，心诚则灵，人人都可以立地成佛，但先要成为一个在德行上合格的人。

（2000年10月）

老百姓如何看政治

近翻40年前的日记，有一段政治趣闻。1971年林彪叛逃，摔死在蒙古国。这个接班人、副统帅一夜之间成了叛徒、奸雄、大阴谋家，全国掀起批林高潮。当时我在内蒙古巴盟当记者，上面传达的文件里有一句话说："林彪披着马克思主义的外衣。"生产队开批判会，队长向大家传达说："这个林彪很坏，他还偷了一件马克思的大衣。"前几天我与一位宣传工作老前辈、中宣部的老部长吃饭，席间说起这个笑话，他很认真地说："现在仍然是这样呀。到基层去，农民老问，你们那'三个代表'还没选出来啊？"

前后相距40年的两则政治笑话，使我思考一个问题："老百姓怎样看政治？"40年了，我们的政治口号、中心任务已不知几变，而不变的是老百姓看政治的目光。马克思说：人们奋斗所争取的一切，都同他们的利益有关。他又说："思想"一旦离开"利益"，就一定会使自己出丑。就是说，我们提政治口号并宣传解释时一定要和普通百姓的具体利益相结合。

什么是政治？政治学解释：政治是人民群众将自己的权力出让出来，委托给一个公共权力机构来执行。这个机构可以是执政党也可以是政府。这里有几点本质之处常被掩盖忽略：第一，这权力属于人民，执行机构不过是代行；第二，代行之时要提炼、概括人民的具体要求，使之上升为一项方针政策，凝练为一个口号；第三，这口号必须为群众所理解，与其利益紧密关联。这三者哪一个环节缺失或欠完美，都将影响政治运作的效果。至少鼓动工作者要懂得这个政治规律和宣传艺术。其实这规律和艺术也很简单，就是能不能用老百姓的目光来看政治，能不能把一个政党、政府的大政方针翻译成群众语言，能不能把一个时期的政治任务的本质和群众关心的具体利益相联系。毛泽东说，政治就是把我们的人搞得多多的，把敌人搞得少少的。孙中山说，政治就是管理众人之事。反正，你的政治目标要与老百姓的利益相联系。联系得好就成功，联系得不好就失败。这已为无数历史事实所证明。李自成起义，他的口号是“迎闯王，不纳粮”，一下就说到赋税重压下的农民的心里，从者如云。我们在解放战争时期的口号是“保卫胜利果实”，分得土地的农民就踊跃参军。而抗美援朝的口号是“抗美援朝，保家卫国”，八个字将国际义务、爱国精神和“保家”的具体利益都概括进来。这对刚建国正在建设幸福家园的群众来说很好理解、很有感召力，堪称政治动员口号中的精品。改革开放之初，对农村大包干的概括是“交够国家的，留够集体的，剩下全是自己的”，对推动农村改革也极具号召力。其余，各个历史时期，各种新政策出台时，都有一些好的动员口号，如：环保方面的口号“要金山银山，也要绿水青山”，教育方面的口号“再穷也不能穷教育，再苦也不能苦孩子”，也都很有号召力。一般来讲，越接近基层，宣传就越能联系实际。一次我到甘肃采访，车在无人的田野上行驶，路边埋着光缆。一条红色立地标语映入眼帘：“光缆无铜，偷盗判刑。”它讲得再明白不过，光缆里面没有铜，你偷了也无处可卖，还要判刑，何苦呢？八个字，把最要害的利益说得清清楚楚，还宣传了科普知识。这虽是一条标语，却比站一个警察还有效果。

政治是什么？就是最大多数人的利益、老百姓的利益。让百姓知道自己的利益所在，自觉去行动。这是管理者的责任，也是管理的艺术。

（《人民日报》2010 年 9 月 10 日）

实事求是为什么这样难

——兼论“实事求是”的阻力与动力

一、实事求是为什么这样难

改革开放已30多年，新中国成立已60多年，马上又是建党90周年，可以说从1921年建党以来，我们说得最多的一个词就是实事求是。人们感叹：实事求是为什么这么难？

实事求是，说易也易，说难也难。

说它容易，是因为客观事物摆在那里，你只要不是有意歪曲它，照实去说、去做、去办事，应该不难。

说它难，有两个方面的原因。一是来自客观方面的。“求是”是探求客观规律，而规律常为现象所掩盖。人们要经过长期的实践、摸索、失败、总结，才能得出那么一点真知。这在自然科学中最为明显。比如我们最熟悉不过的阳光、空气、水。直到1666年，牛顿才发现光是七色的，解释了彩虹现象。直到1777年，法国科学家拉瓦锡才发现空气中的氧气可以助燃，可以活命，氧和氢可以组成水。而这之前100多年人们认为燃烧是因为有“燃素”，与空气无关。这是一个多么漫长的过程，你得慢慢地摸索。每一项科研成果的取得，无不如此。

二是来自主观的人为因素。人不论是进行科学实验还是生产斗争、阶级斗争等社会活动，都要相互合作。这时候我们发现与人合作原来比与一块石头、一根木棍的合作要难得多。因为每一个人都有思想，都有一个“主观”的自我。你要说服他实在难。于是就争论，就吵架。党外有党，党内有派，党内无派，千奇百怪。我们自建党、建国以来就没有停止过争论。不光是我们，古今中外都这样。争吵，在家里最多是夫妻吵架摔盆打碗，在一个党、一个国家，就是路线、方针之争，一错就是几十年，船大难掉头，改正又是几十年，你说难不难？在红军时期，井冈山根据地要听上海王明党中央的，上海要听莫斯科共产国际的，共产国际派了一个德国人李德，十万红军都要听他瞎指挥。根据地丢失，死伤无数。彭德怀气得大骂：“崽卖爷田不心痛。”用这么惨重的教训，才换来一个遵义会议、一条正确路线。但这并不能保证以后不犯错，果然后来我们又连连失误。于是，我们不得不在事后一次又一次地总结教训，一次又一次地重提实事求是。相对来讲，来自客观方面的影响比来自主观方面的影响要少一些，这也就是为什么自然科学研究比革命、建设、治国、处世更易接近实事求是。

可见，要真正做到实事求是并不容易。其实“难”是正常的，不难反倒不正常了。就像我们读书难、科研难、打仗难、建设难，世上的事，总是逆水行舟，不顺利的多，顺利的少，不如意者常八九。正因为这样，我们才能享受发现与进步的乐趣。也正因为这样，我们才发现实事求是是一个如此复杂、丰富的永恒的思维话题，是一个不可阻挡的认识规律。恩格斯把认识世界的学部叫自然科学、社会科学和哲学。实事求是是世界观、方法论，属于哲学，管着自然、社会，当然也管着我们“人”。虽然我们也曾天真地像楚霸王那样，想抓住头发把自己提起来，但是当我们走过了 30 年、60 年的时候，回头一看，还是无法离开实事求是，像孙悟空跳不出如来佛的手心。我们知道了，不可能绕开它，只有认真地去研究它，实践它。

二、实事求是的十种阻力

“实事求是”是一个探求客观规律的实践过程，必然会遇到阻力。大概有十个方面：知识、经验、习惯、书本、实践、自满、情感、权威、利益和行政。这十个方面可以分成两组，前五个是来自外部的影响，后五个是人为的影响。可以说是五分天灾、五分人祸。

1. 知识阻力——无知无畏更可怕

不能实事求是的原因之一是无知，是对某一特定事物缺乏相关的知识。这种人办起事来牛头不对马嘴，离题太远，又浅又浮。有时却表现得很执着，根本不可能的事他孜孜以求，蠢得可爱，倔得可气。情况不明胆子大，盲人瞎马跑得急。他连事情的最基本情况都不管不顾，哪能谈得上去求什么内在规律。

知识是人们对客观事物的认识和经验的总和。人类认识世界是一代又一代接力完成的，后人总是在接过前人的知识后，再根据新的实践（实事）探求更新的规律（求是），好比上了二层楼再上第三层。如果没有已往的知识作为基础，就像空中硬要起楼阁，无苗硬要收庄稼。许多时候的不实事求是，都是无知造成的。科学史上曾有一个著名的“永动机派”，他们想发明一种机器，可以不增加新能源就永远不停地转下去。从 16 世纪到 20 世纪，这一派人真是前赴后继，绵延不绝。虽然没有一例成功，但还是一茬又一茬，顽固地坚持下去。最近的一个例子，是国民党败将黄维，他在监狱里服刑改造，还提出要造永动机，毛泽东说给他材料、钱，让他试，结果当然造不出来。因为这违背一条物理学基本原理：能量守恒。这条原理是 1847 年 29 岁的英国科学家焦耳发现的。能量可以互相转换，但不能凭空产生，只要机器转，就得不断补充能源。不可能有什么一次能源的“永动”。秦始皇曾派徐福到海岛上去求长生不老药，这种蠢事以后又有不少帝王干过，只因两个字：“无知”。他们不知道关于生命的基本知识。我当记者时采访过这样一件事。“文化大革命”后期，大寨、昔阳被树为全国农业先进典型，一当典型就神化了。当时省水利厅帮县里修一座大坝，地质部门认真钻探后选定坝址，县委某领导人来到现场一看，说不好，然后搬起一块石头，离开坝址几十步，往地上一放说：“就从这里起线！”技术人员哭笑不得。他没有水利和地质的基本常识，怎么能实事求是参与决策呢？

无知是实事求是的第一道屏障。一个人没有对这个事物的基本了解就没有发言的资格，更不用说能得出符合实际的结论。这就如缘木不能求鱼，男人不能生孩子一样天经地义。无知是空白，是断层，是真空，是横在我们前进途中的沟壑，必得先有知识之桥搭接对岸，才能有下一步的探求。但遗憾的是我们常会碰到一些无知的人硬是按自己的理解去办事，去碰壁，使一些与之合作的人也常感到“秀才见了兵，有理说不清”。事情就这样被耽搁下来，求不出个结果。

2. 经验阻力——经验的一半是失误

凡有一定年龄、一点经历的人，处世都有了自己的经验。这经验有时对探索新事新理有帮助，有时却是一种阻力。因为它是主观的先验的东西，而客观事物却千变万化，层出不穷。循规蹈矩，驾轻就熟是人的天性，但过分相信自己的经验，就会主客观不符，无法实事求是。中国古代有许多智慧的寓言故事，守株待兔就是指这种人。

在漫长的科学史上，许多著名科学家都有大胆创新、谨慎实验的著名范例，但是也常会栽倒在自己的经验面前。1781 年英国人发现天王星，不久发现它的轨道有些反常，人们怀疑在它之外还有一个未知星球在起作用。果然经过计算、观察，1846 年 9 月发现了海王星。海王星也不安分，照前面的经验来推论，还会有一颗未知星，果然后来又发现了冥王星。应该说再二再三，这个经验是有效的。1854 年，人们发现水星的轨道也有点反常，就又设想，水星附近还会另有一颗未发现的新星。但这一次经验误导了科学家。人们连续找了 61 年，不见任何结果。直到 1915 年爱因斯坦广义相对论问世才有了新的科学解释。有一年在美国召开的全球石油大会的主题是：我们曾在老地方用新方法发现过石油，也曾在新地方用老方法发现过石油，但从没有在老地方用老方法发现过石油。就是说一定要跳出经验。

经验可以帮助实事求是，但只靠经验不可能做到实事求是。真正地发现规律，只有靠新的实践。在战争时期、土改时期，我们有许多经验都曾发挥过巨大作用，但对经济建设就不适用了。1958 年的失败，是群众运动经验对经济规律的失败。“文化大革命”是阶级斗争、继续革命经验的失败，是革命党经验对执政党实践的失败。事实上我们犯的许多错误都与沿用过去的经验有关。对于过分相信自己经验的人，需要大喝一声，经验的一半是失误。因为这里面只含有被过去的实践所证实的部分，还有部分等待将来的实践来检验。经验可以是通向实事求是的大门，但这门上有一道高门槛，要跳一下才能过去。一个有经验的人和一个无经验的人同时面对一件事，前者可能会自恃经验不再调研，结果失败。后者倒可能因无经验参考而十分小心，尽力操办，反而办成了。事物总是有两个方面，随时可能向另一方面转化。有经验本来是好事，但也可以成为实事求是的阻力。

3. 习惯阻力——画地为牢

这里说的习惯指人们的思维习惯和社会习惯。列宁讲千百万人的习惯势力是最可怕的。生物学家巴斯德说："精神错乱莫过于按自己的愿望去相信某样东西。"人们认识事物有时不能实事求是，不是因为无知，也不是因为没有实践，而是根本就没有想到要去求新知，去实践。跟着习惯走，自古如此，岂不知习惯有时恰恰是错的。习惯和我们前面讲的经验还不一样。经验是知识，是有限的模型；习惯是思维方法，是力量无穷的武器，用错了危害更大。习惯思维就是保守，是妨碍创新的一大障碍。

一重一轻两个物体从空中落下，哪个下落得快些？人们习惯认为重的快。但伽利略不相信，他在 1590 年（时年 26 岁）做了著名的斜塔实验，证明了从上抛下的轻重铁球同时落地，并从此有了"加速度"这个概念，推动了物理学大进一步。

在社会变革中，经常有许多束缚人的东西，它明明是错的，是应该改掉的，但很长时间没有人去改，甚至要改变它倒成了大逆不道。比如旧社会中国妇女缠足，明明摧残身体，但这个习惯保持了几百年。改革开放之初，又有许多旧习惯在阻碍进步。比如人们没有法律意识，即使有理也不愿上法庭，认为丢人；比如羞于经商，认为是投机赚钱；还比如在改革开放前很长一段时间，我们把种自留地、把私营企业、把集市贸易、把商品交换、把市场经济，甚至把农民多养几只鸡，种一点菜，工人下班后在外干一点私活，都说成是搞资本主义。把商品流通说成投机倒把。把对上面的不同意见，甚至报上的不同意见打成反党、反革命（现在回想很难理解）。而且多年来已经习以为常，已成了是非标准。这种习惯常常可以统治一个地区、一部分人，甚至全国人多少年，却很难改变。习惯把人控制在一个固定的思维空间，使你看不到新的外部世界，当然也就难以实事求是，发现客观规律。

习惯这个东西是不问对错的，而只问有无陈例。中国封建政治多少年一直是把法先王之法当成处事惯例，这样最省事。一种概念形成之后对少数人来说是在理解的基础上执行，对大多数人来说是在习惯的“惯性”中运行，人们轻易不会跳出这个惯性空间去思考、去探求。牛顿之所以伟大，是因为他从“苹果落地”这个习惯思维中跳了出来，发现了引力；爱因斯坦之所以伟大，是因为他从经典力学的习惯中跳了出来，发现了广义相对论；邓小平同志之所以伟大，是因为他从传统的社会主义模式中跳了出来，提出了中国特色社会主义。对事物认识的飞跃，有时就表现为思维习惯和生活习惯的突破。正如物理学上打破惯性状态要一个外力，在认识上打破惯性思维，也要有一个外力，这个力常常表现为新的信息、新的知识、新的理论，或一场新的行动，直至革命行动。

4. 书本阻力——尽信书，不如无书

书本阻力其实是“本本”主义，就是教条化的知识和理论形成的阻力。陈云同志在晚年有一句话：“不唯上，不唯书，只唯实。”

人们在认识事物的过程中总会总结出知识和理论，并写成书，留给后人。我们遇事常常会自然地想到，书本上是这样说的。对实事求是来说，无知是阻力，但已有的知识和理论也会成为阻力。正像人们学游泳，一点不会当然难学，但如果会的是一种错误的姿势则又更难学。因为你先得纠正现有的错误，这凭空又多了一层阻力。古语言，尽信书不如无书。因为书本与现实间有误差。当它符合实际时，这书本就是行船的顺风，当它不符合实际时，这书本就是行船的逆风。

知识是人类对世界认识的总和。由于这种认识要靠一代代人的接续才能完成，前代人只好将已有的认识付之于书。赫尔岑说，书是行将就木的老人对前来接班的年轻人的遗训。由于书籍太多，人们又经过实践检验而筛选出各种经典用以统率相关的知识，指导人们的行为。政治的、科学的、经济的、军事的、哲学的，几乎每一学科、每一领域，都各有其经、各有其典。这些经典由于其权威性，一方面对后人的参考价值极大，另一方面它所造成的迷信力、束缚力也很大。这些巨著一方面如灯塔，不知为多少后人指明了前进的方向，一方面又如一堵石墙，不知使多少开拓者裹足墙下，甚至碰壁流血。不是经典不好，是某些读书人不好，不该把它看作万能，不该作茧自缚。恩格斯就曾告诫那些企图从自己书中寻找未来社会图画的人说：你们在我这里连半点影子也找不到。邓小平说："要求都读大本子，那是形式主义的，办不到。……我们改革开放的成功，不是靠本本，而是靠实践，靠实事求是。"

古今纸上谈兵、抚书论政而误大事的实例多得很。战国名将赵奢的儿子赵括自"少时学兵法，言兵事，以天下莫能当"，连其父也说不过他。后来他带兵打仗，结果全军覆没。中国革命得力于马列书本的指导，但是由于运用不当，照搬照抄，书本在很长时间也变成实事求是的阻力。中国革命史上有两次照搬的高潮。一是王明照搬马列书本，不顾中国革命实际。二是林彪、"四人帮"把毛主席的书神化僵化，大搞形而上学。这两次都使革命事业和国家民族遭受重大损失。是毛泽东、邓小平同志先后两次突破了书本、经典的阻力，强调调查研究、实践检验，才使中国革命和建设一步又一步实事求是，才有新中国成立和改革开放的两次大飞跃。但是我们也应看到几十年来，我们又不知道出版了多少没有用的误人的书。

实事求是总是从前人结论的基础上开始的，因此它可能有两个过程，一是通过实践验证书本的结论，二是推翻和补充书本上的结论，探寻未知的客观规律。所以说书本用得好，是我们前进途中跨越天堑的一座桥；用得不好，是横在面前的一堵墙。这种潜在的阻力常常可以因时因势，在特定条件下变成实事求是的具体阻力。

5. 实践阻力——心急吃不得热豆腐

实践阻力是指当时某一阶段的客观实践发展还不成熟，还不足以揭示事物的真相和规律，主客观无法一致。这是实事求是的第五道屏障。这不以人的意志为转移，必须继续实践，等待瓜熟蒂落。

恩格斯在解释假说并不是真理时有一段名言："哥白尼的太阳系学说有300年之久一直是一种假说，这个假说尽管有99%、99.9%、99.99%的可靠性，但毕竟是一种假说；而当勒威烈从这个太阳系学说所提供的数据，不仅推算出必定存在一个尚未知道的行星，而且还推算出这个行星在太空中的位置的时候，当后来加勒确实发现了这个行星的时候，哥白尼的学说就被证实了。”可见在许多时候并不是我们不想实事求是，而是客观实践还没有到那一步。非不为也，是不能也。

在氧气没有发现以前，人们认为燃烧是因为物质里有“燃素”，到拉瓦锡认真观察实验之后，才知道不是什么“燃素”而是氧气在起作用。在开普勒以前，人们认为行星绕太阳按圆周轨道运行，经开普勒的深入观察计算，指出行星运行轨道不是圆周而是椭圆。并不是拉瓦锡、开普勒以前的人不想实事求是，是客观实践还没有成熟。1976 年 10 月，逮捕了“四人帮”，大家急着让小平出来工作。叶帅说：“不能急，要不真成了宫廷政变了。”现在我们都说十一届三中全会伟大，殊不知就在这次会上通过的《关于加快农业发展若干问题的决定（草案）》中规定“不许包产到户”，四中全会才进了小小一步“不要包产到户”。实践之履在艰难前行。十二大小平提出建设有中国特色的社会主义、十四大提出市场经济体制、十六届三中全会提出五个统筹、十七大提出四个建设，不是以前不想提，实践要一步一步来。

科学研究常有假说，社会科学方面常有先进的理论。就是说，人们从理论上已经可以推出某一规律，但是在实践没有检验之前，仍然不敢下结论。爱因斯坦 1905 年就推出质能互变公式，但到 1945 年第一颗原子弹爆炸，才证明这种互变引发的巨大能量，中间经过了 40 年的艰苦实践，也就是说他们小心谨慎、实事求是了 40 年，终于求得真理。

马克思、恩格斯在 1848 年发表《共产党宣言》，以后又提出科学社会主义的一系列设想。在这之后的 160 年间，世界上进行了各种各样的实验（实践）。苏联东欧是一支，建立社会主义 74 年后又垮掉了。北欧社会民主党的实验是一支，过去我们不承认，现在看来，值得总结。中国几经曲折，走上了建设中国特色社会主义的道路。可见要逼近真理，其间隔着一个多么漫长的实践过程。这时的社会主义和马克思、恩格斯当年设想的社会主义已经有了很大的差别，将来的社会主义还会有更大的差别。这是理论与实际的误差。修正这种误差只有靠实践，谁也不要奢望省略它、超越它，一步跨到共产主义。

第一，我们要尊重实践，特别是要尊重广大群众的社会实践；第二，要耐心，千万不能犯急性病，不能妄图缩短甚至跨越实践。轻易不要提什么“跃进”“一天等于20年”之类的口号。

6. 自满阻力——唯我独尊，听不进意见

人一自满，便不能实事求是，而是自以为是。凡这种人大都有知识，有经验，而且还很丰富。当他的知识、经验在胸中胀满时，便要以我为标准了，好像一个富翁，财大气粗，什么也瞧不起。我们平常说要虚怀若谷，就是时时把你的胸怀空着，准备接纳新事物，接纳未知的东西。你自以为大，店大欺客，主观欺侮客观，反过来必定自己受欺，客观事物绝不会向这种人坦露真情。这种人可能曾经实事求是，但当他取得一点知识，有一定经验之后就渐渐变得骄傲自满，变得故步自封，滑到了唯我独尊的深谷。

历史上因过分自信而导致失败的例子很多。《三国演义》中马谡失街亭、关羽失荆州，都是由于过分自信，脱离了战局的实际。李自成也是个自满的典型。毛泽东同志曾劝人读郭沫若的《甲申三百年祭》。李自成在夺取政权之前待人处世、审时度势等各方面还比较谨慎，比较能实事求是。一坐上大顺朝皇帝的宝座，就忘了内外危机，就不能明察秋毫，终至脱离实际，丢了江山。毛泽东同志在我们党内是首倡实事求是作风的，进城前还特别提醒全党，不要学李自成。在进城前的七届二中全会上，他特别提出谦虚谨慎，甚至规定了不祝寿、不以人名命名、少拍巴掌、少敬酒和挂像时不与马恩列并列等细节。但是到晚年他却背离了这一原则，又过分相信自己的权威，不能正确对待中国的新实际。庐山会议上关于“大跃进”、人民公社的问题已经很明显，他不听，还大发雷霆，下山前宣布说，我要编一本《人民公社万岁》的书，写一篇1万字的长序，痛驳全世界的反对派。结果书刚编好，就三年困难，不了了之。

自满是实事求是的主观障碍。当你已经觉得自己什么都懂了，你就不可能再去“求”。所谓创业难，守业更难，就是说一个人当他追求的目标未达到时，他有强烈的进取心，处处虚心，处处小心；而当这个目标达到时，他就总想保守它，这时便很难找到新突破口，很难发现新事物。不是找不到，而是连找的动机念头也减弱了，没有了。甚至当别人找到新事物时，他还会大喊“不可能”，这是最可怕的。

7. 情感阻力——以感情代替政策，靠情感决策

一个人可能有知识、有经验，也不自满，但如果他把握不住自己的情绪，在情感阻力面前就无法实事求是。因为知识阻力、经验阻力、自满阻力是他不能为，如有人用障眼法，遮住了他，他力所不能，智所不逮，找不到实事求是的门路。但情感障碍非不能为，而是不愿为。就是我们常说的，以感情代替政策。他决策一件事时连他自己也知道是在赌气。

《孙子兵法》云：“主不可以怒而兴师，将不可以愠而攻战。”人一旦为感情所俘虏，就会失去理智，明明知道别人对，也不愿附议，宁可不为，也不愿增加他人的光彩。总是后任否定前任。你盖的楼，我偏要拆了重盖。这种心理已不单单是以我之利害来决是非，而是以我之好恶来定取舍了。哈恩是德国著名的化学家，1938 年底他正苦苦研究一个核放射课题，未有结果。这时居里夫人的女儿伊伦娜也在研究这个题目。哈恩的助手发现了伊伦娜的一篇论文，很有见解，哈恩却因二人过去曾有矛盾，拒不阅读，说我不看那个女人的东西。在助手劝说下，他终于看了，这一看非同小可，受到启发而发现了核裂变，并于 1944 年获诺贝尔化学奖。这一成果直接导致了原子弹的研制。如果他还顽固地坚持私人成见，这项成果就不知会落在谁手。

情感可以干扰理智。许多大人物，都是被情感打败的。胜利可以冲昏头脑，悲伤也可冲昏头脑。关羽一死，刘备就不顾一切发兵报仇，结果大败，不实事求是，不能冷静分析敌我形势。男女之情是最易昏头的误区。延安时毛泽东要娶江青，党内都反对，但没有办法，结果为后来的“文化大革命”埋下隐患。庐山会议后期，毛泽东也感情用事，连一些粗话都讲出来了。彭德怀、周恩来等是有大功的，但他就是不喜欢，喜欢康生、柯庆施这些会逢迎的人。

8. 权威阻力——自以为是，号令天下

恩格斯说：不论在哪一种场合，都要碰到一个显而易见的权威。社会不能没有权威。权威是某一领域正确意见的代表，正像经验是有益体验的总结。

但是权威有两面性，它和经验一样，只能代表过去不能包办未来。现实生活中只有过去和现在的权威，而没有将来的权威，它一样要受实践的检验。当权威发挥其正确的指导职能时，我们探求新事物会事半功倍；当权威持错误的观点而要别人服从时，我们在通往实事求是的路上便多了一道障碍。况且在很多情况下，除屈从之外，人们更多的是自觉服从权威，这样就失去了独立思考的机会。

毛泽东同志是中华人民共和国的缔造者，是中国革命和建设的最高权威。但是在一些问题上由于他的绝对权威，别人也就不好再说什么，或者根本就没有想到还有什么不同意见，这样就造成不少永远无法挽回的遗憾。现在人口问题已成了中国最大的压力。1957 年，马寅初先生就在《人民日报》发表文章，主张控制人口。后来毛泽东同志反对，说人多热气高。康生、陈伯达又兴风作浪，批判马是“资产阶级人口论”。结果，错批一人，多生数亿。1959 年庐山会议前，党内已有不少反冒进的意见，庐山会议原来也准备纠“左”，会议中间又转成“反右倾”。连续几年，周恩来、陈云的经济思想都遭到批判，在农村包产到户问题上，邓小平、邓子恢等同志的正确意见也连遭否决。这些在很大程度上是因为毛主席的权威和大家的服从，结果使我党在经济建设、农村政策上在很长一段时间里不能实事求是。

以权威而阻止后生新进的例子在自然科学史、社会科学史上屡见不鲜。光速不变是相对论的前提，但是当爱因斯坦发表相对论后，物理学老前辈、曾证明光速不变的迈克尔逊很不理解，他遗憾地说：“我真没想到，我的实验反倒促成了相对论这个怪物的诞生。”（他做那个著名实验时爱因斯坦才 8 岁。）普朗克提出革命性的量子理论，约请 18 位大科学家到会讨论，有 8 个像卢瑟福、居里夫人这样的大权威不支持。1869 年，35 岁的门捷列夫发现元素周期律，他的老师、化学权威齐宁却教训他：“不要玩魔术。”1884 年，瑞典 25 岁的青年学者阿伦纽斯提出电离理论，母校的教授嘲笑他“鼻子伸到了不该去的地方”，甚至国际化学界还形成一个由著名教授组成的反对阵线，为首的就是曾经发现了元素周期律的门捷列夫，说这是“奇谈怪论”。但电离说还是胜利了，发现者也因此获得诺贝尔化学奖。我曾经突发奇想，如果把每一个学者，他当初怎样受权威压制，后来又怎样以权威而压制别人，这样排列下去，就是一条如长城垛子式的波浪线。这正象征了事物的波浪式发展。每一个权威在他事业和学业的兴盛时期都给社会做出过卓越的贡献，历史所记录的大都是他这一瞬间的光环。但是正如人的肌体会衰老一样，不少权威的思想在晚年都变得保守消极，无法继续新的贡献。所以我们一方面要尊重权威，另一方面又不能绝对迷信权威，不能靠他们鼎盛时期的光环来为我们永远地照亮。更要警惕自己不要自充权威。

权威对正确意见的否定，就像家长对孩子的管制一样，是无所谓对错的。按林彪的话说：理解的要执行，不理解的也要执行。权威以自己的自信和经验来决策，别人以对他的崇拜和信任来服从。这时的标准只是信与不信或忠与不忠。这里面本身就潜伏着一种对实际情况的忽略，因此很可能偏离实事求是。正如经验的一半是失误，权威的一半是过去，它在实践面前同样要重新接受一次检验。但正如我们往往错把理论当作检验真理的标准一样，也常错把权威当作检验真理的标准，于是在通往实事求是的大路上又人为地树起一道屏障。

9. 利益阻力——私心作怪，明知故犯

马克思讲：人们奋斗所争取的一切，都同他们的利益有关。社会是分成各种阶层、各种利益集团的。各阶层或利益集团会意见不一，有时甚至会很对立。所以同样一件事、一项政策，会有不同反应，所谓众口难调。这也为实事求是带来困难。有两种情况：一是一项政策好，实事求是，但因侵犯了某一阶层某一集团的利益，遇到客观阻力，难以推行；二是某集团明知这件事对，但考虑到自身利益，昧着事实或良心有意不去推行。这时，实事求是就变成一个政治问题、一个社会问题，它的实现，往往取决于政治形势的发展和集团势力的变化。

人总会有一点私心，为保护自己而不实事求是。以对我之利害来决定是非标准。成语“指鹿为马”，是说秦丞相赵高专权，为试属下之心，便牵来一鹿，硬说是马。大部分大臣惧其势，都跟着说是马，唯少数几人实事求是，说是鹿。为什么有人跟着指鹿为马呢？不是不知，是有私心，不敢说。这样明显“指鹿为马”的事不多见，但为了保官，保自己的利益而说假话的事却太多太多了。

历史上所有进步的改革政策的推行都是符合规律的，都是实事求是，但大都遇到了阻力。商鞅变法，侵犯了奴隶主贵族的利益；北宋范仲淹的庆历新政，侵犯了朝中保守势力的利益；我们实行土改，侵犯了封建地主阶级的利益；西藏和平改革，侵犯了上层奴隶主集团的利益；等等。这些人的利益该不该侵犯、该不该剥夺呢？当然应该，因为如果保护他们的利益就会妨碍历史的进步。但是这些都遭到激烈的对抗，使改革在艰难中推进。如果没有对抗，则历史的进程，也就是实事求是的进程，不知道要顺利多少。

“四人帮”是一个典型的例子。他们制造了许多冤假错案。最大的是迫害刘少奇同志的冤案。硬将少奇同志打成叛徒、内奸。派人到解放前少奇同志工作过的地方去找“蛛丝马迹”，找不到就硬编，造假证。著名历史学家翦伯赞曾与刘共事，“四人帮”就逼他做伪证。翦进退两难，只好自杀。他们自己也知道是在违背事实，昧着良心干事，更谈不上什么实事求是。但是他们就要这样干，为的是巩固自己集团的利益。历史上其他冤案无不是这样造成的。秦桧对岳飞进行迫害，当人们责问有何证据时，只好以“莫须有”来含混过去。他们本来就不准备实事求是。

上面举的是大的政治集团因利益关系妨碍实事求是而使矛盾激化，这是极端的一面。实际生活中还有许多小的利益关系。一些小的利益阶层和群体，从本阶层、本团体的利益出发，会对一些本来合理的正确的决定、做法，表现出或多或少的抵触和反对，经常妨碍实事求是的进程。这就要求主政者能站在最大多数人的立场上，按社会规律办事。同时也能照顾到各方利益，特别是不能借权谋私。

10. 行政阻力——最后的阻力，强制阻拦

比之与客观不符的无知、书本和经验阻力更可怕的，就是这种认识被上升到政策、法规、制度、体制的层面，并通过行政权力去推行。这时实事求是遇到的阻力，已不是认识问题，而是法律、行政的制裁与限制。这是一种“硬实力”，一种强制。在这种阻力面前可能有几种情况：说假话；不说话；说真话，如彭德怀；辞职，刘少奇、周恩来都曾辞过；自杀明志，如田家英、

翦伯赞。

在黑暗的中世纪，科学面对的主要不是科研本身的艰难，而是教会势力的反对。教会常就许多科学问题明文规定，只许说什么，不许说什么。如只许说太阳绕地球转，不许说地球绕太阳转。因为不按教会的口径而坚持说真话，1600年科学家布鲁诺被烧死，1632年伽利略被判刑，直到348年后的1980年他们才被宣布平反，这348年间地球照样绕太阳转，但是教会不认账。因为它手里有行政力量。富兰克林发现了尖端放电，并发明避雷针。英国皇宫装上了这种装置。但英王讨厌富兰克林，因美国曾是英国殖民地，富兰克林带头向英国闹独立。一天英王散步时看见尖尖的避雷针，不由怒火中烧，下令全部改成球形的。下人明知违反科学，也只好从命。因为国王有至高无上的行政权力。当然这根本谈不上实事求是。

我国在探索改革的过程中，曾遇到不少阻力，这里有认识上的，也有已上升到行政规定并以行政权力施行的。如农村土地承包，我们曾长时间认为是资本主义（认识）并写入文件限制（行政）。有的地方甚至规定一家养鸡超过几只就是资本主义，要"割尾巴"。以至于发生这样的事，安徽凤阳县小岗村农民眼看极左的农村政策造成地荒人逃，在就要饿死人的情况下，决定分田承包。但当时这与规定不符，他们就私下定协议，按手印，立字据，分田承包，如以后事发，甘愿坐牢。可见由行政权力和体制所造成的阻力，已使得实事求是变成一种地下工作，成为一件既艰难而又危险的事。已经到了忍无可忍的地步，再往前发展就要揭竿而起了。当然，现在的小岗村已成为我国农村改革的光荣起点，小岗村农民立的这个字据也被中国革命博物馆收藏。

和行政法规相关的是体制。社会在按一定的行政法规运行中必定要形成与之相适应的体制。体制对于人的行为、人的思维，又像我们前面提到的书本、经验、权威等一样，当它与实际相符时，有促进作用；当它与实际不符时，就有促退作用。但是只要这种体制不宣布废止，它就是一种制约，这时你要实事求是，就是"逆水行舟"了。比如与农村"左"的政策相适应曾有一个束缚农业生产力的人民公社体制，从1958年到1980年，整整存在了22年。可以想见，这22年间本来有多少可以实事求是的事情被耽搁下来。

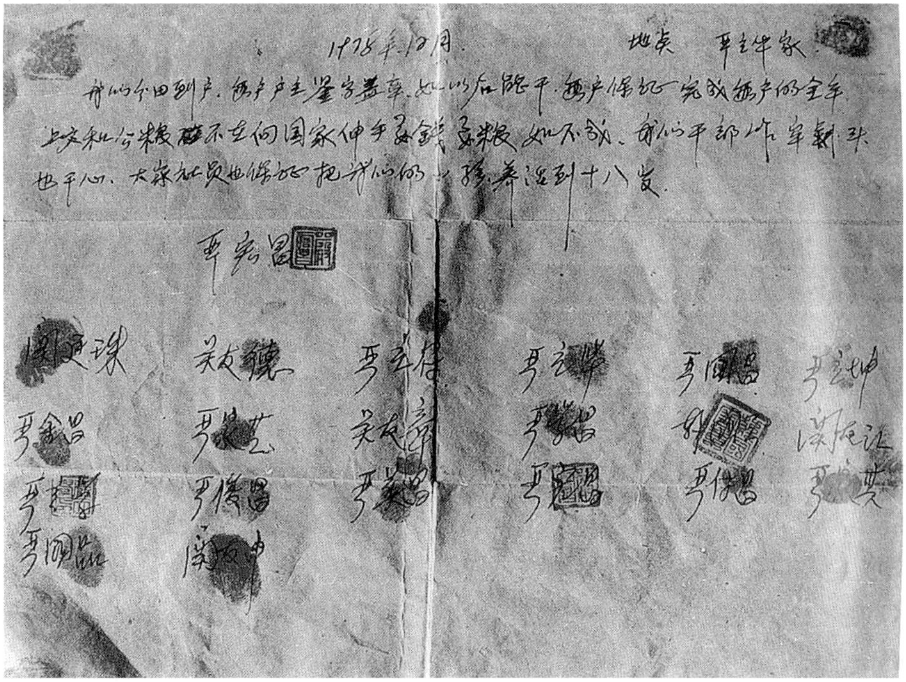

1978年12月　地点　严立华家

我们分田到户，每户户主签字盖章，如以后能干，每户保证完成每户的全年上交和公粮，不在向国家伸手要钱要粮。如不成，我们干部作牢杀头也干心，大家社员也保证把我们的小孩养活到十八岁。

严宏昌

小岗村农民承包土地立下的字据

随着实践的发展，历史的推移，政策、法规、行政命令、体制等必然要过时或不适应，这时它就成了实事求是的阻力，这时改变它就表现为一种改革或革命，有时甚至是政权的更替。因为这时所求的已不是某一项规律，而是整个社会转折发展之大规律。这较之某一项事业的开拓，这种阻力也就愈大，而克服阻力之后所得之真理，所得之进步也就愈大。

三、怎样才能实事求是

实事求是如逆水行舟，每行一步都有其难。但这又是认识的必由之路，再难也一定要走，而且一定能成功。事物是对立统一的，有阻力就有克服这些阻力的办法，归纳起来有七个前提条件，或者说七个动力。只要坚持这七个前提，逆水之舟就会变成顺风之船了。这七条其中有三条，邓小平同志在1978年12月中央工作会议的讲话中都提到了。

1. 解放思想

实事求是，是说真话，是去求真理。谁不想求真理？但许多情况下是我们不敢去想，不会去想。

要继承就得发展、创新和超越。许多科学发明、发现，首先是它一开始就把选题定位好，定在了前沿突破的位置，一入手就着力于创新。科学界有句名言：提出问题比解决问题更重要。无论在自然科学还是在社会科学领域，那些唯唯诺诺，找不出现状的缺点，提不出问题，提不出新目标的人是绝没有出息的。物理学家卢瑟福指导一个研究生，问他：“你上午干什么？”“实验。”“下午干什么？”“实验。”“晚上干什么？”“实验。”卢说：“那你什么时候思考？”

邓小平同志在中央工作会议的讲话中指出，“思想不解放，思想僵化，很多的怪现象就产生了”，条条框框多，随风倒的现象多，本本主义多。他说：“一个党，一个国家，一个民族，如果一切从本本出发，思想僵化，迷信盛行，那它就不能前进，它的生机就停止了，就要亡党亡国。”又说：“在党内和人民群众中，肯动脑筋、肯想问题的人愈多，对我们的事业就愈有利。干革命、搞建设，都要有一批勇于思考、勇于探索、勇于创新的闯将。”他还说，要杀出一条血路。两军相遇勇者胜，鲁迅说第一个吃螃蟹的人最可敬。纵观社会革命史和科学发展史，凡第一个发现真理，求得规律的，都是思想解放的勇士，大部分还是年纪不大的年轻人。伽利略发现自由落体规律时 26 岁，牛顿发现万有引力时 24 岁，瓦特改进蒸汽机时 29 岁，爱因斯坦创立相对论时 26 岁。中华人民共和国成立时，第一代中央领导集体成员大都才 40 多岁。(在西柏坡，毛泽东头上发现三根白发，他说打了三大战役，才长三根白发，值。) 在勇敢的年轻人的头脑里，无论是书本、权威、习惯、旧势力、旧制度，甚至旧的权力、法律、体制都不在话下。为了真知和真理，他们可以受难，可以献身。梁启超在《少年中国说》里谈到，少年如朝阳，如乳虎，气盛、豪壮、冒险，所以能创造世界。勇敢精神，是开拓一切事业的先决条件。

2. 不断学习

无知、自满、书本、权威和经验都可能成为实事求是的阻力，这就得靠学习去克服它。因为这五个方面的东西都只代表过去，是建立在原有的知识和经验上的。要探求新路必须既继承又超越，既保持传统又有创新。只有在学习新事物中才可能找到新规律。一个不学习的人，就像一个不愿攀登的登山者，永不可能迈上新的高峰。

学习，主要是学知识，学理论。

知识，是社会全体成员在探索社会规律过程中的共识和结晶，是告诉我们世界是什么。你只有掌握了最新知识，才能最大限度地贴近客观实际、贴近规律。所以读书、学习，是每一个社会成员立身处世，特别是每一个负有一定责任的人，如公务员，一时一刻也不能停止的。如果一个人以旧知识来处理新问题，那么，他所做的一切都是刻舟求剑，都是隔靴搔痒，他必定要在新知识面前碰得头破血流。一切革命，都是新知识新观念对旧知识旧观念的否定，最终是新规律的呈现。现在知识更新的速度快，我们学习的节奏也要快。

理论是思想方法，是探照灯，比知识更高一层，解决的是怎么认识世界的问题。理论透过事物的现象而揭示规律，因此在本质上更切合实际。许多在现象上打圈子转来转去的事，在理论上一句话就可以立判分晓。比如，前面提到的永动机研究，只需“能量守恒”一句话就可以彻底说清。我们在取得政权后，有很长一段时间搞穷过渡，搞越纯越好的公有制和计划经济，直到探索碰壁几十年后才悟到了一个理论：商品经济是不可逾越的阶段。如果早接受这样的理论，可以少走弯路几十年。在物理学研究中，有实验物理学家，有理论物理学家。在有的情况下只靠实验的方法、摸索的办法，已经不能解决问题，这时要靠理论。经典物理学发展到 20 世纪初遇到了“紫外灾难”，即无法解释紫外短波光部分的能量分布。许多科学家感到一种歧路的痛苦，比之于屈原上下求索、鲁迅夜长如磐的痛苦绝不少多少。经典物理学大师、英国人瑞利甚至说：“真理已经没有标准，不知道科学是什么了，我悔恨我没有在这些矛盾出现五年前死去。”你看这和屈原愤而投江有什么区别？其实原因很简单，在于他们死守住实验这一种武器，而没有想到还有叫理论的另一种武器。著名哲学史科学史专家贝尔纳批评英国经典物理学派只讲求实用：“通过感觉达到科学而不是通过思维达到科学。”我们要多掌握一些理论，不要总是靠感觉办事。

学习理论，一方面要掌握继承前人的经典理论，另一方面要学习新理论，从实践中总结新理论。因为如前所述，过时的、不完整的理论也会成为新探索的阻力。邓小平的有中国特色社会主义的理论，就是在总结了原有错误，在改革开放实践中建立起来的。实践探索的同时，我们也在不断地进行理论探索。如十四大提出推行市场经济，十六届三中全会提出五个统筹，十七大提出四个建设。理论好比煤矿开采时的掘进程序，有了掘进巷道，才有下一步的大作业面开采。

只有在尽量掌握全部的新旧知识和理论的基础上，我们的思维才可能尽量逼近实际，才可能实事求是。

3. 勇于实践

实事求是，说到底你得去“求”，就是说要实践。坐而论道，纸上谈兵，回避矛盾，永远得不出什么结论。只有实践的勇气才是带着实事求是车厢前进的火车头。

要实事求是，探得一点真知，就要勇于实践，要准备吃苦，准备失败，准备牺牲。新中国成立马上就要 90 周年了，回想革命和建设的路，千山万水，曲曲折折。哪一条真理不是无数实践堆积提炼而成的？达尔文环球五年旅行，搜求动植物标本，终于找到物种起源的根据。居里夫人用一口大锅，花了 3 年 9 个月，终于从 1 吨矿渣中提炼出 0.1 克镭。卢瑟福顽强地重复实验，终于从 25 000 张基本粒子的照片中发现 6 张片子，从而找到人工转变元素的根据。这有点像我们走过了二万五千里长征。俗话说，不入虎穴，焉得虎子？当第一有风险，但也最得甜头。深圳当年有多艰苦，现在就有多风光。毛泽东同志讲，你要知道梨子的

居里夫人

滋味，你就得亲口尝一尝。只有亲身参加到某项工作实践中去，才能得到专门的真知。孙中山、毛泽东、邓小平之所以成为近代百年中国三伟人，是因为他们亲自参加了百年来中国革命的实践，并全身心地投入。而一项事业的成功，常常是要靠数代人勇敢坚定、锲而不舍的连续实践才能完成。不敢实践，不肯吃苦，远远站着，或浅尝辄止是根本谈不上实事求是的。

4. 无私无畏

实事求是，有时表现为艰苦地探求，有时表现为只要敢面对事实说一句真话，而许多时候恰恰在这一点上迈不过去。所以无私无畏是实事求是的动力之一。有了这把利剑，至少可以砍开前进路上的一半荆棘。古往今来，无论是政治原则还是处世道德，坦坦荡荡、敢说真话总是放在第一位。欺君之罪、谎报军情、弄虚作假都属十恶不赦，都会酿成大失大错。

特别是当实事求是遇到来自权威和行政方面的阻力时，更要靠无私无畏去克服和坚持。这时的胜利不在知与不知，而在敢与不敢。布鲁诺为了捍卫日心说，在教廷迫害面前宣布“半步也不退让”，坐狱八年，最后被烧死。赫胥黎为捍卫达尔文学说，到处与教会辩论。他说，“我正磨砺我的爪和牙来对付他们”，“我准备接受火刑”。他被人称为一条好斗的狗。鲁迅说：他是一条有功于人的狗。这都是科学史上著名的无私无畏捍卫真理的例子。海瑞是以大无畏精神著称于史的名臣。1566 年，明嘉靖皇帝已在位 45 年，他听信佞臣、方士，求仙、炼丹，误国。海瑞在这一年上了著名的《治安疏》，直接指出：陛下之误多矣。皇帝气得大喊，去抓他，别让他跑掉。属下答曰：他不会跑，已经买好棺材，在家等着呢。这种把事实、真理看得比生命更宝贵的实事求是精神，成了我们民族文化史上最光彩的一笔，海瑞也因此成了敢说真话的楷模。现代人的例子，比如马寅初在人口问题上坚持正确主张不妥协，在铺天盖地的大批判中，他说：“老夫年过八十，明知寡不敌众，自当单枪匹马，出来应战，直到战死为止。决不向专以压制、不以理说服的那种批判者投降。”文天祥《正气歌》里说“在齐太史简”，说齐国的臣子崔杼杀了国君，第一个史官照实记录，崔杀了他。第二个又记，崔又杀。第三个，又杀。第四个还这样，崔实在没有办法了。彭德怀在庐山会议上被批，张闻天还是要讲话；张被批，黄克诚还是要讲。

这些用生命换真理的勇士在历史上的光辉永存，这不仅仅在于他们的学识、经验、功业等，更主要的还在于他们有着勇敢无私的抗争精神，敢说实话的态度，有着高尚的人格。壮士一勇可退三军，在许多情况下如果没有“我以我血荐轩辕”，燃烧生命去照亮真理的作为，则真理身上所蒙的尘埃又不知还要推迟多少时间才能被拂去。

5. 自知之明

如果在实事求是大路上，无私是一把横扫荆棘的利剑，那么自知之明就是一个灵敏而又谨慎的探雷器。

既然骄傲自满是实事求是的大敌，就需要有“自知之明”这个天敌来制伏它。我们在实际生活中之所以会犯不实事求是的错误，有时是不知实情，有时是不敢知道实情，有时是知道了而不敢说出实情，还有的时候则自以为这就是实情，不必要再去了解其他。这样我们就陷进雷区，随时有失败毁灭的危险。认识者一旦将自己置于认识的误区是最可怕的。比如，前几年，社会上流行吃南瓜可治糖尿病，殊不知，不但无用，还要加病。通常人在认识事物时，会千方百计估计到客观事物的各种可能，但恰恰会忘记自身主观这一方有几种可能。就像一个猎人，仔细地设想了出行路线、猎物的情况，甚至猎获后如何处理，但却忘记检查一下枪里是否装有子弹。黑格尔的重要贡献之一就是说清了人既是认识的主体，又是认识的客体，他本身也需要被认识。我们经常碰到这种情况，有的人不适合干这种工作，但是他几十年不变地干着，毫无建树，而不知换位。有的人诚心诚意地坚持着自己的意见，但实际上是坚守错误。事情很简单，只要他肯跳出来，跳出庐山之外，便会立即有新发现。周恩来、博古等同志在红军时期曾反对过毛泽东的正确路线，但后来自觉不对，立即改正，为革命做出了大贡献。他们襟怀坦荡，甚至于以后还拿这件事教育党内同志。而王明、张国焘则无自知之明，一错到底，直到最后碰壁，碰得粉碎。有自知之明，在许多时候首先不是表现为进取，而是表现为避祸、避丑，减少失误。无论大事小事都是这样。曾国藩主持镇压太平军后，其权其威煌煌赫赫，于是有人建议他趁势造反，夺大清天下。

他说大清气数未尽，未敢造次，赶紧自裁军队，得以全身。巴金晚年，常有人求字，求题书名。他说，我字不如茅盾，茅公在世时，能给人写字，我却不能。人们更加尊重他。没有自知之明，是一个人最大的悲剧。我们的干部也要自测一下自己的能力。

可见自知之明应该是加在我们认识路上的一道保险，就像猎人上路先检查一下枪里有没有子弹。这样起码可以排除因主观“不愿其闻”而造成的错误。著名昆虫学家法布尔说：“机遇只给有准备的头脑。”自知之明者，就是要清醒地知道自己的不足，随时准备纳新知而求真理。

6. 发扬民主

前面讲到，有时可能会因为权威、行政和私念方面的因素而妨碍实事求是。克服的办法是有一个民主制度、民主环境。小平同志在那篇著名的，后来被看作十一届三中全会主题报告的讲话中专门用一个小标题讲“民主是解放思想的重要条件”。他指出：我们要创造民主的条件，要重申“三不主义”：不抓辫子，不扣帽子，不打棍子。在党内和人民内部的政治生活中，只能采取民主手段，不能采取压制、打击的手段。宪法和党章规定的公民权利、党员权利、党委委员的权利，必须坚决保障，任何人不得侵犯。一个革命政党，就怕听不到人民的声音，最可怕的是鸦雀无声。这是小平同志对历史的深刻总结、高度概括。我们党曾有几次在实事求是问题上栽过跟头，给我国的革命、建设造成过令人痛心的损失。比如，1958年的浮夸风，“文化大革命”中全国上下普遍说假话。而那时也正是我们党和国家的民主制度遭到严重破坏的时候。这从反面证明，只有民主制度、民主环境，才能保证党的政策方针实事求是。政治上不民主，敢说真话的人就少，干部、群众的积极性就会受到压制。经济上不民主，生产力的发展就要受到破坏。1945年，黄炎培访问延安，提出一个政权怎么跳出周期律、永葆活力的问题。毛泽东做了回答：我们已经找到了新路，我们能跳出这周期律。这条新路，就是民主。只有让人民起来监督政府，政府才不敢松懈。只有人人起来负责，才不会人亡政息。那次谈话后又过了60多年，这期间可以说，成也民主，败也“民主”。将来实事求是还得靠民主。

发扬民主，小者便于人人讲话，集思广益；大者便于一个党、一个政府将自己的政策置于更实事求是的基础上。

7. 健全制度

社会为能正常运行，必得有一定的制度。所有文化形态，不管是知识、思想、道德，还是美丑，都要凝结到制度上来，以制约人的行为，保护社会进步。实事求是是人类探求社会发展与进步的最科学的方法，当然要靠先进的制度来保护。中国封建社会长期习惯于人治，老百姓总是盼望能有一个好皇帝、好领导，日出东方红。古今文学作品，总是在歌颂好人，或鞭打坏人。这是道德教育，还不能代替制度建设。"文化大革命"一场灾难才使人认识到靠理想、靠个人、靠权威都不行，要靠制度。

1980 年 8 月，邓小平关于制度改革有一段经典的讲话：

> 我们过去发生的各种错误，固然与某些领导人的思想、作风有关，但是组织制度、工作制度方面的问题更重要。这些方面的制度好可以使坏人无法任意横行，制度不好可以使好人无法充分做好事，甚至会走向反面。即使像毛泽东同志这样伟大的人物，也受到一些不好的制度的严重影响，以至对党对国家对他个人都造成了很大的不幸。……这个教训是极其深刻的。……如果不坚决改革现行制度中的弊端，过去出现过的一些严重问题今后就有可能重新出现。只有对这些弊端进行有计划、有步骤而又坚决彻底的改革，人民才会信任我们的领导，才会信任党和社会主义，我们的事业才有无限的希望。

实事求是为什么难？难就难在没有一个严格的、科学的、激励的制度来保证人说真话，办实事。"文化大革命"一起，连宪法都不要，冤案遍野，国家主席的生命都不能自保，何谈实事求是？"文化大革命"之后，首先是真理标准大讨论，先从思想上解放，但最后还是落实在了制度上。细想一下，短短的 30 年，我们立了多少法律、法规和制度。只全国人大通过的法律就有 900 多个。影响比较大的，如关于市场经济体制、人才流动、废除领导人终身制的法律，等等。试想，如果 1949 年新中国一成立，我们就有领导人不超过两届任期的制度，毛泽东也不会有庐山会议和"文化大革命"的错误。

结　论

实事求是，是一个思维方法，也是一个实践过程，它关系一件事乃至一项事业的正误成败，因此它又是一条思想路线，是一个行动纲领。

“实事求是”四个字，包含了行事者的学识、经验、思想方法、道德品质。同时，它又被时间、条件所左右。因此，它看似简单，实行起来却有许多难处。在此时、此处实行易，在彼时、彼处可能就难。有时，一个人在这一问题上能实事求是，在另一个问题上却难做到。本文谈到十种阻力，是想说明，这是一个综合因素。比如有的人在知识、实践等方面过关了，在无私无畏上却过不了关，或者在经验问题上栽了跟头。所以在实际运用过程中，无论是一个人还是一个组织，谁也不敢说他永远、时时、处处都能做到实事求是。这就像谁也不敢说他一生一世不犯错误一样。犯错误不怕，改正就好。要想时时处处都实事求是，这可能做不到，但这不可怕，只要我们永葆这个精神、这条路线，并且在主观上解放思想、不断学习、勇于实践、无私无畏、有自知之明；在客观上能做到发扬民主、健全制度，就一定能做到实事求是。我们的行为就能不断逼近真理，我们的事业就会不断取得胜利。

（《党建》2009 年第 6 期）

居官无官官之事

魏晋风度崇尚隐逸。东晋时的大官刘惔是晋明帝的女婿，皇亲国戚，身份显赫，但他为政清静，死后人赞之曰：“居官无官官之事，处事无事事之心。”用现在的话说就是不作秀，不太把做官当回事，而保持人格的独立和人性的率真。最典型的就是陶渊明不为五斗米折腰。“无官官之事”不是让你玩忽职守，掉以轻心，而是实事求是，实实在在地去干事。这句话类似“好读书不求甚解”，不是囫囵吞枣，而是把握主旨，不一味地抠词掰句。又类似“君子之交淡如水”，不是说交情淡，而是说交往的形式简单，更见真情。

近来中央召开扶贫工作会议，令我想起一件亲历的扶贫小事，可为“官官之事”做注。那年秋风乍起，我所在的单位赶紧向对口扶贫的某县送去六大卡车棉衣、棉被，正好由我负责带队送达。三个月后，元旦已过，彼县长来京，我问：“棉衣发下去没有？”答曰：“没有，等春节前‘送温暖’时再发。”我大怒：“现在春节还未到，你身上怎么已经穿上棉衣？”可知他们整天就是这样做着些“送温暖”之类的“官官之事”，还又时时揣着一颗唯恐人不知的“事事之心”。就像一只老母鸡，下不下蛋无所谓，但只要下一颗蛋必定咯咯叫。这哪里还有一点官责和官德？用这样的官去治理地方，只能贫上加贫。还有某地矿难，经几日抢险总算打通了生命通道，危困井下的工人终于可以升井了。但且慢，还有一件“官官之事”不能少，领导还没有来到井口，明天报上没有他与升井工人现场拥抱的镜头怎么行？工人与自己的亲人拥抱、流泪都不算。于是宁可让他们在井下再忍一会儿。“官官之事”已经演化为官场的“官官之规”。

一个人不做官也罢，他只要做了官，身上就同时有了三层含义。一是为官之责。政治学上讲，老百姓把自己的权力出让给公共机构，委托它来管理社会。所以官员手里的权力不是天生的，也不是谁赐予的，而是老百姓给的，官的本质是为民办事，为人民服务。二是为官之德。它的底线是怎么做人，官做到多大也逃不出人格与人性。可惜，官场的人性扭曲往往比民间严重得多。三是为官之形。任何事物总有个方式，施政之官权在手，其行事的方式自然与普通百姓不同。如讲究成就、荣誉、排场、权威、效果等，即所谓的“官官之事”。明白这三层意思，就知道“坐官”（坐在官的位置上）时最重要的是“为官之责”和“为官之德”，为百姓、国家、民族办事，做一个真正的、实在的人。至于“官官之事”不是一点不要，但毕竟是形式上的次一级的“官元素”。可惜不少官员常忘了“官责”与“官德”，倒把“官官之事”看得比天还重。

这“官官之事”在古代也就是骑马、坐轿、宴请、写奏折之类，现在“与时俱进”了，闹得更大更新。如：求政绩，大搞短期行为；多应酬，巧于上下打点；泡会议，镜头来，版面去；造假势，汇报预演，视察排练；讲排场，警车开道，前呼后拥；等等。官场成了剧场，官员成了演员，演得很是过瘾。把这些“官官之事”办好了，虽然表面上还是官照“坐”，权照掌，但民心已失。水可载舟亦可覆舟，恐去官之日不远矣！慎之，慎之。

（《人民日报》2012 年 1 月 13 日）

享受岂能是头衔

有一件事想了很久，不吐不快。

常见报刊上或会议上介绍某人时，或在名片上印头衔时称：享受国务院政府特殊津贴。甚至追悼会上也不忘加这一条。这个“津贴”首施行于刚打倒“四人帮”后、改革开放之初。那时知识分子长期受压，待遇很低，生活拮据，于是为一部分精英人才发津贴，有重视知识、重视人才之意，后延续下来。不想这倒使一些人用来做了终身夸耀的资本。动不动就“我享受国务院政府特殊津贴”（类似提法还有“享受正部级医疗待遇”之类）。事情虽小，却关乎价值观和社会风气。

津贴是什么？就是生活补助。正常情况下一个有自尊心的人很少要人补助，如果真拿了别人或政府给的补助也会心怀愧疚，低调处世，加倍努力工作。现在反过来了，把“津贴”挂在嘴边，印之于名片，显于报章，足见其浅。此现象文科多于理科，而犹以书画界为最。媒体也无知，跟着捧。就像某一级首长，在单位吃小灶，出门坐小车，这本是一种生活、工作待遇。如果每开会或印名片都要称“享受小灶、小车者某”，这成何体统，他还算个首长吗？

记得前些年，有某大学教授写了一书稿，投给某出版社，数月无回音，便写信去催问。内容只一句话：某日寄去某稿，不知下文如何？下面的落款倒有 20 多个头衔，包括“享受津贴”，占了大半页纸。那个编辑也有水平，先用大半页纸照抄了这 20 多个头衔，再呼某某先生，正文也只有一句话：

“水平不够，恕不能用。”想来这编辑回信的当时内心一定荡起一种强烈的厌恶与轻蔑，他指的水平绝不只是文稿的水平。

记得当年我在基层当记者，跑乡村学校。那些最基层的乡间知识分子生活困难，身贱人轻，当然轮不到国务院给津贴。县里重才，就特批一些老教师每逢重大节日可享受二斤猪肉的供应。但我从未听到过哪个教师自我介绍：享受猪肉二斤。居里夫人是唯一得过两次诺贝尔奖的女科学家，但她从不拿这个奖说事，还把金质奖章送给小女儿，由她在地上踢着玩。无论大的还是小的知识分子，无论做事还是做学问，一个最基本的素质就是脚踏实地，不欺世盗名。

我们常说，知识分子是国家和社会的精英。精英者，思想之精，品德之英，然后又学有所专，能沉下心来做事情，做学问，为社会之脊梁，公民之师范。区区津贴，念念不忘，也要挪作虚名，非知识精英之所为。国要强，先强国民；国民要强，先强精英；精英尚如此，泡沫何其多，国事实堪忧！我担心，如果有人出国去也印一张“享受”字头的名片，一是外国人看不懂，二是真看懂了就更糟，要大丢国格。我们常批评世风浮躁，怨青年人不成熟、文艺圈太浮浅、干部无学等等，殊不知精英之浮，才是真正的社会危机。况时过境迁，时下知识层早已无冻馁之虞，那个津贴之法不要也罢，徒乱人心。

（《人民日报》2014 年 12 月 8 日）

为什么不能用诗做报告

报载某地开人民代表大会，所做的报告却是一首五言顺口溜长诗，凡六千字，一韵到底。这到底是工作创新还是亵渎职守？媒体议论纷纷。深究其理，值得玩味。

我们先分析一下“形式”。形式与内容本是对立统一、合作共事的。但是人们常记住了“统一”，忘了“对立”。原来形式本身有独立存在的价值，比如诗歌这个形式，就有句式、节奏、音韵的美，这是形式的资本，所以它总时时想逃离内容，闹独立。就像一个美女，不想与穷汉厮守，总想换一个大款过日子，她有这个本钱。这就是为什么年年反形式主义，却总是反不掉，就如年年扫黄，总是扫不尽，本性使然，规律所在。

形式爱表现，但它自己不能实现，必须借助于使用形式的人。天下的人可分两类：一类是干实事的，虽也会用到形式，但内容第一。如经商、从政、军事等等。另一类是玩形式的，专门开发形式的审美价值，如音乐、美术、语言等，形式第一。人各有好，术有专攻，本无可厚非，最怕的是乱了阵营。你是要干事还是要从艺，鱼和熊掌不可兼得。比如，宋徽宗、李后主，本是当皇帝的，但坐在龙椅上不办公，一个爱画画，一个爱写词，虽也出了名，但都成了亡国之君，当了俘虏。还有那个爱作曲、会编舞的唐明皇，也招来了天下大乱，自毁江山。我们有些干部总是分不清自己的身份和责任，想要两头沾，既当有才的宋徽宗又当有为的唐太宗，既要政界的光环，又要艺人的光彩。无数事实证明，于公，这是亡国之象；于私，这是身败之症。只有放弃一头，才能保住一头。共产党第一代领导人中，有大才艺的人很多，但他们都知道孰轻孰重，毅然割爱才艺，献身革命。陈毅参加革命前先参加了文学研究会，曾与徐志摩论诗；张闻天是第一个发表长文把诗人歌德介绍到中国的人；周恩来的话剧才能更是尽人皆知。但他们都不敢“以才害政”，也从不借政坛炫艺。

再说形式与内容搭档也是有一定之规的，就像穿衣服要讲场合。或可称之为“形式伦理”。如果是纯玩形式，有艺术界的行规；但要做事，特别是政事，就有政界的规矩：以事为主，选取适当形式。什么叫“适当”？突出内容，淡化形式。比如穿“三点式”是健美比赛的形式，为突出肌肉的美；穿古装，是演古装戏的形式，为突出古典氛围。人大工作报告重在时政阐述，要严肃、鲜明、直白、缜密，用长于浪漫、抒情、吟唱、夸张的诗歌形式去表现，就像参加晚宴时穿着古装或“三点式”，那是怎样的一种尴尬！就是单从语言表现来说，诗歌有格律管着，也不能尽达政治之意。闻一多说写诗是“戴着镣铐跳舞”，用诗去做工作报告则是镣铐之外又加了一层面具。比如，这篇六千字的报告，一色五言，一韵到底，你就是想“此处有掌声”也会受到一层限制。历史上曾有人以诗写论文，唐代的司空图用四言诗写了一本《二十四诗品》，是学术名著，但也没有超出以诗说诗的范围。现在以诗来写工作报告，这确如马克思所说，是“惊险的一跳”，如果跳跃不成功，那摔坏的一定不是形式，而是形式的拥有者。

形式有逃离内容的本性，其实还是因为背后有两条看不见的腿，有一个不专心正业的人。奇怪，在其他行业，如商业，就没有人敢用诗歌来签合同，军界也没有人敢用诗歌来下命令。因为，一是他的权力有限，二是立即就会碰钉子。而政界却能出这种怪事。这也从一个侧面说明我们政治的不成熟。

（《人民日报》2015 年 2 月 26 日，此文曾获第一届“鲁迅杂文奖”金奖）

普京走在空旷的大街上

网上视频播出，普京参加完自己柔道启蒙教练的葬礼后，拒绝记者、警卫的跟随，一个人行走在圣彼得堡空旷的大街上。

他紧贴着临街的窗户，走在窄窄的有点老旧的人行道上，一会儿又跨过一条马路，跃上对面的人行道，偶有行人看他一眼，也各行其道。

普京走在圣彼得堡大街上

以我们的习惯思维，这首先有安全问题，其次还有老百姓的围观。我老觉得那临街的窗户里会随时伸出一把手枪，或者路边会有人下跪上访，给一个难堪。但是没有，普京只是自顾自地走着，别的行人也没有大惊小怪。官不觉官，民自为民，这是一种多么平静的政治生态。微风吹起普京西服的下摆，他扬起头，甩着摔跤手的臂膀，目光向前。我不知道他在想什么。是想安静一会儿，还是想看看这片他治下的土地？他难道就不怕安全不保，不怕有人来纠缠？但从画面看，他一身胆气，淡定自然。这不只是因为他善柔道，有一身好武艺，还因为他别有一种政治上的自信。

这场面又令我联想起几个镜头。毛泽东当年也常这样一个人走在延安的大街上，不时和迎面而来的农民打招呼。这有斯诺的《西行漫记》为证，也曾有一张他双手叉腰与人说话的照片。周恩来喜好话剧，20 世纪 50 年代他常去看“人艺”的戏，夜戏散后就和回家的演员一起，同行在北京后半夜空旷的大街上，热烈地讨论着剧情和演技。德国女总理默克尔下班后就到超市买菜，还排队交钱。法国总统希拉克是个大个子，也爱一人漫步巴黎街头。一天他发现一个小孩紧随其后，便回身问：“是要签名吗?”孩子说：“不，不需要签名。天热，我走在你的影子里凉快些。”童言无忌，他大惭，人民不看重他的虚名，而是要他给民以实惠。当晚，他写了一篇名为《我愿给你们带来阴凉儿》的讲稿，后来引入他的施政纲领。

这里引出了一个问题：政治家或者我们的干部，与群众应该是一种什么样的关系？他自己应该有一种什么样的常态心理？中国人经历了“文化大革命”的特殊岁月后，深刻地懂得了一个真理：领袖是人不是神。不但一般人从政治现实中深切地明白了这一点，党也将此作为一种政治经验总结成文件。1980 年 7 月 30 日，中央通过少宣传个人的五条规定，同年 10 月 20 日又通过决定，二三十年内不挂现任中央领导人像，防止个人迷信。可惜，虽中央带头了，基层却很“牛”。有些人经常表现为无事忙，有事慌；对下欺，对上瞒；对内硬，对外软；无事拿架子，有事扶不起。我出差就不止一次地遇到“清街”“闭景区”等。共产党本来是为人民服务的，一个服务员去服务的时候怎么能让被服务者回避呢？当然更不能敲锣打鼓，像刘邦还乡那样。正常地生活在人民群众中，这不仅仅是对共产党政治家的要求，即使一些进步的资产阶级政治家，甚至封建政治家也能做得到。但现在我们却还是不得不从最基本的说起，时时提醒干部不要脱离群众，不要害怕群众，不要画地为牢，也不要作秀，不要哗众取宠。要学会自自然然地做人，兢兢业业地做事。

但政治家毕竟不是一个普通的人，他要有特殊的机敏和坚定的信念，虽不作秀，却必须做事。几乎与这个独步街头的画面同时，电视台还有一个画面是普京怒斥日本记者的挑衅。日本首相安倍与普京会谈后共同举行记者招待会。这应是一个严肃的场合，安倍在喋喋不休地讲话，普京在一旁无聊地玩着手中的一支笔。我立即想起奥巴马对普京的印象："他很随便，就像一个坐在后排的懒散的学生。"但是，一个日本记者问普京："为什么俄在'北方四岛'（俄称南千岛群岛）继续修建地热发电站？这是日本绝不接受的举动。俄什么时候能停止推行这一十分令人气愤的政策？"这时，普京，这个打盹儿的老虎，立即锐利地回答："我发现您是在认真地读写在小纸条上的问题。我想请您向指示您提问的人转达以下内容：这些领土问题不是我们制造出来的，这是100年前就有的历史遗留问题。如果您想捣乱，继续直接提出强硬的问题，那您也一定会直接得到强硬的答案。"这是打狗给主人看，在一旁的安倍如坐针毡，但也无可奈何。普京是无事散，有事强；对内柔，对外刚。这又使我想起当年毛泽东在中国还不得不依赖苏联的情况下却在谈判桌上痛斥赫鲁晓夫：是不是想把我们的沿海都拿去？还有，邓小平在人民大会堂对为香港问题来访的英国首相撒切尔夫人说：主权问题绝不能谈判。震得"铁娘子"出门就跌了一跤。还有陈毅那段有名的外交逸事。有外国记者问及陈毅"中国是否好战"，陈毅拍着桌子怒道："我们等候美帝国主义打进来，已经等了16年。我的头发都等白了。或许我没有这种幸运能看到美帝国主义打进中国，我的儿子会看到，他们也会坚决打下去。"

我曾有诗言："宠而不惊，弃而不伤。丈夫立世，独对八荒。"政治人物算得上是有作为的大丈夫了，切不要自宠、自伤。他要独对的是各种复杂的问题，是整个国家、整个世界，是一片空旷的未来。为了对得起这个职位、这个局面，他首先内心得自然坦诚、宁静致远。古人言"居官无官官之事"，就是说不要走路坐卧总把自己当个官。无论是毛泽东在延安的街头、周恩来同演员谈戏，还是希拉克与儿童对话、普京逛街、默克尔买菜，他们都有一个坦诚的我，不是总拿自己当个官。然而，他们又随时不忘自己的责任，该变脸时就变脸，敢变脸。无论是普京怒骂记者还是邓小平斥“铁娘子”，都是为国家利益而担当，这时又没有了自我，只有官身、官责。这大概就是毛泽东评价自己时说的“一半猴气、一半虎气”。能公能私，能我能国，或猴或虎，是为真男子。他脚下踩着一片坚实的土地，行走在一条空旷的大街上，任我行，不作秀，不回头。

（《人民日报》2013 年 7 月 18 日）

阅读是国家行为

进入 4 月，又是世界读书日到来之时。报上有一则书讯，介绍一本书《当图书进入战争：美国利用图书赢得二战的故事》。第二次世界大战期间，美国为克服军营的枯燥冷寂，提高士兵士气，向军队提供了 1.2 亿本“军供版”图书。为方便战地生活还特别制作成小巧、轻便的开本。战争打赢了，这些图书功劳不小。一个战士，配发枪支、罐头的同时还配发图书，这再次说明，精神与物质同样不能少；也说明阅读是一种国家行为，要由国家来具体组织实施。

这使我想起我曾经受益过的国家阅读行为。20 世纪 50 年代，我小学读的第一套课外书是儿童版的《西游记》等四大古典名著。60 年代，中学时读的是学生版的《中华活页文选》，只几分钱一页。普及版的《历史小丛书》、古典文学丛书，只一两毛钱一本。就这样把我引入知识的殿堂。大学期间到农村参加运动和劳动，又知道当时国家还有专门的农村版读物，价格低廉。这些书不知道培养了多少农村通讯员、教师、作家等农村知识分子。这都是那个时期的国家阅读行为。动用了最好的专家学者为读者编书。《历史小丛书》就是由著名历史学家吴晗主编。许多“小人书”都是名画家来画，如名画家刘继卣的《东郭先生》《武松打虎》。那是一个百废待兴、国家亟须提高劳动力和公民素质的年代。所以加紧普及知识，不玩花架子，对症下药，种瓜得瓜。就像战时给军队配书，书是要当枪使的。

现在阅读形式发展了，有两大块。一是纸媒的书报刊阅读，二是电媒的电视、网络、手机阅读。对于阅读，我们现在年年喊，但是没有什么国家行为。总的来讲是洪水泛滥，放任阅读，没有实效把控，甚至还有误导、误读。作为纸媒近年我们也组织了一些大型出版工程，如古籍整理、马克思主义基本原理等。但这些工程主要是针对专业队伍的，是地标性建筑，不能解决平民百姓的住房。而对孩子们的阅读反而是教辅成灾。电媒更有点不知所措，见利忘义，什么抢眼播什么。打开电脑工作，总要先强跳出几条八卦，强迫你阅读。有一次主动阅读对我刺激更深。去年“九·一八”纪念日，又是郎平带领中国女排拿奥运冠军的日子，我急忙打开央视频道，却是两个经济专家的专题节目：讨论王宝强离婚，家产该怎样分？这是“正国级”的阅读平台呀。至于手机、网络就更是粉色间黄色，八卦加明星，劳模、功臣、平民靠边站，“长使英雄泪满襟”。

阅读是国家行为，是国家借助国力，服务民众、引导民意、提高国力、凝聚民心的行为。不只是一般的政治号召、舆论引导，而是要有具体的调研、规划、预算、实施。这是一种软实力，与国家的交通、能源等基础建设的硬实力同等重要，平行实施。现在的国家阅读与 20 世纪五六十年代又有不同。那时的背景是知识贫困，一张白纸急画图；现在是信息过剩，亟待去粗存精、去伪存真，要不浮躁、下苦功，拿出国字牌的出版物，像作战的集团军一样，组成一批够水平的文章、书、节目等作品集群，要能形成冲击波，占领阵地、守住阵地。精神文明建设也是逆水行舟。我们期待一个新的出版、阅读台阶。这将决定新一代的国民素质。

（《北京日报》2017 年 4 月 11 日）

提倡写大事、大情、大理

近年编书之风日甚。一编者送来一套文选，皇皇三百万言，分作家卷、学者卷、艺术家卷，共八大本。我问："何不有政治家卷?"这样一问，我不由回视书架，但见各种散文集，探头伸脖，挤挤擦擦，立于架上，其分集命名有山水、咏物、品酒、赏花、四季、旅游，只一个"情"字便又分出爱情、友情、亲情、乡情、师生情，等等，恨不能把七情六欲、一天二十四小时、天下三百六十景都掰开揉碎，一个颗粒名为一集。"选家"既是一种职业，当然要尽量开出最多最全的名目，标新立异，务求不漏，这也是一种尽职。但是，既然这样全，以人而分，歌者、舞者、学者、画者都可立卷；以题材而分，饮酒赏月，卿卿我我，都可成书。而政治大家之作，惊天动地之事，评人说史之论，反倒见弃，岂不怪哉？如果把文学艺术看作政治的奴仆，每篇文章都要与政治上纲挂线，文学必须为政治服务，当然不对。过去也确曾这样做过。但是如果文学远离政治，把政治题材排除在写作之外，敬而远之，甚至鄙而远之，也不对。

政治者，天下大事也。大题材、深思想在作品中见少，必定导致文学的衰落。什么事能激励最大多数的人？只有当时当地最大之事，只有万千人利益共存同在之事，众目所注，万念归一，其事成而社会民族喜，其事败而社会民族悲。

近百年来，诸如抗日战争胜利、中华人民共和国成立、"四人帮"覆灭、十一届三中全会、改革开放、中国确立社会主义市场经济体制、香港回归等，都是社会大事，都是政治，无一不牵动人心，激动人心。

夫人心之动，一则因利，二则因情。利之所在，情必所钟。于一人私利私情之外，更有国家民族的大利大情，即国家利益、民族感情。只有政治大事才能触发一个国家民族所共有的大利大情。君不见延安庆祝抗战胜利的火炬游行，1949 年共和国成立庆典上的万众欢声雷动，1976 年天安门广场上怒斥“四人帮”的黑纱白花和汪洋诗海，香港回归全球华人的普天同庆，这都是共同利益使然。一事所共，一理同心，万民之情自然流露。文学家、艺术家常幻想自己的作品洛阳纸贵，万人空巷，但便是一万部最激动人心的作品加起来，也不如一件涉及国家、民族利益的政治事件牵动人心。作家、艺术家既求作品的轰动效应，那么最省事的办法，就是找一个好的依托、好的坯子，亦即好的题材，借势发力，再赋予文学艺术的魅力，从大事中写人、写情、写思想，升华到美学价值上来，是为真文学、大文学。好风凭借力，登高声自远，何乐而不为呢？文学和政治，谁也代替不了谁，它们有各自的规律。从思想上讲，政治引导文学；从题材上讲，文学包括政治。政治为文学之骨、之神，可使作品更坚、更挺，光彩照人，卓立于文章之林；文学为政治之形、之容，可使政治更美丽、更可亲可信。它们是相辅相成的，不能绝对分开。

但是，目前政治题材和有政治思想深度的作品较少，其原因有二：

一是作家对政治的偏见和疏远。由于我们曾有过一段时间搞空头政治，又由于这空头政治曾妨碍了文学艺术的规律，影响了创作的繁荣。更有的作家曾在政治运动中挨整，身心有创伤，于是就得出一个错误的结论，政治与文学是对立的，转而从事远离政治的“纯文学”。确实，文学离开政治也能生存，因为文学有自身的规律，有自身存在的美学价值。正如绿叶没有红花，也照样可以为其叶。许多没有政治内容或政治内容很少的山水诗文、人情人性的诗文不是存在下来了吗？有的还成为名作经典。古代如《洛神赋》《赤壁赋》《滕王阁序》，近代如朱自清的《背影》《荷塘月色》等。但这并不能得出另一极端的结论：文学排斥政治。既然山水闲情都可入文，生活小事都可入文，政治大事、万民关注的事为什么就不可以入文呢？无花之叶为叶，有花之叶岂不更美？作家对政治的远离是因为政治曾干扰过文学，如果相得益彰互相尊重呢？不就是如虎添翼、锦上添花、珠联璧合了吗？我们曾经历过

“文化大革命”时期什么都讲阶级斗争的“革命文艺”，弄得文学索然无味。但是，如果作品中只是花草闲情，难见大情、大理，也同样会平淡无味。如杜甫所言“或看翡翠兰苕上，未掣鲸鱼碧海中”。事实上，每一个百姓都从来没有离开过政治，每一个作家也都从来没有离开过政治。上述谈到的近百年内的几件大事，凡我们年龄所及赶上了的，哪个人没有积极参与，没有报以非常之关切呢？应该说，我们现在政治的民主空气比前几十年是大大进步了。我们应该从余悸和偏见（主要是偏见）中走出来，重新调整一下文学和政治的关系。

《红色经典》出版座谈会

二是作家把握政治与文学间的转换功夫尚差。政治固然是激动人心的，开会时激动，游行庆祝时激动，但是照搬到文学上，常常要煞风景。如鲁迅所批评的口号式诗歌。正像科普作家要把握科学逻辑思维与文学形象思维间的转换一样，作家也要能把握政治思想与文学审美间的转换，才会达到内容与艺术的统一。这确实是一道难题。它要求作家一要有政治阅历，二要有思想深度，三要有文学技巧。对作家来说首先是不应回避政治题材，要有从政治上看问题的高度。这种政治题材的文章可由政治家来写，也可由作家来写，正如科普作品可由科学家写，也可由作家来写。中国文学有一个好传统，特别是散文，常保存有最重要的政治内容。中国古代的官吏先读书后为士，先为士后为官。他们要先过文章写作关。因此一旦为政，阅历激荡于胸，思想酝酿于心，便常发而为好文，是为政治家之文。如古代《过秦论》《岳阳楼记》《出师表》，近代林觉民《与妻书》、梁启超《少年中国说》，现代毛泽东《为人民服务》《纪念白求恩》《别了，司徒雷登》等许多论文，还有陶铸《松树的风格》。我们不能要求现在所有的为官为政者都能写一手好文章，但是也不是我们所有的官员就没有一个人能写出好文章。至少我们在创作导向上要提倡写大事、大情、大理，写一点有磅礴正气、党心民情、时代旋律的黄钟大吕式的文章。要注意发现一批这样的作者，选一些这类文章，出点选本。我们不少的业余作者，不弄文学也罢，一弄文学，也回避政治，回避大事大情大理，而追小情小景，求琐细，求惆怅，求朦胧。已故老作家冯牧先生曾批评说，便是换一块尿布也能写他三千字。对一般作家来说，他们深谙文学规律、文学技巧，但是时势所限、环境责任所限，常缺少政治阅历，缺少经大事临大难的生活，亦乏国运系心、重责在身的煎熬之感，可谓技有余而情不足。所以大文章就凤毛麟角了。但历史、文学史就是这样残酷，十年之后，二十年之后，留下的只有凤毛麟角，余者大都要湮到尘埃里去。

我们现在所处的时期叫新时期，改革开放的新时期。毛泽东同志领导中国共产党建立人民政权，翻天覆地，为中国有史以来之未有，是新中国。邓小平同志开创有中国特色的社会主义，是新时期。新中国成立之初，曾出现过一大批好作品，至今为人乐道。新时期又该有再一轮新作品。凡历史变革时期，不但有大政大业，也必有大文章好文章。恩格斯论文艺复兴，说是一个需要巨人，而且产生了巨人的时代。我们期盼着新人，期盼着好文章、大文章。中国共产党和中国人民过去的革命斗争及现在改革开放的业绩不但要流传千古，它还该转化为文学艺术，让这体现了时代精神的艺术也流传千古。

（《人民日报》1998 年 7 月 17 日）

我写《觅渡》

1982年我在《光明日报》发表散文《晋祠》，当年被人民教育出版社选入中学语文教材，并应教学需要写了一篇《我写〈晋祠〉》。16年后，1998年又有一篇散文《觅渡，觅渡，渡何处》（简称《觅渡》）被选入人教版高中语文新教材。许多语文刊物希望我能再写一篇文章，谈谈《觅渡》的写作，以作为教学参考。

这篇文章和《晋祠》不同，《晋祠》是写景，《觅渡》是写人。作者在《晋祠》中的目标是怎样发现自然美，表现自然美；而在《觅渡》中的目标是怎样发现人的价值，挖掘人的价值，写出一种人格的力量和做人的道理。与大自然的雄浑博大、深奥无穷一样，人也是永远探究不完的话题。人的精神世界其广阔、博大、复杂，绝不亚于自然世界。人是另外一个宇宙。

一个人对社会历史的贡献，或曰他所体现出来的价值分有形和无形两种。有形的是指他的功业，这依个人能力、机遇不同差别亦大。小至种一草、植一树；大至缔造一个国家，完成一项发明、一个发现。只说有形功业，人就是一望无际的群山，有层层丘陵也有巍巍的珠穆朗玛峰。遥望历史，秦皇汉武、唐宗宋祖、马恩列斯、毛刘周朱，群峰屹立，连绵不绝。从凡人到英雄，从小事到大功，足够波澜起伏了。这是以成败论英雄。

还有一种无形的价值，就是人格的力量。一个人外在的功业有大小之分，内蕴的人格也有高下之分，这是另外一个做人的系列，另一种标准。一个人格高尚的人并不一定就能创造多么惊天动地的功业。这与本人的学识、机遇、时势有关。比如白求恩、张思德、雷锋、焦裕禄，都没有什么惊天动地的大功大业，但他们的人格却足以照亮所有的人，包括身处要位、执掌大权的人。在人格这一点上，是高山仰止，景行行止。人格所展示的是作为人所特有的一种本质的力量，这种力量一旦被开发，一旦与其他外在的力量相结合，便威力无穷，就像蕴藏在铀原子里的能量被裂变释放一样。人格人人有，人格不因其人的外在职位、权力、功业的大小而分高下。人格是人的本质意志，是人的世界观、价值观。人格虽与外在的功业无关，但人格的展示却要有外在的机遇，在这个机遇下，小人物也能发出异样的光彩。我当记者时，曾经采访过一件冤案，几百人受迫害，甚至一位县委书记被迫自杀，但是最后为此案奔走平反、坚强不屈的竟是一位看庙老人。这就是人格的力量。后来我写了一篇散文《桑氏老人》，就是说外部条件能更深刻地考验出一个人的人格，进一步锻炼成就一个人的人格。特别是复杂的背景、跌宕的生活、严酷的环境、悲剧式的结局更能考验和拷问一个人的人格。瞿秋白就是这样一个典型。他有内在的人格，又有外在的功业，还有才未尽、功未成的悲剧，所以他是一个永远论不尽的话题，是一幅永远看不完的名画。

我接触瞿秋白这个题材比较早。在初中时我读过介绍他的小册子。他那张脸色略显苍白的照片，令我印象很深。还有照片后的题字："如果人有灵魂的话，何必要这个躯壳。但是，如果没有的话，这个躯壳又有什么用处?"还有鲁迅送他的对联——"人生得一知己足矣，斯世当以同怀视之"，都深刻地印在我的记忆里。1963 年我上大学，社会上批叛徒哲学，说太平天国英雄李秀成是叛徒，又影射到秋白的《多余的话》。到"文化大革命"，在空前的"翻案风"和"打倒声"中，他被说成叛徒，我在八宝山亲眼见到他的被砸毁的墓，世事沧桑，世态炎凉。"文化大革命"结束后，党中央又再次正式确认他的功绩、他的英雄地位。他是个人物，是个复杂深邃的人。但这时还没有想到写他。真正想到要为秋白同志写篇文章，是见到了他的故居。

1990 年，我到常州出差，问当地有什么历史名人。答曰：共产党早期三大领袖瞿秋白、恽代英、张太雷都是常州人。我心中一惊，真是人杰地灵。这座小城怎么容得下三位风云人物。秋白同志在城里还留有一处故居并已开辟成纪念馆。我很快去拜谒了他的故居。这是处于闹市中一条大马路边的一

作者在福建长汀
瞿秋白就义纪念碑前

座旧房子。说是故居，其实不是秋白家的家产，它是瞿家的一座祠堂，秋白一家当时早已穷得房无一间，无处栖身，只好借居在本族祠堂里，穷途末路，与林教头风雪山神庙差不了多少。秋白祖上曾是官宦人家，到他父亲一辈已破落得很。其父字、画、医都极好，现在故居墙上还挂有他的字画。但他很不擅长治家理财，过着穷愁潦倒、浊酒苦茶的散漫生活。治家的重担全落在秋白母亲的身上。这个没落家庭已如大厦将倾，柴米不济，捉襟见肘，债主常常前后堵门。父亲依然是既无能力又无多少责任心，唯母亲终日忧心如焚，以泪洗面。终于她实在经不起这如磐的压力，在一个深夜服火柴头自尽。当时秋白在外地念中学，他得知噩耗回家奔丧，在母亲床前的砖地上哭得死去活来。他在祭扫母坟时曾写一首诗："亲到贫时不算亲，蓝衫添得泪痕新。饥寒此日无人问，落上灵前爱子身。"

我去参观时，默默地盯着这张老式木床，盯着深黑色的砖地，半天憋得喘不过气来。我曾经想过，文章就从这个情节开头。秋白是贫白如洗，是被社会逼到生存的边缘的啊。他从本质上代表被压迫的贫苦大众。这是他的人生起点。贫穷是第一课。他的人格锤炼是从这里开始的。他是一块烧红的铁，被放在砧子上反复锻打，又再度投到熔炉中，许多不纯之物被烧化了，化作青烟飞走了；又有许多不纯之物被锻打成渣挤出体外。剩下的是一块纯精之钢，坚不可摧，柔可绕指，光洁照人。秋白以没落世家子弟受劳苦大众之苦，以一柔弱书生当领袖之任，以学富五车、才通六艺之躯充一普通战士，去做生死之搏。像山高岭险而生劲松、雾多露重而产名茶，历史的风口、浪尖、滚雷、闪电下站起了一个瞿秋白。

瞿秋白故居

对秋白人格的剖析，我在文中设计了三个如果，表达了两层意思。

第一个如果，“如果秋白是一个如李逵式的人物”，是想说他怎样看待“生”，看待生命的价值。他不是普通人，是一个才华横溢的人。他有文才、画才、医才、翻译之才，他身体里的含金量要比常人高得多。但是他不顾影自怜，不怀才自惜，一旦民族大众需要就将自己的珠玉之身扑上去，好像用一块纯玉、一块黄金代替一块石头、一车土去堵决口。这是一种最大的无私，最高尚的自我牺牲精神，比只是一般地献出生命更可贵、更可敬、更耐人思索。

第二个如果，“如果秋白的骨头像他的身体一样的柔弱”，是想说他怎样对待“死”，说他对死的态度。秋白是一个理性的人，是一个深明生死大义的人。他是个英雄，但绝不是平常意义上的传统形象的草莽英雄、刀枪英雄、虎胆英雄、狂飙英雄，勇敢、坚强等这些英雄形容词已无法概括他。他是一个冷静的勇敢者，只要他认准的主义、道理，他就静静地去实现。为了主义，他把死看得很淡。轻轻地，就像掀开杯盖吹开茶面上的浮沫。

第三个如果，如果他不写《多余的话》，是说他怎样看待“名”。他是一个诚实的人，就像他对生命可以轻抛，对死淡然一笑，对名也看得很透，对到手的名也像对生命一样，轻轻地一推，就把它推到一边了。他是大彻大悟、彻底超脱的人。人格修炼到此，应该说无论是佛，是道，是儒，还是一般的革命人生，他都超然其上了。

秋白用他的惊人之举回答了以上三个问题，这已经够我们思索无穷了，但还有更深一层，或曰更感人的一层，他是用悲剧的方式来回答这些问题的。这算是第四个“如果”，没有点出的“如果”。悲在什么地方呢？一是他的才没有发挥出来，二是党内自己人的斗。后人悲其生乱世而才不得用，又悲其处困境而志不得酬，可惜他的才华，又为他生前身后在党内长期蒙冤而不平，这是两个“悲结”，是秋白这个人物所以能引起广泛共鸣的主要原因之一。鲁迅说：“中国人先在自己把好人杀完，秋即是其一……中俄文都好，像他那样的，我看中国现在少有。”

怀才不遇是历史上屡见不鲜的事实，也几乎是文学永恒的主题。这是社会矛盾发展中不可避免的现象，人们对这个主题的关注，正是期望社会的进步和人的价值的实现。所以屈原、贾谊、司马迁总是激励一代又一代的人。瞿秋白也已经加入这个行列。但秋白与他们还有不同。他不是如封建时代那种简单地为明主不知，君王见弃。第一，他赶上了乱世，只要有一个稍微平静的环境和稍充足的时间，他的文学之才、艺术之才、治学之才就可以附在一块土壤上，扎下根，长成参天大树。如司马相如，如李白、王维、白居易。但家贫世乱他没有这样的条件。第二，更主要的是，面对民众遭涂炭、陷水火，他顾不得去发挥自己的这些才。本来乱世而成名的文人也是很多的，如《觅渡》中写到的与秋白同时的梁实秋、陈望道。但秋白主动放弃了这个展才之机。为民族大众的政治，一个文学艺术的巨才未能长得很大，并过早地夭折。这就让人更有一份遗憾，一丝悲伤。

壮志难酬，这也是历史上常有的事，也是一种社会矛盾现象。对一个人来说逆境难免，企图一生顺利，心想事成，这不可能。但秋白的逆境，不是前进方向遇到的逆风、逆浪，而是在革命阵营内部，在他的身上发生的不公平、不愉快，甚至是迫害。年轻一点的同志常不理解为什么党内也曾经有那么残酷的斗争。其实内部斗争也是一种矛盾，各种思想、观点、利益的不同，矛盾也有激化的时候。只是人们在习惯上总觉得自己人不该发生这种事，一旦发生，不但令人生悲，更令人生愤。所以历史上的如岳飞、袁崇焕等忠臣良将未死敌手反被己害，令一代一代的人，一提起心里就颤抖，就发痛。秋白也已归入这个行列，他是被“左”倾路线、被自己人所害，是长征前有意甩下的包袱，是被母亲推出怀抱的孩子。他甘愿舍弃自己的才华救党救民，反遭如此不公，这怎么不令人从心里感到深深的悲凉和激愤呢？他家住在觅渡桥旁，他一生都在寻找一个好的渡口，但没实现。后来我曾写过四句诗，表达这种遗憾：

秋水茫茫夜沉沉，觅渡桥边觅渡人。
上下索求浑不见，白光一瞬有流星。

秋白是一出悲剧。一个有大才而未能充分展示，却过早夭折的大悲；一片诚心，未能见察，被抛弃，甚至死后多年仍蒙冤屈的大悲。他就是在这样一个悲剧过程和悲剧气氛中揭示生命的价值和人格的内涵。同是共产党的领袖，他对民族的贡献，不像毛泽东、周恩来那样有大功大业，而是昭示了一种精神、一种道德。这种精神道德甚至超过了事业本身，因为精神可以变成无穷的力量，所以后人尊敬和纪念毛泽东、周恩来，也同样尊敬和纪念瞿秋白。《觅渡》是 1996 年 8 月发表的。1998 年 10 月，我因公过常州第四次拜谒秋白纪念馆，馆里的同志说，明年，1999 年，是秋白诞生百周年。我立即联想到 1998 年我们刚纪念了周恩来、刘少奇、彭德怀诞生百周年，秋白比他们还小一岁啊。他的物质生命只有其他战友的一半，但他的精神生命却与他们一样长存。许多事他没有来得及做，但他以自己的行动和生命昭示出一条路，所以我在文末说，“探索比到达更可贵”，“哲人者，宁肯舍其事而成其心”，可见人格的力量与价值。纪念馆的同志说常州准备隆重纪念秋白诞生百周年，包括重修他的纪念馆、秋白铜像揭幕。而这些重修经费中竟有 36 万元是来自民间，是平时十元、百元，一张一张送到纪念馆来的。这中间没有任何的号召，只是默默地发生。桃李不言，下自成蹊，秋白同志永远活在人民的心里。

鲁迅说："寄意寒星荃不察，我以我血荐轩辕。"歌颂秋白光明磊落的人格，又悲其大才未展，悲其忠心不被理解，这是《觅渡》一文想表达的主要意思。我想正是这三点打动了读者。因为秋白身上所集中的人格魅力和悲剧情结，并不只是他自己的，是有民族性和在党史上有代表性的。首先是秋白具有历史的典型性，这篇文章也就有了文学的典型性。

（1998 年 10 月 18 日）

永远的觅渡

今年是《觅渡，觅渡，渡何处》一文发表20周年。26年前我第一次到常州，《中国剪报》的王荣泰同志带我参观瞿秋白故居，正是源于这次采访和此后6年时间的思考和重访，才引出了“觅渡”这么一个文学意象。《觅渡》一文发表后，20年间在文学、党史、教育等领域都作为话题被反复论及，引起了广泛的社会影响，并被选入高中语文教材，成为秋白精神和形象的经典概括和写照。一篇散文能具有如此动人的力量，是因为它想写出一种人格的力量和做人的道理。瞿秋白光明磊落，却壮志未酬，过早罹难；他一片诚心，却被抛弃，甚至死后多年蒙冤。他对民族的贡献，不会因其生命的短暂而为后人淡忘，“探索比到达更可贵”，他以自己的行动和生命昭示了一种精神，这种精神可以成为无穷的力量。《觅渡》打开了一扇窗，让我们借以了解以秋白为代表的革命先驱广阔复杂的精神世界。我们从心里为秋白的悲剧人生感到深深的悲凉和激愤，实际上，秋白身上所集中的人格魅力和悲剧情结，并不只是他个人的，而是具有民族和时代的代表性。这也成就了《觅渡》一文在文学上的典型性。

关于《觅渡》的研讨会能够顺利召开，首先要归功于秋白故乡——常州父老和政府对此事的热心和关注，以及为秋白精神传播做出贡献的社会群体。为了更好地宣传瞿秋白革命事迹，弘扬先烈精神，常州市多年来坚持以各种形式举办相关纪念活动。瞿秋白纪念馆的同志曾告诉我，1999年为纪念秋白诞生100周年，常州市重修了纪念馆，塑了铜像，这些经费中有36万元来自民间，是平时十元、百元，一张一张送到纪念馆来的。这中间没有任何的号召，只是默默地发生，表明他真的是活在了人民心里。王荣泰同志说一篇文章可以提升一个城市的文化，“觅渡”文化已经成了常州城市文化的一部分。为了纪念红军长征胜利 80 周年，同时也纪念瞿秋白就义 81 周年，他们报社提议为《觅渡》发表 20 周年召开一个有学术分量和社会影响的研讨会。对此，我首先感到一种不敢承受之重。据我所知，以往很少为一位作家发表的一篇文章举办纪念活动。但由红军长征胜利 80 周年我想到，我们不能忘记那些没有参加长征却为长征做出贡献的先烈，比如瞿秋白和方志敏。他们才华横溢，功勋卓著，却没能看到胜利的曙光。红军撤出苏区不久他们就被敌人杀害了。长征胜利 80 周年，他们牺牲了 81 周年。所以，我们是以烈士之名而非我个人之名，筹备组织了这个研讨会。来自文学界、文学评论界、政府的多位专家学者给予了热情的支持，我们还邀请了当年首发文章的报纸、杂志、出版社的代表参加，以这样的方式追思先烈，发扬革命精神，传播民族文化。

大家在研讨会上都对我这篇文章做出了很高的评价，其中不乏“溢美之词”。对此我只能说些感谢的话。但我深知，这不是文章的力量，是秋白精神的力量。大家知道新闻界最有名的是焦裕禄这篇报道，穆青因此而出名。我常说记者的光芒是月亮的光芒，你捧起了一个太阳，太阳照亮了你，才让你有了光。因为穆青写了焦裕禄，所以他就出名了。诗人鲁迪曾写诗说，把自己当作一颗明珠总有被埋没的痛苦，要把自己当作泥土，让别人把你踩成一条路。拿这个来套用文学创作，我自己从来没有想过要当名作家、得诺贝尔奖这样的事，我永远是从记者的角度，以新闻工作者的责任感来对待我所遇见的题材。当我遇到了《觅渡》这个题材，首先是秋白的光亮让这篇文章有了光，而且从根本上说这不是我一个人的荣誉，是许多致力于传播秋白精神的有识之士，大家一起促成了这篇文章。《中国剪报》、《中华儿女》、中国人民大学出版社、人民教育出版社，这“四个第一”见报、见刊、出书、选入教材的单位功不可没。还要感谢常州，多年来始终如一地讲述秋白故事，弘扬秋白精神。

参与研讨的专家学者秉持研究的态度，对我的创作也提出了一些意见、建

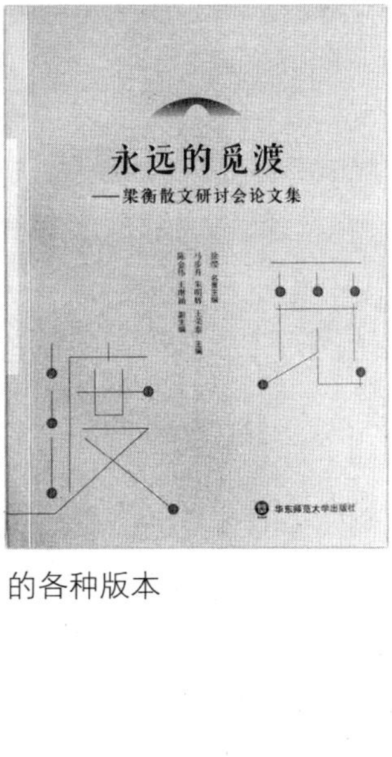

20年来《觅渡》的各种版本

议和希望，我很感动，也深受启发。我不是来听赞歌的，在研讨会上听了大家的发言，我总在思考还应该做点什么。前不久我刚去过方志敏的家乡，当地的人含着泪说："梁先生您一定要写一篇方志敏的文章，要不我们死不瞑目啊。"这也是红色题材。蓝色题材，即学术人物，我已经写了李清照、居里夫人，也入选了中学课本。我一直想写林徽因，大概有 10 年时间都在积累素材，还没有写出来。还有"中华人文古树"系列，我想写 100 棵，现在才 16 棵，许多题目等着我去做。参会人员中年纪最大的是 80 多岁的王铁仙老先生，最小的是 40 岁的小"觅渡"，大家相聚常州，正是秋白精神感召下的一种缘分。这次会议对我最大的影响就是激励我继续创作，想到的题目全做完是不可能了，但会尽量再多做几个，也希望大家可以接力地做下去。

最后衷心感谢《中国剪报》热心支持研讨会论文集的出版。

（2016 年 6 月在纪念《觅渡》发表 20 周年座谈会上的讲话）

西北文学的使命

——接受“西北文学奖”答谢词

感谢评委会授予我首届“西北文学奖”。

我与西北有特殊的缘分。我是山西人，在地理上归属华北。但按现在的经济地图，山西，甚至河北的一部分都属中国西北，是后发达地区。而且，我大学毕业后，迈入社会的第一站，是在内蒙古西部工作。虽名义上还是在华北，在乡下却穿着老羊皮袄，喝着西北风，住在沙窝子里，过着西北人的生活。被穷怕了、冷怕了、干旱怕了。所以我骨子里有西北情结，总是忧心这里的气候、生态和历史。我至今，还有一个习惯，不论走到哪里，总爱问人家的降雨量、无霜期、森林覆盖率，来与西北比较。我的作品有一多半是写西北。甚至像写林则徐、左宗棠等这些南方籍的历史人物，也是单写他们在西北的一段奋斗史。写海南岛的热带雨林时，不由又想到西北的缺雨。这是得了一种西北相思病。

其实，历史上的西北曾经是很红火的。汉唐时它不叫西北，而是中心，是中国的政治、经济、文化的中心。那时的江南还是蛮夷之地、流放罪臣之所。韩愈贬潮州，“云横秦岭家何在，雪拥蓝关马不前”；柳宗元放柳州，在小石潭边，“寂寥无人，凄神寒骨”。直到宋朝，湖南还不发达，“滕子京谪守巴陵郡”。而唐时的长安却一派繁荣，产生了李、杜、韩、柳。后来历史变脸，西北成了荒凉的代名词。三十年河东，三十年河西，现在又转回来了。国家不但大举开发西北，“一带一路”倡议还纳入了全球格局，西北地位重又提升。当此之时，文学总应该做点什么。《西北文学》杂志和“西北文学奖”应运而生。

作者接受散文大奖证书、奖杯

西北文学应该是什么样子的呢？应该是中国文学的脊梁。中华文明五千年，从来豪气看西北。中国文化的重心从西北走到中原，又走到江南，又再北上。西北是曾经的源头。西北经历了太多的苦难、挫折、崛起、辉煌。依据这个背景和传承，西北文学应该是大气磅礴、有思想深度、有大美的文学。它不是偏于一隅的西北角文学，而是中华民族的脊梁骨文学；它不是作家个人的体验抒发，而是来自历史深处的民族吼声。说到这里不由想起李白的“明月出天山，苍茫云海间”，想起光未然、冼星海的《保卫黄河》——“风在吼，马在叫”。又想起一个故事。新中国成立之初，林徽因受命设计国徽和人民英雄纪念碑，讨论好方案后她让学生去画图。图稿送来她看了一眼就说：“这个线条不行，是康乾风格，你给我到汉唐去找，到霍去病墓上去找。”汉唐，在哪里？在长安；霍去病墓在哪里？在咸阳，就在离今天颁奖会场大约20公里的地方。西北承载了太多的中国文化，在中国文学史上也有太多的坐标，有众多重量级的作家和作品。作为一个西北文学人，历史使命不轻。

愿与大家共勉，努力前行。

（《人民政协报》2016年11月21日）

申遗中发现的另一份遗产

报载中国向联合国申报的丹霞地貌世界自然遗产通过，媒体一片欢呼。广东丹霞山管理局的老总给我打电话说："邀请你来丹霞山一行，好好地为我们写一篇文章，扩大宣传。"我接完电话却神情黯然，怎么也高兴不起来。此时我心里挥之不去的却是另一份遗产，一份沉重得让人喘不过气来的遗产。

丹霞山处于广东与湖南的交界处，在韶关市郊，名声在外已有些年。我与丹霞山失之交臂有两次。第一次是近50年前的1966年10月，那时我还是学生，乘火车南下，在韶关车站小停，仰望山顶，很奇怪那整个山体的火红。又传说山顶有太平天国时，洪秀全的妹妹率女兵营驻扎的遗址，很想一游，这一念竟在心中埋藏了近50年。

今年，我参加了全国人大的一个检查团到广东，听说此行要到粤北韶关，心中暗暗高兴，想或许可以了却这个夙愿。一下车，省人大工作人员老张主动和我拉呱，说他是中学语文教师出身，曾在课堂上教过我写的课文《晋祠》。又说此行日程中有韶关，可顺便看看刚申遗成功的丹霞山，一定要为当地留一篇文章。我说：已多年不写山水题材了，怕写不出。话虽这么说，心里却痒痒，便留心收集资料。正好我们用的车是从旅游局租来的，车上有一本介绍韶关丹霞地貌的大画册，十分详细。长途行车无事，别人闲聊或打瞌睡时，我就细读画册，并做了摘记，甚至还画了几张草图。山区公路颠簸，我本子上的字和图就成了蝌蚪文，老张坐在我的侧后，高兴地说："看来这次梁总是一定要写了。"我却还是不敢应承，只说："长途无事，顺便翻翻这本

广东丹霞山

资料。”他说：“明天是此行的最后一天，公务一结束，就安排上山。”我想这回真要了却50年的心愿了，这么想着心里倒有一丝的甜意。

第二天上午，检查工作结束，大家都觉得下午要去丹霞山了。但下午车队一出城却兵分两路。团长，连其家属、秘书、警卫一行，去丹霞山景区，其余的人则被随便安排去看一个普通山洞。问之原因，说是为了首长的安全。天啊，这个检查团，团长是副国级，主要团员是部级、副部级，会有碍团长的安全？况且全团出京已走了两个省，工作半个月，朝夕相处，开会、座谈，看点，前呼后拥，怎么不觉得有碍？今日倒突然生分起来？车出城后，两队各自东西。我忽想起曹植的《七步诗》，但默念时却是这样的句子：“本是一个团，参观各东西。行旅未结束，相分何太急。”这里特别有讽刺意味的是：这是一个人大工作团，大家在身份上都是平等的人大代表，如果从社会知名度上讲，可能有的还高于团长。这几个人都不得接近首长，那普通工人、农民又将如何？这几个人都要回避，整个景区清场，当然更是“自然”的事。

这样，还一路奢谈什么实践民主，做人民的公仆？但是，接待者只认级别，拍好首长的马屁是唯一的原则。我们几个人一时无言，车里一阵沉闷。我不知道首长那个车上的人此时怎么想。50年后我又一次与丹霞山失之交臂，心里一阵隐隐作痛。那一次我没能上山，是因为还是个穷学生；这一次是因为首长在此，请勿靠近。

晚上，老张专门到我的房间说："很对不住，没能去看丹霞遗产。以后一定专门请你一次，还由我们接待。"我知道他一个普通工作人员的无奈，便说："请转告你们领导，这样的安排有损你们的'省格'。这次我没能看成丹霞遗产不是我的损失，恐怕是你们的损失。你们失去了一次向外宣传、推介景区的机会。更可怕的是让人看到了一种弯腰示上、奴颜屈膝的人性在我们的官场涌动。这正是当年鲁迅奋力扫荡的中国人的奴性。这才是你们真正继承了的最好遗产，怎么没有拿到联合国去申遗？"

作者附记：这本是多年前的一段笔记，不准备发表。但近几年来这种社会现象有增无减。读最近出版的《十八大以来重要文献选编》，收录了习近平同志在中纪委的讲话，痛斥这种特权现象，指出"这些特权现象严重损害了社会公平正义，引起了群众极大不满。我们决不能见怪不怪啊！否则，群众是要戳脊梁骨的！"又强调，不能把党组织等同于领导干部个人，对党尽忠不是对领导干部个人尽忠，党内不能搞人身依附关系。干部都是党的干部，不是哪个人的家臣。于是想到将这篇文章整理发表，以佐证开展党风教育之必要。

（2008年10月记，2015年8月整理，载《北京杂文》2015年第4期）

说杂文

杂文因鲁迅先生的身体力行，而成为一种很有影响的文体。高山仰止。

我本没有写杂文的打算。我的主业是新闻，副业是散文。但因做记者接触社会，所见甚杂，后来在官场，阅人更多，遇事愈杂，看多了就不能不想，有想法就不能不说。刘勰论写作：“目既往还，心亦吐纳。”于是随手有了些短篇文字，并就势发于报章，既不是新闻也不是散文，亦不是论文。如果是新闻，只能报道客观事实，不表主观之态；如果是散文，强调抒发个性化的情感，并要注意文章的华彩；如果是论文，则言辞宏大，纵横捭阖。这几种文字，当然我是写过的。但现在都不是，只是眼见杂物、杂事、杂象及杂色人等，而生的杂情、杂想。或慷慨而发，不吐不快；或抽丝剥茧，慢评细说，吐纳成文。既非新闻，亦不是散文，就算是杂文了。新闻既是我的主业，散文就是我的副业，这杂文便是副业之副了。

杂文之称，实因其所写对象之杂，并因时借势，杂事杂说。“杂然赋流形”，并无一定之规。小说要讲一个故事，散文要记一件事，抒一段情。杂文它却只认一个字：理，因事说理。小说、散文家常有自己的固定题材，而杂文家却很少囿于一域。目之所见，即可入纸，天下之事，莫有不议。但是，再广再杂，终有一收，全收入思想的炉火之中，精心冶炼。射一束红光，照亮常人不注意的窄缝、暗角；挥一把利剑，挑开面纱、遮布。揽千杂于纸上，凝一思于笔端，洞若观火，振聋发聩，是为杂文。所以无论写杂文还是读杂文，其实都是在写思想，读思想。或忧国忧民，或感时伤世，扶正祛邪，探微知著。在杂文世界里没有装模作样，没有浅吟低唱，没有乍喜，没有闲愁。

笛卡儿说："我思故我在。"这几十年，我在哪里？在社会，在官场，有所思，成文章。随集为杂文一册，并序。

（《梁衡杂文集·序》，九州出版社 2017 年出版）

用文学翻译政治

时值建党90周年，散文集《红色经典》再版，编辑约谈一点创作体会。

我一直认为文章写作主要有两个目的：为思想而写，为美而写。文章最后作用于读者的或是思想的启发，或是美的享受，可以此多彼少，当然两者俱佳更好。文章的题材可以是多样的，有的便于表现美感，如山水；有的便于表达思想，如政治。但政治天生枯燥、抽象，离普通人太远。其中虽含有许多大事、大情、大理，却不与人“亲和”，难免敬而远之。要想既取其思想之大，又能生美感，让人愉快地接受，就得把政治翻译为文学——发扬其思想，强化其美感。文学是艺术，如同绘画、音乐一样，专门给人美的享受，但它又不像绘画、音乐那样是纯形式艺术，它有内容，有灵魂，内容美加形式美，有更强的震撼力。

写政治题材的文章，不怕缺思想，因为那些经典的思想早已存在，它比作家自己苦想出来的不知要高出多少。怕的是翻译不好，转换不出文学的美感。而一般读者首先是为了审美而阅读，如果只是为了思想，宁可去看政治或学术读物。这种翻译是一个复杂的系统工程，我的主要体会如下：

一、选择适合的典型。用文学翻译政治就是借政治人物、事件的光芒来照亮文学领地，照亮读者的心

文学是典型艺术，红色经典虽然足够宏大，但并不是所有的政治素材都能入文学，它还是要符合文学的典型性。选材时我力求找到每一个人物或事件的最亮之点。如写毛泽东就选他延安时期最实事求是的那一段（《这思考的

窑洞》），写周恩来就写他最感人的无私品德（《大无大有周恩来》），写瞿秋白就写他坦诚的人格（《觅渡，觅渡，渡何处》）。还有选取西柏坡等这些能代表历史转折的关节点。而对人物又选其命运中矛盾冲突最尖锐的那一刻，而这多是悲剧的一瞬，却最易看到其生命的价值，如庐山会议上的彭德怀，“文化大革命”中在江西被管制劳动时的邓小平。历史又从来是现实的镜子，典型性就是针对性，这些以往的红色经典移入文学作品要满足三个条件：一是已为实践所证明其正确；二是针对现在的问题仍有批判、指导、启发作用；三是为读者心中所想所思，有受众。我严格遵守这三个条件，这也是作品一发表就反响较大，以后又被连连转载和再版的原因。

二、还神为人

政治是治国管人的学问，高高在上；文学是人学，有血有肉。文学所说的“人学”主要是指人的情感、性格和人格。曾经高高在上的“管人者”一下成了作家笔下解剖的对象，这好像很难接受。而我们过去又曾有过一段造神运动，把最高管理者即领袖人物神化，作家不敢写，读者不爱看。从文学的视角来看政治人物就要还神为人，要写出他们的情感、人格。一旦突破这一点，转过这个弯子，政治就贴近了读者。怎么转？一是淡化其政治身份，集中剖析他的人格；二是摆脱旧有形象，聚焦其真实的情感。写人格，如瞿秋白：“他觉得自己实在渺小，实在愧对党的领袖这个称号，于是用‘解剖刀’，将自己的灵魂仔仔细细地剖析了一遍。别人看到的他是一个光明的结论，他在这里却非要说一说这光明之前的暗淡，或者光明后面的阴影。这又是一种惊人的平静。……项羽面对生的希望却举起了一把自刎的剑，秋白在将要英名流芳时却举起了一把‘解剖刀’，他们都把行将定格的生命的价值又推上了一层。哲人者，宁肯舍其事而成其心。”

写情感，如邓小平落难时为受株连而身残的儿子洗澡：“多么壮实的儿子啊，现在却只能躺在床上了。他给儿子翻身，背儿子到外面去晒太阳。他将澡盆里倒满热水，为儿子一把一把地搓澡。热气和着泪水一起模糊了老父的双眼，水滴顺着颤抖的手指轻轻滑落，父爱在指间轻轻地流淌，隐痛却在他的心间阵阵发作。这时他抚着的不只是儿子摔坏的脊梁，他摸到了国家民族的伤口，他心痛欲绝，老泪纵横。”写周总理在被毛泽东批评后被迫写检查：“从成都回京之后，一个静静的夜晚，西花厅夜凉如水，周恩来把秘书叫来说：‘我要给主席写份检查，我讲一句，你记一句。’但是他枯对孤灯，常常五六分钟说不出一个字。……天亮时，秘书终于整理成一篇文字，其中加了这样一句：‘我与主席多年风雨同舟，朝夕与共，还是跟不上主席的思想。’总理指着‘风雨同舟，朝夕与共’八个字说，怎么能这样提呢？你太不懂党史。说时眼眶里已泪水盈盈了。秘书不知总理苦，为文犹用昨日辞。”政治人物原来也有自己的酸甜苦辣。

三、“顺瓜摸藤”，还原形象。政治讲究结论，文学注重形象

用文学翻译政治就是还原结论之前的过程，你要告诉读者这“瓜”是怎么结出来的，描绘出它的藤和叶，这就是形象。虽是讲政治内容，但必须有文学形象。比如写毛泽东转战陕北，“胡宗南进犯，他搬出了曾工作 9 年的延安窑洞，到米脂县的另一孔窑洞里设了一个沙家店战役指挥部。古今中外有哪一孔窑洞配得上这份殊荣啊！土墙上挂满地图，缸盖上摊着电报，土炕上几包烟、一个大茶缸，地上一把水壶还有一把夜壶。中外军事史上哪有这样的司令部，哪有这样的统帅？毛泽东三天两夜不出屋，不睡觉，不停地抽烟、喝茶、吃茶叶、撒尿、签发电报，一仗俘敌 6 000 余。他是有神助啊！这神就是默默的黄土，就是拱起高高的穹庐、瞪着眼睛思考的窑洞。大胜之后他别无奢求，推开窑门对警卫说，只要吃一碗红烧肉”。毛泽东在延安窑洞里，一面指挥战争，签发电报，一面还要从事理论研究，写文章。这种双重身份是用这样一个形象来表达的：“他只能将自己分身为二，用右手批文件，左手写文章。他是一个中国式的民族英雄，像古小说里的那种武林高手，挥刀逼住对面的敌人，又侧耳辨听着背后射来的飞箭，再准备着下一步怎么出手。当我们与对手扭打在一起，急得用手去撕，用脚去踢，用嘴去咬时，他却暗暗凝神，调动内功，然后轻轻吹一口气，就把对手卷到九霄云外。他是比一般人更深一层，更早一步的人。”这些形象读者印象深刻，读后还常常说起，他早已不是那个天安门上挥巨手的形象。

四、含蓄表达，留出想象的空间。政治要明确，文学却要含蓄

政治是方针政策、法律，甚至可以是口号，但文学不行，它是艺术。相对来说，小说还可以直白一点，大篇幅地铺排，散文不行。散文精短，要求含蓄，诗歌更短，就更要含蓄。这时反而要把明白了的政治理念翻译成含蓄的文学意境，本来可以一步到达，偏要曲径通幽，人的思维就这么怪，朦胧和距离产生美感，这是美学规律。在散文创作中就是要找到“意象”。意象是最能体现文章立意的形象，是一种象征，是诗化了的典型，是文章意境的定格。动笔之前，诗人先找韵脚，小说家先找故事，散文家先找意象。

散文名作中常有意象的运用，如朱自清的《背影》。政治题材天生宏大，找意象不易，可是一旦找到就顿生奇效。比如，用瞿秋白故居前的觅渡桥，来写他寻觅人生渡口而终不得的悲剧（《觅渡，觅渡，渡何处》）；用红毛线、蓝毛线来写西柏坡时期党的战略转移（《红毛线，蓝毛线》）；用一只小船来写共产党 80 年的历程（《一个大党和一只小船》）等。《一个大党和一只小船》一文 2 600 多个字，却有 46 处提到船。文章发表后，像“觅渡桥”“红毛线、蓝毛线”等，已经成了纪念馆新的重要内容，而被赋予了崭新的含义。参观者在举头敬仰之时，心中又多了许多美好的联想。意象在文章中的使用，一是天然性，可遇不可求；二是要有“象”，即具体的形象；三是要有“意”，即有象征性；四是要“意”大“象”小；五是“意”“象”之间要有较大反差，以收奇险之美；六是唯一性，既要空前，也要绝后，收个性之美。这是散文与其他文学形式的不同之处，也是政治散文最难写之处。

五、善用修辞

政治严肃，用消极修辞，以内容的准确表达为度；文学浪漫，用积极修辞，不仅准确，更求生动。生动的文学碰上严肃的政治，全靠语言的转换。不但修辞方面的十八般武艺都要用上，古典、口语、诗句、长短句等各种风格都要灵活运用，以尽显语言的形式美。有时吸收口语所长，句式或整或散。如：“红毛线、蓝毛线、二尺小桌、石头会场、小石磨、旧伙房，谁能想到在两个政权最后大决战的时刻，共产党就是祭起这些法宝横扫江北、问鼎北平

的，真是撒豆成兵，指木成阵，怎么打怎么顺了。”（《红毛线，蓝毛线》）有时或整齐严谨，暗用旧典，求古朴深沉的韵味。如：“当周恩来去世时，无论东方西方，同声悲泣，整个地球都载不动这许多遗憾、许多愁。”（《大无大有周恩来》）（李清照词曰：“只恐双溪舴艋舟，载不动许多愁。”）对重大理论思想也可用幽默来表达：“可是我们急于对号入座，急于过渡，硬要马克思给我们说个长短，强捉住幽灵要显灵。现在回想我们的心急和天真实在让人脸红，这就像一个刚会走路说话的毛孩子嚷嚷着说‘我要成家娶媳妇’。马克思老人慈祥地摸着他的头说：‘孩子，你先得吃饭，先得长大。’”（《特利尔的幽灵》）

（《人民日报》2011 年 6 月 14 日）

图书在版编目（CIP）数据

梁衡红色经典散文选/梁衡著．—增订本．—北京：中国人民大学出版社，2018.10
ISBN 978-7-300-26168-3

Ⅰ.①梁… Ⅱ.①梁… Ⅲ.①散文集-中国-当代 Ⅳ.①I267

中国版本图书馆 CIP 数据核字（2018）第 193762 号

梁衡红色经典散文选（增订本）
梁　衡　著
Liang Heng Hongse Jingdian Sanwenxuan

出版发行	中国人民大学出版社		
社　　址	北京中关村大街 31 号	**邮政编码**	100080
电　　话	010－62511242（总编室）		010－62511770（质管部）
	010－82501766（邮购部）		010－62514148（门市部）
	010－62515195（发行公司）		010－62515275（盗版举报）
网　　址	http：//www. crup. com. cn		
经　　销	新华书店		
印　　刷	涿州市星河印刷有限公司	**版　　次**	2011 年 4 月第 1 版
规　　格	170 mm×230 mm　16 开本		2018 年 10 月第 2 版
印　　张	20 插页 2	**印　　次**	2021 年 10 月第 4 次印刷
字　　数	301 000	**定　　价**	68.00 元